U0109800

民國文化與文學研究文叢

十三編　北京師範大學特輯

李怡　主編

第5冊

精英裂變的文學圖景
——紳士階層與中國現代文學

羅維斯著

國家圖書館出版品預行編目資料

精英裂變的文學圖景——紳士階層與中國現代文學／羅維斯 著
-- 初版 -- 新北市：花木蘭文化事業有限公司，2020〔民 109〕
目 2+236 面；19×26 公分
（民國文化與文學研究文叢　十三編；第 5 冊）
ISBN 978-986-518-233-5（精裝）
1. 中國文學史 2. 現代文學 3. 科層制
820.9　　109010947

民國文化與文學研究文叢
十三編　北京師範大學特輯　第 五 冊　　ISBN：978-986-518-233-5

精英裂變的文學圖景
——紳士階層與中國現代文學

作　者　羅維斯
主　編　李　怡
企　劃　四川大學中國詩歌研究院
總 編 輯　杜潔祥
副總編輯　楊嘉樂
編　輯　許郁翎、張雅淋　美術編輯　陳逸婷
出　版　花木蘭文化事業有限公司
發 行 人　高小娟
聯絡地址　235 新北市中和區中安街七二號十三樓
電話：02-2923-1455 ／傳真：02-2923-1452
網　址　http://www.huamulan.tw 信箱 hml 810518@gmail.com
印　刷　普羅文化出版廣告事業
初　版　2020 年 9 月
全書字數　214604 字
定　價　十三編 6 冊（精裝）台幣 15,000 元　

精英裂變的文學圖景

——紳士階層與中國現代文學

羅維斯 著

作者簡介

羅維斯，女，2015 年畢業於北京師範大學，獲得文學博士學位，現任教於南開大學文學院，主要研究方向為中國現代文學。作者曾在《文學評論》、《茅盾研究》、《民國文學與文化研究》等刊物發表學術成果。曾獲得北京師範大學優秀博士學位論文獎，第四屆全國高校青年教師教學競賽決賽文科組一等獎。主持國家社科基金青年項目「科舉制度的革廢與中國現代文學研究」和天津社科基金青年項目「紳士階層的演化與茅盾的文學創作」。

提　　要

中國漫長的帝制時代造就了一個特殊的社會階層——「紳士」。集政治精英與知識精英於一身的紳士對傳統社會的方方面面都產生了重要影響。本書借鑒歷史學、社會學的研究成果，通過「紳士」這一概念以全新視角考察了現代文學中的紳士形象譜系，並分析了紳士階層對中國現代文學的發生及各類文學思潮發展的影響。書中通過大量的史料梳理，在一定程度上還原了現代文學所書寫的清季民國時期的社會歷史情境，並以文史互證的研究方法對許多現代文學作品做出了新的解讀和闡釋。本書還探究了在民國時期的社會、政治、經濟體制變革中，傳統紳士與新式知識精英的身份選擇和心態轉變以及現代作家在這種轉型之下亦舊亦新、多元多歧的精神取向。此外，本書還結合國內外的歷史學、社會學研究成果及具體的現代文學作品和文藝評論，重新辨析了「小資產階級」、「地主階級」、「封建」等現代文學研究中慣用概念的內涵和意義流變。

「平民主義」與理想堅守——民國文化與文學·北京師範大學卷序言

李 怡

「民國文化與文學」叢書推出以大陸高校為單位的專輯儼然已經成為一大特色，到目前為止，我們先後組織了南京大學專輯、蘇州大學專輯、四川大學專輯，它們都屬於近年來「民國文學」研究的代表性學校，產生了為數不少的代表性學人。而北京師範大學無疑是這一研究領域的重鎮，這不僅僅它曾經在我任教的 10 多年中成立了「民國文化與文學研究中心」，召開了有影響的「民國歷史文化與中國現代文學」學術研討會，也不僅僅是有一大批的青年博士生紛紛加入，在「民國視野」中提出了關於中國現代文學研究的重要話題，結出了一個又一個的學術成果，更重要的還在於，北京師範大學在百餘年學術歷程中所形成的氛圍、氣質和追求，似乎與「民國文學」研究所倡導的「史學意識」與社會人文關懷，構成了某種精神性的聯繫，值得我們治學者（至少是北京師範大學的治學者）深切緬懷和脈脈追念。

「百年師大，中文當先」。描繪北京師範大學中文學科的發展歷史，這是一句經常被徵引的判斷，在一個較為抽象的意義上，它的確昭示了某種令人鼓舞的氣象。不過，「百年」來的中國社會文化實在曲折多變，中國學術的發展也可謂是源流繁複，「當先」的真實意義常常被淹沒於時代洪流的連天浪淘之中，作為「思想模式」與「學術典範」的北京師範大學中文傳統尤其是現代文學的學術傳統期待著我們更多的理解與發揚。

現代中國的高等教育肇始於京師大學堂，由京師大學堂而有 1908 年 5 月的京師優級師範學堂，進而誕生了 1912 年 5 月的北京高等師範學校，當然同樣的1912年5月，也由京師大學堂誕生了中國現代高等教育翹首的北京大學，北京師範大學秉承「辦理學堂，首重師範」理念，引領現代教育與文化發展的首功勳績由此銘篆於史。但是，這一史實絕非僅僅是證明了北大與北師大「一奶同胞」，或者說北師大的歷史與北京大學一樣的「古老」，它很快就提醒我們一個十分重要的事實：與作為「時代先鋒」的北京大學有別，北京師範大學走出了另外一條教育之路，形成了自己的文化品格，雖然它和北大一樣背負著近代歷史的憂患，心懷了五四新文化的理想，也可以說共同面對了現代教育與現代文化建設的未來。

從京師優級師範學堂裡走出了符定一，京師中國語言文學的優質教育讓這位著名的教育家與語言文字學家在後來創辦湖南省立一中、執掌嶽麓書院之時胸懷天下、垂範後學，培養了包括毛澤東在內的一代青年；北京高等師範學校的中文學科更是雲集了當時中國的學術精英，如魯迅、黎錦熙、高步瀛、錢玄同、馬裕藻、沈兼士，不時應邀前來講學的還有李大釗、蔡元培、胡適、陳獨秀等思想名流，可謂盛極一時。京師優級師範學堂、北京高等師範學校、北京（北平）師範大學、北京女子師範大學、國立北平師範大學、國立西北聯合大學、輔仁大學，京師中文學科的漫漫歷史清晰地交融著中國現代語言文學的學術歷程與教育歷程，這裡，活躍著眾多享譽中外的學術巨匠，書寫了現代中國語言文學研究的華章：從九十餘年前推行白話文、改革漢字，奠定現代漢語的基石到半個多世紀以來開創現代中國民俗學與民間文學的卓越貢獻，諸多學科先賢都將自己堅實的足跡留在了中國現代思想文化發展的旅程中。值得注意的是，同樣置身於相似的歷史進程之中，北京大學常常更主動地扮演著「時代弄潮兒」的角色，佔據學術的高地振臂吶喊，以「文化精英」的自信引領時代的前行，相對而言，北京師範大學的知識分子更習慣於在具體的社會文化問題上展開自己的探索和思考，面對時代和社會的種種固疾，也更願意站在相對平民化的立場上進行討論，踐行著更為質樸的「為了人生」的理想，這就是我所謂的「平民主義」。

就中國現當代文學而言，我們目睹的也是這樣的事實：民國以來北京師範大學知識分子參與現代中國學術的社會背景是近百年來中國社會發展的風波與激浪，這裡交織著進步對落後的挑戰，正義對邪惡的戰鬥，真理與謬誤的較量，作為「民眾教育」基本品質的彰顯，北京師範大學的學術精英似乎沒有將自己的生命超脫於現實，從來沒有放棄自己關注社會、「為了人生」的責任和理想，中國語言文學學術哺育了一代一代的校園作家，從黃廬隱、馮沅君、石評梅到蘇童、畢淑敏、莫言，他們以自己的熱情與智慧描繪了「老中國兒女」的受難與奮鬥，為現代語言文學的學術思考注入了新的內容；同樣，在「五四」運動，在女師大事件，在「三一八慘案」，在抗日烽火的歲月裡，北京師範大學的莘莘學子與皓首窮經的教授們一起選擇了正義的第一線，在這個時候，他們不僅僅以自己的思想和智慧，更是以自己的熱血和生命實踐著中國士人威武不屈、身任天下的人格理想，他們的選擇可以說是鑄造了現代中國學術的另一重令人肅然起敬的現實品格與理想堅守。這其中的精神雕像當然包括了魯迅。雖然魯迅作為教育家的歷史同時屬於北京大學與北京師範大學，但是就個人生活的重要事件（與女師大學生許廣平的戀愛）、政治參與的深度（女師大事件、「三一八慘案」）以及反精英的平民立場這些更具影響力的生命元素而言，魯迅無疑更屬於北京師範大學的知識群體。

魯迅式的「為人生」的精神傳統也在北京師範大學的學術脈絡中獲得了最充分的繼承和發揚。在新時期，魯迅精神的激活是中國學術開拓前行的旗幟，這面旗幟同時為北京大學和北京師範大學的學者所高擎，北京大學努力凸顯的是魯迅的先鋒意識和複雜的現代主義情緒，在北京師範大學這裡，則被一再闡述為「為人生」的「立人」的執著，新時期之初，北京師範大學中國現當代文學的帶頭人之一楊占升先生最早闡述了魯迅的「立人」思想，而北京師範大學培養的新中國第一個文學博士王富仁則將「立人」的價值推及到思想文化的諸多領域，並在此基礎上構建了他獨特的「反封建思想革命」的學術框架、「中國文化守夜人」的啟蒙理想。今天，北京師範大學中國現當代文學的學術成果，可能並不如北京大學等中國知名高校學術群落的那麼炫目，那麼引領風騷，或者那麼的咄咄逼人，但是，仔細觀察，我們就能夠發現其中浮現著一種質樸的「為人生」的情懷和方式，這肯定是十分寶貴的。

民國文學研究，無論學界有過多少的誤讀，都始終將尊重歷史事實，在近於樸素的歷史考辨中呈現現代文學的面貌作為自己的根本追求，這裡也體現著一種「平民主義」的學術態度，當然，對歷史的尊重也屬於現代中國人「為了人生」的基本訴求，屬於啟蒙文化「立人」理想的有機構成，北京師範大學的學術場域能夠容納「作為方法的民國」思想，能夠推出一大批的「重寫民國文學現象」的成果，也就是學術空間、精神傳統與個人選擇的某種契合，值得我們緬懷、記憶和總結。

在既往的「民國文化與文學」叢書中，我們已經收錄過北京師範大學學人的多種著述，今天又以專輯的形式予以集中呈現，以後，還將繼續關注和推出這一群體的相關成果。但願新一代的年輕的師大學人能夠在此緬懷我們的歷史，從中獲得繼續前行的有益啟示。

2020 年春節於峨眉半山

目次

緒　論

中國現代文學曾一度被認為是「中國新民主主義革命三十年來在文學領域中的鬥爭和表現，是用藝術的武器來展開了反帝反封建的鬥爭，教育了廣大的人民；因此它必然是中國新民主主義革命史的一部分，是和政治鬥爭密切結合著的。」〔註 1〕中國現代文學史被視為中國新民主主義革命史的一部分，並具有了反帝反封建的基本屬性。〔註 2〕

新時期以後，中國現代文學研究逐漸擺脫了對新民主主義革命史的附庸。雖然「階級論」的方法已經很少被使用，但是它卻依舊大量存在於我們的研究思維和話語體系當中。諸如封建地主階級、封建官僚、封建大家庭、買辦資產階級、民族資產階級、小資產階級等概念依舊被大量使用。但是，這些概念在民國社會歷史情境中的具體內涵及意義流變卻並沒有得到充分的考察。

事實上，「階級論」早已不是歷史學和社會學研究中國社會的唯一闡釋模式。20 世紀八十年代以後，國內史學界和社會學界逐漸摒棄「封建地主階級」的概念，開始承繼始於 20 世紀四十年代的「紳士」研究，以中國社會固有的「紳士」這一概念來考察清季民國時期的中國社會，並深入剖析了紳士階層的演變分化及其對中國社會現代化進程的深刻影響。

早在 20 世紀 40 年代，費孝通先生就在紳士研究方面做了大量工作。1943 年，他在與張之毅先生合著的《鄉土中國》一書中，討論了有關中國紳士的問題。1947 年，他與潘光旦先生合作，在當時的《社會科學》1947 年第 1 期

〔註 1〕王瑤：《中國新文學史稿》上冊，上海：上海文藝出版社，1982 年，第 1 頁。
〔註 2〕王瑤：《中國新文學史稿》上冊，上海：上海文藝出版社，1982 年，第 6 頁。

發表的《科舉與社會流動》一文也談及紳士。〔註 3〕同年，費孝通先生在《觀察》雜誌上發表了《論紳士》〔註 4〕一文，闡釋了對紳士身份定性及其與官僚之間關係的初步看法。費孝通先生於 1947 年出版的《鄉土重建》一書中，詳細論述了紳士在基層行政中的作用。此外，費孝通先生曾組織關於中國社會結構的討論班，並應儲安平先生之約，於 1948 年將討論班中宣讀的論文結集出版，書名為《皇權與紳權》。書中集合了費孝通先生、吳晗先生等人關於紳士階層的構成及紳士與中國社會結構等問題的討論。1953 年，費孝通先生將自己民國時期關於紳士研究的論文交由芝加哥大學結集出版，取名為《中國的紳士》。〔註 5〕

同一時期，周榮德先生的《中國社會的階層與流動》一書以雲南省昆陽縣為例，通過詳實的資料搜集和實證分析，對紳士階層進行了較為系統的研究。這本書的原始資料是由作者於 1943～1946 年間搜集的 47 個昆陽縣士紳家庭的生活史，以及他的助手持續至 1948 年底搜集的相關信息組成。這些資料包括學者、在職和退職官吏、富商、地主和其他的人。資料中同時包括總計 1200 多人的生活史。由於昆陽縣當時進行過人口普查，所以書中士紳家庭的統計資料與總人口的資料進行了對照比較，並由此看出士紳家庭在教育程度，職業，田產和壽命等方面的特點。〔註 6〕

20 世紀 50 年代，在美華裔學者張仲禮先生對中國紳士階層進行系統研究並且撰寫了學術著作。華盛頓大學出版社徵詢多位專家意見後，正式出版了張仲禮先生的《中國紳士——關於其在 19 世紀中國社會中作用的研究》一書。書中具體考察了 19 世紀中國紳士之構成和特徵。除定性分析外，該書還通過深入考察中國各省 5000 餘名紳士的生平，對 19 世紀中國紳士傳記進行了數量化分析。繼《中國紳士》之後，張仲禮先生在 20 世紀 60 年代出版了《中國紳士的收入——〈中國紳士〉續篇》。該書考察了中國紳士各種收入的性質，分析了各種收入對中國紳士的重要程度，討論了中國紳士收入在國民收入中的地位。

〔註 3〕周榮德：《中國社會的階層與流動——一個社區中士紳身份的研究》，上海：學林出版社，2000 年，第 52 頁。

〔註 4〕費孝通：《論紳士》，《觀察》，1947 年，第 2 期。

〔註 5〕張仲禮：《中國紳士——關於其在 19 世紀中國社會中作用的研究》，李榮昌譯，北京：社會科學院出版社，1991 年，第 7 頁。

〔註 6〕參見周榮德：《中國社會的階層與流動——一個社區中士紳身份的研究》，第 19～21 頁。

20 世紀 60 年代，在美華裔學者何炳棣先生的 *The Ladder of Success in Imperial China*，（Columbia University Press, 1964.）從社會階層晉升的角度考察了明清兩代紳士階層的成員構成、晉升途徑及影響社會階層流動的因素等內容。在美華裔學者瞿同祖 1961 年出版的《清代地方政府》一書考察了紳士在清代司法體系中的作用以及清代法律制度對紳士特權地位的保護和約束。書中指出了紳士階層在地方公益、保甲、地方武裝、教育等領域扮演的重要角色，以及在地方行政中官紳之間合作與衝突並存的社會局面。在美華裔學者蕭公權在 20 世紀 60 年代末出版了一部四十萬字的專著《中國鄉村：論 19 世紀的帝國控制》。書中研究了紳士在基層社會組織、饑荒救濟、鄉村社會思想控制、宗族活動、抵抗外國入侵方面所扮演的角色和作用。20 世紀 70 年代，在加拿大執教的華裔學者陳志讓出版了專著《軍紳政治：近代中國的軍閥時期》。此書研究了辛亥以後，紳士與軍人相結合的政權形態，以及紳士身份和文化與軍閥之間的聯繫與影響。

以上諸位學者的研究史料詳盡，觀點具有開創性，在學界相關領域研究中享有極高的聲譽。此外，臺灣學者張朋園先生的《立憲派與辛亥革命》一書，考察了清末新政和辛亥革命前後立憲派的活動及影響。書中指出了清末諮議局議員大部分來自於傳統紳士階層。因此，該書也可視為對紳士與辛亥革命前後重要歷史事件之關係的考察。日本學者夫馬進先生的《中國善會善堂史研究》一書也論述了紳士在地方慈善公益事業方面發揮的作用以及在地方慈善公益事業中的官紳關係。

建國以後，紳士問題的研究經歷了長久的沈寂。至 20 世紀 80 年代末，國內的歷史學研究者才開始對紳士階層展開研究。賀躍夫先生在 1986 年第 4 期的《近代史研究》發表《廣東士紳在清末憲政中的政治動向》一文，探討了廣東地區在清末立憲運動中紳士階層的活動和作用。王先明先生在 1987 年第 3 期的《社會科學戰線》上發表了《近代中國紳士階層的分化》一文，探討了清末民初紳士階層分化的現狀和影響。王先明和賀躍夫這兩位國內士紳研究領域的開拓者之後對紳士階層有更為深入系統的研究。賀躍夫先生出版了學術專著《晚清士紳與近代社會變遷兼與日本士族比較》一書，以明治時期日本武士身份的變化為參照對象，分析了晚清士紳與日本士族近代化變遷的異同以及他們在各自國家近代化過程中的扮演不同角色。王先明先生則在《近代紳士——一個封建階層的歷史命運》一書中系統分析了中國傳統社會中紳士階層的性質、內部構成、作用以及在近代社會變革中的逐步分化演變直至消亡的歷程和原因。

20世紀90年代以後,國內的紳士研究日漸增多,至今已湧現出大批成果。國內史學界關於紳士的研究承繼了早期紳士研究對於紳士階層構成及作用的分析，並逐步細化。章開沅、馬敏、朱英三人合著的《辛亥革命前後的官紳商學》一書，考察了辛亥前後，紳士階層在政界、商界、學界的活動及自身身份的演變分化。書中論述了在清季民國初年的社會政治變革中，紳士與清政府官員的關係及向民國官員的轉化，紳士與商人之間的身份融合以及紳士在接受現代教育，興辦新式學堂方面的情況。王奇生的《革命與反革命：社會文化視野下的民國政治》一書，注意到了民國時期傳統紳士的劣質化傾向及在國民革命中的影響。郭劍鳴的《晚清紳士與公共危機治理——以知識權力化治理機制為路徑》一書，則重點考察了傳統紳士階層以其知識精英身份在晚清社會危機中發揮的作用。

在清季民初的社會轉型過程中，傳統紳士階層向現代知識分子的轉換過程也引起了一些研究者的重視。楊小輝的《近代中國知識階層的轉型》從教育制度和知識群體變遷的維度，考察了中國知識階級從傳統鄉土型「紳士」到現代都市型「知識分子」轉型的具體過程、機制及歷史影響。羅志田先生的《裂變中的傳承：20 世紀前期的中國學術與文化》、《權勢的轉移：近代中國的思想與社會》等著作中也探究了近代傳統紳士階層向現代知識分子的轉型的過程，及由此對中國學術文化發展和知識分子心態產生的影響。

此外，近年還出現了許多特定地域的紳士研究成果和關於紳士階層的個案分析。例如徐茂明先生的《江南士紳與江南社會：1368～1911》，邱捷先生的《晚清民國初年廣東的士紳與商人》，李巨瀾先生的《失範與重構——一九二七年至一九三七年蘇北地方政權秩序化研究》，陳海忠、黃挺先生的《地方紳商、國家政權與近代潮汕社會》，李新國先生的博士論文《清末民初京津地區中下層士紳的心路歷程（1860～1920）——以梁濟為中心》等。

紳士研究方面的期刊論文更是不勝枚舉。這些學術成果涉及了紳士的身份構成，紳士階層在清季民國時期的演變分化，紳士在清末新政、辛亥革命、國民革命等重大歷史事件中的地位和影響，紳士與新式教育及民族資產階級的興起等中國現代化進程的方方面面。「紳士論」也成了繼「階級論」之後，又一種闡釋中國社會政治文化的重要視角和研究範式。

與史學界關於紳士研究的大量成果相比，目前，以「紳士」為切入點的中國現代文學研究成果還十分稀少。從筆者掌握的材料來看，對中國現代文學作品中紳士問題的考察始於對魯迅小說創作的探討。

畢緒龍先生的《魯迅小說中「士紳」形象的隱喻意義和結構功能》〔註 7〕一文考察了晚清民初的士紳在魯迅小說中的形象內涵。他指出，「士紳」形象在魯迅小說中實際擔負著隱喻傳統文化「規訓」力量、文化控制意義的同時，作為「他者」，士紳也在魯迅小說中起著形成「平民」形象內涵的對照物、結構小說模式的獨特功能。小說中的「士紳」形象體現了魯迅作為「平民文學」的主創者之一對傳統意識形態的批判精神和洞察力度。作者認為士紳是由儒學教義確定的綱常倫紀的衛道士、推行者和代表人。在他看來，魯迅小說中的紳士形象並不具備歷史學研究中的重要社會政治地位和對鄉土社會積極作用，但魯迅也並未將士紳視為「封建禮教」、「封建文化」的等價物，而是突出表現了士紳對民間社會文化潛移默化而又強大深廣的控制力。〔註 8〕。

李莉先生的《魯迅小說中的紳士形象》〔註 9〕也指出魯迅的魯鎮系列小說通過「紳—民」關係的描寫生動地揭示了以紳權為代表的封建專制主義思想對普通民眾的精神桎梏，指出了國民劣性的根源所在，將封建專制主義批判引向深入。在作者看來，「紳權」是封建專制的重要代表之一。在「五四」反封建的時代話語中，紳士是封建專制主義文化的代表，因此遭到以魯迅為代表的「五四」作家的強烈批判。而中國現代文學中紳士形象的出現，也在某種程度上將反封建的陣營從家庭拓展到廣大基層社會。〔註 10〕李莉先生的另一篇論文《中國現代小城鎮小說中的士紳形象》〔註 11〕將紳士形象的考察繼續擴大。文中除了談及魯迅小說中紳士形象的反封建意義外，還分析了蔣士鑣（葉聖陶《倪煥之》）、胡國光（茅盾《動搖》）、趙守義（茅盾《霜葉紅似二月花》）、龍成恩（艾蕪《故鄉》、羅二爺（張天翼《清明時節》）等劣紳形象，以及朱行健（茅盾《霜葉紅似二月花》）、伍老先生（端木蕻良《江南風

〔註 7〕畢緒龍：《魯迅小說中「士紳」形象的隱喻意義和結構功能》，《山東理工大學學報》2004 年第 6 期。

〔註 8〕畢緒龍：《魯迅小說中「士紳」形象的隱喻意義和結構功能》，《山東理工大學學報》2004 年第 6 期。

〔註 9〕李莉：《魯迅小說中的紳士形象》，《理論月刊》2007 年第 9 期。

〔註 10〕李莉：《魯迅小說中的紳士形象》，《理論月刊》2007 年第 9 期。

〔註 11〕李莉：《中國現代小城鎮小說中的士紳形象》，《湖北社會科學》2008 年第 3 期。

景》）等相對積極的入世型儒紳形象。在作者看來，現代小城鎮小說出現的幾類紳士形象從一個特定的角度批判封建專制主義，客觀地揭示了士紳在封建社會解體中的分化與沒落。〔註 12〕

袁紅濤先生的《紳權與中國鄉土社會：魯迅〈離婚〉的一種解讀》一文中指出魯迅的小說《離婚》在中國鄉土社會的紳一民關係格局下，圍繞愛姑的婚姻糾紛調解事件，生動地展現了中國傳統社會重要權力形態「紳權」的基礎、特徵與運作的過程。〔註 13〕文章最後還指出「在人物的階級地位、階級特徵之外，借鑒社會史研究視野，辨識這些地主階級人物當時的社會身份、所處的社會環境，把握其行為特徵，有助於更全面、準確、充分地闡釋魯迅小說的豐富意蘊。」〔註 14〕袁紅濤先生在另一篇論文《士紳階層的近代蛻變——試論〈吶喊〉〈彷徨〉的一個重要主題》中，對魯迅小說中的紳士形象做了更全面的分析。文中指出的魯迅小說《吶喊》《彷徨》中趙太爺、錢太爺、趙七爺、丁舉人、魯四老爺等人物形象並不全然是既有研究中所指稱的封建地主階級，而是傳統社會中具有科舉功名的特權階層紳士。〔註 15〕《吶喊》《彷徨》一方面生動而深刻地展現了士紳階層在近現代社會劇變中分化蛻變的複雜歷程，已經構成了一個相對完整的人物譜系，另一方面也表現了從傳統士紳人物向現代知識分子的轉型歷程。〔註 16〕

在學位論文方面，魏歡的碩士學位論文《論中國現代小說中的「鄉紳」形象》以文化啟蒙、政治啟蒙和文化重建三個維度對現代小說中的各類紳士形象做了分析。作者認為魯迅、柔石小說以文化啟蒙敘事的方式展現「鄉紳」在鄉土社會的消極影響，表達出對傳統「鄉紳」形象的否定與批判，和對思想文化啟蒙事業的憂心。茅盾、沙汀、吳組緗等左翼則以政治啟蒙的立場依託社會科學理論將鄉紳這類人物放置於激烈的政治經濟鬥爭之中進行描寫，

〔註 12〕李莉：《中國現代小城鎮小說中的士紳形象》，《湖北社會科學》2008 年第 3 期。

〔註 13〕袁紅濤：《紳權與中國鄉土社會：魯迅〈離婚〉的一種解讀》，《浙江社會科學》2011 年第 5 期。

〔註 14〕袁紅濤：《紳權與中國鄉土社會：魯迅〈離婚〉的一種解讀》，《浙江社會科學》2011 年第 5 期。

〔註 15〕袁紅濤：《士紳階層的近代蛻變——試論〈吶喊〉〈彷徨〉的一個重要主題》，《寧夏大學學報（人文社會科學版）》2012 年第 34 卷第 1 期。

〔註 16〕袁紅濤：《士紳階層的近代蛻變——試論〈吶喊〉〈彷徨〉的一個重要主題》，《寧夏大學學報（人文社會科學版）》2012 年第 34 卷第 1 期。

表現出了鮮明的革命敘事特點。沈從文對「鄉紳」形象的刻畫走上了與五四反傳統道路相異的方向，以傳統的藝術手法表現出「鄉紳」身上的傳統民族美德，體現了作家重建民族文化的文學理想。此文對於紳士身份的認定十分模糊寬泛，文中也沒有注意到進入民國以後傳統紳士的內部變化。〔註 17〕

袁少沖先生的博士論文《抗戰時期「軍紳」社會與大後方文學》考察了抗戰時期，大後方特殊的「軍紳」社會形態與大後方文學的關係。文中探討了知識分子階層從傳統的「士大夫」（紳士）形態過渡到現代知識分子的形態轉變。並指出「軍紳」政權的特性以及地方「軍紳」政權建設為抗戰時期的文學活動提供了一定的物質基礎。「軍紳」社會中多種權力制衡也為抗戰時期的文藝活動的提供了可利用空間。同時，「軍紳」社會既構成了對國家現代化的阻礙，又與中國現代文學之間存在奇特的悖謬共生關係。

另外，王曉明先生的《「鄉下人」的文體與「土紳士」的思想——論沈從文的小說文體》中提及了沈從文的紳士思想，但文中「紳士」含義十分模糊，大致只是指向城市的有錢有閒階層。〔註 18〕還有一些中國現代文學研究雖也冠以紳士之名，但其中「紳士」的內涵卻與歷史學研究中的紳士階層相去甚遠。朱壽桐先生的《新月派的紳士風情》一書中探討了紳士文化取向與新月派的形成發展及其文學風格的關係。作者將紳士視為具有自由、寬容的心態和謙和理性的精神，彬彬有禮、正直勇敢、優雅幽默的精英階層。書中涉及的紳士風度指的是一種與傳統紳士階層無關的西式精神態度和志趣。這種以類似西方紳士文化視角探討中國現代文學的研究還有岳凱華先生的《五四激進文人的紳士氣質》〔註 19〕和陳旋波的《紳士文化與林語堂的文學品格》〔註 20〕。前者將紳士氣質視為一種源自歐州精英階層的風度修養，認為這是五四文人中留學英美人士的特徵。後者則認為西方紳士文化的「性靈」、「幽默」、「閒適」等特質極大地影響了林語堂的文學創作。但這些研究成果並沒有對「紳士」這個概念做基本的考察闡釋。

〔註 17〕魏歡：《論中國現代小說中的「鄉紳」形象》，天津師範大學，2012 年。

〔註 18〕王曉明：《「鄉下人」的文體與「土紳士」的思想——論沈從文的小說文體》，見劉洪濤，楊瑞仁編《沈從文研究資料》（上），天津：天津人民出版社，2006 年，第 582～605 頁。

〔註 19〕岳凱華：《五四激進文人的紳士氣質》《湖南大學學報》（社會科學版）2006 年，第 20 卷第 6 期。

〔註 20〕陳旋波：《紳士文化與林語堂的文學品格》，《華僑大學學報》（人文社科版）2001 年第 1 期。

從這些研究成果來看，絕大部分研究者仍舊將「紳士」作為封建地主階級的一個補充和細化，而僅僅淪為了對既有研究結論的另一種佐證方式。雖然畢緒龍先生的論文意識到了「紳士」與封建地主階級的本質差異。但是由於對史學研究的參考不足，文中忽略了紳士本身的知識精英身份以及紳士在地方控制方面的基本常識，以至於簡單地將紳士階層視為了傳統文化的衛道士形象。而另一部分以英美的「紳士」概念來研究中國現代文學的研究成果，並沒有對「紳士」這一概念的內涵和外延做基本的界定和考察。這些文章將現代作家的紳士氣質簡單地理解為對西方紳士文化的接受。而且這些研究也忽視了民國時期東、西方文化交融的社會背景以及傳統紳士在民國時期的身份轉化。

受限於對歷史學、社會學研究成果的瞭解不足以及與清季民國時期社會歷史情境的疏離，我們對中國現代文學作品中大量存在的紳士形象的認識還存在很大的疏漏和偏差。從歷史學和社會學的研究成果來看，「紳士論」與「地主論」是兩種截然不同的分析方法和研究視角。我們所熟悉的「地主論」主要是基於經濟基礎和生產方式對社會階層和社會關係的劃分。而「紳士論」則著眼於社會功能層面對階層的區分。儘管紳士有時也具備地主的身份，但是紳士與地主卻有著本質上的區別。所以，如果我們僅僅將紳士作為封建地主階級的一種補充或代名詞，則背離了紳士這一概念本身的內涵。另一方面，紳士在中國的現代化進程中，扮演著重要角色。因此，我們也不能片面地將紳士階層視為儒家禮教的衛道士。

那麼，究竟何為「紳士」呢？在「紳士」的概念界定上，許多研究者都有類似的看法。費孝通先生認為：「紳士是退任的官僚或是官僚的親親戚戚。他們在野，可是朝廷內有人。他們沒有政權，可是有勢力，勢力就是政治免疫性。」〔註 21〕吳晗先生認為，紳士階層與官僚、士大夫、知識分子是四位一體的。〔註 22〕周榮德先生指出，「士紳的成員可能是學者，也可能是在職或退休的大官。傳統士紳的資格是有明確規定的，至少必須是低級科舉及第的人才能有進縣和省官衙去見官的特權，這就賦予他作為官府與平民中間人的地位和權利。」〔註 23〕紳士階層有著特殊的規範系統和生活方式，並具有特

〔註 21〕費孝通，吳晗等著：《皇權與紳權》，長沙：嶽麓書院，2012 年，第 7 頁。

〔註 22〕費孝通，吳晗等著：《皇權與紳權》，長沙：嶽麓書院，2012 年，第 60 頁。

〔註 23〕參見周榮德：《中國社會的階層與流動——一個社區中士紳身份的研究》，第 5～6 頁。

定的文化抱負和才學，對子女的教育問題也格外重視。紳士階層精通和遵守儒家的倫理道德，且非常注意炫耀權威而證明其特殊身份。〔註 24〕

張仲禮先生認為：「紳士的地位是通過取得功名、學品、學銜和官職獲得的，凡屬上述身份即自然成為紳士集團成員。功名、學品和學銜都用以表明持該身份者的受教育背景。官職一般只授給那些其教育背景業經考試證明的人。」〔註 25〕下層的紳士是由以「正途」的科舉考試或者「異途」的捐納獲得功名者組成。上層的紳士階層則由在科舉正途中遞陞至較高功名，或者是有仕宦生涯者充任。「由考試而成為『正途』紳士所享有的威望也高於由捐功名而成為『異途』的紳士。」〔註 26〕「取得紳士地位的入門考試稱為『童試』意即初等學生的考試，這些學生稱為『童生』。通過了童試就是生員，即受過教育的下層紳士，在日常口語中被稱為秀才。」〔註 27〕

瞿同祖則指出中國社會不同歷史時期紳士的構成也存在差異。「縉紳」一詞可追溯至秦漢以前，其本意是指官員。「『紳士』或『紳衿』名詞在明清時期廣泛使用，預示著一個新的社會集團——功名持有者（『士』或『衿』）的出現。」〔註 28〕瞿同祖將有為官經歷的紳士稱為「官紳」，僅有功名學銜而尚未出仕者，稱為「學紳」。〔註 29〕並且，還指出所謂鄉紳，乃是卸任官員身份之後，再回到自己家鄉的有功名在身的士子。〔註 30〕

大部分研究者關於紳士的定義都是在這些早期研究成果的基礎上進一步細化。總體來看，紳士指的是具有科舉功名（包括文科舉和武科舉）而又尚未出仕者，卸任（丁憂、退休或被罷黜等情況）的官員，依靠軍功或蒙陰取得功名

〔註 24〕參見周榮德：《中國社會的階層與流動——一個社區中士紳身份的研究》，第 118～149 頁。

〔註 25〕張仲禮：《中國紳士——關於其在 19 世紀中國社會中作用的研究》，李榮昌譯，第 1 頁。

〔註 26〕張仲禮：《中國紳士——關於其在 19 世紀中國社會中作用的研究》，李榮昌譯，第 18 頁。

〔註 27〕張仲禮：《中國紳士——關於其在 19 世紀中國社會中作用的研究》，李榮昌譯，第 7 頁。

〔註 28〕瞿同祖著；范忠信，晏鋒譯：《清代地方政府》，北京：法律出版社，2003 年，第 267 頁。

〔註 29〕瞿同祖著；范忠信，晏鋒譯：《清代地方政府》，北京：法律出版社，2003 年，第 273、274 頁。

〔註 30〕瞿同祖著；范忠信，晏鋒譯：《清代地方政府》，北京：法律出版社，2003 年，第 275 頁。

的一類人；此外，也包括清季接受新式教育或出國留學的人群中被朝廷賜予功名者。另一方面，無論是客觀實際還是法律規定，「紳士的聲望與特權都是能與家人分享的」〔註31〕因此，本文也會涉及對紳士階層和紳士家庭的整體考察。此外，新時期以來，關於紳士的研究中，許多學者都注意到民國時期「紳」的身份界定變得不再嚴格，這一階層的來源和出身更是日趨於多元化，並與清代有了根本差異。對於帝制時代獲得紳士資格者，本文稱之為「傳統紳士」或「帝制時代紳士」，對民國時期獲得紳士身份者稱「民國紳士」。「傳統紳士」和「民國紳士」有時會存在身份的混合，屆時將在具體分析中加以說明。

另外，歷史學、社會學方面的論著中存在著紳士、士紳、鄉紳等不同的稱謂，有的論著出現了多個稱謂混用的情況。早期學者著作，除近年來大陸翻譯的版本外，大多使用的是「紳士」。近年來，也有研究者注意到了「紳士」容易與英語漢譯「紳士」之間發生混淆，且存在定義不明等問題而採用「士紳」這一稱呼。從筆者對中國現代文學作品和民國文獻的閱讀情況來看，「紳士」、「士紳」、「鄉紳」、「紳縉」等不同稱謂都有出現，相對而言「紳士」較之「士紳」出現得更頻繁；而使用「士紳」的文本中，很多時候指的是士子（無功名的讀書人）和紳士兩類人。出於對歷史經驗的看重，除史料和文學文本的引文之外，筆者將在論述中統一使用「紳士」這一稱謂。

當我們理清了「紳士」這個中國傳統社會的原生概念之後，就不難發現中國現代文學中存在著大量被我們忽視或誤解的紳士形象。當我們對清季民初紳士階層的社會政治文化活動有所瞭解以後，就有可能在這一全新的視角的指引下，發現中國現代文學的發展軌跡背後的不為人知的內在動因以及各種紛繁複雜的文學書寫所呈現出的深邃社會歷史背景。

在漫長的帝制時代中，中國社會逐漸形成了獨特的社會結構和運行模式。紳士階層正是這種社會結構和社會運行方式的重要組成部分。在此，筆者希望通過對歷史學、社會學方面研究成果的大量閱讀，以文史互證的方式全面梳理中國現代文學中的紳士形象譜系。帝制時代，紳士是一個擁有較高社會地位、政治地位和經濟地位的特權階層。也正因如此，紳士階層也廣泛而深入地參與了清季民初的社會政治變革。中國現代文學中有不少作品正是對辛亥革命前後社會歷史變遷的反映。那麼，在這類作品中出現了哪些紳士形象，

〔註31〕瞿同祖著；范忠信，晏鋒譯：《清代地方政府》，北京：法律出版社，2003年，第301頁。

作者又是如何表現紳士在時代變革中的思想狀態和行為模式呢？作為特權階層的紳士在帝制時代是鄉土社會的實際控制者。在中國現代文學中的鄉土題材作品中又塑造了怎樣的紳士形象呢？而我們現在一談到紳士，第一印象便是「土豪劣紳」。那究竟什麼是土豪劣紳？土豪劣紳是一個政治概念還是一種客觀存在？土豪劣紳又是怎樣進入中國現代文學的？中國現代文學中的土豪劣紳形象又是怎樣演變的呢？此外，在清季民國的社會政治轉型中，傳統紳士發生了複雜的演變分化，中國現代文學是如何展現紳士階層的嬗變？在接下來的研究中，筆者將對以上幾方面問題進行詳盡的考察和探討。

此外，傳統紳士是科舉考試所選拔出的知識精英階層。在清季民國時期西學東漸的過程中，紳士是最早一批開眼看世界的人，並對各種社會思潮的產生和傳播發揮了重要影響。紳士不僅在物質層面對社會進程產生了「短時段」影響，更構成了某些文化心態和社會意識的「長時段」因素。〔註 32〕作為知識精英的傳統紳士與新文化運動中的智識階層又有著怎樣的聯繫或對抗？傳統紳士的思想文化觀念又對中國現代文學的發生和發展產生了怎樣的影響？傳統紳士意識又是否影響了現代作家的精神世界和實際創作？在接下來的研究中，筆者也將嘗試對這些問題做出解答。

當然，在此也必須強調的是，筆者使用「紳士」這一研究視角，並不僅僅是一個新的稱謂，一個新的概念這麼簡單。「紳士」視角所要觀照的是清季民國時期社會政治文化的聚變在中國現代文學中所呈現的不同樣態，以及在此過程中新舊知識精英階層複雜而幽微的精神世界。在這個考察過程中，我們慣用的「地主階級」、「封建文人」或是「現代性」、「民族國家」等概念以及許多文學史常識可能都將難以適用。這就需要我們對既有的研究範式及研究方法做出一定的調整。我們需要改變那種通過一些外來的或先入為主的概念來認識現代中國文學與文化的思維習慣。我們需要以紮實的歷史材料為基礎，回到清季民國時期具體的社會歷史場景。我們需要真切地去體味一個老舊帝國於內憂外患之下破繭重生的道道紋理和絲絲痛楚，感受一個新生的民主共和國在社會政治文化的現代化進程中急緊緩滯、勃勃不定的脈息……

〔註 32〕布羅代爾從地理時間、社會時間和個人時間三個層面將歷史劃分為：長時段，中時段，短時段。簡而言之，長時段指變化極慢的結構，含地理生態、文化心態等因素；中時段指變化較慢的態勢或週期，如經濟和人口等變化；短時段是指變化甚快的軍政事件及人物活動。——參見〔法〕費爾南．布羅代爾著：《論歷史》，劉北成，周立紅譯，北京：北京大學出版社，2008 年。

第一編　精英階層的歷史際遇與清季民初的社會變革

鴉片戰爭中，西方列強以堅船利炮打開了古老中華帝國的大門。為了強國禦侮，在朝官員與在野紳士不斷發起各種改良自救運動。中國「三千年未有之大變局」就在內外環境的驟變中展開。八股經學與社會生活及內政外交的脫節，敦促著官員與紳士調整自身的知識結構和國家的人才選拔模式。紳士自身的思想意識和生存境遇也在這些改良活動中逐漸轉變。各地紳士在國家鼓勵下興辦的新式學堂為士子開闢了新的階層晉升渠道。而紳士主導下的辦報結社等倡新學活動，又在有意無意中鼓動了民眾意識的高漲。清季新政中，紳權大伸，民氣正旺，紳士階層的改良活動逐漸脫離了在朝官員所預設的範圍。改革觀念和尺度上的差異，使原本屬於同一政治集團的官員與紳士裂隙叢生。在官紳的貌神失和與時代進步潮流的推動下，中國社會迎來了由帝制向民主共和的轉變。民國建立以後，紳士獲得了更大的權力空間，而紳士的地位、觀念、經濟收入等各個方面也不斷受到新時代的侵蝕和衝擊。許多現代作家本人及他們的親族正是中國社會現代轉型的親歷者。作為傳統社會精英階層的紳士在清季民初社會變革中的歷史遭際也引起了不少現代作家的密切關注。

第一章　科舉進仕到新式學堂——社會晉升之階的轉變

> 由是不及數年，而八股遂變為策論，詔天下遍立學堂；雖然學堂立矣，辦之數年，又未見其效也，則譁然謂科舉猶在，以此為梗。故策論之用不及五年，而自唐末以來之制科又廢，意欲上之取人，下之進身，一切皆由學堂。不佞嘗謂此事乃吾國數千年中莫大之舉動，言其重要，直無異古者之廢封建、開阡陌。〔註 1〕
>
> ——嚴復

科舉考試是明清兩代階層晉升的最重要渠道，也是紳士階層產生的最主要機制。科舉制度始於隋，而相應的制度定於唐。宋又在唐的基礎上採取了糊名、謄錄的辦法加強考試的公平性，並擴大了進士科的錄取名額，基本實現了「取士不問家世」的原則。宋以後，中國基本上是一個科舉社會，政權、士子和學術文化通過科舉制度而緊密結合。〔註 2〕明代在借鑒前代的基礎上形成了更為完備的科舉程序，並將學校納入科舉體系。清代的科舉制度沿襲明制，並進一步嚴格、細密。〔註 3〕明清兩代的科舉制度，為士子鋪開了一條亦步亦趨的社會階層晉升之路。「朝為田舍郎，暮登天子堂。」不限定年齡的科舉考試為天下士子提供了由邊緣的鄉土社會，進入政治權力中心的機遇。

〔註 1〕1906年嚴復在環球中國學生會的演說，見嚴復：《教育：論教育與國家之關係》，《東方雜誌》1906 年，第 3 期。

〔註 2〕參見楊小輝：《近代中國知識階層的轉型》，上海：上海社會科學出版社，2011 年，第 25、26 頁。

〔註 3〕參見楊小輝：《近代中國知識階層的轉型》，上海：上海社會科學出版社，2011 年，第 26 頁。

相對於西歐封建社會以世襲建立起來的相對板結的社會結構，中國帝制時代的科舉制度為平民提供了穩定可行的社會階層上升通道。海外漢學研究的「紳士熱」，也正是與紳士階層的產生機制——科舉考試——所帶來的特權階層的社會流動有關。對於許多在晚清度過童年或少年時代的現代作家而言，接受多年的「舉業」教育或參加科舉考試是他們重要的人生經歷。科舉進仕也構成了中國傳統社會的基本思想文化氛圍。對生於清末，長於清末的現代作家而言，這個看似公平的社會階層晉升渠道給他們帶來了截然不同的生命體驗，也在中國現代文學中呈現出了不同的樣態。

一、逼仄的科考之路與困頓的士子

清代後期，人口持續增加，各地官學的學額卻長期不變。在鎮壓太平天國運動的過程中，又有大批人以軍功、捐納獲得功名。在諸多因素的綜合作用下，曾經為中華帝國源源不斷地選拔和輸送人才的科舉制度，在清朝末年卻日漸運轉不靈了。科舉功名的學額有限，考試人多擁擠，士子要想取得功名十分不易；即便能考取功名，任官的出路也已經十分艱難。19 世紀中葉，只有不到 3%的紳士能夠獲得政府職位；太平天國以後，紳士數量增加了 32%，進入仕途愈發困難。〔註 4〕時人曾記敘：「光緒以來，其擁擠更不可問，即如進士分發知縣。名曰『即用』，亦非一二十年，不能不缺，故時人有以『即用』改為『積用』之謔，因縣缺只有一千九百，而歷科所積之人什倍於此，其勢故不能不窮也。」〔註 5〕然而，即便如此，科舉依然是帝制時代最重要的社會階層晉升途徑。雖然，獲得科舉功名以後並不一定能夠走上仕宦生涯，但士子能由此獲得的紳士身份也會帶來較高的社會地位和一定的財富。飽受西潮衝撞、內憂外患不斷的清王朝已逐漸走向末路，而舉國士子仍舊在科舉取士的道路上前赴後繼。

李劼人的《兒時影》中寫到，「我」上學前去買湯圓時，在大公館前買湯圓的張么哥看到我來就笑道：「小學生好勤學，恁早就上學了！明年科場，怕搶不到個大頂子戴到頭上？」〔註 6〕而懼怕私塾經學教育的同學哭生卻對「我」

〔註 4〕賀躍夫：《晚清士紳與近代社會變遷——兼與日本士族比較》，廣州：廣東人民出版社，1994 年，正文第 5 頁。

〔註 5〕何剛德：《客座偶談》，卷二，上海：上海古籍出版社，1983 年。轉引自楊小輝：《近代中國知識階層的轉型》，第 38 頁。

〔註 6〕李劼人：《李劼人全集》第 6 卷中短篇小說，成都：四川文藝出版社，2011 年，第 3 頁。

說自己不想上學，想去學手藝。我道：「何必哩！你讀了書，以後入學中舉，豈不好嗎？卻甘願去學手藝！」〔註 7〕小說中，讀書應考構成的社會氛圍，對年幼的孩童造成了巨大的壓力。孩童在天真無邪的年齡就已經在為今後的科考仕途埋首苦讀自己難以理解的儒家典籍。對孩童尚且如此，成年人的科場壓力就可想而知了。

與大部分江南人家相似，魯迅的親族中也不乏參加科考之人。魯迅的祖父、父親等先輩都熱心科舉，魯迅本人也禁不住母親的勸說，去應過試。〔註 8〕與魯迅同去應試的周作人曾在散文中細細談及科考的種種，而魯迅卻鮮有提及自己的科考經歷。魯迅對科舉進仕本身並沒有太大的興趣，甚至是反感。不過，魯迅依舊對科舉進仕的階層上升路徑有所關注。與許多現代作家對紳士階層的書寫不同，魯迅更關注沒有獲得紳士資格的科場失敗者。

魯迅的小說《白光》中的陳士成就是大半生投入科舉，屢敗屢戰的失意者。陳士成的原型是魯迅本家叔祖輩的親戚周子京。周子京原本靠著祖上的軍功蒙陰有了秀才的功名，卻偏執地依舊去應縣考，而不直接赴鄉試。〔註 9〕而《白光》中的陳士成卻並不似周子京這般苛求科場正途出身。小說的敘述是從縣試放榜開始的。帶著陳字的名字爭先恐後地跳進陳士成的眼睛，卻還是沒有自己的名字。縣試是童試三場中的一場，是士子進階的最初級考試。「凡士子參加此最初級科舉考試者，無論老少，皆曰童生，或曰儒童。有嘲童生聯云：行年罷市尚稱童，可云壽考。到老五經猶未熟，真是書生。」〔註 10〕僅僅是這科舉的入門考試直至白頭仍未中（zhòng）式卻鍥而不捨者大有人在。不限年齡的科舉考試帶給了士子一種巨大而虛妄的幻想。小說中，陳士成已經考過 16 次縣試，頭髮斑白了，卻仍未考中。

「童子試設有縣試、府試、院試三種，可以自由參加，但欲考秀才者非經院試不可。若連續三年不參加任何一種考試，則失去應童子試應試權利。」〔註 11〕才學不足者也會應試，以博取考生的虛名，維持其讀書人的身份。《白光》中陳士成是塾師，這是被視為士子正途的職業。陳士成十六次應考其實

〔註 7〕李劼人：《李劼人全集》第 6 卷中短篇小說，成都：四川文藝出版社，2011 年，第 4 頁。

〔註 8〕林賢治：《人間魯迅》上，合肥：安徽教育出版社，2004 年，第 58 頁。

〔註 9〕周作人：《魯迅小說裏的人物》，石家莊：河北教育出版社，2002 年，第 159 頁。

〔註 10〕劉兆著：《清代科舉》，香港：東大圖書股份有限公司，1977 年，第 4 頁。

〔註 11〕文安主編：《晚清述聞》，北京：中國文史出版社，2004 年，第 284 頁。

也是在保持讀書人的身份以求得擔任塾師的資格。

落榜後的陳士成幻想著自己「雋了秀才，上省去鄉試，一徑聯捷上去。……紳士們既然千方百計的來攀親，人們又都像看見神明似的敬畏，深悔先前的輕薄，發昏，……趕走了租住在自己破宅門裏的雜姓——那是不勞說趕，自己就搬的，——屋宇全新了，門口是旗杆和扁額，……」〔註 12〕陳士成的這些想像並非癡妄。以清代社會的情況來看，一旦獲得了科舉功名，便可具有紳士的身份，既然門當戶對，紳士們自然會來攀親事。政府為紳士階層提供特殊保護，以使紳士不受平民的冒犯。〔註 13〕士子以科舉功名取得紳士身份以後，進可以入朝為官，退也是社會的特權階層。可是，紳士身份地位是具有流動性的。陳士成祖上也曾風光，現下卻已家道中落。他自己屢試不中也就無法恢復家門，以至於家中經濟日漸衰敗。陳士成科考屢次落第，無法以科舉功名獲得財富，只能惦念著挖取祖上傳下來的寶藏，最終因妄想挖寶而癲狂致死。

陳士成讀書科考的目的極為功利。小說中，與士子科考求名利的心態相同，世人對讀書人也大都抱著勢利的眼光。住在陳士成宅院裏的雜姓，但凡遇到科考的年頭，都知道陳士成放榜後的情形，早關了門少管閒事。陳士成落水死後，鄰居也懶得去看。這自然與陳士成幻想著自己考中秀才後的種種情形截然相反。這也正是十年寒窗無人問，一舉成名天下知的某種反映。

魯迅筆下的孔乙己也同樣是科舉考試的失敗者。讀過書，但最終沒有進學取得科舉功名的經歷讓孔乙己成了社會中尷尬的角色。「他對人說話，總是滿口之乎者也，教人半懂不懂的。」〔註 14〕孔乙己不僅自有一套讀書人的語言，還有著讀書人的邏輯——「竊書不能算偷」。他也帶有好為人師的一面，向「我」教授「茴」字的多種寫法。在中國傳統社會中，「士人的威望並非基於一種由神秘的魔力所構成的神性，而是基於此等書寫與文獻上的知識」。〔註 15〕明清兩代的紳士階層也致力於從源頭上將其獨佔的文字神聖化，以維護自身的文化權利。〔註 16〕孔乙己在語言文字上與一般人的刻意區別，也是他自

〔註 12〕魯迅著：《魯迅全集》第 1 卷，北京：人民文學出版社，2005 年，第 570 頁。

〔註 13〕李濤：《士紳階層衰落化過程中的鄉村政治——以 20 世紀二三十年代的浙江省為例》，《南京師大學報》（社會科學版）2010 年 1 月第 1 期。

〔註 14〕魯迅著：《魯迅全集》第 1 卷，第 458 頁。

〔註 15〕〔德〕韋伯（Weber，Max）著：《儒教與道教》，洪天富譯，南京：江蘇人民出版社，2010 年，第 117 頁。

〔註 16〕徐茂明：《江南士紳於江南社會（1368～1911 年）》，北京：商務印書館，2004 年，第 66 頁。

矜士子身份的體現。但是，這種知識神聖化所帶來的尊崇並不是孔乙己這樣的科考失敗者所能享有的。孔乙己的語言只是成為了眾人的笑柄。沒有了科舉功名傍身，旁人對孔乙己僅存的一點文化資本都心存懷疑和嘲諷。「『孔乙己，你當真識字麼？』孔乙己看著問他的人，顯出不屑置辯的神氣。他們便接著說道，『你怎的連半個秀才也撈不到呢？』孔乙己立刻顯現出頹唐不安模樣，臉上籠上了一層灰色」〔註 17〕。明清兩代，科舉功名是對於士子學識幾乎唯一的考量。儘管社會上依舊有一些沒有功名的飽學之士被尊為「布衣」並得到禮遇，但終究是極少數的個案。對於「短衣幫」而言，半個秀才都撈不到的孔乙己只是一個可以揶揄取樂的對象。

孔乙己的末路則是因為得罪了科舉考試中的成功者。「他仍舊是偷。這一回，是自己發昏，竟偷到丁舉人家裏去了。他家的東西，偷得的麼？」〔註 18〕舉人是科舉考試中較高層次的功名，考取之後便進入了紳士階層中的上層。丁舉人這樣的上層紳士擁有比秀才、監生等下層紳士更高的社會地位和政治地位，能夠直接進入官府與官員交談，並會受到禮遇。法律也規定了庶民冒犯紳士階層將受到比冒犯庶民更嚴重的懲罰。〔註 19〕丁舉人在庶民中的威勢正是由於他的上層紳士地位。在清代社會中，士紳階層內部頗有些讀書人世界的溫情脈脈。取得了科舉功名尚未步入仕途的學紳「有義務對其座師、門生、同年及其子女保持忠誠或親近，並在困難時互相幫助——這是所有學紳攻守的義務。」〔註 20〕但是，沒有取得科舉功名的士子，並不在這種溫情的規則之內。「竊書為雅罪」的文人習氣，也沒有在丁舉人對孔乙己的懲罰中發揮一點作用。丁舉人採取了「先禮後兵」的做法，孔乙己先寫了認罪書，然後被打了大半夜，打折了腿。丁舉人作為上層紳士，自然有包攬訴訟之類的能力，可以肆無忌憚地處罰孔乙己這種庶民的冒犯。

當然，我們也不難發現魯迅也同樣表現了這些科場失敗者自身的問題。《白光》中，陳士成是私塾塾師。「科舉時代一個生員僅充當塾師，一年的收入就大約有 100 兩銀子，大約是當時一名長工收入的 10～20 倍。」〔註 21〕陳士成雖然連生員這樣最低級的功名都沒有，但塾師的收入依舊能保證衣食溫

〔註 17〕魯迅著：《魯迅全集》第 1 卷，第 459 頁。
〔註 18〕魯迅著：《魯迅全集》第 1 卷，第 460 頁。
〔註 19〕瞿同祖著；范忠信，晏鋒譯：《清代地方政府》，第 279 頁。
〔註 20〕瞿同祖著；范忠信，晏鋒譯：《清代地方政府》，第 283 頁。
〔註 21〕楊小輝：《近代中國知識階層的轉型》，第 198 頁。

飽。不過，從小說中的敘述來看，陳士成自身的學問並不出色。大約為五場的縣試，每場放榜的圓圖是科考中獨特的榜式，用長方紙劃成許多圓圈，繞圓周列名，圓心空白，每圈 50 名；但是考試中每場名次升降幅度很大，有異軍突起者，有愈趨愈下以致落第者。真正的結果是終場所發的榜，此榜是長案，而不是圓圖了。〔註 22〕小說中，陳士成在放榜的圓圖裏一一搜索，都並沒有看到自己的名字，可見其每場考試都成績不佳了。

陳士成的可悲既體現為世人對科舉失敗者的冷眼和對成功者的趨炎附勢，也在於他自己的無才而偏執，瘋狂而貪婪——直到沉入水底了時他還想著挖取金銀財寶。陳士成祖上在仕途經濟學方面的成功，給他造成了心理上的負擔和惰性。而在科舉制度下，財富和地位終究是難以世襲的。

而孔乙己「寫得一筆好字，便替人家鈔鈔書，換一碗飯吃。可惜他又有一樣壞脾氣，便是好喝懶做。坐不到幾天，便連人和書籍紙張筆硯，一齊失蹤。如是幾次，叫他鈔書的人也沒有了。」〔註 23〕在傳統社會士農工商的格局之下，讀書人即便是科舉落第，從事抄書一類下層讀書人的職業也還是能獲得比農工更高的收入，並有一定的社會地位。而且，堅持應童子試的士子還能領到政府對讀書人的一點補貼。〔註 24〕孔乙己因自身的懶惰，不會營生，才弄得自己窮困潦倒。但他始終放不下讀書人的身份，讓自己成了「站著喝酒而穿長衫的唯一的人」。

無論是陳士成對科舉考試的執著還是孔乙己對士子身份的看重，都不僅是個人的偏執病。在傳統社會中，只有通過科舉考試取得功名，才能夠獲得紳士資格，進可做官即便在野也能享受更好的社會地位，免於徭役和部分捐稅之苦。除此以外，社會沒有提供更多的可供貧寒者晉升的途徑。兩篇小說中都展現了科舉成功者與失敗者截然不同的人生際遇，士子求學的功利態度，以及世人勢利的心理。這些敘述都是以科舉制度所產生的社會晉升途徑和由此催生的紳士階層的特權為基本的社會背景而展開的。由富足的紳士家庭至家道中落，其中遭際的人情冷暖，構成了魯迅的某種心理創傷。這種成長經歷也使魯迅對科舉取士制度之下的社會氛圍有了獨特而深切體會。因此，魯迅小說中對科舉考試的反映，並不針對制度本身，而在於置身於這種社會晉升體制下的人性的悲哀。

〔註 22〕文安主編：《晚清述聞》，第 283 頁。
〔註 23〕魯迅：《魯迅全集》第 1 卷，第 458 頁。
〔註 24〕文安主編：《晚清述聞》，第 282 頁。

二、官紳之家與新式學堂的興起

李劼人的小說《暴風雨前》講述了清季成都官紳人家的變化。小說從郝公館家下人的閒談開始，而之後各種紳民的議論也圍繞著當時的紅燈教起義展開。當時，義和團運動波及四川，一個年僅 17 歲，人稱廖觀音的女子率領著紅燈教起義。光緒二十七年（1902 年），廖觀音被俘後在成都被處以極刑。〔註 25〕「看殺廖觀音，也是成都人生活史上一樁大事。」〔註 26〕除此之外，在中國的近現代史上，這一年也發生了不少對國人生活產生重大影響的政治事件。

義和團運動和八國聯軍入侵，讓清王朝的苟延殘喘變得更加艱難。在被稱為「庚子國難」的政治事變中，大清皇室倉皇西逃。光緒二十六年（1901 年）十二月初十，兩宮尚未回鑾，慈禧太后就在西安以光緒帝的名義發布上諭：「世有萬古不易之常經，無一成不變之治法。窮變通久，見於大易。損益可知，著於論語。蓋不易者三綱五常，昭然如日星之照世。而可變者令甲令乙，不妨如琴瑟之改弦。伊古以來，代有興革。……」〔註 27〕一場歷史上被稱為清末新政的改革變法運動在光緒二十六年（1902 年）逐步展開。關係天下士子前途命運的科舉考試也在考試內容上有所變革。在清末新政中，各省、府、州縣的書院改設大、中、小學堂。新式學堂畢業或公派出國留學者也有被授予科舉功名的機會。〔註 28〕社會階層的晉升途徑為之一變。

郝達三和兒子郝又三原本都只通舊學，對新學幾乎一無所知。在清末新政的潮流中，新派人士蘇星煌給這個半官半紳的家庭帶去了一點新氣象。官紳人家出身的蘇星煌已經開始自如地使用諸如「啟發民智」一類的新名詞。郝家人雖對這類新學不甚理解，卻也心嚮往之了。郝達三捐了五十兩銀子，兒子郝又三就加入了蘇星煌辦的文明合行社。接著，郝又三又把之前聞所未聞的《申報》、《滬報》帶進了郝公館。在新政時期的結社運動中，傳統紳士階層中的一部分人開始轉變成「治過新學」的新派了。

〔註 25〕參見成都市政協文史學習委員會編：《成都文史資料選編辛亥前後卷》，成都：四川人民出版社，2007 年，第 32～52 頁。

〔註 26〕李劼人：《李劼人全集》第 2 卷，成都：四川文藝出版社，2011 年，第 22 頁。

〔註 27〕《光緒宣統兩朝上諭檔》第 26 冊，第 460 頁，轉引自張海鵬，李細珠著：《中國近代通史》，第 5 卷新政、立憲與辛亥革命 1901～1912，南京：江蘇人民出版社，2006 年，第 7 頁。

〔註 28〕王小靜：《試論科舉廢除之前的學堂畢業獎勵制度》，《蘭州學刊》2008 年第 8 期。

與郝又三一同加入合行社治新學的田老兄，寒門出身，「自從入學之後，原希望一帆風順，身入鳳池，至少也得一個小官做做，卻因時不來，運不來，一連幾科，都不曾僥倖。……看了些新書報，也才恍然大悟出科舉取士之誤盡蒼生。……國事日非，科舉有罷免之勢，士人鮮進身之階，自己多得了一點知識，就不能不有遠慮了。」〔註 29〕靠著在合行社的新學功底，田老兄考上了新式的高等學堂。而半官半紳家庭出身的郝又三也沒有再走科考仕途，在妹妹的鼓勵下考進了高等學堂。清末新政之下，「胡翰林承命，廢尊經書院，改辦全省有一無二的高等學堂，先辦優級理科師範一班。」〔註 30〕較之傳統書院，新式學堂整體的學制和生活都是前所未有的。嚴格管理的學堂寄宿生活讓郝又三覺得如「坐監獄」一般。課程設置又令他感到耳目一新：除了國文、中國歷史、地理，還有外國歷史、地理、物理、化學等課程，這些課請的還是日本教員，英文教師也是上海聘來，月薪是國文教師的五倍，另外還開設了體操課。可以說，小說生動地展現了中國現代高等教育最初的面貌。

進入新式學堂以後，士子的思想狀態也為之一變。「學堂中的知識人接受思想，報館中的知識人製造思想。」〔註 31〕接受了新式教育的學堂學生，開始看起《民報》、《國粹學報》。學生中的革命情緒慢慢被鼓動起來，有人加入了同盟會，排滿革命的名詞在新學堂中流傳。「壯哉！……長厚者亦為之，天下事可知矣！……革命萬歲！馬前走卒萬歲！」〔註 32〕革命，流血，不怕死的口號在新式學堂中被大聲叫喊出來。傳統的書院是帝制時思想意識形態控制的一部分。新式學堂則培養出了大批充滿暴力氣息的革命志士。〔註 33〕

小說中，這些高等學堂的學生還沒有畢業就開始辦新式小學堂了。辦新式學堂在當時成了風潮的潮頭。辦新式小學的過程也極其簡單，關鍵在於請有名望的人出來當監督。田老兄和郝又三也起了辦小學的打算。帝制時代有名望的無外乎有科舉功名在身的紳士。田老兄就打算請成都縣李舉人作監督。李舉人從日本調查學務回來，捐了個內閣中書，有好幾所中學請他去做監督，

〔註29〕李劼人：《李劼人全集》第 2 卷，第 54 頁。

〔註30〕李劼人：《李劼人全集》第 2 卷，第 54 頁。

〔註31〕楊國強：《20 世紀初年知識人的志士化和近代化》，見許紀霖編：《20 世紀中國知識分子史論》，北京：新星出版社，2005 年，第 164 頁。

〔註32〕李劼人：《李劼人全集》第 2 卷，第 65 頁。

〔註33〕參見楊國強：《20 世紀初年知識人的志士化和近代化》，見許紀霖編：《20 世紀中國知識分子史論》，第 162～175 頁。

自然看不上小學。李舉人留著清朝的髮辮，卻穿著日式的衣鞋。他談到日本學堂和辦學經驗時所看重的竟是日本學堂大門的樣式。在李舉人看來，「我們若是要辦學堂，大門是頂要緊的！」〔註 34〕清季新學潮流之下，傳統紳士留學之風興盛，與中國毗鄰的日本吸納了最多的中國留學生。留學中速成班之類最受歡迎，許多人只學得皮毛也能在回國之後抬高聲望。〔註 35〕郝又三最後找了自己的父親紳士郝達三當了監督，辦起了義務小學。但學生尚未教畢業，辦學風潮一過小學就關了門。

而新式學堂成了繼科舉考試以後，進入官場的又一重要途徑。新政之下，官員的任用制度也在逐漸轉變。郝家的世交葛寰中，懂得新學，已經在機器局當差三年。葛寰中也在與郝家人的談話中，感慨新政人材缺乏。在他看來，將來做官斷不會萬把銀子的捐納可得了，「現在，只要你會請安，會應酬，會辦一點公事，就可以稱為能員。……即如眼前要仿照湖北新政，把保甲局廢了，改辦警察，困難就立刻出來了。候補人員這麼多，辦保甲，好像大家都會，因為並沒有什麼事情做，只要坐著拱杆大轎，帶著兵丁，一天在街上跑兩趟就完事。一旦要辦警察，這是新政了，從外國學來的，你就得知道方法才敢去接這差事。」〔註 36〕在一個官本位的社會中，士子自然是要相時而動的。葛寰中的親戚吳表少爺吳鴻到成都來找他代謀職位。葛寰中說：「你一點功名沒有，官場中如何能夠為力？現在世道，不要功名也可以，卻須住過學堂的，你呢？」〔註 37〕鄉鎮來的吳表少爺完全不知新式學堂為何物，只道是在舊式私塾住過。新式學堂大多集中於省會這樣的大城市，由遍布鄉間的傳統私塾構成的教育格局為之一變。城市中，也開始出現了一年速成的武學堂，滿足一些鄉里子弟的晉升願望。吳鴻就進了速成武學堂，以後大小也有事可做了。

清季新政中，出現了傳統紳士辦新式學堂的風潮。小說中，四川新式學堂之首的高等學堂，仍用的是尊經書院的舊址，主事的也是胡翰林這樣的上層傳統紳士。中學學堂的監督一類也仍舊是傳統紳士擔當。大批讀書人以科舉進仕的功利心態，在傳統紳士階層的引領下邁出了教育現代化的步伐。

〔註 34〕李劼人：《李劼人全集》第 2 卷，第 65 頁。
〔註 35〕賀躍夫：《晚清士紳與近代社會變遷——兼與日本士族比較》，第 97 頁。
〔註 36〕李劼人：《李劼人全集》第 2 卷，第 34 頁。
〔註 37〕李劼人：《李劼人全集》第 2 卷，第 115 頁。

三、現代作家的末代科場

光緒三十一年（1905 年），清廷上諭：「著即自丙午科為始，所有鄉、會試一律停止，各省歲科考試亦即停止。其以前之舉、貢、生員分別量予出路，及其餘各條，均著照所請辦理。」〔註 38〕至此，千百年來關係著士子命運的科舉制度走到了盡頭。葉聖陶根據自己幼年的經歷創作了短篇小說《馬鈴瓜》，講述了 1905 年，虛歲十二歲的「我」去貢院應試的故事。父親希望我去應院試，「我」則提出帶兩個馬鈴瓜才肯去的條件，一派稚子純真。這篇篇幅不長的小說，真實再現了清代科場的種種細節。

小說中，「我」的應考是一個充滿地方風俗的家族事件。「在我們這地方，當舅父的有幾種注定的任務，無論如何不能讓與別人的，就是抱著外甥剃第一回的頭，牽著外甥入塾拜老師，以及送外甥入場應試。」〔註 39〕照著這樣重視讀書應考的習俗，舅舅負責送「我」入場應考。而「我」帶去應試的書是叔父準備的，嬸母幫忙裝箱。「我」入考場要帶的黃銅頂子緯帽也是叔父的。蘇州的民間故事有稱，清代的秀才戴黃銅頂子的冠。〔註 40〕葉聖陶是蘇州人，叔父有黃銅頂子的緯帽，應試的書籍和考場規則也都由叔父準備，大概可以想見叔父多半是通過院試的秀才了。

「我」所參加的童子試是科舉考試的入門，三年兩考。從小說的敘述來看，小小年紀的「我」已經考過縣試和府試。按照清代科舉的規則：「無論是否參加縣試、府試者，均可報名應院試……童子試設有縣試、府試、院試三種，可以自由參加，但欲考秀才者非經院試不可。若連續三年不參加任何一種考試，則失去童子試應試權利。」〔註 41〕縣試在縣城舉行，府試和院試在府城舉行。相對於縣試來說，府試路途遙遠，用費頗多，參加院試更需先報到，租覓寓處，因此參與人數比縣試較少。〔註 42〕對於「我」來說，院試其實是一段輕鬆的路程：「從我家到貢院前，不過一里光景」〔註 43〕。「我」的

〔註 38〕《光緒政要》第二十七冊，卷三十一，第 57～59 頁，轉引自舒新城編：《中國近代教育史資料》上冊，北京：人民教育出版社，1981 年，第 65 頁。
〔註 39〕葉聖陶：《葉聖陶全集》第 2 卷，南京：江蘇教育出版社，2004 年，第 95 頁。
〔註 40〕潘君明，高福民主編：《蘇州民間故事大全》第 12 冊，蘇州：古吳軒出版社，2006 年，第 68 頁。
〔註 41〕文安主編：《晚清述聞》，第 284 頁。
〔註 42〕文安主編：《晚清述聞》，第 282 頁。
〔註 43〕葉聖陶：《葉聖陶全集》第 2 卷，第 95 頁。

困擾在於院試與縣試、府試一樣也都是在夜間。清代院試是半夜入場。〔註44〕十二歲的「我」帶著幼童對於黑夜慣有的恐懼，不喜歡夜行，又感到了昏昏欲睡的疲倦。貢院外黑壓壓地擠滿了人，「我」則像一個夢遊的病者擠入考場。擁擠和嘈雜構成了我對院考的主要記憶。科舉走到了窮途末路，在這條路上努力多年的士子卻依舊前赴後繼地投身其中。考場外的人頭攢動中，作為孩童的「我」看到了科考的種種戲謔。婦女抱著孩子，說笑著看應考的士子。胡家為大批家族子弟租下的應考寓所成了圍坐打牌的地方，全然沒有讀書人的氣息。

除了孩童看熱鬧似的觀察之外，小說對科舉考試規則和流程的種種描繪極為精細。繁冗嚴謹的科考與一個稚氣未脫的孩童之間的反差也顯出種種滑稽之態。清代縣考要求考生須「戴無頂戴之官帽入場。〔註45〕也有一說稱參加童子試的考生「按照規定是必須穿官衣、戴官帽的，……但是到了清末，很多考生都不穿官衣，只要求戴官帽了。」〔註46〕「我」的官帽是借叔父的。「父親叫我把那黃銅頂子旋去了，只留頂盤和豎起的一根頂柱。我把緯帽試戴時，帽沿齊著鼻子，前面上截的景物全看不見了，頭若向左右轉動，帽子也廓落地旋轉。」〔註47〕入場時人貼著人擁擠，「我的過大的帽子擱住在前人的腰部，歪斜得幾乎掉下來了；又不能放下手提的東西，其實就是空手，也沒有舉起手的餘地，只好歪著頭勉強把帽子頂住。除了前人長衫的腰部，什麼都看不見」〔註48〕。而儀門上裝的高到「我」胸部的門檻又讓「我」這個小孩子跨不過去。當有個陌生人把「我」抱到門檻內時，「寬大的帽子經這麼一動搖，掉在地上」〔註49〕。「我」的應考完全是一派小孩子穿大人衣服做戲一般的滑稽。

院試是三場童試中規則最為嚴格的一種。考生縣考時就要找廩生作保，填具保結，在院試報到時，廩保再行登記，然後由禮房註冊，於試前隨同考生姓名一併懸榜周知。〔註50〕所謂廩生，即「童生考取生員後，應歲科兩試等第之

〔註44〕文安主編：《晚清述聞》，第286頁。

〔註45〕劉兆：《清代科舉》，第5頁。

〔註46〕李兵：《千年科舉》，長沙：嶽麓書社，2010年，第85頁。

〔註47〕葉聖陶：《葉聖陶全集》第2卷，第95頁。

〔註48〕葉聖陶：《葉聖陶全集》第2卷，第100頁。

〔註49〕葉聖陶：《葉聖陶全集》第2卷，第102頁。

〔註50〕文安主編，《晚清述聞》，第286頁。

高選者，為廩膳生員、增廣生員。」〔註 51〕「廩生每歲有俸米，謂之食餼，故曰廩膳生，簡稱廩生。」〔註 52〕廩生的一項重要職責就是證明應考童生的身份，保其身家清白、非優倡皁隸之子孫、無假捏姓名、冒籍、匿喪等違規行為。〔註 53〕「我」跟著舅父進了貢院黑壓壓的儀門，「因縣試府試的經驗，知道這是點名。點過一名，從人堆裏迸出一聲『有！』人堆就前後左右地擠動，同時又聽見十分恭敬的一聲『某某某保！』叔父曾經告訴我，大考時由廩生唱保，這一定就是了。」〔註 54〕廩生唱保可謂是科場中必不可少的一道「風景」。按照院考的規矩，「拂曉時，點名始完畢，鳴禮炮（土炮），試官將『龍門』貼條封住上鎖」〔註 55〕。所以，「略約聽得外面有些鼓吹之聲與炮聲，我淡淡地想，『封門了。……』」當滿棚的人都向甬道望去時，「我」聽別人說是學臺坐著藤轎進去了。學臺是清代對學政〔註 56〕的俗稱。「院考由『學政』主持。學政亦稱『學院』或『學差』，由皇帝欽派科甲出身之翰林充任，每省一人，三年一任，任何高官如非翰林出身，不能放學差。……其全部官銜為『欽命提督某省學政』，身份等于欽差，與巡撫平行，能專摺奏事，為各省布政司所不能者。」〔註 57〕院試也是由學政當堂閱卷，隨後放榜，可見其地位。

「我」在考試過程中，有人「冒籍」被逐出考場也是一段有意思的小插曲。清代科舉冒籍分為冒占民籍、冒占商籍、冒占旗籍等類別，其中以冒占民籍最為普遍。清代科舉考試中，各地區的錄取比率並不相同，因此有的考生就跨區域冒占其他地方的民籍應考。小說中的冒籍者，被眾人追問籍貫並在回答中暴露自己的外地口音，可見也正屬於跨區域的冒占民籍。這種冒籍的考生將擠佔本地考生中式的名額，自然會在考場上引發眾怒，導致了一場鬧劇。江南一帶大多是科舉大省，冒籍應考的現象也十分突出。許多江南士子還會到士子文士之風較弱的地區冒籍應試。〔註 58〕「通過相關史料可以看

〔註 51〕商衍鎏：《清代科舉考試述錄》，北京：生活・讀書・新知三聯書店，1958 年，第 1 頁。

〔註 52〕劉兆：《清代科舉》，第 16 頁。

〔註 53〕商衍鎏：《清代科舉考試述錄》，第 4 頁。

〔註 54〕葉聖陶：《葉聖陶全集》第 2 卷，第 100 頁。

〔註 55〕文安主編：《晚清述聞》，第 287 頁。

〔註 56〕廣西師範學院歷史系編：《歷代官制兵制科舉制常識》，桂林：廣西師範學院歷史系，1979 年，第 107 頁。

〔註 57〕劉兆：《清代科舉》，第 9 頁。

〔註 58〕劉希偉編：《清代科舉冒籍研究》，武漢：華中師範大學出版社，2012 年，第 109 頁。

到，即便是蘇州、松江、常州等文教極為發達的地區，互相冒籍跨考的問題也非常嚴重。」〔註 59〕無怪葉聖陶會在這短篇小說中專門對「冒籍」的例子詳述一番了。為了科考中式拼盡一生的士子極盡鑽營，卻全然不知科舉取士已經走到了最後一站。

小說中談及的種種繁瑣的科考規則與名號對於今人而言，倘若沒有一定的相關知識，難免會不知所云。而小說中的「我」作為一個虛歲十二歲的孩子，卻已經表現出了對科舉應試種種規則的相當瞭解。這自然與叔父等親友大多具有科場經歷有關，也足見科舉考試對這一帶地區深入而普遍的影響。科考是當時幾乎唯一的也是成本較低的晉升途徑，稍有能力的家庭都會儘量供子弟讀書應試。而「我本來沒有進去的欲望，是父親叔父們要我進去的。」〔註 60〕儘管「我」還是一個孩子，卻已經承載起家族希望，為科考功名做準備。

這種略顯沉重的家族負擔、繁瑣的科考規則以及考試過程的種種艱辛與煩悶與「我」的年齡是極不相稱的。《馬鈴瓜》細數院考的細則流程而又不顯得沉悶，也正是在於對兒童心理和趣味的展現。無數士子勤勉一生投身科考，我卻是因為經不住兩個馬鈴瓜的誘惑去應試。我跟舅父搶著提考籃，也因為考籃中有兩個馬鈴瓜。夜行的不適，貢院外的陰森，等待入場的無聊……「我」都一一以馬鈴瓜自我安慰。院試入場時擁擠不堪，我擔心的也只是怕把籃子裏的馬鈴瓜擠壞了。進入考棚坐定以後，我迫不及待地「捧出一個可愛的翠綠的瓜來」，「那西瓜類特有的一種甜味，使我把一切都忘了。」〔註 61〕難怪等待入場時，一位考生笑道：「你倒蠻寫意；人家只怕絞不出心血來，正在那裡著急，你卻帶著瓜果進去吃。」〔註 62〕面對經義的考題，我無從下筆時，竟又開始吃起馬鈴瓜。待吃完了馬鈴瓜，「我」又開始吃起考籃裏的其他食物。參加科考的考生「帶長耳考籃載筆墨、食物入場」〔註 63〕是習見的慣例。《馬鈴瓜》這篇小說中考籃中所裝的食物則頗具地方特色和兒童趣味。「我」帶入考場的考籃中「盛著兩個馬鈴瓜，七八個饅頭，一包火腿，還有些西瓜子花

〔註 59〕劉希偉編：《清代科舉冒籍研究》，武漢：華中師範大學出版社，2012 年，第 110 頁。

〔註 60〕葉聖陶：《葉聖陶全集》第 2 卷，第 101 頁。

〔註 61〕葉聖陶：《葉聖陶全集》第 2 卷，第 103 頁。

〔註 62〕葉聖陶：《葉聖陶全集》第 2 卷，第 99 頁。

〔註 63〕商衍鎏：《清代科舉考試述錄》，第 4 頁。

生米製橄欖之類，吃消遣的東西」〔註 64〕。乍一看去不像是去應考，倒有點郊遊的意味。考籃裏的零食也是為了哄著孩童捱過漫長的考試過程。「我」把考籃裏所有東西都吃完，連一顆瓜子都不剩才開始翻《禮記》寫文章。實際上，「我」前年才開的筆，只能勉強寫三百個字而已。這次考試只是為了增加閱歷，以免日後怯場而已。關乎士子一生前途，付出的種種辛勞的一場科舉考試，在孩童那裡如一場疲勞的鬧劇一般結束了。

不過，在科場中幼童應考並不稀奇，應考的孩子也並非都似「我」這樣的遊戲態度。「我」在等候入場時，就有考生從舅父那裡得知「我」只有十二歲。這位考生就稱「我」真是所謂的幼童，可以編紅辮線，以期到時大宗師看得歡喜，在點名簿上打個記號。「童生年在十四歲以下考秀才者，可報考『幼童』，提坐堂號，由學政面試，作簡易試題，或背經書及其他簡易試法，准予『進學』。」〔註 65〕院試由學政親自點名〔註 66〕，幼童編紅辮線就可以在點名時引起學政注意。院考成績由學政定奪，學政的一點好印象對考生而言也是意義重大。那位稱我為幼童的考生問我為何不編紅辮線，也正是因為這樣的科考規則。

傳記作家把《馬鈴瓜》當作葉聖陶自己的童年經歷加以敘述。〔註 67〕自然是因為這篇小說濃厚的自傳色彩。而小說與現實之間的差異，也頗令人玩味。顧頡剛曾回憶葉聖陶參加科舉考試的經歷：「長元吳三縣紳衿以賓興款設立公立高等小學，予與聖陶俱往試，獲雋，乃復聚。當科舉未罷時，予已略習操觚，吾父令觀場，而吾祖以為不宜太早。科舉遽廢，予乃無從取得提籃進考場之經驗。聖陶告我，渠曾往應試，家中為之繫紅絲線，示年幼，聞之而羨。」〔註 68〕可見與《馬鈴瓜》中單純的遊戲式應考不同，葉聖陶的家人對他這次參加科舉考試是抱有期待的。葉聖陶的父親中年得子，對他的教育頗為重視。葉聖陶的童年和少年時代所接受的教育也都是在為應對科舉考試做準備。科舉應試無疑是平民達成社會階層晉升的最重要途徑，葉聖陶的家

〔註 64〕葉聖陶：《葉聖陶全集》第 2 卷，第 94 頁。

〔註 65〕劉兆：《清代科舉》，第 11 頁。

〔註 66〕商衍鎏：《清代科舉考試述錄》，第 11 頁。

〔註 67〕參見劉增人：《葉聖陶傳》，南京：江蘇文藝出版社，1995 年，第 6～7 頁；龐暘：《葉聖陶和他的家人》，瀋陽：春風文藝出版社，2001 年，第 4～9 頁。

〔註 68〕顧頡剛：《記三十年前與聖陶交誼》（寫於 1944 年 12 月 23 日），見顧頡剛編著：《人間山河：顧頡剛隨筆》北京：北京大學出版社，2009 年，第 77 頁。

人對他參加科舉和期待中式的心理也十分自然。

有意思的是，《馬鈴瓜》這篇小說創作於 1923 年，距離葉聖陶 1905 年參加院試已經過去十八年了。小說的情節固然有虛構的成分，但其中對科舉考試規則和院試中入場、點名、唱保、封門、出題、試題類型、放排等種種儀式和細節不厭其煩地描繪。就連大約每隔十幾間考棚就有一個尿桶都要調侃一番。要麼是自幼對科舉的認識爛熟於心，記憶深入骨髓，要麼就是依據資料參考所做了。而從顧頡剛的回憶來看，友人對葉聖陶的科場經歷頗為羨慕。參加過末代科考無疑是葉聖陶人生中頗具有紀念意義的一件事。其中對科考過程和規則細緻入微的書寫也帶有一絲滿足獵奇心理的意味。

《馬鈴瓜》雖然以孩童的視角敘述，但其中對科舉考試的繁瑣，士子的辛勞是充滿體認和感慨的。小說中「我」對科場陰森鬼魅的感受，既是孩童心理使然，也似乎暗暗喻指著科舉的末路。中國社會的新舊轉型之變也在「我」帶著馬鈴瓜應考的院試中明晰地顯現出來。叔父說：「這回考試開未有之例，入場時不搜檢了，可以公然帶書去翻。」〔註 69〕考場中也出現了尋常童生和學生兩類不同的應考人群。「學生與尋常童生，不同之點很多，最顯著的有兩端：一是排斥迷信，而是崇奉合群新說。」〔註 70〕學生來應科舉考試也是成群結隊而來。科舉考試中，考生的年齡參差不齊，既有幼童、青少年，也不乏三四十歲的老童生。但新式學堂的學生卻有著相近的年齡和趨同的家庭背景。而此時期的新式學堂多為寄宿制，家庭紐帶日益鬆動，與傳統的道德習俗日漸疏遠，從而形成了一種有別於以往士子的學生集體關係。新式學堂的學生也因此形成了集體行動的風潮。〔註 71〕小說中，學生集體應考，又集體砸了定慧寺神像的舉動，正是新學堂興起後由士子到學生的思想行為驟變之體現。然而，這種新變的背後依舊是對科考進仕道路的追逐。興辦起來的新式學堂在考期臨近時，發出告示不准學生應科舉考試，禁止想兼走兩條進取道路的取巧佔便宜。但是縣立小學堂和中學堂的好些學生還是改名字考科舉。這群學生中以中學學堂裏的學生杜天王為首。杜天王是一位「了不起的鄉紳」〔註 72〕的兒子。鄉紳這樣以科舉功名獲得特殊社會政治地位的精英階層，他的特權在很大程度上能夠與直系親屬共享。杜天王依著新學堂的反對迷信，

〔註 69〕葉聖陶：《葉聖陶全集》第 2 卷，2004 年，第 95 頁。
〔註 70〕葉聖陶：《葉聖陶全集》第 2 卷，2004 年，第 105 頁。
〔註 71〕參見楊小輝：《近代中國知識階層的轉型》，79～81 頁。
〔註 72〕葉聖陶：《葉聖陶全集》第 2 卷，第 106 頁。

成群行動的處事特點，肆無忌憚地帶領新式學堂學生損毀神像，飛揚跋扈地打罵冒籍者，乃至得到「天王」的名號，也都因為父親有著鄉紳的特權地位。而參加科舉考試取得功名正是進入這種特權階層的最重要途徑。紳士階層的子弟既看到了社會的現代化而開始接受新式學堂教育，卻依舊希望牢牢抓住科考這樣傳統的晉升路徑。現實中，葉聖陶已經是紳衿創辦的新式學堂的小學生，但卻也參加末代科舉，希望兼走兩條進取之路。童生與學生的雙重身份也正代表著過渡時代人們對以教育實現社會階層晉升的慣性。葉聖陶的小說中也常有交代其中人物讀書準備科舉考試的經歷。這種雙重教育背景是許多現代作家在社會轉型中難以避免人生經歷。

葉聖陶的《馬鈴瓜》中，「我」以稚子的童真，疲憊無聊地用兩個馬鈴瓜和一考籃食物應付了一場院試。也就是這一次，早已飽受詬病的科舉考試歷經千年而壽終正寢了。科舉廢除這一後來被史學家視為士人與清政府離心的重大事件，於葉聖陶而言則是在一個孩童的鬧劇中結束了。社會的新面貌卻在這時加速露出自己的眉目來。

四、新女性的母親——新式學堂中的紳士家庭女眷

美國學者吉爾伯特·羅茲曼曾指出：「1905 年是新舊中國的分水嶺，它標誌著一個時代的結束和另一個時代的開始。必須看到，它是一個比 1911 年革命更為重要的轉折點，……1905 年，儘管革命的社會意識沒有起作用，但隨著朝廷宣布結束中國的科舉制度，舊社會主要的大一統的制度被廢除了。科舉制度曾經是聯繫中國傳統的社會動力和政治動力的紐帶，是維持儒家學說在國家的正統地位的有效手段，是攫取特權和向上爬的階梯，它構成了中國社會思想的模式。由於它被廢除，整個社會喪失了它特有的制度體系。」〔註73〕這一觀點得到了許多國內學者的贊同，並被廣為引用。

科舉制度的廢除之時，整個的社會反映是十分平淡的。而在之後的歲月中，科舉廢除對中國社會歷史進程產生的深入影響逐漸顯現，並出現在大量的中國現代文學作品中。在反映辛亥革命前後這一時間段的小說中，科舉廢除後新式學堂的廣泛建立及其在中國社會現代化進程中產生重要影響的歷史現實得到了現代作家的關注。

〔註73〕〔美〕吉爾伯特·羅茲曼（Rozman, G.）主編：《中國的現代化》，陶驊等譯，上海：上海人民出版社，1989 年，第 338～339 頁。

光緒帝廢除科舉的詔書也為今後的教育文化提出了發展方向：「學堂本古學校之制，其獎勵出身亦與科舉無異。歷次定章，原以修身讀經為本；各門科學，又皆切於實用。是在官紳申明宗旨，聞風興起，多建學堂，普及教育，國家既獲樹人之益，即地方亦有光榮。經此次諭旨，著學務大臣迅速頒發各種教科書，以定指歸而宏造就」〔註 74〕清王朝在廢除科舉考試制度的同時，也開始大力提倡新式學堂的創辦。綿延千年的科舉制度廢除之後，在下坡路上走得正急的清王朝也離覆亡不遠了。在這朝代更迭的縫隙中，社會新變也在屬於社會精英階層的紳士家庭中擺出了破舊立新的姿態。科舉制度廢除以後，新式學堂迎來了真正的大發展。

隨著新式學堂的創辦，不僅使致力於科考進仕的士子生活軌跡為之一變，也為原本安居宅院中的女性開啟了一種全新的人生。丁玲的小說《母親》就是以自己母親的經歷為藍本，講述了一個紳士家庭的女性，在喪夫之後進入新式學堂而改變命運的故事。從丁玲母親的日記來看，小說敘述的是 1907 年之後幾年的事情，也正是科舉考試廢除後，新式學堂興起的時期。

小說的主人公於曼貞，出身於一個世代書香的官紳家庭，祖上曾經官至太守。曼貞嫁到的江家也同樣是官紳人家。江家的老太爺掙下了不小的功名，二十歲就帶藍頂子，二十四歲就帶紅頂子。江家的父輩子侄大都有著科考經歷。江家七兄弟也只有四老爺連個芝麻大的功名都沒有。曼貞的丈夫江家三老爺，不但十五歲就中了秀才，也去過東洋留學。與丁江家兩家有交往的也大多是紳士家庭。

江家老一輩確是講仁義道德有良心的人，然而到了這一輩的老爺們卻已是家風敗壞。江家在經濟上日漸衰敗，而龐大的親族，仍舊講究著門面應酬，一家男女又大都有著鴉片癮，總要吃好膏。曼貞的丈夫平時大手大腳，敗光了大半家產後病逝，留下了曼貞和女兒小涵還有一個遺腹子。江家是一個保守的紳士家庭，江家人覺得學堂裏好歹不齊，少爺們都只准在書房讀書。江家歷來也有不少貞節牌坊匾額。

曼貞這樣一個傳統紳士家庭的寡婦，餘生似乎是一眼能望到頭的了。但是，清季的社會變革卻讓她看到了一種新的生活。小說中曼貞的父親曾設館教書。她的弟弟雲卿也在一個新開辦的男學堂裏教書。但是，「他並不教人做

〔註 74〕《光緒政要》第二十七冊，卷三十一，第 57～59 頁，轉引自舒新城編：《中國近代教育史資料》上冊，第 66 頁。

文章，只教學生們應該怎樣把國家弄好，說什麼民權，什麼共和，全是些新奇的東西，現在又要辦女學堂了，到底女人讀了書做什麼用，難道真好做官？假使真有用，她（曼貞）倒覺得不能不動心呢。」〔註 75〕

新式學堂帶來的一系列變化已經給一些開明的紳士家庭帶來了不一樣的風氣。與丁家交好的程家，懂新學的程二老爺竟說起自己的中過舉人的哥哥文章不通。程家的二嫂在上海進了一年多的新學堂，腳也放了，頭上也不戴花不戴鈿，還要當女先生教書了。曼貞想進新學堂的願望連紳士家的女眷也開始贊同。趙四姐就勸慰曼貞：「世界確是不同了，說是自從『長毛』以後，外國人就都到中國來，中國人也到外國去讀書，從前廢科舉，後來辦學堂，現在連我們家裏也有女學生，前晌還有人到縣裏講，說四處有人想造反，要趕跑滿人，恢復明朝。那麼，天下又得亂。所以我說將來的事斷不定，怕還是五姐讀了書好呢。」〔註 76〕在辦新學堂的弟弟雲卿的幫助下，已經三十歲的寡婦曼貞，賣掉了鄉下的房產和田地，帶著兩個孩子來到城裏進入了新式學堂。

新式學堂開辦之初，不少學堂沒有女學生，就只好去接親戚家的女眷來上課。小說《母親》中敘述的也正是這樣的情形。進入新式女子學堂的大半都是大戶人家打扮。新式學堂依舊掛著先師孔子像，大廳掛著知縣題的匾額「女師坤範」。入學典禮也是一派新舊混雜的意味。知縣、學堂的堂長王宗仁帶著幾位中年紳士參加了入學禮。三四十名學生，有小姐太太，也有幼稚生。小說中，新式學堂的興辦者都是傳統紳士。紳士家庭的女性出身於書香世家的經歷也使她們本身具備了一定的文化素養。紳士家庭相對更優越的經濟條件，也使這些不需要以勞力謀生的太太小姐有了接受教育的時間。接受過新式教育的紳士也願意將家中女眷送入新式學堂。在開明傳統紳士的主導下，紳士家庭女性的現代化之路在接受新式教育的過程中展開了。

新式學堂不僅為這些傳統紳士家庭的女性帶去了新的知識，而且改變了她們的生活模式和價值觀念。曼貞放開了紳士家庭引以為傲的小腳。不少大家女眷上了學堂以後放了小腳，穿白竹布棉襪子，和黑緞鞋，也不再戴繁複的頭飾首飾。於曼貞堅持忍痛上體操課，「每天都要把腳放在冷水裏浸，雖說

〔註 75〕丁玲：《丁玲全集》（第 1 卷），石家莊：河北人民出版社，2001 年，第 155 頁。

〔註 76〕丁玲：《丁玲全集》（第 1 卷），第 194 頁。

不知吃了許多苦，鞋子卻一雙比一雙大，甚至半個月就要換一雙鞋。她已經完全解去裹腳布，只像男人一樣用一塊四方的布包著。而同學們也說起來了：『她的腳真放得快，不像斷了口的。到底她狠，看她那樣子，雄多了。』」〔註77〕新式學堂講平等、自立的辦學理念也讓紳士家庭的女性開始走出家門，嘗試著像男性一樣參與社會活動。興辦新式學堂的紳士們激進的社會活動也更進一步拓寬了這些女性的視野和胸懷。於雲卿到女學堂演講「怎樣振興中國」，態度言辭慷慨激昂，令人傾心佩服。「於雲卿他們組成了一個郎江學社，他們還說要出報紙，他們經常都在罵官廳，他們又都不蓄頭髮，成天的忙」。〔註78〕曼貞和夏真仁等同學開始關心時政，並生發出了報國救世的熱情。女學堂裏也有人想入革命黨。

在《母親》這部小說中，紳士階層在科舉廢除之後內部不斷分化，一部分紳士逐步現代化，成為社會變革的推動力；一部分紳士階層家風墮落，家業衰敗。在接受了新式教育和新思想的紳士主導下，紳士家庭內部出現了新的思想和氣象。紳士家庭的女性也開始緊隨其後走出故宅舊家，成為有新知識、新思想的第一代「新女性」。

在以科考為中心的儒家經典教育下，紳士群體大體趨向於衛道，並慣於從儒家經典和倫理道德來看待現實問題，與王朝政治也有著天然的親和力。以籍貫為單位的應考體制下，士子都在本籍鄉里耕讀，生活穩定且家庭紐帶牢固。〔註79〕但廢科舉、興學堂以後，學生所處的以同齡人為主的寄宿集體生活、居於城市的學校環境以及教育的組織形式、內容都與科考時代的士子有了質的差異。〔註80〕在時人的言論中，新式學堂幾乎是反體制思想的策源地。在近代中國第一代新式學堂的畢業生中，湧現出最多的就是政治志士與職業革命家。〔註81〕在新式學堂的興盛之下，新潮不斷湧現。當困守舊宅的紳士家庭女性也開始步入其中接受現代思潮洗禮之時，一場更大的革命風暴也已經不遠了。

〔註77〕丁玲：《丁玲全集》（第1卷），第188頁。

〔註78〕丁玲：《丁玲全集》（第1卷），第194頁。

〔註79〕楊小輝：《近代中國知識階層的轉型》，第79頁。

〔註80〕楊小輝：《近代中國知識階層的轉型》，第80頁。

〔註81〕楊小輝：《近代中國知識階層的轉型》，第77頁。

第二章　辛亥鼎革前後的紳權與民權

「欲興民權，宜先興紳權；欲興紳權，宜以學會為起點，此誠中國未嘗有之事，而實千古不可易之理也。……今中國之紳士，使以辦公事，有時不如官之為愈也。何也？凡用紳士者，以其於民之情形熟悉，可以通上下之氣而已。今其無學無智既與官等，而情偽尚不如官之周知，然則用之何為也？故欲用紳士，必先教紳士。……紳智既開，權限亦定，人人既知危亡之故，即人人各思自保之道……」。〔註 1〕

——梁啟超

李劼人的《暴風雨前》中寫道：「第二年，是宣統元年。在國內有一件大事可紀的，是汪精衛黃復生謀炸攝政王未遂。在郝又三社會生活中有兩件大事可紀的，一是他父親以郫縣紳士資格，被選為四川省諮議局議員。」〔註 2〕李劼人是慣用日常生活書寫歷史的。郝達三當選為諮議局議員其實也代表了國內的一件大事。光緒三十二年（1906 年），預備立憲詔書頒布。光緒三十三年（1907 年）籌設資政院和各省諮議局。光緒三十四年（1908 年）定諮議局章程和議員選舉章程，並頒布憲法大綱，定九年後施行預備立憲。宣統元年（1909 年）二月，清政府實行預備立憲，開諮議局、資政院。諮議局相當於省議會，資政院相當於國會。〔註 3〕這意味著清王朝在政治體制上至少是形式

〔註 1〕梁啟超：《論湖南應辦之事》，見李華興、吳嘉勳編：《梁啟超選集》，上海：上海人民出版社，1984 年，第 75～77 頁。

〔註 2〕李劼人：《李劼人全集》第 2 卷，第 197 頁。

〔註 3〕參見張朋園：《立憲派與辛亥革命》，上海：上海三聯書店，2013 年，第 3～11 頁。

上的一次根本性變革，也是整個帝制時代一次巨大轉向。清政府的預備立憲和革命黨人的刺殺暴動也是相伴而生，共同推動著古老帝國的現代化進程。立憲派和革命黨的活動也雜糅在《暴風雨前》和《大波》兩部長篇小說中，構成了「近代中國華陽國志」的敘事主線。

一、地方紳士與清末新政

在預備立憲的政策設計中，諮議局的議員由選舉產生。年滿三十歲的男子，且具有以下三個條件的之一就可作為候選人參選：「曾在本省地方辦理學務及其他公益事務滿三年以上之有成效者；2 曾在本國或外國中學堂或同等以上之學堂畢業得有文憑者；3 有舉貢生員以上之出身者；4 曾任實缺職文七品武五品以上未被參革者；5 在本省地方有五千元以上之營業資本或不動產者。」〔註 4〕符合這些參選條件的人大多來自傳統紳士階層。最終的選舉結果中 89.31%的議員是具有科舉功名的紳士階層。〔註 5〕不過，中華帝國這第一次民主選舉的投票情形是極為慘淡的，而且大多數是指導投票，其實與官派無異，賄選問題也十分嚴重。〔註 6〕

《暴風雨前》的郝達三，在郫縣不過有數十畝田，平時也並不以郫縣紳士自居，卻被選為了郫縣議員。他的意外當選並不是郫縣無人應選。「許多足不出戶的秀才廩生，想到衙門裏來走動，看能選到自己頭上否，只是知縣聽師爺講來，諮議局雖然不是個正經衙門，但議員的身份都很高，能夠與三大憲〔註 7〕平起平坐的說話，開起議來，三大憲還要親自到諮議局參與，如此一個清高的地位，焉能讓一個平常本地人爬上去，給自己丟臉。」〔註 8〕此外，還要擔心本地人多對父母官不好，影響縣官前程。於是，縣官就採用師爺的獻計找了在外遊宦的寄籍紳士。而郝家的世交葛寰中給郝達三當議員的法門竟是隨眾進退，少發議論。各省諮議局的成立，本是一個讓民眾練習行使民權的機會。但是在地方官紳的操控下，諮議局卻成了維護官員私利的政治博弈。各省的預備立憲事宜大多是由地方督巡積極提倡籌劃，依靠官紳推進的。但是自治人才缺乏，各省官紳素質良莠不齊，尤其是地方官紳借機圖利，以致於立憲自治的效果並

〔註 4〕參見張朋園：《立憲派與辛亥革命》，上海：上海三聯書店，2013 年，第 13 頁。
〔註 5〕張朋園：《立憲派與辛亥革命》，第 23 頁。
〔註 6〕張朋園：《立憲派與辛亥革命》，第 17、18 頁。
〔註 7〕清代地方官對總督（或巡撫）、布政使和按察使的合稱。
〔註 8〕李劼人：《李劼人全集》第 2 卷，第 197 頁。

不理想。〔註 9〕郝又三的家事折射出了預備立憲中整個國家的弊病。

不過，諮議局的開設還是給在野紳士提供了在朝參政的機會。新政和預備立憲的制度之下，官紳之間的地位和關係也逐漸演變。新式學堂興起以後，學堂學生成了一股新的勢力。四川省教育會主辦了大運動會，省城中的中等以上學堂，各處公私立學堂都有整隊的學生開上省來，學界勢力初具規模。新政在短時間內引起的變化，讓教私館的中年士子王中立看不明白了：「朝廷制度，也不成他媽個名堂！今天興一個新花樣，明天又來一個，名字也是稀奇古怪的，辦些啥子事，更不曉得。比如說，諮議局就奇怪，又不像衙門，又不像公所，議員們似乎比官還歪，聽說制臺大人，還會著他們喊去問話，問得不好，罵一頓。以前的制臺麼，海外天子，誰惹得起？如今也不行了。就像這回運動會，一般學生鬼鬧一場合，趙制臺還規規矩矩的去看。出了事，由制臺辦理好咧，就有委屈，打稟帖告狀好了，那能由幾個舉貢生員，在花廳上同制臺賭吵的道理？如今官也悖了時！受洋人的氣，受教民的氣，還要受學界的氣，受議員的氣。」〔註 10〕

清季預備立憲中，官紳之間的地位關係為之一變，紳氣漸旺。一場紳士發起的保路運動無意中成了壓死清王朝這隻老病駱駝的最後一根稻草。李劼人的長篇小說《大波》就以保路運動開局，展現了辛亥鼎革前後巴蜀地區官紳軍民的生存樣態。

光緒二十九年（1903 年），正值清末新政，時任四川總督按照湖南、湖北的做法，奏請川漢鐵路由川人自辦。川漢鐵路公司成立時，「明確宣布不募外債，不招洋股，開我國自辦鐵路之先河」〔註 11〕。不過，集資後的結果是，大多數人民出了錢但從未看過股票利息。「雖然有奏設的股東大會，由股東會組織的董事局，還不是那幾位有名的紳士，你公舉我，我公舉你擔任了。並且都是不懂數字的一夥老酸，縱然按期到鐵路總公司開起董事會來，也不過領領輿馬費，吃吃好菜，談談閒話，看看永遠弄不清楚的賬單，而一塌糊塗的收支，除了成、渝、宜、滬一夥經手的職員先生們自己明白外，惟有全知全能的上帝才明白。」〔註 12〕川漢鐵路在施工和財務方面的問題，最終使清

〔註 9〕章開沅，馬敏，朱英主編：《辛亥革命前後的官紳商學》，武漢：華中師範大學出版社，2011 年，第 60 頁。

〔註 10〕李劼人：《李劼人全集》第 2 卷，第 239 頁。

〔註 11〕鮮于浩：《試論川路租股》，《歷史研究》1982 年第 2 期。

〔註 12〕李劼人：《李劼人全集》第 3 卷，成都：四川文藝出版社，2011 年，第 6 頁。

政府決定將商辦的川漢鐵路改為國有，並向外國銀行借款修築。由此引發了一場導致政權更迭的風暴。

小說中，關於川漢鐵路的路權之爭與史實是基本一致的。在一群老朽酸腐的紳士手中，川漢鐵路靠民間籌集的資本是一本說不清的爛帳。川路股款最大一宗為民眾的租股，而且徵收範圍廣，徵收時間長，徵收數額巨大。另一方面，四川省許多具有進士、舉人功名的諮議局議員本身就是川漢鐵路公司董事會和股東的負責人。〔註 13〕路權之爭也成了紳士依靠清季新政獲得的政治地位對自身經濟利益的一種保護。《大波》就涉及了紳士在保路運動中維護私利的心態。「要生生奪去掌握中的經濟權，要查帳，這個真非拼命不可了！……一般明的暗的紳士們，早已大聲喧嘩起來：『反對國有！誓死反對國有！』……以年齡最大、資格最老的翰林院侍講學士銜編修伍肇齡的名義領銜，又來了一個『為籲懇電奏事』的呈文。……『民心浮動，』『人民激憤，』到底是筆尖上的話，而浮動激憤的，仍只是頂少數的一夥明的暗的有作用的無作用的紳士。」〔註 14〕在《大波》中，川漢鐵路的路權之爭最初不過是少數紳士的利益之爭，書中大部分紳民仍舊是一派優哉游哉的蜀中歲月。然而，清末新政掀起的種種變化，卻使事態一步一步發酵成了官紳軍民的尖銳衝突和混亂。

在客籍的官紳黃瀾生看來，「有了諮議局一夥紳士們。這夥人從前只有仰官府鼻息的，現在竟與官府平起平坐，爭吵起來，這一下，官府力量越小，紳士的氣焰就越高」〔註 15〕。在《大波》中，常常被認為是清皇室騙局的預備立憲，使從前一道聖諭辦事無人敢反對的局面難以存續了。小說中，路權之爭爆發時，「諮議局大開，各縣選送來的議員們，有一半多是官場所目為不安本分的讀書人，是素愛預聞地方公事，使父母官聞之頭痛的紳衿們；有一小半是關懷國事，主張縮短預備立憲年限的維新派；也有很小一部分，受過《民報》《國粹學報》的洗禮，又看過《黃書噩夢》等禁書，頗具民族思想，主張排滿，而尚不知民主共和為何物的志士。這三種人，第一是讀過書，有過科名，為一方的知名之士，確能左右眾人的；第二是歲數都在三四十之間，朝氣未泯，具有大欲的。諮議局是假立憲所特許的言論機關，與平日只可仰

〔註 13〕鮮于浩：《試論川路租股》，《歷史研究》1982 年第 2 期。
〔註 14〕李劼人：《李劼人全集》第 3 卷，第 9～10 頁。
〔註 15〕李劼人：《李劼人全集》第 3 卷，第 17 頁。

其鼻息的官僚是對抗的，可以放言高論而得社會信託，不受暴力摧殘的，有了這個憑藉，所以四川的紳氣，便一反以往專門迎合官場，以營私利的行為，而突破了向日號稱馴良的藩籬，而大伸特伸起來。」〔註 16〕此外，李劼人在《暴風雨前》借他人之議論提及的學界勢力在《大波》中以敘事者的角度被明確提出來。新式學堂中的先生們，身份近似於舊式書院的山長，能夠自重，而與官場以敵體來往，是一群受到社會高度尊重，不滿現狀，力圖變法革新的中年紳士。〔註 17〕在李劼人筆下，新政中的四川紳士形成了與官場相對的政治力量。

不僅如此，新政期間，紳士興辦報刊的風潮之下，成都開始出現各種報紙。小說中，紳士們就利用報紙趕走原本蔑視諮議局的官員。辦報人開始發現輿論的力量，著手攻擊官場，並從中體認了立憲時代的言論自由。一般留心世事的先生開始每日買報看報。而成都風土人情好以茶鋪消遣，茶鋪也儼然成為了討論地方政務的公共空間。

許多支持立憲的官員與諮議局議紳交好。小說中多次提及的岑春煊，為清末重臣也是清季立憲派的代表人物，曾多次奏請清廷早日施行預備立憲。〔註 18〕「正是王人文護理時節，王人文雖是貴州省籍，然而生於四川，是四川米糧喂大的，也可以說是四川人，平時既與四川紳士接近，而性情又根本忠厚平易，思想也比較維新。」〔註 19〕至於革命黨目前還占不到勢力。

二、官紳之爭與保路運動

《大波》表現了新政和預備立憲中，紳權大興的局面。在收回路權一事上，紳士們以民權的代表身份，用紳權與皇權相抗衡。紳士以報刊的輿論力量，開始抨擊政府將川漢鐵路收為國有一事。官員王人文「經人一吹，便憑著有出奏之權，認為清廷這種辦法，來得太專，既蔑視有關係的封疆大臣，又蔑視預備立憲時代的人民，便一面反對盛宣懷的政策，一面駁覆盛宣懷、端方所擬的辦法，一面就放任紳士去幹，並代為出奏。」〔註 20〕議員、學紳、在籍的京官和鐵路公司有關的人，都仗著紳氣正旺，氣勢百倍地爭路權，想

〔註 16〕李劼人：《李劼人全集》第 3 卷，第 30 頁。
〔註 17〕李劼人：《李劼人全集》第 3 卷，第 31 頁。
〔註 18〕章開沅，馬敏，朱英主編：《辛亥革命前後的官紳商學》，第 54 頁。
〔註 19〕李劼人：《李劼人全集》第 3 卷，第 32 頁。
〔註 20〕李劼人：《李劼人全集》第 3 卷，第 32 頁。

著只要官紳合作，此舉斷不會有風險。

清宣統三年，民國元年的前五個月的一天，成都各法團的精英聯合成立了保路同志會。「這一天，是四川人在滿清統治下二百餘年以來，第一次的民眾，——不是，第一次有知識的紳士們反抗政府的大集合。」〔註 21〕小說行文至此，並未將保路運動視為群眾運動，而只是原本在野的紳士——在清末新政中逐漸形成的議紳、學紳及原本鄉里的紳糧與在朝官員的一次博弈。而後，在紳情激憤之下，四川的民氣也逐漸高漲起來。

李劼人為了寫《大波》，在史料方面做了充分的準備。《大波》再現了當時諮議局副議長、巨紳羅梓青在保路同志會上引起轟動的演講。從史料的記載來看，羅梓青當時的演說聲淚俱下，全場百人慟哭。在羅梓青的演說中，原本為了掩蓋帳目混亂和經濟利益損失而反對鐵路國有的運動，上升為了一次愛國運動。郵船部部長盛宣懷向外國銀行借款修川漢鐵路的行為被指為賣國，反對鐵路國有則被理解為誓死不做亡國奴的愛國行動。對於飽受外國侵略的國人而言，煽動民族情緒實現保路目的的做法是卓有成效的。小說中，新式學堂的學生參加完保路同志會後都不禁感慨：「這回事體，想不到一般老酸倒跳得這們有勁，平常說的秀才造反，三年不成，這回卻不同了。光看同志會成立那天，羅梓青那麼一哭，把幾百人都引動了，我向來不哭的，都不自覺流下淚來。那時，只要他喊一聲造反，我相信立刻就可暴動起來。」〔註 22〕成都各街道、四川各鄉場的同志會相繼成立，保路運動成了市井小民熱議的話題。成都報業的繁榮，使賣傘鋪的掌櫃傅隆盛也養成了看報紙瞭解保路運動的習慣，並對保路紳士們心生敬仰。保路運動在民眾中掀起的讀報熱潮，讓賣蕎麵為生的陳蕎麵也改行賣報紙了。

《大波》自然沒有在描述高漲的保路運動時，並沒有落入三十年代鼓吹民眾運動的左翼小說的窠臼。李劼人在以小說書寫重大歷史事件時，帶有十分自然的政治剖析的色彩。半官半紳的黃瀾生和川漢鐵路公司的廖姓紳士聊起時政時，就談到四川的保路運動單靠紳士而沒有官員王大人的支持，也鬧不到這樣的聲勢，而新任總督趙爾豐上任後就不會再支持紳士。〔註 23〕軍界中的吳鳳梧也對新式學堂的學生談起，保路同志會鬧得無法無天，遍街演說

〔註 21〕李劼人：《李劼人全集》第 3 卷，第 33 頁。
〔註 22〕李劼人：《李劼人全集》第 3 卷，第 50 頁。
〔註 23〕李劼人：《李劼人全集》第 3 卷，第 57 頁。

把朝廷的大官罵得半文不值，連小學生都會又說又哭，這種局面等趙爾豐到任之後，絕不會縱容。在川人的言談中，趙爾豐絕不會屈就於紳士。〔註 24〕而後，小說中趙爾豐一出場也基本上是紳民議論中的形象。趙爾豐絲毫不把四川紳士的聯合反對放在眼裏：「我在四川幾十年，那兒瞧見一個像紳士的人！……你們四川人生成下賤，到底是邊省，沾染了不少的夷風，所以也養成了一種畏威而不懷德的劣性。至於說到民氣，可更令人發笑了！我根本就不懂什麼東西叫做民氣，這不過是康梁等叛逆從日本翻譯出來，以騙下民的一個新名詞。」〔註 25〕爭路的紳士都明白趙爾豐為人，但想著已經是預備立憲時期，資政院諮議局已開，民氣已張，官員再不能像專制時代那樣獨斷。故而決定據理力爭。在敘事者的立場中，這些相信紳權興旺，民氣大張的紳士是不夠聰明的：保路運動一開始就把調子打得太高，是必定會鬧僵失控的。

歷史上的趙爾豐在邊地征戰有功，改土歸流方面也卓有成效，不過在鎮壓保路運動中的鐵腕也飽受指責。在《大波》中，趙爾豐一開始就被塑造了一個趙屠戶的負面形象。他本人和幕僚子侄都一派昏庸腐朽、頑固無能。在清政府官員內部，不少官員主張變法自救，而保守頑固的官員依舊存在。在預備立憲的過程中，地方督巡與諮議局之間一直摩擦不斷。〔註 26〕《大波》也把保路運動的擴大歸咎為了封疆大吏趙爾豐的保守昏庸，舉措失當。趙爾豐拒絕代奏爭路，不與紳士合作的姿態，激化了保路運動的發酵升級。

小說中寫到了四川鐵路公司股東特別大會會長是華陽翰林顏楷，副會長是南充貢生張瀾，股東代表鄧孝可，民政部主事胡嶸，等等全是一干四川本土有名望的紳士。在保路運動中起領導作用的諮議局議長蒲殿俊、副議長羅梓青、鄧孝可在歷史上都是蜀中名士，鄧孝可還是《蜀報》主筆。保路運動中，年近八十的正派紳士伍老先生，蜀中名士大半都是他的門生。這樣德高望重的紳士也被請出來，回應趙爾豐一派稱保路運動是混小子、劣紳所鼓動的指責。歷史上，保路運動之初採取的方式是頗具策略性的。小說中，紳士的民眾宣傳動員工作開足馬力，一般升斗小民都從《一錢捐》等關於保路運動的宣傳中大受感染。《大波》中也饒有趣味地以川人獨特的性格展現保路運動初期的民眾的參與熱情與智慧。成都各行各業開始罷市，新式學堂罷課。

〔註 24〕李劼人：《李劼人全集》第 3 卷，第 58 頁。

〔註 25〕李劼人：《李劼人全集》第 3 卷，第 105 頁。

〔註 26〕章開沅，馬敏，朱英主編：《辛亥革命前後的官紳商學》，第 62 頁。

在「川耗子」的精明之下，罷市進行的十分有序，各家店鋪關上大門，又開個小門接著做生意。這種名為罷市實際上照常經營的做法讓地方官員無可奈何。支持保路運動的紳士還搬出了先帝光緒准川漢鐵路商辦的諭旨，為爭路權尋求政治上的合法性。各個街道上搭起了先皇臺，挨家挨戶都要供起寫了「德宗景皇帝之神位」的黃紙單。就連平時公館裏從不為社會活動捐錢的官紳家庭也在民眾的威懾下捐了錢，供起先皇。原本對爭路不以為然的軍界人士都認識到保路於國於民的重要意義，而投身其中。在清軍裏當過管帶的吳鳳梧也在紳士領導下，聯絡地方武裝力量。小說中，新式學堂學生楚子材的外公侯保齋是袍哥中的領袖人物。他的同學——為議紳保路運動奔走的王文炳看重了這層關係，也把哥老會中人拉入保路同志會。新式學堂裏，官紳家子弟郝又三在生物課上毫不遮掩地大談其保路運動的救國意義，並坦然地說起自己的同學中既有立憲派也有革命黨。守舊派紳士土端公再也不敢如往常一般嚴苛地管理學生，放任學生去參加保路運動。無論是自願還被迫，越來越多的紳、軍、民被捲入了保路運動中。

三、不孚眾望的四川紳士

四川紳士在民眾中的威望也達到了前所未有的高點。小說中諮議局和川漢鐵路公司的紳士本就是一方名士。他們的聲望原本來自於帝制時代皇權所賦予的特權和地位。而在保路運動中，地方紳士開始以對抗皇權，代表民權的姿態獲得民眾的稱頌和崇敬。小說中，賣傘鋪的傅掌櫃「自從爭路事起，他一直秉著信徒的精神，把保路救國當作了一種至高無上的純潔宗教，把主持這事的羅綸〔註 27〕羅先生，蒲殿俊蒲先生等，當作了孔夫子元始天尊。」〔註 28〕不過李劼人一直對保路紳士鼓動民權的動機抱有十分警醒的態度，甚至不乏一點刻薄的挖苦：紳士保路並不是真的與皇權相抗，只不過為了避免被政府徹查帳目，保全自己的經濟利益。這種功利的政治動機顯然與民眾對紳士階層的支持和崇敬並不相稱。隨著被捲入的社會階層和人數越來越多，在被鼓譟起來的保路熱情中，主持者最後「被大多數說不清道理的人支配著了」〔註 29〕。

〔註 27〕羅倫即上文所提的羅梓青，羅倫字梓青。
〔註 28〕李劼人：《李劼人全集》第 3 卷，第 216 頁。
〔註 29〕李劼人：《李劼人全集》第 3 卷，第 216 頁。

李劼人從為史學家稱道的以祭祀先皇爭路權的策略著眼，調侃了保路紳士被事態推搡前進下的作繭自縛。歷史上的羅梓青是個白皙的胖子。小說中也是如此。當時，成都各個街道搭的先皇臺致使「文官下轎，武官下馬」，算是一道獨特的風景了。〔註 30〕羅梓青的副手王文炳也因此找到了最熱心保路運動的成都市民傅隆盛掌櫃，希望他想辦法把先皇臺的障礙消除了。因為「羅先生是個大胖子，平日走路，已不容易，兼是熱天，你們想，他一天有多少事，又要到諮議局，又要到鐵路公司，又要到有關係的地方，有時還一天兩次的上院。這一來，轎子不好坐，只有打傘走，走得吐不贏氣。」〔註 31〕但是，對議紳羅梓青奉若神明的傅掌櫃卻並不理會這樣的要求。在他看來，羅梓青如果是為了自己的事情，就算他本人親自來也是號召不動的。紳權興盛引發了民氣高漲，由此興起的民權卻在無形中消解傳統紳士的特權。這段小插曲也預示著紳士的私利打算就要打不起來了。而在李劼人筆下，這只是局面失控的開始。

小說在敘述保路運動的興盛時，總不忘要調侃一番作為地方大員的趙爾豐。小說中，面對紳士力量的興盛，民眾運動的發展，趙爾豐並非全無感知。趙爾豐拒絕代奏路權問題後是有點害怕的：「幾年不見四川紳士，四川紳士果真變了樣兒了，氣概也行，說話也行，人又那麼眾多，這可要小心點才好啦！」只是「他又是那樣的不聰明，絲毫不能把他那久已不用的腦經，拿來磨練磨練，而只是去聽別人的話」〔註 32〕。在一群比趙爾豐更昏聵的師爺親眷的愚見之下，本來並不複雜的問題變得難以收拾。不僅是對趙爾豐，《大波》中直白地表現著對清王朝執政官員的嘲諷和蔑視：「如其清季執政的不是一般什麼都不懂的胡塗蛋，而是稍有近代頭腦眼光以及手段的政客，四川這種不應該有的彌天風潮，斷不會發生的。」〔註 33〕

小說中，作為封疆大吏的趙爾豐不斷處置失當。一位新式學堂學生所做的《川人自保書》得到了川人爭相傳閱。趙爾豐一干愚蠢的官員和幕僚以《川人自保書》作為四川保路紳士謀反的罪證。諮議局和鐵路局一眾名望極高的紳士被趙爾豐押送並拘捕。一時間民眾沸騰了：「人民是那樣的熱忱，他們全

〔註 30〕張朋園：《立憲派與辛亥革命》，上海：上海三聯書店，2013 年，第 110 頁。
〔註 31〕李劼人：《李劼人全集》第 3 卷，第 222 頁。
〔註 32〕李劼人：《李劼人全集》第 3 卷，第 139 頁。
〔註 33〕李劼人：《李劼人全集》第 3 卷，第 258 頁。

是不假思索的來救蒲先生，來救羅先生。救得出來，救不出來，他們不管；救出來了，於他們有什麼好處，他們也不管；他們只一個念頭：蒲先生羅先生被趙屠戶捉去了，要殺頭，我們得到南院上去救他！」〔註 34〕衝動的民眾抱著先皇牌位到制臺衙門哭救紳士，卻遭了洋槍的掃射。民意的閘門在督撫衙門的槍聲中，被徹底地打開。保路同志軍開始武裝攻城，試圖營救保路紳士。原本和平的保路運動開始讓全川陷入戰亂。關於戰爭的流言也在成都的大街小巷流傳。這時，「無論是什麼人，不管是官，是民，是客籍，是土著，是老腐敗，是維新派，對於趙爾豐，幾乎全沒有一句好話。」〔註 35〕清朝官員民心盡失。

小說中被四川紳士寄予厚望的岑春煊，是清季立憲派重臣，被清政府調去接任趙爾豐做四川總督，挽救危局。小說中的蜀中民眾也對岑春煊抱有極大的好感和期待，似乎只要岑春煊一到任，事情就可引刃而解。而岑春煊卻因為清朝官僚內部的政治利益鬥爭不能及時到任挽救危局。在李劼人的敘述中，事態在部分官員自私鑽營、剛愎自用的愚蠢決策下，朝著對清王朝最不利的方向發展。一時間，革命黨、土匪、地方團練各路武裝力量也開始伺機而動。各地義軍越來越多，戰事越來越混亂。戰亂之下，四川的大部分民眾只盼著戰事早點結束，被捕紳士的營救反而變得無關緊要了。

在四川因保路運動陷入混亂時，革命黨發動了武昌起義。《大波》中，武昌起義的消息剛傳入四川，卻並沒有引起多少波瀾。許多官員對革命黨的起義刺殺已經習以為常。小說中，武昌起義之後的第十七天，清廷上諭稱四川紳士與叛亂無關，要求趙爾豐釋放被捕紳士，四川的保路運動似乎出現了轉機。諮議局議紳和川漢鐵路公司一眾有名望的紳士表示願意捐棄前嫌，穩定四川局勢。官紳人家覺得川中有名望的紳士出來組織官紳商學聯合會，留學生組成的革命黨應該就鬧不起來了。一般平民也覺得，之前對保路紳士敬若神明，言聽計從，以至於弄到兵荒馬亂，民不聊生；紳士們既然已被釋放，就該還給人民太平日子。正當紳士們自信四川治亂繫於己身時，現實卻與他們的預期南轅北轍。紳士的告示貼出後竟形同虛設，四鄉混亂依舊，民眾開始對紳士大失所望。

〔註 34〕李劼人：《李劼人全集》第 3 卷，第 273 頁。
〔註 35〕李劼人：《李劼人全集》第 3 卷，第 296 頁。

四、軍紳政治的生成

武昌起義之後，各省在紳士的主導下紛紛獨立。四川紳士也如其他省份一樣著手組建軍政府。治亂無功的紳士再次被推至高位。清政府垮臺以後，紳士成了各地軍政府合法性的某種來源。武裝起義的軍官大多在社會上沒有聲望，為了維持局面不得不請出具有較高社會地位的傳統紳士參與主事。由此，中國各省形成了「軍紳政治」的特殊局面。〔註 36〕在普遍觀念中，每當改朝換代，維持地方秩序是紳士應當肩負的責任。〔註 37〕

《大波》中也表現了當時的軍紳政治局面和紳士臨危主事的歷史慣例。小說中，以四川諮議局議長蒲殿俊為首的紳士與前清官員趙爾豐交涉，達成了四川光復局面之後，蒲殿俊做了四川都督。但立憲派紳士很快就暴露出在維持社會政治穩定方面的乏力。歷史上，辛亥革命成功後，紳士與革命黨人的「蜜月期」十分短暫。以辛亥革命中心湖北省諮議局局長湯化龍為例。湯化龍進士出身，留學日本，抨擊清政府的腐敗，支持革命的態度明朗，因而最初極得革命黨的好感。但湯化龍是具有高級功名的知名紳士，不免高傲，對革命黨人有不自覺的地位之見，使革命黨人難堪。雙方很快就關係破裂。〔註 38〕

《大波》中的蒲殿俊等立憲派紳士也犯了與湯化龍類似的錯誤。蒲殿俊上臺之初，革命黨人就指其為立憲派，不如革命黨人有資格當選。軍官吳鳳梧也抱怨：「蒲都督太不公道，像我們這些帶兵的，他簡直睬也不睬。」〔註 39〕面對士兵鬧事，一班紳士不與新軍軍官商量，反而去找前清制臺趙爾豐出來主持局面。儘管保路一事曾使四川官紳交惡，但傳統紳士還是更容易與帝制時代的官員產生一種同氣連枝的親近感。蒲殿俊等紳士處置失當以致成都士兵因欠餉兵變，蒲等人只得倉皇逃出。陸軍新軍中有威勢的尹碩權平叛有功，做了新都督。尹昌衡字碩權，曾被保送至日本士官學校留學，並在日本加入同盟會，歸國後被清政府賜予步科舉人出身。〔註 40〕尹碩權因身材高大，異於常人，又被川人稱為尹長子。《大波》中也用了「尹長子」這樣的綽號稱

〔註 36〕陳志讓：《軍紳政治——近代中國的軍閥時期》，桂林：廣西師範大學出版社，2008 年，第 22、23 頁。

〔註 37〕張朋園：《立憲派與辛亥革命》，第 138 頁。

〔註 38〕張朋園：《立憲派與辛亥革命》，第 114～118 頁。

〔註 39〕李劼人：《李劼人全集》第 3 卷，第 602 頁。

〔註 40〕李新，孫思白，朱信泉等主編；中國社會科學院近代史研究所中華民國史研究室編：《中華民國史人物傳》第 7 卷，北京：中華書局，2011 年，第 4641 頁。

尹碩權。李劼人曾作詩《吟尹昌衡西征》稱頌其英武〔註 41〕，想來對他頗有好感。尹碩權是歷史上領導保路運動的紳士顏楷的連襟。小說中也特意說明了蒲殿俊借著與顏楷的人情關係，暫時壓住了對其不滿的尹碩權。可見新任都督尹碩權與傳統紳士關係匪淺。蒲殿俊出逃以後，原諮議局副議長羅梓青做了副都督，軍紳地位翻轉。曾經鼓動四川地區民權、民氣的立憲派紳士從此威信大失。在革命黨人看來，「這般紳士全是無見識的，以後只拿些虛名跟他們，不要他們再掌實權，免得出事。」〔註 42〕

五、辛亥鼎革中的官紳軍民

除了處於權力中心的巨紳之外，李劼人小說中，一般中下層紳士與革命黨的態度是十分親近曖昧的。《暴風雨前》中的半官半紳的郝達三就有意與革命黨尤鐵民交好。既因為郝又三與尤鐵民是同學，郝家人也有些敬重革命黨，也為了日後若革命黨成事給自己留一個機會。《大波》中半官半紳黃瀾生也對革命黨並不反感，還與吳鳳梧等人聯絡，出錢出力希望與革命黨交好，以便於日後在官場謀職。傳統紳士與革命黨之間並不存在絕對的敵對狀態。也正是這種氛圍昭示著清政府與地方紳士之間的離心離德。

帝制時代結束，一個以「民國」紀年的時代開始了。然而，平民百姓心中，四川獨立以後沒有皇帝，沒有朝廷，不用納糧上稅；沒有姦臣贓官，「以後的官員全是由本地方的公正紳糧出來做」〔註 43〕的清平世界並沒有出現。較之帝制時代而言，成都變得更加混亂，而民眾也開始慢慢習慣動盪不定的生活了。

李劼人以自己的文學書寫展現了辛亥鼎革前後重大歷史事件的發展脈絡，其中幽微的種種細節都沒有遺漏。不難想見，李劼人在歷史資料方面做了極為紮實的準備。但是《暴風雨前》和《大波》並沒有因為對歷史史實事無鉅細的展現而變得笨重，反倒自然而充滿趣味。這自然得益於李劼人獨特的文學書寫方式和歷史觀念。

自《死水微瀾》開始，李劼人就為《大波》中對保路運動和辛亥革命的書寫做好了鋪墊。從《死水微瀾》到《暴風雨前》再到《大波》，在空間上從

〔註 41〕李劼人：《李劼人全集》第 8 卷，成都：四川文藝出版社，2011 年，第 3 頁。
〔註 42〕李劼人：《李劼人全集》第 3 卷，第 622 頁。
〔註 43〕李劼人：《李劼人全集》第 3 卷，第 537 頁。

鄉村到城鎮再到省會大城市，在社會階層上也從市井小民、土紳糧到半官半紳人家，最後遞進至四川政治權力中心的巨紳。小說中，不同社會階層之間也並不彼此隔絕。紳糧和城市裏的紳士也會與袍哥為伍，官紳家的少爺也會找平民家的婦女做情人，而半官半紳人家對於科舉功名的正途出身也是一副無所謂的態度。這與許多以江南地區為背景的小說截然不同。在一種混沌寬鬆的社會氛圍之下，各個階層緊密而自如地黏合在一起，小說中的重大政治事件也能自如地與市民生活及四川風土建立起聯繫。李劼人搜集的上諭奏表等種種歷史文獻、軍政時事都化入紳民在學堂、茶館、飯館、公館的閒談中。原本街談巷議為小說，而在李劼人筆下，街談巷議似乎就是歷史本身。

《暴風雨前》和《大波》都以半官半紳人家作為主要人物。這些半官半紳的人物又都不是川籍人士，而是外省遊宦的客籍。在川的客籍紳士就以旁觀者的姿態臧否官紳政治。半官半紳人家四通八達的人際關係，又牽出社會政治事件本身的當事人，並由此揭開了街談巷議背後歷史事件更真實、更本原的面貌。在這些談論品評中，李劼人將許多歷史人物和事件統統「祛魅」。保路同志軍並沒有民眾所希望和傳言的那樣勇猛。大名鼎鼎的袍哥領袖侯保齋也只是一副鴉片鬼的慫樣。貌似大義凜然的保路紳士其實也在打著謀私利的算盤。而談論政治大人物，哪怕是英雄人物，又總免不了調轉到對其私生活的窺視和調侃。於是，小說呈現出了嚴肅的歷史和活潑的世俗趣味雜糅的局面。無論是新政中傳統紳士地位的上升，還是保路運動中紳士鼓動下民眾意識的覺醒，亦或是各地武裝營救被捕保路紳士的行動，都是各種偶然因素無意間觸發的結果。而保路運動演變為武力對抗，武昌起義以後清王朝的覆滅，四川省的獨立這樣一個由事態平和到逐漸失控的過程在這小說中被演繹得既莫名其妙又理所應當。歷史彷彿在每個人的不經意之間狠狠地翻到了下一頁。

李劼人的小說創作最細緻、最詳盡地呈現了傳統紳士階層在清末新政和辛亥鼎革前後地位、作用以及官紳民關係的演變歷程，真實記錄了保路運動與辛亥革命的演進關係。清末立憲派和維新黨人曾寄望於興紳權以興民權。李劼人通過新式學堂的興起、諮議局的創辦、川漢鐵路的路權之爭等重大事件，表現了紳權對民權的催生及二者交錯的關係。但與此同時，李劼人也以略帶戲謔的筆調道出了興紳權以興民權這種理想背後，複雜歷史現實和人性的種種不可控。

歷史學和社會學方面，對傳統紳士在中國現代化進程中作用和地位的研究是十分晚近的事。李劼人這些創作於 20 世紀三十年代的小說卻與近年來史學界與社會學界相關研究的觀點十分接近。在現代作家中李劼人最熱情、最充分也最細緻地展現了傳統紳士在辛亥鼎革前後的活動以及官紳軍民在清季民初社會變革中的情態與風貌。李劼人的小說創作也體現出了與同時期作家截然不同的歷史觀念。

第三章　民初經濟變革中的江南紳士

「晚清咸豐、同治以後，商人競相捐納，如潮水般湧入士紳階層，形成一個特殊而又影響巨大的紳商群體。……士商相混不僅將儒家倫理引入到商業文化中，同時商人的價值倫理也會反向滲透到士紳階層，影響士紳的價值取向。」〔註 1〕

——徐茂明

自古以來，江南就是富庶繁華、文化興盛之地。江南人家對於讀書科考亦是十分重視。紳士階層也因此在這一地區有著極高的聲望。而由於江南地區商業繁盛，加之，清季戰時捐納之風的盛行，「使得江南士紳從隊伍到觀念都出現前所未有的混亂，他們繩繩營營，朝秦暮楚，以己私利作為其一切行動的準則。」〔註 2〕清季民初的社會政治變革引發了紳士群體在經濟結構上的轉型。經濟來源的轉變使傳統紳士階層內部不斷分化。傳統紳士階層的價值觀念、行為處事也伴隨著經濟基礎的轉型逐漸演變。

生長於江南一帶紳士家庭的茅盾，歷來對於紳士階層在清季民國的現代轉型充滿興趣。茅盾是一位慣於以文學創作及時反映重大社會歷史事件的作家。在他的小說創作中，我們往往很容易與具體的歷史事件和社會政治理論找到對應。而《霜葉紅似二月花》（以下簡稱《霜葉》）無疑是茅盾長篇小說創作中的一個特例。小說的敘事時間遠推至了辛亥以後的一段時期，小說的

〔註 1〕徐茂明：《江南士紳於江南社會（1368～1911 年）》，北京：商務印書館，第 174 頁。

〔註 2〕徐茂明：《江南士紳於江南社會（1368～1911 年）》，北京：商務印書館，第 270 頁。

內容也遠離了迫近的社會政治事件。小說的空間不是都市，而返回了茅盾擅長和熟悉的小城鎮——介於城市和鄉村的中間地帶。茅盾開始拋開社會科學理論的羈絆，全面書寫他所熟悉與嚮往的紳士世界，以一種鬆弛的狀態展現紳士階層在經濟轉型中的演變分化並由此展現對中國社會現代化進程的某種整體性的分析。

在茅盾的小說創作中，紳士階層常常在其中若隱若現，並與小資產階級、民族資產階級等他所掌握的社會政治理念混雜在一起。但是，在《霜葉紅似二月花》中，茅盾幾乎放棄了原來那種以社會科學理論對人物階層屬性的劃分，而返回了他自己對於中國基層社會的原初觀感。小說人物的紳士背景被融於了日常家庭生活和縣城的某種「政治格局」中，逐漸地鋪陳開來。茅盾對舊小說技巧的借鑒也使用得更為嫻熟、自然。《霜葉》淡化了紳士階層背後文化資本與政治資本的轉換，將紳士在地方事務中的作用和經濟基礎日常化。

隨著清季變革和民國的建立，紳士已經失卻了傳統紳士的身份定性。但傳統紳士的功能和地位卻依舊在很長時期內留存下來。民國時期，紳士仍然是基層社會的實際把控者。《霜葉》中明確地強調了時代更迭上的「民國」概念，細緻書寫了地方紳縉們的故事，展現了民國時期基層社會紳士階層的生活畫卷。

一、紳士之家的落寞

儘管小說中還是一派紳縉管理地方的局面，但辛亥以後的社會轉型已使得小鎮的整體氛圍呈現出半新半舊的過渡狀態。經濟結構的變化開始改變著人們對社會地位和社會秩序的認識。鎮上的「王伯申現在是縣裏數一數二的紳縉了，可是十多年前，他家還上不得檯面。」「還有那趙家趙老義，也不過二三十年就發了起來」。從小說的背景來看，講的是五四之前幾年的故事，二三十年前也正是清末改革之際。趙、王兩家的「發起來」似乎就與正途紳士的科考晉升無關了。這種經濟上的「發起來」在張恂如家的兩個紳縉夫人看來「根基太淺」，是上不得檯面的。儘管趙、王兩位是小鎮上最有經濟實力的紳縉，但在中國傳統社會中，社會政治地位與經濟地位也並不是一種正相關關係。單純擁有財富而在科場功名毫無建樹的人，往往得不到社會的認可和尊重。但清季民初的一系列變革卻在逐步打破這樣的社會秩序。〔註 3〕

〔註 3〕茅盾：《霜葉紅似二月花》，上海：華華書店，1948 年，第 164 頁。

相對於茅盾之前的小說創作對「正紳」、「劣紳」形象分明的刻畫來看，《霜葉》中的紳縉世界平實、日常也更加錯雜。趙守義是縣城中老一輩紳縉中最有實力的一位，並掌管著縣城的公共事務——善堂。和他同屬一個派系的鮑德新是前清的監生，敦化會會長，關夫子寄名的兒子。另一位與他一派的胡月亭是前清的一名秀才。這是一群以老派自居，以老派為榮的紳縉。趙守義就自豪地認為自己與王伯申那種新派是不同的，他「講究親疏，看重情誼，辨明恩仇，不能那麼出爾反爾，此一時彼一時。」〔註 4〕而在王伯申看來，趙守義也不過是專幹損人不利己之事的老剝皮。趙守義的土地也十之八九是巧取豪奪而來的。

王伯申是縣城裏能與趙守義平起平坐的紳縉。王伯申走上了現代商業道路，還辦起了輪船公司。與圍繞在趙守義身邊的老派紳縉相比，王伯申的合作夥伴大多是自己公司的職員。他所結交的上層勢力也不再是有威望的紳縉，而是科長這樣現代行政體系中的官員。他自己也很願意與上海做買辦的馮退庵這樣更新式人物往來。但王伯申的父親也曾存著走仕途的設想，做官不成留下的紀念物還堆在三件破舊的房裏。父輩由紳入官不成，王伯申則由紳入商，成了地方場面上極富實力的「新派」紳縉。科舉制度的廢除和清王朝的覆滅阻斷了傳統的仕途經濟道路，紳士轉而經商也是當時的普遍現象。

從小說的敘述來看，趙守義是一位紳士地主，既管理地方事務又從事土地經營。趙守義的土地盤剝和高利貸剝削是十分刻薄的，我們也往往容易將這樣人物視為地主階級，甚至覺得紳士階層就是地主。實際上，不捐買官爵或沒有科舉功名的地主仍舊是庶民，沒有管理地方事務的資格。而具有紳士身份的人在賦稅徭役方面享有特權，也更容易擁有土地和財富。〔註 5〕不僅如此，我們也應該注意到「土地作為紳士的收入來源，並沒有人們想像的那麼重要。很多紳士並不擁有大宗土地，從而靠土地獲得足夠的收入。相當一部紳士似乎全無土地。」〔註 6〕土地的資本回報率是比較低的。土地經營作為紳士階層的收入來源儘管總量巨大，但卻只有紳士基層中少數的上層人士才能從地連阡陌的大片地產中獲得較多的收益。而這些大規模的地產也會在一次次的繼承中被不斷分割。〔註 7〕

〔註 4〕茅盾：《霜葉紅似二月花》，上海：華華書店，1948 年，第 100 頁。
〔註 5〕瞿同祖著：《清代地方政府》，范忠信，晏鋒譯，第 270、271 頁。
〔註 6〕張仲禮：《中國紳士的收入》，第 185 頁。
〔註 7〕張仲禮：《中國紳士的收入》，第 187 頁。

至於紳士經商的問題，「以牟利為宗旨的商業活動從不被視作商人的正當職業」,「清政府和先前的皇朝一樣,明確禁止紳士從事若干商業活動」〔註 8〕。儘管實際中有紳士會改換姓名經商，清末以後，更是有越來越多的紳士利用經商牟利,但商業活動本身依舊受到上層紳士的貶斥。在漫長的傳統社會中，真正通過經商獲得豐厚利潤的還是曾有仕宦經歷的紳士。

帝制時代，在朝擔任官職幾乎是獲得巨額財富的唯一途徑。不僅是高官才能獲得高收入，歷史學研究者從方志和宗譜中獲悉，幾乎所有官員都能獲得大量財富。官員自己和其他人都認為與任何職業相比,當官最有利可圖。〔註 9〕而對於沒有擔任官職的紳士而言,發揮紳士功能則是他們的重要收入來源。紳士階層作為一個具有領導地位和特殊聲望的社會上層，承擔著眾多的地方和宗族事務。這些事務包括仲裁和調解糾紛、領導地方水利工程建設、組建團練、興建公共教育體系和其他慈善事業等等。〔註 10〕紳士階層能夠從承擔地方事務中獲得豐厚的收入。這些收入來自聘金、禮金、當地居民攤派甚至是地方稅收。紳士的另一部分收入來自充當幕僚或擔任教學工作。許多紳士會同時承擔幾種事務。而這些收入往往高於土地或經商的所得。〔註 11〕

由此，我們就不難理解《霜葉》開篇時，張府內「太太們」的談話了。無論是從事土地經營和高利貸盤剝的趙守義，還是從事現代商業活動的王伯申，這兩位縣城數一數二的紳士，到底看著根基淺。其實，也就是因為這兩位集聚財富的方式不僅在傳統紳士階層看來並不入流，而且這種財富的規模也未見得能與帝制時代的紳士相比。

民國以後，縣城的變化還體現在一個獨特的群體——「少爺班」。在傳統社會中，紳士身份由科考和仕宦得來。儘管紳士的家人可以與其共享特權與榮耀，但除蒙蔭以外，一般而言紳士身份終究不可世襲。但科舉制度廢除以後，無論是科考正途或是捐納異途都不復存在，小說中的紳士身份開始出現「世襲」的色彩。紳士家庭的少爺們只要自己願意，就可以出來擔任管理地方事務的紳縉了。年輕一輩的少爺班也開始認為老一輩紳士不懂得地方新事務而躍躍欲試地想出來掌控地方。

小說中，張府一家的吃穿用度靠的是祖上的老店。秀才胡月亭卻已經把

〔註 8〕張仲禮：《中國紳士的收入》，第 138 頁。
〔註 9〕張仲禮：《中國紳士的收入》，第 185 頁。
〔註 10〕張仲禮：《中國紳士的收入》，第 185 頁。
〔註 11〕張仲禮：《中國紳士的收入》，第 185 頁。

祖上傳下的布鋪做垮了。黃和光的家財既有鎮上的房租，也有壓在各種老鋪裏的現金收益。趙守義靠著傳統的土地經營和高利貸積累財富。王伯申靠著發展現代商業，獲得與老派紳縉趙守義平起平坐的地位。縣城上「那幾家『殷實紳商』不是在輪船公司裏多少有點股本」〔註 12〕。在《霜葉》這部小說中，幾乎是每個紳縉家庭都與商業有所關聯。清季民國初年的紳商轉換也是這部小說暗含的重要敘事線索。

《霜葉》這部小說文本中也明確而且頻繁地提出了「紳商」這樣的身份屬性。「紳商」是中國社會轉型中的一個獨特群體。「紳商」一詞在十九世紀以前的歷史文獻中絕少使用，且直到 20 世紀初年，「紳商」一詞大多都是指紳士和商人兩類人。但伴隨著紳士與商人在新的經濟基礎上的融合，紳商一詞的含義也在逐漸發生變化，開始指向紳士和商人融合生成的新的社會群體。〔註 13〕「1905 年左右各地商會的普遍設立構成紳商階層正式形成的重要標誌。」〔註 14〕紳與商的合流主要有兩條途徑，即由紳而商或由商而紳。清末的紳商絕大多數是靠著捐納的異途躋身紳士行列的。〔註 15〕19 世紀末 20 世紀初形成的新興的紳商階層，「既有一定的社會政治地位，又擁有相當的財力，逐漸代替傳統紳士階層，成為大、中城市乃至部分鄉鎮中最有權勢的在野階層。」〔註 16〕歷史學研究者指出，民國以後，紳商一詞逐漸為世人遺忘，商會檔案中稍有關於紳商的記載，即使偶而涉及也指的紳士和商人兩類人。〔註 17〕不過，在中國現代文學作品中紳商的稱呼直到 20 是世紀 40 年代的文學作品中仍有出現。不僅《霜葉》這樣敘述五四前夕的小說出現了眾多紳商形象，華漢創作於 20 世紀 30 年代講述大革命退潮後農民運動的小說《轉換》中也有紳商這樣的稱謂。「紳商」在中國現代文學中似乎仍舊指向紳商合流的社會群體。至少從中國現代文學來看，「紳商」這個群體和概念都還保持著清末的狀況。而茅盾也有意塑造紳商這種中國資本主義發展中的過渡形態，並將之作為傳統紳士階層分化的一種重要路徑加以表現。

縣城中最有實力的紳士，所秉持的經濟基礎都已經與傳統紳士大不相同。

〔註 12〕茅盾：《霜葉紅似二月花》，第 178～179 頁。
〔註 13〕章開沅，馬敏，朱英：《辛亥革命前後的官紳商學》，第 170～173 頁。
〔註 14〕章開沅，馬敏，朱英：《辛亥革命前後的官紳商學》，第 186 頁。
〔註 15〕章開沅，馬敏，朱英：《辛亥革命前後的官紳商學》，第 177、178 頁。
〔註 16〕章開沅，馬敏，朱英：《辛亥革命前後的官紳商學》，第 186 頁。
〔註 17〕章開沅，馬敏，朱英：《辛亥革命前後的官紳商學》，第 297 頁。

在「太太們」的談話中，縣城裏現在的大戶哪有以前的大戶人家底子厚，而且即便是有錢，身份地位也無法與以前的紳縉相比。也正是因為傳統紳士收入體系在清季民初社會變革中的崩塌，紳士階層喪失了重要的收入來源，原先以學銜官職對紳士身份高低的界定體系也不復存在。從「太太們」的閒談來看，縣城裏的大戶是四象八頭牛，別家都衰敗得沒有影了，只剩下錢家這一頭象。而在錢家的瑞姑太太看來，錢家也不如當年，算不得象而只是一頭瘦牛了。〔註 18〕

隨著傳統紳士階層轉向單純的土地剝削和高利貸收入或者從事商業活動，一些有一定經濟實力的社會階層也在試圖享受紳士階層的待遇。小曹莊的一個小小的「暴發戶」曹志誠，有三十多畝田地，討了個大戶人家的丫頭做老婆，便學起了大戶人家的規矩，擺起架子來，「專心打算出最便宜的價錢雇傭村裏一些窮得沒有辦法的人們做短工。」〔註 19〕就是這樣一個剛靠著土地收入當上小地主的人，已經在村裏幹起原本是紳士才有資格做的包攬訴訟。

在張家老太太看來：「如今的那些人家那有從前的大戶那麼底子厚呀。如今差不多的人家都講究空場面了。那怕是個賣菜挑糞出身的，今天手頭有幾個錢，死了爺娘居然也學紳縉人家的排場，刻訃文，開喪，也居然有人和他們往來；這要是在三十年前呀，那裡成呢？乾脆就沒有人去理他……」〔註 20〕瑞姑太太也感慨：「從前看身份，現在就看有沒有錢了。」〔註 21〕「作為傳統鄉村的一個獨特的社會集團，士紳不僅是封建禮教文化的代表，也是政治權力的象徵在地方上對聲望、文化、經濟等資源的壟斷，使其成為佔據鄉間生活中心並擁有某種權力的魅力型人物……士紳與平民不斷在日常生活的各種細節中區分彼此，從而共同維護各自在權力關係中的身份。人們希望成為士紳群體中的一員，並小心翼翼地維護著權力的合法性及權力關係本身。」〔註 22〕清政府在紳士的服制等方面都做出了有別於平民的規定。〔註 23〕但民國以後，清朝舊制廢除，紳民界限日益模糊，屬於紳士階層的禮制開始被富裕的庶民仿傚，並在一定程度

〔註 18〕茅盾：《霜葉紅似二月花》，第 164 頁。
〔註 19〕茅盾：《霜葉紅似二月花》，第 181 頁。
〔註 20〕茅盾：《霜葉紅似二月花》，第 164 頁。
〔註 21〕茅盾：《霜葉紅似二月花》，第 164 頁。
〔註 22〕李濤：《士紳階層衰落化過程中的鄉村政治——以 20 世紀二三十年代的浙江省為例》，《南京師大學報（社會科學版）》2010 年 1 月第 1 期。
〔註 23〕張仲禮著：《中國紳士——關於其在十九世紀中國社會中作用的研究》，李榮昌譯，第 30 頁。

上得到了鄉民的認可。

李長之曾指出《霜葉》「在寫時間和空間的特質上，缺乏明確，甚而有些錯亂。我們初次讀去，總以為是前清的事，可是後來才知道是寫戊戌後二十年的事。戊戌是 1989，加上二十年就是 1918，民國七年了。原來所寫的已是五四運動的前夕了。……我不相信那時的社會還那樣古色古香，而新的氣息又那樣薄弱！……所以我感覺其中有一種時代的錯亂，把古老的故事嵌入現代之中。」〔註 24〕從思想文化的層面上說，《霜葉》卻是都是一派舊氣息。但這部小說卻在社會經濟結構上展現了民國初年，傳統紳士階層在經濟形態轉型中的在地方日常生活層面的種種細碎的變化。「在由農業宗法社會向工商業社會的過渡轉折中，金錢開始替代功名成為衡量社會成就和社會地位的標誌。人們逐漸用經濟成就的大小而不是文章道德的高低來評判一個人的社會價值。」〔註 25〕茅盾的小說創作不僅歷來關注紳士階層的演變分化，也格外強調紳士階層的文化資本。但《霜葉》這部小說卻刻意淡化了紳士的文化屬性，而重點展示了紳士地位經濟化的趨勢，伴隨著財富多寡而產生的對地方事務的管理資格，紳士身份甚至還出現了一種世襲化的傾向。紳士階層在經濟層面的變化，也極大地影響了他們在管理地方事務時的姿態。

二、紳士與地方事務

儘管，「明代中葉以後，士與商之間已不易清楚地劃界線了」〔註 26〕，但單純的商人身份還是無法享有紳士階層的權利和地位。「中國士紳的一個重要特點是：他們是唯一能合法地代表當地社群與官吏共商地方事務參與政治過程的集團。這一特權從未擴展到其他任何社群和組織。商會行會就無足夠的力量在有關社區公益問題上發表意見，遑論參與治理過程了。實際上，除了少數富人，如經營鹽業的富商外，商人階層就不會被政府官員們以禮相待，也無法接近他們。……這種處境一直持續到 19 世紀後半葉，至此商人才被允許與士紳一道討論本地事務（此後士紳與商人合稱『紳商』)。但他們仍處於士紳的主導之下，從未成為一個獨立的力量集團。因此，很長一段時間內，除發生叛亂或其他難以維持現狀的危機時期以外，士紳的領導地位和權力從

〔註 24〕吳組緗，李長之：《霜葉紅似二月花》，《時與潮文藝》1944 年第 3 卷第 4 期。
〔註 25〕章開沅，馬敏，朱英：《辛亥革命前後的官紳商學》，第 183 頁。
〔註 26〕余英時：《士與中國文化》，上海：上海人民出版社，1987 年，第 528 頁。

未受到過挑戰。」〔註 27〕《霜葉》中傳統的地方事務就仍由一些「老派」的紳士掌控著。而隨著經濟地位的上升，從事現代商業的「新派」紳士也開始想與「老派」爭奪地方權力。

善會善堂在明末清初是由民間慈善人士主要是地方紳士設立的慈善組織。在後來的發展中，一些善會善堂的經營也受到了來自地方官的某種強制，但大部分善會、善堂是民間自發結社經營的公益事業。〔註 28〕江南地區的善會善堂一般涵蓋了普濟堂、恤嫠會、育嬰堂、義塾、保甲局、義渡、粥廠、丐廠，救火義集等眾多機構，需要負責老人、寡婦、棄嬰的贍養，施捨藥材、食物，教育，治安巡邏，救災、救生等社會生活的方方面面。〔註 29〕《霜葉》中就談到了縣城的孤老病窮按月在善堂領取撫恤金，善堂每年還要施藥材。可見小說中所寫的善堂是江南地區十分常見的綜合性慈善機構。善堂運營的經費來自私人或其他社會組織的捐贈，捐贈的形式包括土地和現金等，也有官產投入其中，如國家劃撥的土地等。善會善堂的設置在全國範圍內極不均等。很多州縣完全沒有設置善會善堂。但《霜葉》中寫到的長江三角洲地區卻是縣城中善會、善堂林立，甚至縣城之外的市鎮也遍布著善會善堂。〔註 30〕善會善堂基本上都由地方紳士負責經營管理，領導這些善舉的群體被稱為善堂紳士或善舉總董。〔註 31〕

在清季民初的社會改革運動中，地方自治運動是其中的重要內容。當時不少期待著中國現代化和民主化的知識分子認為傳統中國業已存在構成現代地方自治的基礎。涉及地方社會各各方面又屬於民捐民辦性質的善會善堂自然被視為了傳統社會中地方自治的範例。茅盾在《霜葉》中書寫紳縉管地方事務的局面，主要是以善堂管理權的爭奪為線索，其中未嘗沒有表現清季民初的地方自治的意味。在傳統社會中，地方紳士作為本地社會能夠直接與官員接觸的有威望人士，本該是地方利益的維護者。《霜葉》這部小說中場面上

〔註 27〕瞿同祖著：《清代地方政府》，范忠信，晏鋒譯，第 266 頁。

〔註 28〕參見夫馬進：《中國善會善堂史研究》，北京：商務印書館，2005 年，第 198，493，644 頁。

〔註 29〕參見夫馬進：《中國善會善堂史研究》，北京：商務印書館，2005 年，第 467～475 頁。

〔註 30〕參見夫馬進：《中國善會善堂史研究》，北京：商務印書館，2005 年，第 419～420 頁。

〔註 31〕參見夫馬進：《中國善會善堂史研究》，北京：商務印書館，2005 年，第 476 頁。

的紳縉卻並不關心地方利益。

老派紳士們對新文化與新思想充滿敵視。與趙守義有交情的省城舉人孝廉公來信說：「近來有一個叫什麼陳毒蠍的，專一誹謗聖人，鼓吹邪說，竟比前清末年的康梁還要可恨可怕。孝廉公問我，縣裏有沒有那姓陳的黨徒？」〔註32〕小說中，這些老派紳士也因為這件事聚在一起商議。老派紳縉中前清的監生鮑德新「古裏古氣，簡直不知有唐宋，更何況近在目前的戊戌？」〔註33〕只有胡月亭「是前清的一名秀才，而且朱行健他們鬧『維新』的時候他已經『出山』，所以略約懂得『康梁』是什麼。」〔註34〕老派紳士對新事物的瞭解十分有限，但對於打壓新思想卻充滿熱情。鎮上「老派」紳縉的「衛道」熱情，卻並沒有體現在對傳統紳士道德的恪守上。小說的這群「老派」紳士除了昏聵之外，私德與公德皆不甚佳。趙守義更是在土地經營和高利貸盤剝農民上狠辣的人物。

至於「新派」紳士王伯申，也未見得真的「新」。在縣城的紳縉中，這個似乎是「新派」的人物是口碑不佳的。在老派紳縉看來，王伯申的新只在於「就事論事，只要一件事情上對了勁，那怕你就和他有殺父之仇，他也會來拉攏你，俯就你。事情一過，他再丟手。」〔註35〕張錢兩家的太太們看來，王家幾代都是精明透頂的人物，只會鑽營佔便宜而從不吃虧。為了自己的生意利益，王伯申對於輪船運營堵塞河道、沖毀農田的損失絲毫沒有彌補賠償的意願。

不過，紳縉王伯申依舊想擁有傳統紳士在地方的聲望。但是，他由紳到商的轉變使他的商業利益與地方公益構成了直接的衝突。他已經不可能如之前那些不依賴一般商業活動而擁有大量財富的紳縉那樣維護地方利益。他所提議建立的平民習藝所與傳統的善堂比起來，似乎是更新、更現代的慈善活動。實際上卻是他想爭奪地方公益的控制力和財富的手段而已。另一位能與他平起平坐的老紳縉趙守義以巧取豪奪的方式榨取鄉人的土地和錢財，也並非是傳統正派紳士生存的常態。他所掌管的善堂雖然還是傳統地方慈善事業，但他的管理方式與帝制時代相比也發生了變化。

〔註32〕茅盾：《霜葉紅似二月花》，第83頁。
〔註33〕茅盾：《霜葉紅似二月花》，第83頁。
〔註34〕茅盾：《霜葉紅似二月花》，第83頁。
〔註35〕茅盾：《霜葉紅似二月花》，第99頁。

善會善堂通常是由紳士輪流擔任董事，往往也有地方政府的投入。善堂董事免不了要與官府的胥吏們打交道。〔註 36〕「負責當年運營的會員也希望在證明眾人的捐贈都得到正當運用的同時，報告當年事業究竟取得了什麼成績。這樣，就出版並廣泛散發了被稱為《徵信錄》的會計事業報告書。於是，捐贈者和參與這一事業的同仁利用該報告書對事業的內容進行監察。」〔註 37〕小說中，趙守義掌管善堂十餘年來都沒有做過徵信錄。此外，在多數情況下，善會善堂運營所需的大量經費，每年的赤字部分需要主事的紳士自己墊付虧空，對紳士而言成了一種類似於徭役的沉重負擔，因而被地方紳士視為畏途。〔註 38〕在《霜葉》這部小說中，善堂已經由趙守義一個人把持多年，而這樁傳統慈善事業也反倒成了有利可圖值得爭奪的領域。然而，在縣城這樣的基層社會，不僅在制度上紳縉依舊是實際的控制者，而平民的心態依舊希望紳士主事。只是，紳士階層的經濟基礎驟變，再難無私地為一方謀利。

清季民初，期待著中國近代化和民主化的知識分子中，有不少人認為可以構成近代地方自治的基礎已經存在於傳統中國之中。善會善堂這樣民間經營的社會組織，也往往被視為為新的地方自治做了準備。〔註 39〕由紳士主導的地方自治運動也一度被視為興民權的重要內容。但茅盾這部寫於 20 世紀 40 年代的小說卻在撕開紳士在地方自治方面推進中國現代化、民主化的一廂情願的假象。小說中，當一位紳縉胡月亭問朱行健：「健翁，好像善堂的董事也有你呀。前天趙守翁要開一次董事會呢。」朱行健回答：「又開什麼會！照老例趙守翁一手包辦，不就完事了麼？」胡月亭只能尷尬地應對：「健翁，你這話就不像是民國年代的話了。」〔註 40〕在民國這樣現代民主的政治體制之下，地方自治並沒有朝著一個良性的方向發展。

由於經濟上的富庶，帝制時代的江南紳士階層十分樂於出資興辦各種地方公益事業。「在江南，許多士紳家族都是行善世家，……就是一些偏遠小鎮，也不乏積善之家。」〔註 41〕然而，辛亥鼎革之後，傳統社會中約束紳士品行的政治制度和社會體系逐漸崩塌。紳士階層的經濟基礎也為之一變。小說也

〔註 36〕【日】夫馬進：《中國善會善堂史研究》，第 444 頁。
〔註 37〕【日】夫馬進：《中國善會善堂史研究》，第 709 頁。
〔註 38〕【日】夫馬進：《中國善會善堂史研究》，第 443～445 頁。
〔註 39〕【日】夫馬進：《中國善會善堂史研究》，第 646、647 頁。
〔註 40〕茅盾：《霜葉紅似二月花》，第 35 頁。
〔註 41〕徐茂明：《江南士紳於江南社會（1368～1911 年）》，第 190、191 頁。

談到了縣城之前的大戶人家大多已經衰敗。民國以後，紳士管理地方失去了官方的監督和規則約束，也失卻了物質基礎。當掌控地方的紳士成了單純依靠土地和高利貸剝削的劣紳或者唯利是圖的商人，很難期待他們能夠如傳統正派紳士一般為地方公益事業盡心盡力。

三、正紳的隱退與新變

《霜葉》通過對日常生活的細緻書寫，勾勒出了經濟轉型中傳統紳士階層道德操守的逐漸墮落。不過，茅盾本人依舊對正派紳士造福一方的歷史記憶充滿懷想。由老派的趙守義等一眾紳縉與紳商王伯申針對善堂存款引發兩派衝突中，一派看似隱沒的政治力量再次浮出水面。前清時候縣裏頗有幾位熱心人，錢良材的父親「錢俊人便是新派的班頭，他把家產花了大半，辦這樣辦那樣」。〔註42〕現下閒散、不合時宜的老紳縉朱行健也總是和他一道幫襯。這兩位無疑是傳統正派紳士無私奉獻地方的典型。可惜的是錢俊人壯年而逝。朱行健的主張「平時被人用半個耳朵聽著」〔註43〕。

正派的傳統紳士日漸式微的事實或許更激發了茅盾的懷想與嚮往。《霜葉》中錢良材的存在更像是正派紳士錢俊人的某種再現。錢良材出場之前，他的嗣母瑞姑太太就談到錢良材活像他的父親錢俊人。錢家的宗親「永順哥」也忍不住和村民反覆地讚歎錢良材：「活像他的老子，活像他的老子！啊喲喲，活像！」「活像！一點兒也不差！」「你要是記得三老爺，二十多年前的三老爺，我跟你打賭你敢說一聲不像？」〔註44〕小曹莊的村民認識錢良材，也因為他是赫赫有名的錢俊人錢三老爺的公子。在錢家莊，錢良材的地位也與錢俊人的聲望密切相關。

而對於錢良材本人來說，他每次提到父親生前的言行必然會引起虔誠而思慕的心情。錢良材當年站在父親的病床前聆聽囑咐時，甚至會感覺到父親的那種剛毅豪邁的力量已經移在自己身上。他十分努力地繼承父親為桑梓服務的理想。錢良材看不起王伯申明明是自私自利的守財奴骨頭，卻要充大老官假意關心地方公益。於是他「存心要教給他，如果要爭點名氣，要大家佩服，就該懂得，錢是應當怎樣大把的化！」〔註45〕「良材和他的父親一樣的

〔註42〕茅盾：《霜葉紅似二月花》，第39頁。
〔註43〕茅盾：《霜葉紅似二月花》，第40頁。
〔註44〕茅盾：《霜葉紅似二月花》，第196頁。
〔註45〕茅盾：《霜葉紅似二月花》，第158頁。

脾氣：最看不起那些成天在錢眼裏翻筋斗的市儈，也最喜歡和一些偽君子鬥氣。在鄙吝的人面前，他們越發要揮金如土」〔註46〕。

儘管，錢良材已經不具備錢俊人那樣的傳統紳士身份，卻依舊竭盡著正派紳士的職責，誠摯地關心鄉民的利益。王伯申的輪船導致河道周邊農田被淹。而縣城其他紳縉大多都在輪船公司有股份而不願犧牲自己的經濟利益出面協調。只有朱行健和錢良材願意上公呈處理。可是王伯申與官員的關係卻使此事不了了之。在下了兩天雨以後，錢良材擔心家鄉的水患，趕回去查看。在與紳縉官員交涉無果的請況下，錢良材再次選擇了大把花錢的方式解決問題。他花費自己的家財，連夜組織村民築起堤壩，防治輪船航線帶來的水澇災害。這個過程中錢良材獨自承擔重責，頗有點孤軍奮戰的悲壯決絕。

朱行健和錢良材讓其他紳縉忌憚之處就在於這樣的正派紳士能夠為了公益而發起「傻勁」來，全然不顧及自身利益。茅盾對於這樣的正派紳士是充滿情感和偏愛的。錢俊人擔心吃奶三分像，而奶媽出身低微，小家子氣，說不定還有暗病，所以錢良材是自己的母親餵的奶。這在紳士家庭中，是十分少見的情況。趙守義的連襟徐士秀打量起錢良材時也會不由自主地收斂起傲慢。他看到，錢良材即便只穿一件短衣卻也是上等的杭紡。「良材臉上雖是那樣溫和，然而那兩道濃眉，那一對顧盼時閃閃有光的眼睛，那直鼻子，那一張方口，那稍稍見得狹長的臉盤兒，再加上他那雍容華貴，不怒而威的風度，都顯出他不是一個等閒的人物。」〔註47〕原本是以徐士秀的視角敘述，但字裏行間又不難感到作者忍不住的溢美之詞。就連與錢府有關的人物都獲得鄉民的另眼相看。永順哥一個農家老漢，因為和錢良材是同一個高祖的，「小時候也在這闊本家的家塾裏和良材的伯父一同念過一年書。良材家裏有什麼紅白事兒，這『永順哥』穿起他那件二十年前結婚時縫製的寶藍綢子夾袍，居然也有點斯文樣兒，人家說他畢竟是『錢府』一脈，有骨子。」〔註48〕

錢良材本人的品行道德也是有目共睹。為了農民的利益，他到縣城與官員紳縉交涉，盡力挽救危局。在白糟蹋了時間卻一無所獲時，他會發自內心地羞愧。在沒有實際解決問題的情況下，他「覺得沒有面目再回村去，再像往日一般站在那些熟識的質樸的人們面前，坦然接受他們的尊敬和熱望的眼

〔註46〕茅盾：《霜葉紅似二月花》，第158頁。
〔註47〕茅盾：《霜葉紅似二月花》，第183頁。
〔註48〕茅盾：《霜葉紅似二月花》，第190頁。

光。」〔註 49〕築堤壩時，但凡用到鄉民的一個麻袋、竹簍，他都叮囑家丁一定要付錢，決不讓農民吃虧。連外鄉的船夫也知道錢大少爺從不虧待人，鄉里的百姓更對他信任、推崇。為了突出錢良材名門望族、氣度不凡的形象，小說中還專門用鄰村曹家莊的小地主「暴發戶」曹志誠做陪襯。曹志誠這個滿臉麻子，腆出個大肚子，滿身臭汗，說起話來顫動著一身的肥肉的土財主，更凸顯出錢良材這位正派紳士家的大少爺是如何氣宇軒昂，正直、無私、善良。

在傳統社會中，紳士是一鄉所望，一邑之首。這種特殊的地位既得益於官方策令，也源自正派紳士對於鄉里公共事業的付出。《霜葉》這部小說的很大一部分情節也是圍繞紳士與地方公益之間的關係展開。而小說中，善堂的管理則正顯示出了當時地方紳士與公益事業之間的裂隙和矛盾。誠如上文所言，江南地區的善會善堂是涵蓋社會生活各方面的綜合性公益機構。在傳統社會中，這種機構的設立和運行既有地方官員強加於紳士的近似國家徭役的強制要求，也不乏樂善好施的正派紳士一擲千金的主動承擔。紳士在地方的聲望也正是通過對當地社會的貢獻所構築。《霜葉》中的錢俊人無疑是正派傳統紳士的某種理想狀態，大有毀家紓難，為國為民的擔當。他的兒子錢良材在很大程度上也是這種正派傳統紳士道德理想的繼承者。

然而，歷史的軌跡早已劃過了清王朝最後的邊界，《霜葉》的時間線索延至了民國初年，新文化運動即將興起的前幾年。作為繼承者的錢良材開始對父輩的理想產生了迷茫和更進一步的思考。面對家世的衰微，社會現實的舊轍已壞，新軌未立，錢良材堅持以一己之力承繼正派紳士的理想，但對於現實也不免充滿困惑與反思。他犧牲了自己和鄉里的土地，自己出錢築堰防澇。但工程完成後，他感到了說不出的懊惱和空虛：「如果那時他是仗著『對大家有利』的確，信來抵消大家的『不大願意』的，那麼現在他這份樂觀和自信已經動搖而且在一點一點消滅。」〔註 50〕錢家莊的質樸的農民渴望把所有的疑難「整個兒」交給錢大少爺。他們習慣於「天塌自有長人頂」的快慰。村民覺得錢大少爺見過知縣老爺了，就會有辦法。他們聽說錢大少爺已經想好了辦法，「老年人會意地微笑，小孩子們歡呼跳躍。」〔註 51〕

〔註 49〕茅盾：《霜葉紅似二月花》，第 176、177 頁。
〔註 50〕茅盾：《霜葉紅似二月花》，第 212 頁。
〔註 51〕茅盾：《霜葉紅似二月花》，第 200 頁。

清朝到民國的變遷，並沒有改變村民的思想意識觀念，他們仍舊等待著被紳士和父母官拯救或者簡單地暴力相抗。而錢良材則對現實有了更深層次的認識。他明白「大家服從他，因為他是錢少爺，是村裏唯一的大地主，有錢有勢，在農民眼中一向就是個土皇帝似的，大家的服從他，並不是明白他這樣辦對於大家有益，而只是習慣的怕他而已！」〔註 52〕農民的這些想法是讓他痛苦的。他對錢俊人的事業有繼承也有迷茫與自省。他已經清楚自己不是當年那樣的地方紳縉，而只是和曹志誠一樣的地主。「他整天沉酣於自己的所謂大志，他自信將給別人以幸福的，然而他的最親近的人，他的嗣母，他的夫人，卻擔著憂慮，挨著寂寞，他竟還不甚曉得！而且他究竟得到了什麼呢？究竟為別人做到了什麼呢？甚至在這小小的村莊，他和他的父親總可以說是很化了點心血，化了錢，可是他們父子二人只得到了紳縉地主們的仇視，而貧困的鄉下人則得到了什麼。」〔註 53〕正派紳士階層無私地傾盡所有心力家財，卻一事無成。這多少顯出了單純的個人理想和擔當在改良社會上的無力，也是茅盾個人對正紳理想留戀與游移。

小說中，張恂如在一個風雷交織的雨天問起錢良材的個人情感問題。錢良材卻觸景傷懷地談起自己與父親的事業：「他講他過去的三年裏曾經怎樣跟著他故世的父親的腳跡，怎樣繼續維持著他老人家手創的一些事業，例如那佃戶福利會，然而得到了什麼呢？人家的議論姑且不管，他自己想想也覺得不過如此。……」〔註 54〕張恂如才發現看似豪邁逍遙的錢良材背後不為人知的沉重哀愁和無盡的感傷情緒。小說開篇談及籌辦新的慈善事業時，老紳縉朱行健就曾對維新派改良社會的失敗努力有所感慨。而作為維新派紳縉錢俊人的繼承者，錢良材也一直處於對父親正派紳士理想的堅守與反思之中。錢良材最終咬緊牙關，把先父遺下來的最後一樁事業，佃戶福利會停掉了。在他心目中，父親給他指的道路沒有錯，「可是如果他從前自己是坐了船走的，我想我現在總該換個馬兒或者車子去試試罷？」〔註 55〕

與茅盾的許多長篇小說創作相似，《霜葉》也是一部沒有完成的作品。小說中也並沒有展現正派紳士的繼承人錢良材在社會政治道路上的抉擇。但小說的後半部分也多少透露了正派紳士的繼承者思想樣態的轉變。錢良材質問

〔註 52〕茅盾：《霜葉紅似二月花》，第 213 頁。
〔註 53〕茅盾：《霜葉紅似二月花》，第 211 頁。
〔註 54〕茅盾：《霜葉紅似二月花》，第 170 頁。
〔註 55〕茅盾：《霜葉紅似二月花》，第 171 頁。

張恂如：「你是張恂如。大中華民國的一個公民，然而你又是人之子，人之夫，人之父，你的至親骨肉都在你身上有巴望，各種各樣的巴望，請問你何去何從。你該怎樣？」〔註 56〕這一番話也未嘗不是他對自己的拷問。一方面，他感到了在五倫的圈子裏沒有自由的自己，在家宅之外的事業也困境重重。另一方面，他又對「民國」這一現代國家形態有清晰的概念，也具有農民所沒有的公民意識。儒家道德約束與現代公民意識的轉變，中華民國的公民責任與親族的利益期望，傳統正派紳士的事業與新的社會局面下的道路選擇，都構成了這個正派紳士繼承者的內心的困擾。

四、正紳理想與去勢焦慮

《霜葉》這部小說中，正派傳統紳士都已離世，由女性充當起家長的角色。以往的研究通常把張老太太、瑞姑太太這些紳縉家庭的女性視為封建保守勢力的代表。但我們也不難發現，這些紳縉太太們觀念主張與曾作為家長的傳統紳縉是大相徑庭的。縣城裏鼎鼎大名的新派紳縉錢俊人，在瑞姑太太看來只是不懂操持家業的好人。這些正派紳縉家的太太們，與其說她們封建保守，倒不如說是充滿俗世的精明來得恰當。她們的這種精明恰恰是小說中的正派紳縉或少爺們所不具備的。對於紳縉家長們的行事與觀念，太太報以的只是同情的否定。紳縉家的少爺們效法父輩的努力更加得不到理解和支持。

相比錢良材面對父輩正紳理想的困惑而言，小說中張、黃兩位紳縉家的少爺所面對的問題則更加現實。這兩位少爺都是接受了新式教育的知識分子，學的又是法政專業這樣一個在當時別有意味的學科。清季民初，中國的法政教育呈現出了畸形膨脹的態勢。無法通過科考功名步入官場的讀書人，把進入法政學堂視為了近似於科舉考試的進入政界的道路。〔註 57〕

黃和光從學校畢業時，也曾躊躇滿志，「一身蠻勁的黃金美夢」。而參選省議員失敗後，他只得退居富足的家庭生活。從黃和光能夠參與地方事務以及他的婚姻家庭來看，他也是一個紳縉家庭子弟。黃和光夜晚抑揚頓挫地吟詩自娛，也可想見其舊學根底。在傳統社會中，這樣的人大多會走上科舉仕途。在社會政治體制變革中，他依舊抱有政治熱情。當他窺見社會的卑鄙齷

〔註 56〕茅盾：《霜葉紅似二月花》，第 169 頁。

〔註 57〕宋方青：《科舉革廢與清末法政教育》，《廈門大學學報》，2009 年第 5 期。

齪時，只是慘然一笑，退居舊家。他有足夠一世溫飽的家財。

除了政治理想的破滅，黃和光也發現「自己生理上的缺陷竟會嚴重到不能曲盡丈夫的天職，對不起這麼一位豔妻，更不用妄想傳宗接代。」〔註 58〕為了治療不能人道的殘疾，他在試盡各種方法後，妄聽人言以吸鴉片治療，以至於鑄成終身大恨。小說中，黃和光也能出到場上作紳縉，管理地方上的事務。只是他每日伴著一盞燈，一支槍，下午兩三點鐘才起身，二更以後才精神，他對所有事都失去了興趣。黃和光將家中的經濟完全交給精明能幹的妻子婉卿處理。黃家的收入主要靠房租和壓在店鋪的股金，但縣城裏好多家老店都已經瀕臨倒閉，靠不住了。婉卿也明白黃家的家產已經大不如前了。

同樣畢業於法政專業的張恂如，對於管理地方事務充滿興趣。接受了新式教育的他，相信自己明白老一輩紳縉不懂的慈善事業。可是，正當張恂如稍有自得於受邀商量地方上的公事時，張少奶奶卻嘲諷他不是紳縉卻要過問地方上的事務，狠狠地戳破了他本就脆弱的自尊心。當他自信於是王伯申主動邀請他參加地方公益時，家中的「太太們」卻將此認為不過是一件要花錢的事。瑞姑太太擔心張恂如是個「直腸子的哥兒」會吃了精明的王伯申的虧。在「太太們」看來，老一輩紳縉都還在，張恂如出場作紳縉還早。老太太也順勢教訓起他在恪守祖業上的不足。

張恂如是紳縉家庭中接受了新學教育的青年。大學學習了法政專業的他，未嘗沒有改良社會的願望。也正因如此，他在想到傾盡家財，辦新派事業的紳縉錢俊人時，隱約地看到繼承父親志向的表哥良材的笑貌，也看到了自己的面貌也夾在其間。與這兩位親人一樣，張恂如也懷有改良現實的願望。紳縉家庭子弟繼承父輩的地位和志向參與地方事務，改良社會的理想，在男性家長缺失的家庭中，遭受了女性家長以經濟為盤算的打壓。

清季民初的經濟轉型中，紳縉家庭的女性們更加感到了一種現實的焦慮。傳統紳士階層經濟來源早已斷絕。僅存的家產光是保證紳縉家庭的日常開支都有風險。這樣的財力已經支撐不起服務地方的正紳理想了。在這些女性家長看來，處理地方事務遠沒有守住僅存的一點家業更重要。

茅盾在回憶錄中說，《霜葉》的主要人物是「一些出身於剝削家庭的青年知識分子」〔註 59〕。可實際上，小說中非但沒有涉及這些青年剝削的細節，

〔註 58〕茅盾：《霜葉紅似二月花》，第 65 頁。
〔註 59〕茅盾：《我走過的道路》（下），北京：人民文學出版社，1997 年，第 300 頁。

反倒大量書寫了他們為地方公益的無私付出。茅盾在《地泉》序言中談到，一部作品產生的必要條件，需要有對「社會現象全部的（而非片面的）認識」〔註 60〕。《霜葉》就特別強調了新興的地主和轉換為純粹盤剝者的紳縉與傳統社會中的正派紳士完全不可同日而語，其中充分體現了時代變革帶來的社會階層轉換。這無疑是對華漢的《地泉》、葉紫的《星》等三十年代左翼小說中單純書寫農民與地主暴力對抗的某種回應。而茅盾本人就出身於江南小鎮的紳商家庭。其祖父就是商人，並通過捐納獲得了科舉功名。他的親族中也不乏經商的「正途」紳士和經商後捐納的「異途」紳士。茅盾在小說中大量敘述紳商，也頗有些家族史書寫的色彩。

總體上說，《霜葉》標誌著茅盾在創作手法上的一次釋放，而不是一種純粹的轉型。女性在情愛中的複雜心態和兩性關係的微妙是茅盾書寫得最為細緻生動、得心應手的內容。而茅盾長期以來卻更希望以一種宏大敘述表現中國社會政治的重大事件和突出風貌。這種寫作專長與寫作主題偏好之間的糾纏撕扯，也常常使得茅盾的小說處於一種自我對抗的矛盾。而在《霜葉》中，茅盾更平順地處理二者的關係，開始自如地以自己書寫瑣碎幽微的特長，來展現一個社會遲緩的變局。

在清季民國初年的社會經濟結構變動中，地方紳士也隨之產生了內外部的嚴重分化。隨著經濟實力的下降，正派傳統紳士對地方的貢獻逐漸減弱。傳統紳士階層的價值觀念受到衝擊。《霜葉》這部小說的時代背景已經到了五四運動前夕。一場由傳統紳士階層和紳士家庭子弟主導的更大的思想文化風暴即將展開……

在清季民國的亂局中，帝制時代的紳士階層作為社會精英積極參與當時中國的現代化進程，卻又受到現代化進程的反噬而喪失階層優勢和特權。許多現代作家既經歷或嚮往過帝制時代紳士階層的榮耀，也目睹了這些舊式社會精英的衰落。無論是基於對中國社會歷史現實的客觀觀察，還是出於個人的生命體驗，精英階層的歷史際遇與清季民初的社會變革之間的複雜糾葛都成了不少現代作家在寫作中必須正視或難以割捨的內容。脫胎於舊式精英階層卻又裂變為現代知識精英階層的現代作家在民國時期的社會政治的紛擾中還將遭遇和書寫更為繁複的現代性。

〔註 60〕茅盾：《〈地泉〉讀後感》，見華漢：《地泉》，上海：湖風書局，1932 年，第 13 頁。

第二編　裂變中的紳士與演變中的中國現代文學

民國建立以後，清季傳統紳士創建的新式學堂在現代國家體制下，得到了更大的發展。新式教育正逐漸為中國社會塑造出一個新的知識精英群體。儘管這個新的知識精英群體與傳統紳士之間有著千絲萬縷的聯繫。而新興的知識精英群體則在思想文化革新的訴求下，對傳統文化進行了激烈的質疑與反叛。新文化運動催生了迥異於傳統紳士、士子的年輕一代知識精英。「新青年」的出現激化了傳統紳士家庭中「父與子」、「母與女」的衝突。這種衝突在新文學最初的創作中得到了較多的表現。另一方面，集中於城市特別是大都市的新式學堂徹底打破了傳統士子的鄉間耕讀模式，青少年不得不背井離鄉進入城市求學。這些接受了新式教育與新思想的知識精英重返故土時，開始重新審視與書寫已經與自己若即若離的鄉土社會以及傳統紳士掌控下的基層社會秩序。而也有許多知識青年面對民國初年的社會政治動盪，選擇了投身於國民革命的洪流。在「打倒土豪劣紳」政治口號和自身革命工作經歷的影響下，鄉土社會中傳統紳士的負面形象開始頻繁出現於以國民革命為背景的文學創作和革命文學作品中。左聯成立以後，現代作家對農村社會給予了更多的關注，作為鄉土社會實際掌控者的紳士階層也不可避免地在左翼文學作品中大量出現。傳統紳士階層的嬗變與中國現代文學的演進緊密地交織在了一起。

第一章　傳統紳士階層與新文學的發生

「但開風氣不為師，龔生此言吾最喜。同是曾開風氣人，願長相親不相鄙。」〔註1〕

——胡適

一、紳士階層與中國文化的現代化進程

辛亥鼎革以後，中國有了現代意義上的國家和政府。民國初年的政治舞臺上，傳統紳士依舊是主角。清季民國的社會轉型中，政治體制和經濟形態都在發生著前所未有的轉變。清末新政中，傳統社會階層由在野轉為在朝的「議紳」。辛亥革命以後，起事的新軍將領大多缺乏社會聲望，所以在各地的光復中，新軍將領還是需要聯合帝制時代的社會精英群體——紳士。而傳統紳士階層在文化革新方面的作用也不容忽視。傳統紳士是新式學堂的創辦者，紳士及這些家庭的子弟也構成了最早一批接受現代教育的知識群體。儒家文化道德是整個紳士階層的思想行事之旨歸。在清季內憂外患之下，紳士階層又是接受新思潮、倡民權的先鋒。新文化運動及由此開啟的新文學潮流的確是對以儒家傳統為代表的整箇舊式文化的反叛。而作為舊文化代表的傳統紳士歷來以知識精英的身份在清季文化革新中發揮著重要作用。那麼，紳士階層是否自然而然地成為了新文化與新文學的反面呢？

〔註1〕胡適：《題章士釗、胡適合照》，歐陽哲生主編：《胡適文集》第9卷，北京：北京大學出版社，1998年，第313頁。

許多研究者都注意到了《甲寅》雜誌與《新青年》的深厚淵源，及其對新文化運動的推動作用。《甲寅》與《新青年》在編輯撰稿方面有顯著的人事重疊。有研究者曾談到：「《甲寅》最初的內容目錄可以當作新文化運動的人名錄來讀。」〔註 2〕「《甲寅》雜誌的主要政論作者如高一涵、易白沙、李大釗、劉叔雅等，成了陳獨秀創辦《青年雜誌》時的基本班底；在《甲寅》偶露崢嶸的胡適、吳虞則成了《新青年》的骨幹。」〔註 3〕也有不少學者對《新青年》在編輯版式、欄目設置、思想理念等方面對《甲寅》雜誌的借鑒做過全面的考察。也有學者破除了將《甲寅》視為在新文化運動中持保守對抗立場的觀念，指出《甲寅》雜誌曾是是「《新青年》雜誌問世以前西方文化思想在中國的一個主要傳播陣地。」〔註 4〕關於《甲寅》雜誌在中國現代文化形成中的積極作用，已有不少學者有過深入的論述，在此不再贅言。這裡將從另一個角度考察《甲寅》與《新青年》及新文學發生之間的關係。

《甲寅》的主編章士釗，祖上沒有讀書人，到祖父一輩，有了田產以後「始讀書，求科名，以傳其子孫」〔註 5〕。章士釗的父親為鄉村塾師，在鄉行醫，又熱心為人排解糾紛，在地方有很高的社會聲望。章士釗父親與堂兄章壽麟（字价人）相處甚得。章壽麟次子華，字曼仙，「二十三歲入翰林，與江浙士大夫競爽，寖寖有名於世。吾族世業農，此時家聲之大，數百年來所未有也。愚年十六、七，習焉八股文於家，愚父喜夜談，每津津為示价人君家事，盡漏不息」〔註 6〕。光緒二十四年（1898 年），章士釗曾赴長沙參加縣考。〔註 7〕少年時代的章士釗是一個傳統社會中典型的埋頭讀古書、習八股、應舉業的士子。

《甲寅》主要撰稿人的家世背景也有許多相似之處。張東蓀，「世代耕讀

〔註 2〕〔美〕魏定熙著；金安平，張毅譯《北京大學與中國政治文化 1898～1920》，北京：北京大學出版社，1998 年，第 110 頁。

〔註 3〕孟慶澍：《歷史·觀念·文本現代中國文學思問錄》，開封：河南大學出版社，2010 年，第 20 頁。

〔註 4〕李怡：《日本體驗與中國現代文學的發生》，北京：北京大學出版社，2009 年，第 146 頁。

〔註 5〕章士釗著：《章士釗全集》第 5 卷，章含之，白吉庵主編，上海：文匯出版社，2000 年，第 366 頁。

〔註 6〕章士釗著：《章士釗全集》第 6 卷，章含之，白吉庵主編，上海：文匯出版社，2000 年，第 200 頁。

〔註 7〕鄒小站：《章士釗傳》，鄭州：河南文藝出版社，1999 年，第 9 頁。

傳家，到第五世時，家族始顯貴」，〔註 8〕中錢塘縣附貢生，後做過知縣、知州。其父張上禾靠著父親的軍功得到知縣職位。〔註 9〕張東蓀的童年也在縣衙裏度過。張東蓀的兄長張爾田早年中舉人，任刑部主事、知縣等職。張爾田年長張東蓀許多，承擔著對張東蓀的撫養教育工作。〔註 10〕張東蓀自幼打下了紮實的舊學根基。陳獨秀的祖父陳曉峰是廩生，一生以塾師為業。陳獨秀父親早逝，後過繼給四叔陳昔凡。陳昔凡是光緒元年乙亥恩科舉人，任過知縣、知府。陳獨秀十二三歲時，他的哥哥考取了秀才。陳獨秀幼年曾接受了祖父的嚴格教育，祖父去世後，他繼續在家塾讀書。十七歲的陳獨秀考取了院試第一名，得了秀才的功名，遠親近鄰、族長戶差皆來道賀，其母幾乎喜極而泣。〔註 11〕李大釗的祖父李汝珍是登仕佐郎，有做官的經歷，在鄉里有較高的聲望。其父去世時，李大釗尚未出生。李大釗未滿兩周時，其母也與世長辭，李大釗由祖父撫養。此後，李大釗為參加科舉考試而做了十餘年的準備。〔註 12〕在祖父和各位塾師的教育下，李大釗成了遠近聞名的文童。光緒三十一年（1905 年），李大釗參加了帝制時代的最後一次科舉考試，但未中（zhòng）式。高一涵，在 1902 年自己十七歲時考中了清光緒年間的秀才。〔註 13〕易白沙出身世家，父親易煥章曾在湘西直隸州永綏縣為官，易白沙 6 歲就能誦讀《論語》、《孟子》，12 歲治五經、《通鑒》畢，師友交譽。〔註 14〕

除了《甲寅》的主要撰稿人外，在《甲寅》上發表了文章的作者們的身世背景也在此一併考察。胡適的父親胡傳邊經商邊讀書，二十五歲科考中秀才，

〔註 8〕左玉河編著：《民盟歷史文獻張東蓀年譜》，北京：群言出版社，2014 年，第 1 頁。

〔註 9〕左玉河編著：《民盟歷史文獻張東蓀年譜》，北京：群言出版社，2014 年，第 2、3 頁。

〔註 10〕左玉河編著：《民盟歷史文獻張東蓀年譜》，北京：群言出版社，2014 年，5～7 頁。

〔註 11〕參見鄭學稼：《陳獨秀傳》（上），臺北：時報文化出版企業有限公司，1989 年，第 6～9 頁，第 19 頁；朱洪：《陳獨秀傳》，合肥：安徽人民出版社，1998 年，第 1、4、5 頁。

〔註 12〕參見朱成甲：《李大釗傳》（上），北京：中國社會科學出版社，2009 年，第 7～10 頁，第 20～22 頁。

〔註 13〕高大同編著：《高一涵先生年譜》，上海：上海文化出版社，2011 年，第 4 頁。許多關於高一涵的介紹中稱其「9 歲即能詩善文，14 歲考取秀才」。此書採家譜中高曉初《一涵公傳略》所述。

〔註 14〕湖南省革命烈士傳編纂委員會編：《三湘英烈傳舊民主主義革命時期》，長沙：國防科技大學出版社，2003 年，第 326 頁。

之後參加過幾次省試，雖然沒有中式，但一直努力攻讀。其父 27 歲時還曾入揚州著名經師劉熙載任山長的龍門書院學習三年，不僅學問大有進步，而且治學也頗有心得。胡傳後步入仕途，曾任過淞滬釐卡總巡、知州等職。〔註 15〕胡適自幼也接受了良好的傳統教育。吳稚暉是光緒年間的舉人。〔註 16〕吳虞的曾祖是清代武官，曾官至提督。其父吳士先，二十五歲時中了副榜貢生。吳虞少時也在書院接受經學教育，但厭惡時藝，不願應科考。〔註 17〕楊昌濟的父親靠捐納獲得了例貢生的功名，在家中設館教書。楊昌濟青少年時代也在發奮應舉業中度過，並在光緒十五年的長沙縣試上考取過邑庠生（生員）的功名，但此後屢試不中。〔註 18〕謝无量的父親，以拔貢的功名出仕，先後擔任多地知縣。謝无量六歲學作詩，八歲作小文，九歲學畢「五經」習八股文，十二歲而做完篇，但目睹清季內憂外患，決議不在科舉仕途，考入南洋公學特班。〔註 19〕

這些《甲寅》雜誌的主要撰稿人之後也為《新青年》撰稿。此外，《新青年》其他作者的家世背景也值得我們注意。魯迅和周作人出身官紳家庭自不必多言。錢玄同的父親錢振常是同治間（丁卯）舉人，曾任禮部主事，後辭官歸鄉在揚州、蘇州等地書院任山長。其兄僅中秀才，故錢振常對錢玄同的舉業教育十分重視，希望他能在科場取勝。「錢玄同十六歲以前是一個被關在書房裏讀經書、學做八股預備考秀才的書生」〔註 20〕。光緒二十八年，錢玄同因母喪「丁憂」，不得不放棄應考童試。此後，錢玄同起了排滿的情緒，科舉制度又被廢，故沒有走科舉正途。俞平伯也出自書香世家，其曾祖俞樾，考中進士，而且保和殿復試錄為第一，是稱「復元」，榮耀異常了。其父俞陛雲十八歲登科，三十一歲中探花。俞平伯幼年時也打下了紮實的舊學根基，可惜他八、九歲時，科舉考試廢除，無法再重複先輩的榮耀。〔註 21〕

〔註 15〕白吉庵：《胡適傳》，北京：紅旗出版社，2009 年，第 3～5 頁。

〔註 16〕賈逸君編：《民國名人傳》，長沙：嶽麓書社，1993 年，第 110 頁。

〔註 17〕莊增述：《吳虞傳》，香港：中國文化出版社，2007 年，第 4～6 頁。

〔註 18〕王興國：《楊昌濟的生平及思想》，長沙：湖南人民出版社，1981 年，第 7～15 頁。

〔註 19〕彭華：《謝无量年譜》，舒大剛主編：《儒藏論壇》（第 3 輯），成都：四川大學出版社，2009 年，第 133、134 頁。

〔註 20〕參見曹述敬：《錢玄同年譜》，濟南：齊魯書社，1986 年，李可亭著：《錢玄同傳》，開封：河南大學出版社，2002 年。

〔註 21〕蕭悄：《古槐樹下的學者俞平伯傳》，杭州：杭州出版社，2005 年，第 14～17 頁。

陳衡哲也出身於「耕讀世家」，祖父陳鍾英任過知縣，兩個伯父一個在京城任翰林院編修，一個中了舉人，在江西為官。其母也出身於官紳家庭。其父陳韜屢試不中，靠捐納的異途做了實缺的知縣。〔註 22〕沈尹默出身於書香門第，官宦家庭。祖父清末在京城做官，後隨直隸陝甘總督左宗棠到陝西，被調任定遠廳（今鎮巴縣）同知，其父也在定遠謀到官職。〔註 23〕沈尹默在家塾中也接受與科舉考試有關的傳統教育。〔註 24〕

新文化運動功勳卓著的北大校長蔡元培是光緒年間進士，翰林院庶吉士，自不待言。新文化運動中學生一輩的代表人物，羅家倫之父羅傳珍在清代任過知縣。〔註 25〕傅斯年出自魯西望族聊城傅氏，家族中獲得舉人以上功名者不下百餘人。傅斯年的曾祖父是道光五年（1825 年）的拔貢，官至安徽布政使。祖父傅淦是同治十二年（1873 年）拔貢，痛恨清末政治不願入仕。其父早逝，祖父自幼嚴格的教育，對其影響至深。〔註 26〕五四時期具有代表性的作家馮沅君，其父馮臺異是清代光緒戊戌（1898 年）科的進士。〔註 27〕

除了楊振聲、汪敬熙等少數幾位新文學開創時期的代表作家缺乏家世背景資料之外，我們大致可以看到，新文化運動的領軍人物和新文學草創時期的代表作家，要麼本身就是具有科舉功名的紳士，要麼出身於官紳或學紳家庭，而且都或多或少地接受了以科舉考試為目的的舊式教育。當然，筆者不厭其煩地梳理這些文化先鋒的家世背景，並不是想做什麼出身決定論。這種家庭背景對這些文化人和作家思想創作影響的個案研究已有一些學者涉及。而在此，以這種近似於「大數據」的形式，我們則更能看出新文學發端的一些顯著而又被我們忽略的特徵。

清季民初的開風氣之先者絕大部分都是傳統紳士或出身於傳統紳士家庭，並接受了以科舉考試為目的的舊式教育。這一時期，中國的思想文化變革基本上是知識精英階層針對政治危機和社會弊病的一種反應。這與西方在資本

〔註 22〕江淼：《陳衡哲傳》，上海：上海遠東出版社，2010 年，第 1～4 頁。

〔註 23〕中國人民政治協商會議陝西省漢陰縣文史資料研究委員會編：《漢陰文史資料》（第 3 輯），1997 年，第 115 頁。

〔註 24〕沈培方：《沈尹默書法藝術解析》，南京：江蘇美術出版社，2000 年，第 46 頁。

〔註 25〕陳春生：《新文化的旗手羅家倫傳》，臺北：近代中國出版社，1985 年，第 4 頁。

〔註 26〕馬亮寬，李泉著：《傅斯年傳》，北京：紅旗出版社，2009 年，第 4～7 頁。

〔註 27〕嚴蓉仙：《馮沅君傳》，北京：人民文學出版社，2008 年，第 4 頁。

主義發展以後，由經濟模式變革驅動下的啟蒙運動具有許多本質上的差異。新文化運動的發起者們，並沒有經濟因素和現實需要作為一種新興思想文化的產生基礎。「自由」「平等」「民主」「科學」這些核心觀念的生成，既來源於外來文化以及知識階層在留學海外過程中對現代化的體認，也源自於新的知識結構對他們自幼所接受的思想文化觀念的衝擊。標榜著反對舊文化的新文化運動實質上也還是傳統知識精英階層內部的某種分化。因此，新文化運動一開始所針對的就是傳統知識精英文化，尤其是紳士家庭內部的思想文化氛圍。而這些新文化運動的發起者自幼接受經學教育的時間和所耗費的精力無疑遠高於他們對外來思想文化學習。這是中國現代化過程中產生的一代極為特殊難以複製的知識階層。這種集新學與舊學於一身的知識體系將怎樣影響這批新文化運動參與者的思想文化觀念？他們在提倡新文化時又有哪些與舊文化割捨不掉的糾葛？這些糾葛又是如何構成了他們日後政治選擇與文化選擇的潛在因素？——從紳士階層這個角度出發，我們或許在一定程度上解答這些問題。

從新文化運動時期批判舊文化的文章中，我們能夠明顯的感覺到撰文者對於所謂舊文化的諳熟。這種對於傳統典籍的信手拈來沒有「童子功」是不太可能的。而行文章法結構中透出的共性也透露出共有的應舉教育背景。新文化所批判的對象是舊制度、舊文化。但當我們對照新文學作品中反映的現實時，又不免覺得這些被批判的舊制度、舊文化與普通民眾的日常生活有著相當的距離。刑不上大夫，禮不下庶人。某種意義上說，被批判的舊制度、舊文化構成了士大夫、紳士、士與一般平民的身份界限。舊制度、舊文化依託著紳士階層這一群體和親族更構成了青年人的切身體驗。身處中國社會現代轉型中的青年在日常中因受到的來自紳士家庭對個人生活和選擇的干涉而感到的壓抑憤懣構成了反抗的原初動力。這一壓抑與反抗的過程與西歐社會文化現代化的生成類似，卻又體現出兩種不同的現代性。新文化運動時期的新青年們對現代的體認來自於對家庭的反叛，儘管內涵不同，卻還是有著與修身、齊家、治國、平天下類似的路徑。士子的人身軌跡的正途同樣在反抗舊文化、舊制度的活動中運行著。而新文化運動的發起者最後又大多做了學者，所研究的領域也與自身的舊學根基過從甚密。能對舊文化做精深之研究，也可知他們大抵對這舊文化是有所愛的。紳士階層的趣味依舊在其中發揮著作用。而紳士階層終究是要以知識資本換取政治資本的。出身於紳士階層的新文化運動的幹將們之後又有不少人投身於不同派別的政治活動中去了。

二、紳士階層與新文學的審美特質

新文化運動開啟的新文學潮流也有類似的特點。新文學誕生之初實質上也並不是為了滿足新興市民階層的需求。晚清的改良派中也以紳士為主。其中如梁啟超等人也一改對小說的貶斥。而將這種本不屬於士大夫趣味的文體拔高。但文學在此只是手段，而非目的。新文學的發生則不然。新文化運動的發起者將文學當作創製新文化本身的一項事業來看待。這最初的嘗試並不在小說領域，而在有著莊正地位的詩歌。這種文學選擇本身就帶有鮮明的知識精英趣味，也是為了滿足知識精英讀者的審美而存在。

《新青年》最主要的讀者，就是大城市中新式學堂的學生，尤其是北京地區的大學生。那麼這些學生群體的構成又是如何呢？從五四時期小說來看，其中的大學生幾乎盡是紳士家庭子弟。這自然與作者本身的背景有關。而另一方面，民國以後，新式教育尤其是高等教育基本上已經把鄉村排除在外了。高昂的學費和大城市的生活費，並非普通家庭所能承受。而紳士由於帝制時代的特權地位，掌握了更多的社會財富，加之詩禮傳家的觀念，所以更願意送自家子弟接受新式教育。當然，接受新式教育的學生中也有不具有紳士身份的富裕家庭子弟。五四時期，北大學生王光祈就抨擊：「現在中國教育是貴族的教育，現在中國的學校是紈絝子弟的俱樂部。」〔註 28〕1926 年清華大學每位學生一年的費用大約為 120～130 元。〔註 29〕而據張謇在江蘇南通地區的估算，20 世紀初，一個普通農民每年平均收入是 12 至 15 元，張謇的工廠中工人一年的收入是 50 至 100 元。〔註 30〕我們還應該注意到江蘇南通處於中國經濟最發達地區，其他縣鎮情況更是可想而知。高等教育尤其是北京、上海這樣大城市的大學，遠非一般家庭所能承受。每年十二冊 2 元的《新青年》雜誌，對於平民來說也不便宜。

號稱是「平民文學」的「新文學」在當時其實相當「不平民」。章士釗就以此質疑了胡適提出推廣白話文更有利於文化普及的觀點。章士釗在《評新文學運動》中，就指出：「自新政興，學校立，將《千字課》、《四書》、《唐詩

〔註 28〕王光祈：《少年中國之製造》，《少年中國》1919 年 1 卷 2 期，第 5 頁。

〔註 29〕楊小輝：《近代中國知識階層的轉型》，第 69 頁。

〔註 30〕楊小輝：《近代中國知識階層的轉型》，第 68 頁。

三百首》，改為貓狗木馬板凳之國民讀本，向之牧童樵子，可得從容就傅者，轉若嚴屏於塾門之外，上而小學，而高小，而中學，而高等，一鄉中其得層纍而進之徒，較之前清赴省就學政試，洋洋誦其場作，自鳴得意者，數尤減焉。求學難求學難之聲，日聞於父兄師保，疾首蹙額而未已。是今之學校，自成為一種貴族教育」〔註 31〕。在當時，白話文是一種比文言文更具精英性質的文學形態。新式教育催生了中國的現代知識分子群體。但是集中於城市且費用高昂的新式教育一方面將傳統紳士吸引到城市，一方面也阻斷了貧寒士子和下層紳士的社會階層晉升之階。新式教育大興之後，鄉村的識字率較之帝制時代持續下降。中國現代文學中，鄉村的凋敝和下層讀書人尤其是不具有新學知識者的困窘也與此有關。新文學發生之初顯著的精英色彩，也帶來了 1927 年國民政府成立以後，文藝上對五四文學的某種反叛。國民革命讓原本從事文學革命的知識階層投入了切實的革命活動中。這種過程也讓部分寫作者感到了與普通民眾的距離。這種距離感多少讓人感到了對文學啟蒙事業的失望。之後的革命文學論爭就文學層面而言也是對新文學知識精英趣味的批判。而大眾化問題更是五四以來產生的新文藝揮之不去的焦慮。抗戰時期，普通民眾對於五四文藝的隔膜成了文藝界的整體性焦慮。「民族形式」問題引起的大規模討論正是這種焦慮在戰爭背景下的一次大爆發。紳士階層與鄉村的脫離進一步拉大了民眾與精英文化的距離。精英階層內部生成的新文化更讓普通民眾感到了隔膜。

新文化運動以及由此催生的新文學實質上還是傳統紳士階層在現代化過程中的一次文化重整。這與西歐伴隨經濟發展而產生的人的覺醒是有所區別的。當我們試圖談論中國現代文學的「現代性」時，有必要追附民國時期具體的社會歷史情境，將新文化倡導者自身的傳統知識精英身份加以考慮。

新文化運動及新文學的倡導者和最初的創作者，乃至最早一批讀者中很大一部分來源於傳統紳士階層。因此，新文化和五四時期的文學創作也集中於展現傳統紳士階層的舊文化與新式教育、新思潮之間以及新舊兩代知識精英之間，在思想觀念上的衝突。傳統社會中，耕讀鄉里繼而入城為官最後告老還鄉的人生軌跡驟變。新興的知識階層少年離開鄉土入城求學，隔斷了城鄉聯繫，故而還鄉主題也頻繁呈現於中國現代文學作品之中。

〔註 31〕章士釗著：《章士釗全集》第 5 卷，章含之，白吉庵主編，第 366 頁。

第二章　紳士階層與舊家庭題材小說

> 其於銷弭犯上作亂之方法，惟恃孝悌以收其成功。而儒家以孝悌二字為二千年來專制政治、家族制度聯結之根幹，貫徹始終而不可動搖。使宗法社會牽制軍國社會，不克完全發達，其流毒誠不減於洪水猛獸矣。〔註 1〕
>
> ——吳虞

新文化運動中，將改革舊家庭作為改革中國一項基本內容是一種普遍的論調。許多知識分子都對中國傳統社會中，以家為本，家國一體的宗法制度加以批判。新文化運動中，無論是文學作品還是評論文章都集中於他們感觸最深的舊式家庭。而由於清季民初的新式教育費用昂貴，五四時期的現代知識分子大多出身於經濟基礎雄厚，重視子女教育的紳士家庭。正因如此，五四時期文學中頻繁出現的對舊家庭的反抗，其實並不指向當時中國社會普遍意義的家庭。顧頡剛曾以顧誠吾的筆名在《新潮》上發表了一系列批判舊家庭的文章。文中開宗明義地說「我閱世不多，對於家庭方面的觀察，不過是江蘇一隅，和中流以上的門徑，就是常言所謂『詩禮人家』」〔註 2〕。而這裡所謂的「詩禮人家」其實在很大程度上指的就是紳士家庭。當時對舊家庭的批判集中於名分觀念、移忠作孝、家庭內部等級森嚴等方面對人的傷害，其實也正是針對了以禮教為家庭文化和秩序的傳統紳士家庭。

〔註 1〕吳虞：《家族制度為專制主義之根據論》，《新青年》1917 年第 2 卷第六號，第 2 頁。

〔註 2〕顧誠吾：《對於舊家庭的感想》，《新潮》1919 年第 1 卷第二號，第 157 頁。

一、紳士家庭的代際紛爭

在五四時期為數不多的小說創作中，父與子，母與女，個人與家族的衝突屢見不鮮，構成了一個時代文學的鮮明特徵。新文化運動初期，白話小說數量並不多。而其中具有代表性的小說不少都與婚戀問題及親子衝突有關。在個性解放和追求自由思潮的感召下，接受了新思想的青年對舊家庭的包辦婚姻制度和家長的管制萌生了強烈的反叛情緒。

胡適以一幕簡單的短劇《終身大事》道出了接受新式教育的青年對待個人婚戀問題的態度。羅家倫的《是愛情還是痛苦》中，「我」的朋友叔平也講述了自己的婚戀遭遇：叔平心中有了鍾情的新式女子，卻迫於家庭壓力只能忍受包辦婚姻的痛苦。馮沅君的《隔絕》與《隔絕之後》中接受了新式教育的女主人公為了反抗母親的包辦婚姻，服毒自盡，喊出了「不自由毋寧死」的宣言。馮沅君的《慈母》中，女主人公為了反抗母親的包辦婚姻，幾乎與家庭斷絕了聯繫。馮沅君的《寫於母親走後》和《誤點》也是這類故事的演繹。楊振聲的《玉君》中，周玉君與杜平夫自由戀愛，兩情相悅，卻因為祖輩的恩怨，不能結合，玉君也被父親許給了軍閥的兒子。向培良的《飄渺的夢》也寫了「我」明明有自由戀愛結識的伴侶，父兄卻要為「我」包辦婚姻的往事。冰心《斯人獨憔悴》則寫了接受新思想的青年在參加愛國社會運動問題上與父親的衝突。此外，楊振聲《貞女》、馮沅君《貞婦》、孫俍工《家風》還反映了貞潔觀念對舊式家庭中的女性的傷害。

五四時期，反對舊家庭對新青年的壓迫成為了當時小說創作的重要主題。從當時具有代表性的小說創作來看，其中所針對的舊式家庭其實並不具有多少普遍意義。知識青年所面對的精神痛苦，帶有鮮明的新舊文化碰撞的印記。而這種舊文化也並不是「封建」這樣籠統的概念所能概括的。

《是愛情還是痛苦》中的「我」和叔平，《隔絕》與《隔絕之後》《慈母》《寫於母親走後》、《誤點》的女主人公們以及她們的戀人、朋友和兄嫂，《玉君》中周玉君與杜平夫，《飄渺的夢》的「我」都是由全國各地的鄉鎮來到北京讀書的大學生，《斯人獨憔悴》中的兩兄弟也是南京學堂的學生。大都市尤其是新文化策源地北京的大學學生構成了這一時期小說中最重要的一類人物形象。而小說中所針對的舊式家庭除了所謂的「舊」之外，也有一個顯著的共同特徵。《是愛情還是痛苦》中叔平出身於詩禮之家，父親是地方辦鹽政的官員。他父親聘定的女子是自己的同僚，家族也很有勢力。馮沅君的這類小說中，女主人公都有留學歸國的兄長，家族擁有社會聲望，看重名聲。在這些女主人公的家庭生活中，聽差，廚子，女僕一應俱全。《玉君》中的周玉君和杜平夫的祖父都是前清官員。《飄渺的夢》、《斯人獨憔悴》中的主人公也都是大戶人家的少爺。即便小說中沒有明確寫出家世背景的，也都能看出這是一些不僅有經濟地位，還有著較高社會地位和傳統文化修養的家庭。以往我們習慣將這類家庭稱之為地主家庭。但在傳統社會中，不具有科舉功名這種政治、文化身份的庶民地主與紳士地主是兩類不同的人群。馮沅君的《劫灰》中就寫到「所謂土財主者，只是擁有幾千畝田而已。你想在他們家搜出來三五百塊現的，簡直是百不抽一。」〔註 3〕小說中的這些土財主家的女性是連件首飾都沒有的。這與凌叔華的《繡枕》等小說中閨秀、夫人的生活截然不同。一般的地主家的女性與紳士家庭的女眷全然沒有可比性。

楊振聲《貞女》、馮沅君《貞婦》、孫俍工《家風》中，這些恪守貞潔的女性也不是當時中國社會中家庭的普遍形態。這一點從魯迅的《祝福》和葉聖陶的《這也是一個人》（後收入《隔膜》時改名《一生》）中就能看得十分清楚。一般家庭的婦女「沒有享受過『呼婢喚女』『傅粉施朱』的福氣，也沒有受過『三從四德』『自由平等』的教訓」〔註 4〕。從經濟因素來看，貞婦守節是紳士家庭的某種特權，庶民並不在此列的。《祝福》中的祥林嫂，《這也是一個人》中的「伊」就只能喪夫再嫁。她們沒有守節的資本，而當作為了可以買賣的商品。

紳士家庭對自身所崇奉的儒家倫理道德有強烈的「衛道」情緒。又正是這樣一些家庭有足夠的財力和眼界送子弟進入昂貴的新式學堂接受教育。在五四時期的許多文學作品中，新舊文化的對立其實是新式學堂接受的現代教育與傳統紳士階層固有觀念習俗的衝突。某種意義上說，五四小說中體現出的思想文化批判大多針對了作為傳統知識精英的紳士階層及其背後的思想文化和行為處事觀念。而新青年本身就出身於紳士家庭，這種批判和衝突就自然地演變為了父與子、母與女、新青年與家族制度、婚姻制度的矛盾。

二、紳士家庭與舊制度

五四時期的文學創作中長篇小說極為匱乏，從當時的舊家庭題材小說中，

〔註 3〕馮沅君著：《馮沅君創作譯文集》，袁世碩，嚴蓉仙編，濟南：山東人民出版社，1983 年，第 61 頁。

〔註 4〕葉紹鈞：《這也是一個人》，《新潮》1919 年第 1 卷三號。

我們難以瞭解當時的整體社會風貌。巴金創作於 20 世紀 30 年代的長篇小說的《家》則彌補了這種侷限。《家》全方位地追溯了五四時期接受了新式教育的新青年與舊式家庭的矛盾糾葛。我們在談論《家》這部小說時，往往將高家描述為一個封建大家庭。其實，《家》發表之初，巴金稱高家為一個資產階級大家庭。在封建家庭與資產階級家庭這兩個稍顯矛盾的表述之外，小說中文本中將高家稱之為一個「紳士家庭」則更像是一個相對中性又更符合作者創作意圖的描述。

在傳統社會中，科舉考試取得功名未仕者或退任的官員被稱之為紳士；廣義上說紳士階層也包括了這兩類人的親族關係。〔註 5〕高家祠堂的歷代祖先畫像都身著朝服，高老太爺是退任官員。長房克文差點就做了京官，三房克明在當律師之前也做過不太小的官，四房克安是在辛亥革命中逃跑的縣官。有著這樣時代為官經歷的高家，無疑是一個典型的紳士家庭。直到辛亥革命前，高家男性也都能不斷為官。不難想見，在傳統社會中，這是一個世代興旺的官紳家庭。而結合巴金個人的家庭背景來看，我們也不難發現他也出身於紳士家庭。將紳士家庭作為舊家庭和舊制度的代表，自然來自於巴金自身的體認。《家》這部小說也總是展現出高家作為紳士家庭的獨特性。

小說在一開篇就將高家紳士階層的特殊地位附著與公館這種建築文化形態上。「家」一開始就是以公館的建築形態出現的。覺民與覺慧回家途中經過的一個個公館所帶有的某些抽象共性，無形中在強調著「家」的特殊階層意味。每個公館的類似，正展現著整個紳士階層的整體性特徵。在傳統社會中，公館並不是一個單純的居所，而有著鮮明的等級色彩。單就成都地區而言，中等人家的宅院都是不敢妄稱公館的。〔註 6〕《家》時時強調著公館這一特定空間處所，其實都在顯示著高家所處的特殊社會階層。

巴金筆下的高公館並不同於一般意義的「家」。「一個希望鼓舞著在僻靜的街上走得很吃力的行人——那就是溫暖、明亮的家」〔註 7〕但是覺慧與覺新所走向的家卻是黑漆大門的公館。一種階層界限如公館黑漆大門一般遮住了

〔註 5〕參見吳晗、費孝通：《皇權與紳權》，第 8 頁，第 66 頁，第 131 頁；張仲禮：《中國紳士——關於其在 19 世紀中國社會中作用的研究》，李榮昌譯，第 18 頁；王先明：《近代紳士一個封建階層的歷史命運》，第 6～10 頁。

〔註 6〕李劼人：《李劼人全集》第 5 卷，成都：四川出版集團，四川文藝出版社，第 33 頁。

〔註 7〕巴金：《巴金全集》第 1 卷，北京：人民文學出版社，1986 年，第 3 頁。

被該屬於家的溫暖光明。寒冷與暮色中，在覺慧與覺民通往家的路上，作者就已經暗示了作為以公館形式存在的「家」與溫暖、明亮的家之間某種曖昧的邊界。小說一開始就將紳士家庭的特殊階層地位意象化為了高家的外部建築形態。每一個公館外黑漆的大門，沉默的石獅子，久遠的年代，黑洞一般的幽隱構成了每個公館的特徵。這種對公館極富象徵意味的描述都暗示了接下來所要表現的「家」帶有特殊社會階層的權威和壓抑。公館大門上脫了又不斷塗上的黑漆也正透露出這一階層在傳統社會的漫長歲月中周而復始的傳承或更迭。

隨著覺慧與覺民從公館的外部走進公館內，小說也由對紳士家庭外部的抽象描述轉向了紳士家庭內的日常生活。高家是北門一帶的首富。這個紳士家庭有富麗堂皇的大公館，數十名僕役，每年要收大量的租穀，似乎是「橫豎有的是用不完的錢」〔註 8〕。高老太爺的棺木早已在幾年前備好。「據說價錢並不貴：不過一千兩銀子」〔註 9〕而高老太爺的葬禮也盡顯著這個紳士家庭的闊綽。與三十年代以紳士為描寫對象的小說不同，作者並沒有將紳士這一特權階層的巨額財富視為一種剝削制度加以否定。巴金所體現出的僅僅是對於紳士家庭子弟的坐吃山空、揮霍無度的一種代入式的反感。甚至在很多時候，小說將財富作為紳士家庭的日常生活本身。

《家》對高公館的日常生活的敘述也總是隱現著一種特殊的階層文化觀念。紳士大家庭富貴生活所需的大量僕役婢女在紳士家庭中形成了主僕之間明確的階層界限。這種階層區隔與家庭成員的身份地位差異共同構成了紳士家庭的秩序與言行範式。同時，在這些對紳士家庭生活的敘述中，宗法、禮教這些抽象的概念被具象化為日常世俗生活的細節。《家》中滲透於日常的對宗法與禮教的表現，其中所包含的思想文化意味遠大於社會政治意味，然而我們習慣將這種思想文化意味歸結為「封建」並將新青年的反叛視為反封建，卻模糊了小說中原本清晰的意義指向。

在《家》所表現的五四運動爆發前後這段時期，儘管紳士依舊作為一個特殊的社會階層存在。但其元內涵已伴隨著傳統社會制度的變革而消逝。但紳士階層卻依舊在民國社會中存在，並在一定程度上保有原先的社會地位和經濟地位。在《家》這部小說中，高家作為紳士家庭所指向的是傳統知識精

〔註 8〕巴金：《巴金全集》第 1 卷，北京：人民文學出版社，1986 年，第 307 頁。
〔註 9〕巴金：《巴金全集》第 1 卷，北京：人民文學出版社，1986 年，第 375 頁。

英的思想文化觀念在家庭生活中的反映。紳士階層有著特殊的規範系統和生活方式，並具有特定的文化抱負和才學，對子女的教育問題也格外重視。紳士階層精通並恪守儒家的倫理道德，且非常注意炫耀權威而證明其特殊身份。〔註 10〕《家》中所敘述的婚喪嫁娶、辭歲賀壽、祭祀乃至子女教育等種種家庭活動都印著傳統知識精英階層的趣味和意識。高家的家長們本身也都有著良好的舊學根基，甚至不乏傳統紳士的才情。高家的年輕一代也都接受了現代學校教育或傳統家庭私塾教育。《家》中所描寫高家的日常生活細節，許多都帶有紳士這一傳統社會知識精英階層的文化印記。

民國時期，就有評論者指出《家》所描寫的高家在「我們的國家」「是很少數的」〔註 11〕，並不具有典型和普遍的意義。只要我們對中國傳統社會結構有基本的瞭解，就不難發現高家作為一個紳士家庭，其實並不代表普遍意義上的中國舊家庭。只有放置於「五四」的具體時空中，高家才是典型的。高家並不代表封建的舊中國或者封建文化這種宏觀而籠統的概念，而蘊含了具體的紳士階層文化和思想觀念。

《家》這部小說所表現的對舊家庭和舊制度的批判，體現為新舊兩種思想文化觀念的矛盾衝突。巴金幾乎完全將這種矛盾衝突置於家庭這一特定場所，使之演化為日常生活中的親族糾葛。高家作為一個紳士家庭的獨特性使這種矛盾衝突放置於了紳士與新青年的二元對立中，成為新舊兩代知識精英的思想文化之爭。

覺民和覺慧兩個紳士家庭子弟一出場就在談論學校裏英文戲劇《寶島》的表演。這是傳統文化體系中並不存在的內容。緣起清末的現代教育並沒有直搗傳統思想文化的根基，是新文化運動造就出了紳士家庭中的新青年。「五四」時代，新青年代表著一種反叛既有思想文化秩序的群體。這兩位接受了現代教育和五四新思潮洗禮的一代新青年在暮色中走進了作為「家」的高公館，也預示著不可避免的家庭矛盾。

對於「五四」運動傳播的新思想，覺慧與覺民幾乎是不假思索地全然接受了。覺慧在感到家庭的苦悶、壓抑時，通過用白話文寫日記或者誦讀《前夜》這樣的外國小說加以紓解。小說中，出現了新青年們大量的白話書信與

〔註 10〕參見周榮德：《中國社會的階層與流動——一個社區中士紳身份的研究》，第 118～149 頁。

〔註 11〕頑石：《讀了巴金的〈家〉後》，《甬江浪花》1935 年，第 32 期。

日記。琴就為了學寫白話文的信，仔細研究《新青年》雜誌的通信欄。伴隨著五四運動興起的語言表達形態本身就是對傳統文化的對抗。作為新文化的符號頻繁出現於高公館內的新書刊，與高家所固有的線裝書也構成了兩種文化的對峙局面。關於巴金小說中的新書刊所代表的「五四」意象，不少學者做過分析。但對於巴金小說中也時常出現的線裝書，我們卻沒有足夠的認識。不僅是《家》中談及了的作為新青年的覺慧對線裝書的反感。在 1932 年巴金發表的短篇小說《在門檻上》也談到了線裝書對青年的戕害。〔註 12〕直到寫《憩園》時，巴金仍舊把線裝書作為舊家庭的一種象徵。線裝書這種承載傳統思想文化的介質表現了巴金對於舊家庭和舊制度的感受是充滿文化意味的。

作為一個上層紳士家庭存在高家，長輩紳士都具有不錯的舊學修養和根植於傳統文化的審美趣味。與高家有交往的紳士家庭也都具有類似的特點。高公館作為一個紳士家庭，世代依靠舊學修養在科考制度下取得功名、官位，並以此經營起富庶的大家庭。對於高老太爺和克明等人而言，曾作為一種安身立命之本的儒家思想文化已是深入骨髓。紳士對於傳統文化的重視也投射於對子女教養等家庭生活細節中。然而，對現代教育制度下成長起來的覺慧等人而言，他們已經在新思想的洗禮下，對傳統思想文化進行了簡單粗暴的否定和反叛。這種立場不僅是這些紳士家庭的新青年形成了與傳統知識精英截然不同的審美趣味，更是他們的將家庭中秉持傳統思想文化的紳士作為了自身的對立面。

高老太爺自然是禮教宗法的維護者。他的許多行事做派都是「五四」時期批判舊家庭議論文的形象化。「要君主的尊嚴到怎麼樣的程度就使各家庭裏的尊長尊嚴到怎樣的程度」，「家長就是家裏的君主」。〔註 13〕正是因為這樣的傳統秩序，覺慧對祖父遵循著紳士家庭的禮數周全，卻缺乏情感交流。他把祖父當成一個不親切的人，總是儘量迴避。源自傳統社會知識精英觀念的仁義道德，讓高老太爺在覺慧這樣的新青年心目中成了一個頑固的舊式人物，也使覺慧感到祖孫兩代永遠不能夠互相瞭解。

但我們卻一直忽視了一點：帶有傳統知識精英文化意味的高老太爺，其實也散發著專制制度代言人之外的氣息。生長於紳士家庭的覺慧，同樣看到

〔註 12〕巴金：《在門檻上》，《大陸雜誌》1933 年第 1 卷第 7 期。

〔註 13〕吳虞：《關於舊家庭》，《新潮》1919 年第 1 卷第二號。

了傳統知識精英風雅名士的一面。高老太爺印過兩卷《遁齋詩集》送朋友，又喜歡收藏書畫，「和幾位老朋友組織了一個九老會，輪流的宴客作樂或者鑒賞彼此收藏的書畫和古玩。」〔註 14〕儘管作為新青年的覺慧大多數時候都會表現出對傳統文化的厭惡，但這種紳士階層所帶有的名士風流還是曾使他對高老太爺湧起過親近和理解的願望。

然而，高老太爺也有傳統紳士文化的另一面。他偶爾跟唱小旦的戲子往來。「幾位主持孔教會以『拚此殘年極力衛道』的重責自任的遺老也曾在報紙上大吹大擂地發表了梨園榜，點了某某花旦做狀元呢。據說這是風雅的事。」〔註 15〕在這一點上，高老太爺也未能免俗。但是覺慧這樣的新青年並不能理解「風雅的事又怎麼能夠同衛道的精神並存不悖呢？」〔註 16〕祖父續娶年輕的姨太太，在覺慧看來也是可笑。

清代對於紳士階層道德有制度、法律等多方面的約束。順治帝就曾立臥碑作為紳士階層的言行規範。但對於紳士階層而言，狎妓、蓄妾在傳統規範中並不是有違道德規範的事情。而傳統知識精英原本的生活方式，被新的思想觀念歸為了一種醜惡的積習。接受了現代教育又正在經歷新思潮洗禮的覺慧無法理解舊式紳士們將「陋習」與衛道精神渾然一體的生活和思想狀態。

《家》中的新青年甚至不自覺地將舊學與品行敗壞聯繫在一起。善於吟詩作對，寫得一手好字的克定，戲曲上的專家克安都是紳士家庭中的偽君子。孔教會的馮樂山、陳克家這些高家世交的紳士也都被視為道德上有缺陷的人物。相反，接受了新思想的青年都是可親可近。高老太爺基於傳統知識精英的認識，看重對科舉考試有利的吟詩作對、書法，因而對克定有所偏愛。而接受了新思潮的新青年覺慧卻由於對舊文化的厭惡，一開始就反感克定。在小說的很大一部分敘述中，思想觀念的新舊成為了品行優劣的分野。

當新青年出於新的思想文化立場將紳士家庭視為敵人，紳士也固守既有觀念厭惡新式教育與新文化。在高老太爺看來，新式教育的學堂「真壞極了，只製造出來一些搗亂人物。……現在的子弟一進學堂就學壞了。」〔註 17〕覺慧參加社會運動也被家人視為會把自己小命鬧掉的胡鬧。琴渴望進入男女共讀的學校，希望剪髮。這些遵循新思潮做一個新女性的想法也受到了保守紳士家庭親

〔註 14〕巴金：《巴金全集》第 1 卷，第 100 頁。
〔註 15〕巴金：《巴金全集》第 1 卷，第 70 頁。
〔註 16〕巴金：《巴金全集》第 1 卷，第 70 頁。
〔註 17〕巴金：《巴金全集》第 1 卷，第 72 頁。

族們的非議和壓力。思想文化上的深度分歧表現為了家庭內部的代際隔膜。

《家》中呈現出的新舊文化差異是過於符號化的。小說中傳統紳士家庭對人的戕害過多地停留在了新青年的臆想狀態中。覺慧在閱讀了大量新思潮的書籍後感到難以融入紳士家庭。覺慧在家庭中感到的孤立、寂寞、憂鬱和壓迫大多來自自己內心對於傳統紳士家庭思想觀念的牴觸。小說中，作為傳統知識精英的紳士們被新的社會思潮歸入了保守落伍的狀態。新舊兩代知識精英之間思想觀念的巨大差異與隔閡衍生為了紳士家庭日常生活中的瑣碎淺表的衝突。

三、紳士與新青年

對舊式大家庭、舊制度的鞭撻和對新青年反抗精神的歌頌一直是解讀《家》的一種主要基調。而小說對紳士與新青年之間微妙關係的書寫，卻往往被我們所忽略。巴金將舊制度作為一種軟性的思想文化觀念加以呈現和批判，並將五四時期的新思潮塑造為一種全然正面的形式。小說將這種新與舊的對立置於家庭內部，紳士與新青年之間就被繫上了剪不斷的臍帶。

誠然，覺慧、覺民這樣紳士家庭的新青年對禮教宗法的反抗意識在《家》這部小說中是顯而易見的。但即便是接受了新思潮洗禮的新青年依舊在潛意識中擺脫不掉他們自己所厭棄的紳士家庭觀念。覺民仍舊將自幼照顧自己的黃媽稱為「底下人」。琴也看不到新年也放花炮燒龍燈是用金錢隨意踐踏別人的身體。即便是覺慧這樣被視為飽含人道主義精神的新青年也在無意識層面帶有紳士家庭的階層意識。

覺慧不願意坐轎子的舉動常為評論者所稱道，並讚揚其中體現出的人道主義精神。但我們也不應忽略小說中，覺慧的人道主義精神來源於書面的新思潮而缺乏內心的體認。《家》中描寫到了轎夫沉默承受著赤腳穿草鞋被冰冷的雪刺痛，不去在意肩上的重擔，習慣於惡劣的工作環境。作者的筆觸似乎緊貼著轎夫的困苦，充滿著真切的憐憫。但這些是以敘事者的視角來呈現的，覺慧並沒有看到。高家的老僕人高升因偷竊被趕出公館後淪為乞丐。高升在過年時來高家討賞時，癡癡地望著曾經和他親近的三少爺覺慧，卻因衣著破爛，不敢靠近。但注意到這一切的也還是敘事者。覺慧和覺民一路上「想到了很多快樂的事情，但是他們卻不曾想到這個叫做高升的人。」〔註 18〕在敘

〔註18〕巴金：《巴金全集》第 1 卷，第 139 頁。

述高公館「底下人」時，小說幾乎都是採用敘述者的視角，而沒有通過覺慧的視角來體察過高公館的僕役。

《家》的確表現出了對底層勞動人民充滿人道主義關照的書寫。但這些敘述更多地來自敘事者而不是覺慧等新青年。覺慧在意識層面對這些僕人充滿同情，但在他的潛意識中，階層觀念仍舊存在，並有力地牽絆著覺慧的行動。

即便是對於鳴鳳，覺慧也缺乏平等的對待和理解。他叫鳴鳳倒茶做事的時候仍然脫不掉少爺氣。與覺慧處於同一階層的人，總是能很快地趕走了覺慧腦中鳴鳳的影子。當覺慧看到妹妹自然地學出大人的樣子責罵婢女鳴鳳時，覺慧會感到發熱、羞愧。儘管「他很想出來說幾句話為鳴鳳辯護，然而有什麼東西在後面拉住他。他不做聲地站在黑暗裏，觀察這些事情，好像跟他完全不相干似的。」〔註 19〕阻止覺慧行動的正是生長在公館的紳士家庭的固有觀念和文化。

在鳴鳳看來，她這樣階層地位的人被人驅使、被人支配是理所應當的自然。鳴鳳心裏清楚少爺和丫鬟之間不可逾越的界限。而擺脫這一切的辦法只有自己能夠成為紳士家庭的成員，成為一個等待少爺來娶的小姐。鳴鳳從來無法將自己置於與覺慧平等的地位。鳴鳳對於覺慧一直都是仰視的。她甘心一輩子做奴隸伺候自己視為天上月亮的三少爺。直到鳴鳳臨死前想找覺慧傾訴時，她都不忍心打擾三少爺的忙碌。身處於紳士家庭下人地位的鳴鳳，深知其中的秩序。一個公館裏丫頭很難產生自由、平等這樣的現代思想。

但是，作為受到新思潮洗禮的激進的新青年，覺慧從未嘗試啟蒙鳴鳳這個他表示要娶為妻子的女性。覺慧在一定程度上享受和維持著鳴鳳在情感上的卑微感。在覺慧的潛意識中，他對少爺和丫頭的身份區別有著明確的認定。

儘管作為一個新青年，覺慧看到了紳士家庭積習的不合理，但這種種家庭氛圍已深入他的潛意識中，讓他難以抽離，並能輕易地自我消解。覺慧認為鳴鳳的命運在她出生時就安排好了。當覺慧對「改變鳴鳳命運」的夢想稍有留戀時，他卻假想鳴鳳處在琴姐那樣的環境，「他與她之間一切都成了很自然，很合理的了。」〔註 20〕琴與覺慧一樣都出身於紳士家庭，在覺慧看來，他與同一階層的女子相戀就「當然不成問題」〔註 21〕。這種想法其實與鳴鳳

〔註 19〕巴金：《巴金全集》第 1 卷，第 16 頁。
〔註 20〕巴金：《巴金全集》第 1 卷，第 17 頁。
〔註 21〕巴金：《巴金全集》第 1 卷，第 17 頁。

希望自己是一個小姐就能和少爺覺慧般配並無二致。但時常抱有這種想法的，卻竟然也包括了覺慧這個渴望做紳士家庭叛徒的新青年。在覺慧的觀念中，始終將階層視作不應逾越的障礙，所以他在內心極力抗拒對鳴鳳萌動的好感。覺慧「覺得他同她（鳴鳳）本來是可以接近的。可是不幸在他們中間立了一堵無形的高牆，就是這個紳士的家庭，它使他不能夠得到他所要的東西，所以他更恨它。」〔註 22〕儘管覺慧憎恨紳士家庭的觀念，處處歸咎，但看似激進的他並沒有超脫紳士家庭之外的勇氣。這種歸咎反而顯出了紳士家庭的新青年在某種深層面上的思想惰性。

而覺民與琴的愛情也並不算是對舊禮教的強烈反叛。小說中就談到了，兩個門當戶對的表兄妹結合，在紳士家庭中是極為平常的事情。他們對婚姻的反抗受到實質阻力也並不大，他們的這種自由戀愛也不算多麼的「新」。在整部《家》裏，雙向的戀愛大都是在紳士階層內部發生的。逾越階層的男女之情只是作為一種假設被新青年們所談論。從紳士家庭的婚戀規則來看，琴和覺民在自由戀愛方面的追求，其進步程度甚至不如五四時期的同類題材小說。

在高公館的日常生活中，婚喪、祭祀、宴飲被視為封建禮教的具體呈現。而青年一代在高公館中的行酒令、吹彈吟唱，又往往被當成了禮教束縛之外充滿青春活力的生活。其實，這些看似在紳士家庭壓迫之外青年人的活動，也正是紳士階層文化在新青年的身上揮之不去的印記。即便作為新青年的覺慧們如此反感紳士們的舊文化，卻也偶而會浸潤其中而不自覺。舊年夜時，新青年的行酒令依然是舊式知識精英的趣味。新青年也依舊對傳統音律、書畫透露出欣賞和興趣。生長於紳士家庭造就了新青年身上傳統知識精英的旨趣。而紳士家庭的某些思想觀念已經深刻而隱秘地滲入了新青年的意識中。

《家》不再呈現出《滅亡》等作品中的政治宣洩色彩。在《家》的寫作中，巴金與人物保有相當的距離。這種距離感使巴金能夠逐漸感受到新舊知識精英之間的某種斬不斷的關聯。觀望曾經熟悉的紳士家庭生活，也使巴金開始體認對自己所反叛的紳士家庭割捨不掉的牽絆。

對新青年而言，紳士是保守而虛偽的衛道者。他們一面與戲子、丫鬟發生著不正當的關係，一面以仁義道德之名壓制著新青年的生活。但就在作者書寫新青年與紳士家庭的矛盾糾葛時，被置於落後地位的紳士家庭也不時顯

〔註22〕巴金：《巴金全集》第 1 卷，第 19 頁。

現出腐化罪惡之外的另一副面貌。

當一個馬弁帶著連長的土娼夫人要強行住進高公館的客廳時，克明挺身而出加以阻攔。他被「衛道」和「護法」的精神鼓舞而願意以身犯險。克明對於紳士地位和維持世家聲譽的看重，帶有舊式知識精英對傳統道德觀念發自內心的尊崇。在高老太爺病重期間，克明放下律師事務所的業務，悉心照顧父親。在意識到自己請端公抓鬼實際上加重了高老太爺的病情時，克明也真心地覺得羞愧難當。在《家》的後半部分，敘事者的視角時常不自掘地發現紳士家庭中舊式知識精英在維護傳統秩序、尊崇舊道德上的某種真誠。

在外人看來，「紳士家庭裏頭，只有吟點詩，行點酒令，打點牌，吵點架，諸如此類的事才是對的。到學堂裏讀書已經是例外又例外的了」〔註 23〕。從這個角度上看，高家和親族張家都算是開明的。琴作為紳士家庭的小姐能外出上學念書。覺慧、覺民、覺新接受的都是新式現代教育。宣傳新思潮的報刊書籍，他們也能在家庭中自由地閱讀、討論。巴金在書寫紳士家庭中新青年對傳統的反叛時，連他自己可能都並沒有意識到，他實際上也寫出了紳士家庭為新青年提供的經濟支持以及在保守、衛道之外的進步性。

不過，作者還是感受到了覺慧等人沒有意識到的紳士家庭對新青年子弟的某種包容。琴是依靠母親的愛才得以力排紳士親族的非議，接受現代教育。出於對女兒的關愛，她的母親也願意在包辦婚姻的問題上讓步。覺慧把北京、上海來的新雜誌上的材料和觀點寫成文章評論時政，發表在與同學創辦的《黎明週刊》上。三叔克明看到後，只是冷笑，卻並沒有報告祖父。克明自然是一個紳士，是舊式家庭的代表。雖然他曾留學日本，但這些現代教育並沒有改變他作為傳統知識精英的思想觀念。他對於覺慧這一輩青年的言行和思想並不認同，卻還是表現了較大的寬容。

即便是小說中最大的專制家長高老太爺，也在小說後半部分反思和檢討自己思想和行事作風。高老太爺苦學出身，考取功名，通過仕宦生涯經營起一個興盛的大家庭。被覺慧這樣的新青年視為罪惡的東西，於高老爺這樣的傳統紳士而言卻是一種思維方式和生活方式的常態，甚至是安身立命之本。高老太爺在病中看清了自己苦心經營的四世同堂的大家庭正在無可避免地衰敗。他甚至與覺慧一樣，對這個大家庭感到了痛苦和孤寂。

高老太爺「第一次覺得自己好像有點做錯了。但是他還不知道錯在什麼

〔註 23〕巴金：《巴金全集》第 1 卷，第 240 頁。

地方」〔註 24〕。高老太爺也在臨終前對覺慧表現出了極大的溫情，並最終解除了覺民所反抗的包辦婚姻。高老太爺的自我否定，暗示出其實高老太爺本身也並不是統治者。傳統知識精英的一整套思想文化體系才是宗法和專制背後的「老大哥」。高老太爺的反思儘管模糊而不徹底，但較之新青年對舊家庭的批判而言，這種反思卻是更加的艱難和深刻。

小說中有意無意地呈現出紳士家庭對新青年子弟思想反叛的種種包容。小說也隱約透露出一層意味：似乎是新青年有時過分敏感地將紳士家庭作為了「假想敵」。而這個被詛咒的紳士家庭，實際上也正是被一些舊人物，以親情為新青年們撐開了固有觀念秩序的束縛。

正如巴金自己所言，「我不是一個冷靜的作家」〔註 25〕。他寫作過程中不斷地自我消解，不斷地受到小說中人物的拷問。在這樣的過程中，《家》的後半部分在用越來越多的篇幅展現出在新舊文化夾縫中覺新的隱忍和痛苦。

覺新在五四運動之前的幾年完成了現代新式教育，他和覺慧、覺民一樣對於新思想「不經過長期的思索就信服了。」〔註 26〕與覺慧、覺民接受新思潮反叛舊家庭不同，覺新最初將新思想與舊式生活融在了一起。覺新感興趣的是「作揖主義」和「無抵抗主義」，因為「就是這樣的『主義』把新青年的理論和他們這個大家庭的現實毫不衝突地結合起來。它給了他以安慰，使他一方面信服新的理論，一方面又順應著舊的環境生活下去，自己並不覺得矛盾。於是他變成了一個有兩重人格的人：在舊社會裏，在舊家庭裏他是一個暮氣十足的少爺；他跟他的兩個兄弟在一起的時候他又是一個新青年。」〔註 27〕

覺新是新青年與傳統紳士的矛盾共同體。與兩個年輕的幼弟相比，覺新在懂事的年紀對整個紳士家庭有了更多的體認。早熟的性情也使他更多地接受了紳士家庭的秩序。當覺新聽聞母親嫁到高家以後受的種種委屈，為了慰藉母親，他用功讀書，說只要自己將來做了八府巡按，就可以讓母親揚眉吐氣。覺新的回答中透露出的以科考仕途揚威雪恥的意識是紳士階層的社會氛圍潛移默化構成的。紳士家庭的秩序和意識已經成為覺新自身觀念的一部分。

〔註 24〕巴金：《巴金全集》第 1 卷，第 362 頁。
〔註 25〕《關於〈家〉（十版代序）——給我的一個表哥》，巴金：《巴金全集》第 1 卷，第 445 頁。
〔註 26〕巴金：《巴金全集》第 1 卷，第 44 頁。
〔註 27〕巴金：《巴金全集》第 1 卷，第 44～45 頁。

但覺新也並沒有像覺慧所批判的那樣：思想是新的，卻完全按照舊方式生活。覺新疼愛自己的孩子，不雇奶媽而讓自己的妻子為孩子哺乳。「這樣的事在這個紳士家庭裏似乎也是一個創舉」。〔註28〕相比之下，激進的覺慧除了最後的離家出走之外，並沒有在家庭內部做出真正打破秩序的事情。巴金筆下的覺新也比覺慧、覺民更清楚地看到了在紳士家庭中接受新思想的矛盾和限度。而他所作的努力不僅是與舊式家庭的抗爭，也是對自己身上紳士觀念的痛苦掙扎。

覺新的婚戀悲劇往往被視作封建禮教罪惡的見證。我們總是只注意到了這樁婚姻由拈鬮來決定的荒唐。但實際上，《家》對覺新婚事的敘述，卻透露出了更複雜的意味。覺新的「相貌清秀和聰慧好學曾經使某幾個有女兒待嫁的紳士動了心。給他做媒的人常常往來高公館。」〔註 29〕父親是在淘汰多人剩下兩個姑娘難以抉擇時，才只能採取了拈鬮的做法為兒子挑媳婦。

有女兒的紳士們瞭解了覺新的形貌和品行才來提親。覺新的父親也對來提親的姑娘千挑萬選。傳統的門當戶對的婚姻也並不是全然不顧子女幸福的。紳士家庭固有的觀念習慣無意中給覺新內心造成過痛苦，但這種痛苦並不是無法消解的。在沒有新的思想觀念衝擊的情況下，這種締結婚姻的方式本身是不會受到非議的。而由此娶進門的李瑞珏從各方面看也都不失為一個理想的妻子。甚至覺新本人都陶醉於與瑞珏的幸福。如果沒有梅的不幸遭遇，從各方面來說，這都不失為一樁美滿的婚姻。

覺新曾經夢想著自己將來的配偶是梅，「因為姨表兄妹結婚，在這種紳士家庭中是很尋常的事。」〔註30〕而覺新對這種婚姻安排的順從，也因他將「父母之命，媒妁之言」的婚姻視為一種理所當——紳士家庭都是如此。但與念叨著文學作品和新思潮中的「愛情」的兩個弟弟相比，覺新當時都並沒有認識到他與梅之間有愛情，而愛情應該代替「父母之命，媒妁之言」成為婚姻的基礎。「五四」運動所傳播的新的文化和觀念開始讓新青年覺得包辦婚姻不可理喻、難以接受。但覺新的意識中卻存有對紳士家庭秩序的遵從。巴金展現出覺新婚姻悲劇中的曲折婉轉的細節和種種陰差陽錯，也正源於對覺新在新舊撕扯中無所適從的理解。

〔註28〕巴金：《巴金全集》第 1 卷，第 45 頁。
〔註29〕巴金：《巴金全集》第 1 卷，第 37～38 頁。
〔註30〕巴金：《巴金全集》第 1 卷，第 38 頁

《家》的前半部分對覺新頗多指責和不滿。但在小說後半部分，卻開始越來越多地展現覺新的隱忍和痛苦。覺新是接受了新式教育的年輕一代，他無法抗拒新文化與新思想的衝擊。覺慧對自己將來也要成為紳士的人生軌跡表達了質問和憤怒：「我們的祖父是紳士，我們的父親是紳士，所以我們也應該是紳士嗎？」〔註 31〕而覺新作為長房長孫，只能努力調和自己新青年和紳士的雙重思想和身份。「生理上心理上新青年與舊青年固有絕對之鴻溝」〔註 32〕，只是「五四」啟蒙主義者的理想。而覺新在新與舊中的掙扎則是民國時期青年知識精英的生存現實。

覺新是巴金大哥的影子，而這位大哥至死都仍「顧全紳士的面子」〔註33〕。這「紳士」的面子不僅僅是封建禮教的束縛和舊式家庭的戕害那麼簡單。在民國時期，傳統紳士的社會政治意義都以幾近消亡變異。《家》所表現的紳士，幾乎成為了一種思想文化樣態的代稱。覺新的痛苦，源自於瞭解新思想以後，斬不斷紳士階層所附著於自身的觀念和紳士家庭的既有秩序。

覺慧與覺民所展現的，是新青年與紳士家庭的衝突。而覺新身上最大限度地體現出了紳士與新青年兩種不同的思想樣態和生活方式在一個青年人身上的撕扯。正是這種思想文化對一個「人」的撕扯，讓「描畫高覺新的每一筆，都有一種沉重的悲哀」〔註 34〕。

這種無法擺脫的複雜沉痛心境，使巴金在之後的《春》《秋》中更多地體認了覺新處於紳士與新青年夾縫中的帶有普遍意味的困局，覺新也成為了激流三部曲的中心人物。而巴金似乎也在這種書寫中改變著對對紳士家庭認知。《家》是巴金深入感知和理解紳士家庭及背後的傳統知識精英思想觀念的開始。在之後的《憩園》中，巴金甚至同情一個克定式的敗家子楊老七，並開始看到了傳統紳士家庭文化對人性充溢著文化魅力的溺殺。

對於《家》這樣一部反映五四時期風貌的作品而言，以考察五四時期的思想文化來闡釋《家》的意義無可厚非。五四前後的社會、政治、文化是一個複雜的體系。而巴金在《家》這部小說中，更關注的是五四時期對舊式大家庭的反叛，這與五四時期同類題材的小說是極為相似的。《家》中的紳士家

〔註 31〕巴金：《巴金全集》第 1 卷，第 18 頁。

〔註 32〕陳獨秀：《新青年》，《新青年》1919 年第 2 卷第 1 期。

〔註 33〕巴金：《呈現給一個人》（初版代序），《巴金全集》第 1 卷，第 432 頁。

〔註 34〕趙園：《中國現代小說中的「高覺新型」》，《解讀巴金》，瀋陽：春風文藝出版社 2002 年，第 195 頁。

庭正是新文化運動中舊式家庭的某種代稱。

在中國的傳統社會中，作為人才選拔制度的科舉考試本身就是對儒家思想文化的考察。經由科舉考試獲得紳士地位，就能享有文化資本轉換而來社會地位和經濟地位。而批孔反儒又是五四時期廣泛存在的論調，也是新青年所秉持的基本觀念。孔教與儒學思想文化是傳統讀書人獲得階層上升的途徑。作為傳統知識精英的紳士階層正是孔教與儒學思想文化的載體。因此，紳士家庭在「五四」語境中是首當其衝的敵人。「五四」所反抗的禮教是根植於紳士階層傳統知識文化修養和社會經濟地位之上的生活模式。

然而，弔詭之處就在於，清季民初，現代新式教育十分昂貴，並非一般家庭所能負擔。紳士家庭出於對子女教育的一貫重視和優於其他階層的經濟條件，使得這些家庭的青年能夠接受現代教育。「五四」一代知識分子大多都出身於紳士家庭或本身就是科舉功名在身的紳士。他們對於紳士階層構築的一整套傳統知識精英文化和社會秩序有著真切的個人經驗。在「禮不下庶人」的中國傳統社會中，作為知識精英的紳士自然是禮教代表，紳士家庭無疑成了反抗舊秩序的標靶，也成了紳士家庭子弟——「新青年」們反叛的對象。新青年的痛苦也源自於他們所反對的思想文化和行為處事方式來自於一個與自己有親密人倫關係的群體。他們所對抗的對象就是自己的父母親族。

新青年與紳士家庭的矛盾糾葛促成了新文學誕生之初以舊家庭為主要題材的小說創作。之後大量出現的男女婚戀題材小說，也是反對舊家庭思潮的一種延續。茅盾以郎損為筆名在《小說月報》上發表了文章《評四五六月的創作》，綜合評述了 1921 年四、五、六三個月中小說創作的題材。文中指出，「描寫家庭生活的實在仍是描寫男女關係的作品。所以竟可以說描寫男女戀愛的小說佔了百分之九十八。」〔註 35〕並由此推想了社會上知識階層和勞動者之間隔膜得厲害。而 20 世紀 20 年代中期前後，許多作家開始由個性解放問題轉向了更開闊的視野，開始關注並描寫中國的鄉土社會。

〔註 35〕朗損：《評四五六月的創作》，《小說月報》1921 年，第 12 卷 8 號。

第三章　紳士階層與鄉土中國

紳士作為一個居於領袖地位和享有各種社會特權的社會集團，也承擔了若干社會職責。他們視自己家鄉的福利增進和利益保護為己任。在政府官員面前，他們代表了本地的利益。他們承擔了諸如公益活動、排解糾紛、興修公共工程，有時還有組織團練和徵稅等許多事務。他們在文化上的領袖作用包括弘揚儒學社會所有的價值觀念以及這些觀念的物質表現，諸如維護寺院、學校和貢院等。〔註 1〕

——張仲禮

「中國傳統社會約有 90%的士紳居於鄉間。大多數從政或遊學的離鄉士子，都將他們設在通都大邑的寓所視作人生驛站，最後都要返歸故里。而留居鄉村的知識分子亦多設館授徒，耕讀教化鄉里，穩守鄉村社會重心。」〔註 2〕科舉制度廢除以後，新式學堂開始蓬勃發展起來。新式學堂大多建於城市，高等教育更是集中在北京、上海這樣的大都市，鄉土社會中的青年開始踏上了離鄉求學的道路。在五四時期的文學作品中，我們常常能看到許多由鄉土社會進入城市求學的知識青年形象。而另一方面一些離家求學的現代作家開始審視和書寫自己少年時代的鄉土社會和從城市返鄉之後的人生體驗。

作為鄉土社會實際控制者的紳士階層，是這些以鄉土社會為題材的文學作品中常見的人物形象。我們常常將這樣一些人物簡單地視為地主階級，而

〔註 1〕張仲禮著，李榮昌譯：《中國紳士——關於其在十九世紀中國社會中作用的研究》，第 48 頁。

〔註 2〕李濤:《士紳階層衰落化過程中的鄉村政治——以 20 世紀二三十年代的浙江省為例》,《南京師大學報》（社會科學版）2010 年 1 月第 1 期。

忽略了中國現代文學中所表現的紳士階層之於鄉土中國的獨特意味。民國以後，儘管在政治體制上已經逐步向現代國家轉型，而長期掌握基層社會的紳士階層依舊在鄉村世界中享有許多帝制時代的地位和權力。紳士在地方的特權和威儀也留在了不少現代作家的記憶中，並構成了他們在書寫鄉土中國時不可或缺的情節。

一、階層流動的變革與知識精英的消彌

蹇先艾的《四川紳士與湖南女伶》中，凌鼎章是泉縣赫赫有名的紳士。「前清的官早已做得倦了，民國的官是不高興做的；家裏有的是田產和房屋，於是他就退隱林泉。一心一意地在故鄉當一個良善的，正派的紳士。」〔註 3〕「城根下田農場裏的農人都認識他，看見他經過，便肅然起敬，停止了工作，在他們的眼中，他是一個最偉大的人物。」〔註 4〕老農婦也會乘機上來搭訕，瞻仰一下紳士的雅范。在農人看來：「凌老爺永遠是笑容可掬地，而且對人是一團和氣的，不論窮和富。」〔註 5〕師陀的《果園城中》也不乏一些有名望的家族胡左馬劉。當地縣志上記載胡家的第四代有一位官至布政司，馬家和劉家的祖父們同時捐過一個知州，卻一直沒有上任的機會。「左家自來很驕傲，他們的一個祖宗是科甲出身，他們的破舊的大門下面至今還懸著一塊『傳臚』。」〔註 6〕所謂傳臚，即「殿試後皇帝親臨主持，宣布登第進士名次的典禮，稱為傳臚，狀元、榜眼，探花以下，其第四名，即進士二甲之第一名，亦稱為傳臚。」〔註 7〕有著科場的高級功名，左家成了紳士階層中最有權勢的上層。即便是只有較低層次功名的紳士，依然有在地方獲得權力和威勢的機會。《果園城記》中普通人一般只敢尊稱一聲魁爺的朱魁武便是這樣的例子。據有人考證朱魁武祖上在萬曆年間做過尚書，也有人說朱家是明代王子的苗裔。而他的父親只是個訟棍。朱魁武的身份是「一個秀才，一個地主」〔註 8〕。朱魁武改變了父親的家風，積極奔走運作，依然成了當地鄉民解決糾紛的有威望的紳士。

〔註 3〕蹇選艾：《四川紳士和湖南女伶》，上海：博文書店，1947 年，第 44 頁。
〔註 4〕蹇選艾：《四川紳士和湖南女伶》，上海：博文書店，1947 年，第 45 頁。
〔註 5〕蹇選艾：《四川紳士和湖南女伶》，上海：博文書店，1947 年，第 46 頁。
〔註 6〕師陀：《果園城記》，上海出版公司，1949 年，第 40 頁。
〔註 7〕臧雲浦等編：《歷代官制、兵制、科舉制表釋》，南京：江蘇古籍出版社，1987 年，第 230～231 頁。
〔註 8〕師陀：《果園城記》，上海出版公司，第 39 頁。

在民間的重要活動中，紳士往往以有別於庶民的特殊身份出現。蹇先艾的《到家》〔註 9〕中蓀少爺舊家中太太的喪禮上，請了李狀元點主〔註 10〕，顯得十分風光。沈從文的《屠夫》中，地方上搭臺唱戲也是「按著鄉紳的嗜好，唱著下來了」〔註 11〕。沈從文的《穿上》中，鄉里有軍隊過境，同鄉的紳士也要設宴為團長餞行。沈從文的《道師與道場》中，鴉拉營的消災道場上「行香那幾日來，小鄉紳身穿嶄新的青羽綾馬褂，藍寧綢袍子」〔註 12〕，跟在道師身後磕頭。道場做完了，「桅杆下正有小鄉紳，身穿藍布長袍子站在旁邊督率工人倒桅」〔註 13〕。紳士階層擁有的較高社會地位和經濟地位，也使他們能夠負擔起一些個人愛好。鄉土社會也不免被打上當地紳士的個人印記。師陀的《果園城記》中葛天民就為當地紳士培育了不常見的樹苗，小梧桐、合歡樹都被紳士們移植過來並且長出新的來了。

帝制時代，紳士是基層社會中具有特權的一類人。而無論是實際生活中還是制度層面，紳士的特權都是能與家人分享的。紳士本人及其親眷，尤其是紳士本人的直系親屬形成了一個獨特社會階層。《阿 Q 正傳》中，「趙太爺錢太爺大受居民的尊敬，除有錢之外，就因為都是文童的爹爹」，「夫文童者，將來恐怕要變秀才者也」〔註 14〕。趙太爺的兒子進了秀才，鑼鼓喧天地報到村裏來時，喝醉了的阿 Q 吹噓自己是趙太爺本家，比秀才長三輩，竟也能讓旁聽者肅然起敬了。秀才罵起人來，用的也是「忘八蛋」這樣的官話。阿 Q 自稱在城裏舉人老爺家幫忙，也能使未莊人對他多一些敬畏。全城就一個舉人，方圓百里之內的人不必冠姓，就知道說的是舉人老爺。「在這人的府上幫忙，那當然是可敬的。」〔註 15〕師陀筆下果園城的望族胡左馬劉四門望族，「他們的稟帖〔註 16〕同他們的過於跋扈的家丁們曾使果園城的居民戰慄過。」〔註 17〕曾有官職或功名的祖

〔註 9〕蹇先艾：《朝霧》，上海北新書局，1928 年。

〔註 10〕各地喪禮上常見的一種風俗，牌位上的「主」字，只寫一個王，請有身份地位的人物加上一點，稱點主。

〔註 11〕沈從文：《沈從文全集》小說第 2 卷，第 191 頁。

〔註 12〕沈從文：《沈從文全集》小說第 5 卷，第 285 頁。

〔註 13〕沈從文：《沈從文全集》小說第 5 卷，第 297 頁。

〔註 14〕魯迅：《魯迅全集》第 1 卷，第 515、516 頁。

〔註 15〕魯迅：《魯迅全集》第 1 卷，第 534 頁。

〔註 16〕「稟帖」是清代的一個專用文種。清代衙門內部書吏、衙役等向主管官吏請示、彙報時，即使用「稟帖」。其作式為狀式。——梁清誨等編著：《古今公文文種匯釋》，成都：四川大學出版社，1992 年，第 133 頁。

〔註 17〕師陀：《果園城記》，第 40 頁。

先去世以後，果園城的居民依舊忌憚這四門望族的子孫。即便已經入了民國，衙門的皁隸依舊怕他們，縣官也不敢得罪他們。魯迅的《長明燈》中總要熄滅長明燈的「瘋子」也因為祖父「捏過印靶子」〔註18〕，所以吉光屯有的鄉民覺得不能打死他。《果園城記》中始終不擔任任何職務的地方紳士魁爺，在官民之間長期活動，果園城全境都是他的勢力。政治上的混亂使得胡左馬劉四家和魁爺能夠與官吏合作，共同從果園城的居民手中獲得利益。「每任縣官在上任之前，當他還沒有工夫拴束行李的時候，他省城裏就先有了數目，他上任後的第一件事就是拜望魁爺，一個在暗中統治果園城的巨紳。」〔註19〕蹇先艾的《初秋之夜》中，縣長也在初秋之夜，大會本地一眾紳士。

紳士階層在鄉土社會中的權利和地位，使「紳士」、「鄉紳」之類的稱呼都幾乎成了一種修辭。沈從文的《一隻船》中，就寫到了與水手相比，「近於紳士階級的船主，對所謂武裝同志，所取的手段，是也正不與一般紳士對付黨國要人兩樣。」〔註20〕他的小說《牛》中，為了招待過境的軍隊，「這甲長一面用一個鄉紳的派頭罵娘，一面換青泰西緞馬褂，喊人備馬，喊人為衙門人辦點心，忙得不亦樂乎」〔註21〕。

不過，帝制時代的社會階層長期處於一種流動的狀態。在清代，除了皇權和少數的滿清貴族之外，其他的權力階層都是不可世襲的。科舉制度推動著四民社會的新陳代謝，「王謝堂前燕」遇上了不肖子孫，就逃不過飛入尋常百姓家的命運。師陀的《果園城記》中葛天民父親就買下了破落主人的公館。公館的前簷上有「一塊淒涼的匾額：『進士第』」〔註22〕。「進士」是科舉功名中級別最高的一種。中進士科的人又稱「老虎班」，不需要候補就有實缺的官職可做。可惜二十年後這座進士第的公館只能殘敗地賣給外人，就連「進士第」的匾額也早已剝落不堪，只能供鴿子麻雀作巢窠了。小說中，果園城裏的望族都沒有逃過破落衰敗、子孫溫飽難全的境地。而與左翼文學的同類題材作品不同，這些舊家的衰敗並不是因為農民暴動等時局動亂，而是因為望族子孫們長期的剛愎自用和揮霍無度。紳士家庭的驕矜自負，子弟的不學無

〔註18〕魯迅：《魯迅全集》第2卷，第60頁。

〔註19〕師陀：《果園城記》，第38～39頁。

〔註20〕沈從文：《沈從文全集》小說第4卷，太原：北嶽文藝出版社，2002年，第269頁。

〔註21〕沈從文：《沈從文全集》小說第5卷，第190頁。

〔註22〕師陀：《果園城記》，第22頁。

識術，最終敗光了祖先的基業。

蹇先艾的《到家》中，蓀少爺歷經十年才返回家鄉，卻只能目睹舊家的衰敗，十年間滄海桑田般的變動。之後回到舊宅，他看到當年掛有榜額「菟裘」的洋門，如今只剩下一盞煤油燈被風吹得快要熄滅了。菟裘為古邑名，《左轉　隱公十一年》：「使營菟裘，吾將老焉。」後世因稱士大夫告老隱退的住居所為「菟裘」〔註 23〕可見蓀少爺的家族原是官紳階層。而多年後，舊宅一片荒蕪。曾經跟著老爺槍林彈雨地打苗子的舊僕王忠已經瘦得十分可憐。十年前大房教書的朝寶十四老爺已經成了一個佝僂龍鍾、髮鬚散亂、形容枯槁的乞丐。家中各方親族分家後，離鄉去土，或是散居各地，或是病亡；新一輩已經進城落業。原本的紳士家庭，各房都分散各地。紳士地位的下降與宗族社會的解體使這個官紳之家沒落了。與此同時，整個鄉村也是一片頹敗：「近年來鄉下很不清淨。秋收的時候也沒有人下鄉去收穀子。」〔註 24〕蹇先艾之父蹇念恒為前清舉人，曾在四川為官九年。〔註 25〕蹇先艾七歲以前一直隨蹇念恒在四川生活。蹇念恒作最後一任知縣時，正值辛亥革命前夕，當地少數民族火燒縣衙，蹇念恒倉皇逃到成都辭官回遵義老家，「做起優游卒歲的紳士」。蹇念恒返鄉後修了一幢磚木結構的住房，取《左傳》的典故，將房子命名為「菟裘」。〔註 26〕這篇《到家》也不免帶有作者自己對紳士家庭衰敗的感慨。

帝制時代，紳士的權利和地位很大程度上來自皇權。清王朝的一整套制度保證了紳士的職業、階層上升、財富和整個宗族的榮耀。辛亥鼎革之後，紳士基層在某種意義上成了清王朝在民國的遺產。曾與皇權一體的紳士階層也不免流露出對清王朝的懷戀，並對社會驟變多有不滿。

《祝福》中的魯四老爺是個老監生。儘管只有一個捐納而來的異途功名，但魯四老爺仍舊是講理學的，對清王朝的統治也不乏情感，不然也不至於大罵新黨了。而早入了民國，魯四老爺罵的卻還是康有為這樣的維新黨人，足見他的鄙陋了。沈從文的《崖下詩人》中，廟裏來了一位與一般喜歡被奉承

〔註 23〕宋協周，郭榮光主編：《中華古典詩詞辭典》，濟南：山東文藝出版社，1991 年，第 820 頁。

〔註 24〕蹇先艾：《朝霧》，第 37 頁。

〔註 25〕《蹇先艾年譜》，見蹇先艾：《蹇先艾文集》3　散文、詩歌卷，貴陽：貴州人民出版社，2004 年，第 450 頁。

〔註 26〕蹇人毅：《鄉土飄詩魂蹇先艾紀傳》，太原：山西人民出版社，1999 年，第 1 頁。

稱作老爺的人所不同的人物：「這老爺才是真老爺，前清是尚書；革了命依舊是尚書。」〔註 27〕這位嘴巴上長了髫鬚的老爺與其他逛廟的人不同，自己帶了墨盒、筆管、白粉刷子，在低回沉思，頗為風雅地題詩。「明明是民國十四年，這老爺卻寫宣統十七年」〔註 28〕。傳統紳士作為滿清的遺老遺少依舊對覆滅的王朝戀戀不捨。

民國十三年底，馮玉祥發動北京政變，並將末代皇帝溥儀驅逐出紫禁城，引發了全國上下不小的轟動。事發後，胡適給當時的外交總長寫了一封帶有抗議色彩的書信，並發表於《晨報》上。信中稱「堂堂的民國，欺人之弱，乘人之喪，以強暴行之，這真是民國史上的一件最不名譽的事」〔註 29〕。此文一出，招來多方批判，平素交好的周作人也撰文表達不滿。民國十四年七月，清室善後委員會在清點養心殿時發現了一批清室密謀復辟的文件，數天之間各報競相刊載。〔註 30〕是年八月，黎錦明在《京報》副刊發表小說《復辟》〔註 31〕，講述了帝制時代的紳士商議復辟的故事。

小說中，蕁公是一位時髦的政客模樣的紳士，主人芋翁則是布衣楚楚，只是兩人頭上的小帽，腳下的一雙梁鞋還是相同的。兩人見面後頻頻躬腰行禮一派舊式作風。兩位紳士談起皇上去了奉天，大帥向來效力皇上而感到了復辟有望。芋翁稱：「自皇上自出宮後，自己那日不擔憂？雖說我不過是一個翰林，然而舉室大小哪個不受了皇恩厚賜？」蕁翁也感慨：「那個不一樣……他們已經組織了一個機關，開會通過了兩次，那麼呈子咧是鄙人做的，至於芋翁你老人家的大名咧已代為簽上，我想您老人家一定是……」〔註 32〕芋翁家的大少爺也要和做過一次臬臺的樹楠公到奉天去舉事。而小說中，兩位渾身遺老氣息的紳士，對新文化充滿厭惡，認為白話文注音字母一類，是自家滅自己，與等外國來滅是一樣的。芋翁和蕁翁談起，從前運動革命的孤桐，辦起了不許登白話文的雜誌《甲寅》〔註 33〕，不由得心生欣慰，稱讚《甲

〔註 27〕沈從文：《沈從文全集》小說第 5 卷，第 396 頁。

〔註 28〕沈從文：《沈從文全集》小說第 5 卷，第 396 頁。

〔註 29〕《胡適來往書信選》，上冊，第 268 頁，轉引自易竹賢：《胡適傳》（修訂本），武漢：湖北人民出版社，1998 年，第 288 頁。

〔註 30〕胡平生：《民國初期的復辟派》，臺北：臺灣學生書局，1985 年，第 427 頁。

〔註 31〕黎錦明：《復辟》，《京報》復刊 1925 年，8 月 16 日。

〔註 32〕黎錦明：《復辟》，《京報》復刊 1925 年，8 月 16 日。

〔註 33〕《復辟》收入黎錦明的小說集《烈火》時改題名為《一幅圖畫》，孤桐改作孤松，《甲寅》改作《乙卯》。

寅》是「文起清末之衰」。章士釗號孤桐，當時也正是《甲寅》復刊，反對白話文，提倡尊孔讀經。小說中以兩個帝制時代紳士的談論言及時政，也是對社會中復古風潮的一種諷刺。兩位帝制時代的紳士形象多少有些齷齪猥瑣。芋翁在和蓴翁議論政事時，忙著插口說話又忙吸煙時，一陣咳嗽嘔出一口痰來；倉促說話時，「口沫在拔煙嘴時直流了下來，即可一『唧流』一聲收進去。」〔註 34〕

民國以後，帝制時代的紳士階層逐漸顯出了沒落，在中國現代文學中的形象走低。在師陀的《果園城記》中紳士們大多都是在煙塌上躺著過了大半輩子。他們本有機會在民國的基層政權中任官職。但這些高門望族對這種職位是不屑一顧的。蹇先艾的《回顧》〔註 35〕中，年輕的瓊在包辦婚姻下嫁給了一位做過幾任實缺知縣的前清遺老鼎丞。這位傳統紳士「又胖鬍子又很長，說滿口的土音，頭頂上禿著，那污穢而尖長的指甲，也是他的特徵之一。紫紅的長袍，臃腫的棉鞋；臉上有一種奇異病的標記，時時變換著粗鄙可畏的色調；軀體肥胖的結果，愈形出他的蠢笨來」〔註 36〕。這位年近六十的老紳士，不僅形象讓妻子瓊心生憎惡，作為丈夫對妻子的專制、倨傲、渺視更讓瓊感得人生的寂寞和悽楚。而鼎丞的侄兒，氣宇活潑的少年薇卻逐漸地走進了瓊的心。薇既帶著幾分傳統白面書生的女子氣，又充滿了「新」的氣息。他一身新式學堂中學生的裝束，神采豐發的英氣，待人接物彬彬有禮又平和真誠的態度，都與老紳士鼎丞的迂酸頑梗，目中無人截然不同。薇以全副精神教瓊讀書，對瓊的體貼都讓這個婚姻生活不如意的少婦感到了情感的悸動。舊派紳士與新式學堂的學生成了醜陋與俊美，粗鄙與柔情的鮮明對照。紳士曾經作為四民之首的優越感，作為知識精英的文化韻味在新式知識分子的映襯下都蕩然無存。

二、紳士——基層社會的掌控者

儘管進入民國以後，傳統紳士的身份地位有所下降，但在廣袤的鄉土世界中，紳士掌控地方的局面仍舊十分普遍。進入民國以後官紳之間相互依存狀態也沒有太大的改變。與官員相比紳士在地方與平民有著更親密的關係。

〔註 34〕黎錦明：《復辟》，《京報》復刊 1925 年，8 月 16 日。

〔註 35〕蹇先艾：《朝霧》，第 83～95 頁。

〔註 36〕蹇先艾：《朝霧》，第 84 頁。

為當地人解決糾紛和訴訟也成了地方紳士的一項重要職能。〔註 37〕

魯迅的小說《離婚》中，愛姑的丈夫姘上了小寡婦，兩人鬧離婚已經有整三年了，慰老爺給說和了不止一兩回，仍舊沒有解決。趁著慰老爺新年會親，城裏的七大人也在，愛姑跟著家人去為慰老爺家解決糾紛。愛姑一家並不是忍氣吞聲膽小怕事的人，曾經把施家的爐灶都拆了。而愛姑也並不怕慰老爺，「慰老爺她是不放在眼裏的，見過兩回，不過一個團頭團腦的矮子：這種人本村裏就很多，無非臉色比他紫黑些。」〔註 38〕七大人的身份又比慰老爺高了不少，他是跟知縣大老爺換過帖的人物，連他老人家都出來說話了，鄉人都不免生出許多敬畏來。紳士階層的內部有著鮮明的等級劃分，只有具有仕宦經歷的「官紳」和具有舉人以上高級功名的人，才可與州縣官平起平坐，只有低級功名的紳士則不能造訪州縣官。〔註 39〕七大人在鄉里不見得是官員，卻有一般紳士沒有的威望和地位。因七大人的到來，愛姑一家在慰老爺家還是受到了禮遇的。工人搬出年糕湯來招待，使原本理直氣壯的愛姑感到了沒來由的局促不安。

在眾多客人中，愛姑也能一眼認出紅青緞子馬褂發光的就是七大人了。七大人在整個調解過程中，話並不多，說的話愛姑也似懂非懂。七大人在場，愛姑自己和沿海居民都有幾分懼怕的父親竟一句話都說不出來了。愛姑還是覺得七大人是和藹可親的。在鄉人的眼中「他們讀書識理的人是專替人講公道話的，譬如，一個人受眾人欺侮，他們就出來講公道話」〔註 40〕。愛姑也抱著這樣的想法：「七大人是知書識理，頂明白的」〔註 41〕，於是在七大人面前勇敢地說出自己的委屈。但是，七大人沒有說出愛姑想要的公道話，愛姑覺得自己完全被孤立了。而七大人一聲高大搖曳的「來~~兮！」對愛姑產生了極大的威懾，「她覺得心臟一停，接著便突突地亂跳，似乎大勢已去，局面都變了；彷彿失足掉在水裏一般，但又知道這是在是自己的錯。」〔註 42〕七大人的僕從聽令進來後，沒有人知道七大人對他說了什麼，進來的那個男人聽到了，「而且這命令的力量彷彿又已鑽進了他的骨髓裏，將身子牽了兩牽，

〔註 37〕周榮德：《中國社會的階層與流動——一個社區中士紳身份的研究》，第 93、94 頁。

〔註 38〕魯迅：《魯迅全集》第 2 卷，第 151 頁。

〔註 39〕瞿同祖著：《清代地方政府》，范忠信，晏鋒譯，第 276、277 頁。

〔註 40〕魯迅：《魯迅全集》第 2 卷，第 150 頁。

〔註 41〕魯迅：《魯迅全集》第 2 卷，第 153 頁。

〔註 42〕魯迅：《魯迅全集》第 2 卷，第 156 頁。

『毛骨悚然』似的」〔註 43〕。這樣的場面震懾了平日頗有些強悍的愛姑。愛姑終究發自內心地妥協了，「她這時才又知道七大人實在威嚴，先前都是自己的誤解，所以太放肆，太粗魯了。她非常後悔，不由的自己說：『我本來是專聽七大人吩咐……』」〔註 44〕

沒有實實在在的打壓威嚇，一切都在看似一團和氣中解決了。這看起來似乎合情合理的離婚糾紛的解決，愛姑的個人的感受和訴求幾乎被完全地犧牲了。而愛姑最後卻認同了七大人提出的一個其實並不公道的解決方式。性格潑悍的愛姑還是迫於七大人的威嚴妥協了。從看到七大人的紅青緞子馬褂發光，愛姑就感知了七大人某種尊榮的身份。而她不瞭解的「水銀浸」和七大人說得不多，愛姑也聽不大懂的話，更給愛姑帶來一種知識上的壓迫。七大人手下那個木棍似的男人又進一步加劇了愛姑對威勢的恐懼。七大人有意無意間營造的社會階層的貴賤高下之別，逐漸讓愛姑感到了無形的畏懼。「士紳與平民不斷在日常生活的各種細節中區分彼此，從而共同維護各自在權力關係中的身份」〔註 45〕七大人的語言和做派顯示出因對知識文化的獨佔而具有的權威，壓制了愛姑由本性生發出的對是非的基本判斷。

解決愛姑離婚糾紛的方案一直是由慰老爺陳述，而加了七大人的威嚴就顯得公道合理了。離婚的手續辦完以後「大家腰骨都似乎直得多，原先收緊著的臉相也寬懈下來，全客廳頓然見得一團和氣了。」〔註 46〕而愛姑的態度如何，小說中並沒有再描寫她的心理活動，她只是拒絕了慰老爺讓她留下來喝酒的邀請，說了句：「是的，不喝了。謝謝慰老爺。」〔註 47〕一樁鬧了三年的離婚案總算是得到解決了。

中國傳統的鄉土社會中是推崇「無訟」的。這除了道德文化層面的考慮之外，還有制度上的客觀侷限。清代政府播發給衙門的經費十分有限。大量的書吏、衙役、長隨除了能從州縣官那裡領取少量的薪水外，其餘的收入都靠各種手段地榨取豪奪而來。書吏、衙役、長隨屬於賤藉，他們及其子嗣都沒有參加科舉考試的資格，於是，只能不擇手段的榨取錢財。許多情況下，

〔註 43〕魯迅：《魯迅全集》第 2 卷，第 156 頁。

〔註 44〕魯迅：《魯迅全集》第 2 卷，第 156 頁。

〔註 45〕李濤：《士紳階層衰落化過程中的鄉村政治——以 20 世紀二三十年代的浙江省為例》，《南京師大學報（社會科學版）》2010 年 1 月第 1 期。

〔註 46〕魯迅：《魯迅全集》第 2 卷，第 157 頁。

〔註 47〕魯迅：《魯迅全集》第 2 卷，第 158 頁。

一旦打起官司來，還未見到州縣官，就得被這批人層層盤剝。〔註 48〕民國初年，這種情況也未見得有改觀。愛姑進門後就說對七大人說了：「我一定要給他們一個顏色看，就是打官司也不要緊。縣裏不行，還有府裏呢……」〔註 49〕但是鬧了三年，愛姑依舊沒有打官司，也多半因為對訴訟的恐懼。慰大人勸她：「打官司打倒府裏，難道官府就不會問問七大人麼？」〔註 50〕這也是實情而並非恐嚇。清代有不得在原籍為官的規定，外來的官員處理事務時諮詢本地紳士是慣例。「許多糾紛就是在公堂外以這種方式解決的。訴訟往往由於士紳的介入而從公堂轉到民間。由此百姓可以免除於打官司不可避免的費用和麻煩。或許這種調解的方式更能令當事人滿意，因為紳士熟悉當地的風俗，對糾紛的背景有一定的瞭解。〔註 51〕

當然，紳士的調解也並不是義務的。慰老爺吃了施家的酒席，也拿了施家的錢財。解決糾紛也是紳士階層的收入來源之一。較之與胥吏這樣的小人打交道而言，請被視為君子的紳士處理糾紛還是要讓人放心不少的。由此看來，愛姑離婚問題的解決似乎也算不壞。但《離婚》整篇小說都對處理糾紛的兩位紳士充滿諷刺。愛姑似乎真的認同了一個原本她看來並不公道的解決方式。在紳士的威勢下，一樁鬧了三年的離婚糾紛，看似皆大歡喜地解決了。紳士維持了鄉土社會表面上的安定平和，而愛姑個人的感受卻被壓抑了，她的權益也沒有得到保護和尊重。在表面「無訟」的平和的鄉土中國，個人的正當訴求被紳士主導下的公序良俗堙沒了。

彭家煌的《慫恿》〔註 52〕也講了一個紳士包攬訴訟的故事。鄉土社會中，紳士階層以不同宗族形成了不同的勢力。「牛七是溪鎮團轉七八里有數的人物：哥哥四爺會八股，在清朝算得個半邊『舉人』，雖說秀才落第，那是祖上墳脈所出，並不關學問的事，只是老沒碰得年頭好，在家教十把個學生子的《幼學》、《三字經》，有空雅愛管點閒事；老弟畢過京師大學的業，親朋戚友家與乎宗祠家廟裏，還掛起他的『舉人』匾；侄兒出東洋，兒女們讀洋書的，不瞞人，硬有一大串。這些都是牛七畢生的榮幸，況且籮筐大的字，他認識了

〔註 48〕瞿同祖著：《清代地方政府》，范忠信，晏鋒譯，第 59～140 頁。

〔註 49〕魯迅：《魯迅全集》第 2 卷，第 154 頁。

〔註 50〕魯迅：《魯迅全集》第 2 卷，第 154 頁。

〔註 51〕瞿同祖著：《清代地方政府》，范忠信，晏鋒譯，第 278 頁，注釋 51。

〔註 52〕彭家煌：《慫恿》，見彭家煌：《慫恿》，上海：開明書店，1925 年出版，1930 年再版，第 38 頁。

好幾擔，光緒年間又花錢到手個『貢士』，府上又有錢，鄉下人誰趕得上他偉大！他不屑靠『貢士』在外賺衣食，只努力在鄉下經營：打官司嘍，跟人抬槓嘍，稱長鼻子嘍，鬧得呵喝西天，名聞四海。」〔註 53〕

而另一族的紳士，比牛七一脈更有威勢。裕豐酒館的「老闆郁益的大哥原拔抵得牛七的四爺；二哥雪河而且是牛七頂怕的，而且他家裏雅有人掛過『舉人』匾；尤其雪河為人剛直，發起脾氣來，連年尊派大的活祖宗雅罵的。……雪河在省裏教過多年洋學堂的書，縣裏是跑茅廁一樣，見官從來不下跪的，而且在堂上說上幾句話，可使縣太爺拍戒方，嚇得對方的紳士先生體面人跪得出汗，他還怕誰！」〔註 54〕

牛七的家族正在衰落，同宗族的述芳不得不把祖業賣給原拔。牛七卻慫恿述芳繼續耕種賣出去的地，公然挑釁原拔一家。這家的二哥便在縣裏告了述芳一狀。牛七為了自己闖下的禍，聯合劣紳上堂抗辯。「雪河斬釘截鐵的幾句話，縣官就戒方一拍，牛七隨著『跪下』的命令，伏在地下，半句屁都不敢放。那場官司，牛七掉了『貢士』，述芳挨了四百屁股，還坐了一個多月的牢，赦出來後，就一病登了鬼籍。這是牛七一世不會忘記的」〔註 55〕。

經由訴訟官司結怨後，牛七又再次抓了個機會伺機報復。牛七的另一位親族政屏把自己的豬賣給了雪河弟弟郁益開的裕豐酒館。豬已經宰殺出售，買豬的店倌禧寶到政屏家付帳。政屏在牛七的慫恿威逼下，稱買豬的時候並沒有談好價錢要賣，是禧寶趁著政屏自己不在家，從他老婆二娘子手中騙走的。在牛七的計劃下，政屏的老婆二娘子到原拔家上弔，牛七又找來了二娘子蔣家村的紳士和族人到原拔家敲詐一筆錢。「裕豐在溪鎮可算是眾望所歸的人家，四娠姐為人很慈藹，最愛周濟窮苦人，治家又嚴肅，兒子原拔、郁益又能安分守己，滿崽中過舉，在外面很掙氣，雪河又愛急公好義」〔註 56〕。這是一家在鄉里名聲好，有威望的紳士，事發之後，就有鄉民趕來幫忙。二娘子雖被原拔家的人救回了性命，卻依舊躺著裝死。牛七這邊也慫恿蔣家村

〔註 53〕彭家煌：《慫恿》，見彭家煌：《慫恿》，上海：開明書店，1925 年出版，1930 年再版，第 39 頁。

〔註 54〕彭家煌：《慫恿》，見彭家煌：《慫恿》，上海：開明書店，1925 年出版，1930 年再版，第 39～40 頁。

〔註 55〕彭家煌：《慫恿》，見彭家煌：《慫恿》，上海：開明書店，1925 年出版，1930 年再版，第 42 頁。

〔註 56〕彭家煌：《慫恿》，見彭家煌：《慫恿》，上海開明書店，1925 年出版，1930 年再版，第 56 頁。

的壯漢以人命為由，在原拔家打砸搶。

就在蔣家村的莽漢在原拔家鬧得就要天崩地裂時，裕豐隔房的讀書人日年，來到現場。這位戴著眼鏡的來客的「魁武，紅臉盤，服裝的完美，到處顯出『了不得』」〔註 57〕。蔣家村來的莽漢，猜測這是裕豐家有威望的紳士雪河或舉人之類，都不敢再放肆了。日年跟蔣家村來的紳士一番有理有據的談話，說明了事情的原委。蔣家村的紳士也就安靜地帶著莽漢離開了。一場大鬧下來，牛七也沒有占到太多便宜。

《叢憑》中的鄉土社會，鄉人對讀書人是帶有敬畏之心的，即便是沒有功名的士子都得到了有別於一般鄉民的尊重。清朝廢科舉以後，官方和民間都用新式學堂和科舉相比附，小學畢業被視為秀才，中學畢業被視為舉人，大學畢業當作進士，出國留學的又有洋進士之稱。《慫恿》中的鄉土世界也正保持著這種習慣。小說中的鄉土社會依舊保持著帝制時代的秩序，紳士以村落和宗族為單位，維護自身的利益。在鄉土社會中，既有牛七這樣挑撥是非謀私利的劣紳，也有雪河一家這樣知書明理的正派紳士。正派紳士在鄉里也有著更高的威望。在《慫恿》這齣劣紳導演的鬧劇中，牛七始終沒有能在官府上占到優勢。牛七的貢士功名是買來的，級別也並不高。而雪河的地位卻來自於文化資本，自然有著上層紳士的權利和威勢。「『官紳』或有高級功名者可以自由地遭訪州縣官，生員則不能。依據法律規定，生員和捐得貢生、監生頭銜的人，要受到地方長官和學官的雙重監督控制。……對這三類學生，可以依照規定的程序笞懲或褫奪功名。」〔註 58〕在清代對紳士的道德操守的規章制度下，劣紳牛七就受到了褫奪功名的懲罰。在《慫恿》所描繪的充滿地方特色的鄉土世界裏，劣紳包攬訴訟，興風作浪，但正途出身的正派紳士還是在很大程度上維持了鄉土的秩序。

另一位曾受到魯迅褒獎的鄉土小說作家黎錦明，出生於「一個以科第起家而為名宦的『書香門第』家庭。祖父黎葆堂，前清戊子科舉人，曾先後任四川學政史和安徽鹽運使，有《古文雅正》等著作傳世。父黎松安，晚清秀才，湘潭縣曾聘為縣典史，未上任。」〔註 59〕與彭家煌鄉土小說中濃厚的地

〔註 57〕彭家煌：《慫恿》，見彭家煌：《慫恿》，上海開明書店，1925 年出版，1930 年再版，第 61 頁。

〔註 58〕瞿同祖著：《清代地方政府》，范忠信，晏鋒譯，第 277 頁。

〔註 59〕《黎錦明年表》，見黎錦明著：《黎錦明小說選》，北京：人民文學出版社，1983 年，第 291 頁。

方色彩不同，黎錦明的鄉土小說中地域性和鄉土氣息都不顯著。他筆下的鄉土世界也有不少紳士形象。他的小說《復仇》〔註 60〕也講述了鄉土社會中，官紳勾結、正紳劣紳相鬥的故事。

兵禍水災中日漸蕭條的板橋驛，來了一群賣武藝的人。小說一開始描繪了賣藝人精湛豪邁的技藝，尤其是其中的一位英俊少年，唱著欲為冤死的家人報仇雪恨的歌聲，深深打動了在場鄉人。晚上，這夥人竟打劫了桃林村的豪富七王爺。「原來七王爺是一個有名的惡鄉紳，固屬近來做了許多慈善事業，然他過去的罪惡彷彿刻在人們的心上永永不會磨滅。」〔註 61〕鄉人有的讚歎他的厄運，有的希望他能就此真正悔改，有慈祥的老人祈禱他能活命，也有人感慨「可憐的七王娘，她是何等賢德的人，和七王爺一年十二個月都是對頭呀……。」〔註 62〕鄉紳七王爺一家葬身火海，人財皆失。鄉人們感慨剝削小老百姓財富的七王爺得來的富貴到頭一場空。

而老年人開始猜度出了整個故事的始末。三十多年前，這裡住著一個有德聲的富戶，名方板橋，鎮上橋正是他花了五年血汗造成。「他是百世書香子弟，不事功利又好清貧，後來家境日漸零落了。他的結局就是因為他的大兒子誘惑七王爺姐姐的事情——那是她稱為全鎮的美人——七王爺的爺因這事就上縣衙告了他。後來七王爺的姐姐又弔死了，這訟事更延長起來。畢竟七爺是那時的財主，他就把錢買動了官，暗地將板橋的大兒子殺了。板橋不服氣，就跑到省城裏稟告上司。……七爺家裏太險毒了呀！他怕上司來拿，」〔註 63〕約了不務正業的將方板橋一家打殺。只有方板橋懷孕的妻子僥倖得救。賣藝人中的英俊少年就是板橋的遺腹子。鄉人到外埠去又看到了那賣武藝的英俊少年再次在馬上唱起上次的歌謠，「從前的悲切淒厲都消去，轉成一體豪邁深沉的腔調了」〔註 64〕。唱完後少年不但沒有再向觀眾要錢，反倒是把一把把錢朝空地撒去，讓貧窮的乞丐和孩子搶。「和煦的太陽照著他在馬上，臉上漂浮著閒散的英雄的笑靨。」〔註 65〕

《復仇》的故事主線依舊是同類題材中常見的正紳、劣紳的鄉里糾紛，

〔註 60〕黎錦明：《復仇》，見黎錦明：《雹》，光華書局，1927 年，第 119～133 頁。
〔註 61〕黎錦明：《復仇》，見黎錦明：《雹》，第 128 頁。
〔註 62〕黎錦明：《復仇》，見黎錦明：《雹》，第 128 頁。
〔註 63〕黎錦明：《復仇》，見黎錦明：《雹》，第 130～131 頁。
〔註 64〕黎錦明：《復仇》，見黎錦明：《雹》，第 131 頁。
〔註 65〕黎錦明：《復仇》，見黎錦明：《雹》，第 133 頁。

官紳勾結的訴訟舞弊。整篇小說中卻充滿了以暴治暴的江湖傳奇色彩。而小說文字清麗，暴力卻並不血腥，帶有雨過天晴之後，碧空豔陽的溫暖和煦。小說中的鄉民是這齣正紳、劣紳相鬥故事的看客。在鄉人眼中作惡多端的劣紳儘管後日行了善事，但依舊是報應不爽。而正派紳士雖遭滅門，但後人得以幸存並報仇雪恨。一個關於鄉土紳士的故事，也道出了民間因果報應的俗信仰。

師陀的《果園城記》中也不乏紳士包攬訴訟的情節。師陀筆下的紳士依舊靠處理鄉民的糾紛獲得利益和地位。然而，卻正是鄉民自己造成了這樣的局面。小說中，狡猾、可笑、貪婪、慳吝、愛占小便宜是許多農民的特性。若是有這些特性的農人再加上永遠想占別人便宜，使別人吃虧又特別倔強，他們就很容易與鄉人發生糾紛。這時就不得不求著魁爺走狗們的引薦，來找魁爺這樣的巨紳尋求「法理」。而另一方也多半找了城中的另一位紳士。兩位紳士商議之下，事情又多半會和平解決，不了了之了。

除了調解糾紛，包攬訴訟之外，在廣大的鄉土世界中，各種事務都少不了紳士們操心。即便早就入了民國，現代作家筆下的地方政事也依舊被紳士們把持。

蹇先艾的《初秋之夜》中，吳惟善是縣中有名的紳士，「前清的翰林，現任縣立女子中學的校長。」〔註 66〕吳惟善開除了學校裏的不良分子，秉持著「女子無才便是德」的宗旨辦學。他的夫人是舍監，嚴格管束女學生，就連往來信件都要一一拆閱，以此還清除了不少異端。學校的課本用的還是曹大家的《女四書》〔註 67〕。這位名紳士引以為傲的就是五卅學生運動中他的女中裏照常上課，沒有人走上街頭參加學生運動。在他看來，愛國就不是女子分內的事。縣城早已開始了禁煙運動，一眾紳士與縣長聚在一起時，還是免不了點上煙燈吞吐。受到縣長誇獎的老紳士也不忘給縣長送去上好的煙土。小說中點明了寫的是中華民國年間的事，而在一群舊派紳士管理下的基層社

〔註 66〕蹇先艾：《初秋之夜》，見蹇先艾著：《一個英雄》，上海：北新書局，1930 年，第 24 頁。

〔註 67〕「清初王相把自己母親的《女範捷錄》，去和班昭的《女誡》，宋若華的《女論語》，明初徐達長女仁孝文皇后的《內訓》二十章，合訂為一部《女四書》，影響很大。《內訓》的主旨還是老的一套，如說：『夫上下之分，尊卑之等也；夫婦之道，陰陽之義也；諸侯大夫、士、庶人之妻，能推是道以事其君子，則家道鮮有不盛矣。』」——蔡尚思：《中國禮教思想史》，中華書局（香港）有限公司，1991 年，第 170、171 頁。

會仍舊彌散著濃厚的陳腐之氣。

葉紹鈞的小說《歡迎》也講述了地方紳士迎接美國人杜威先生參觀當地公共事業的故事。故事開始時，當地的紳士在車站迎接杜威。為首的是「一個紳士模樣的人，——眼眶深陷，臉皮帶著青色，兩頰和口的四圍滿被著烏黑的短鬍」〔註 68〕。同他一起等候的除了一位少年之外，其餘六個也都是紳士模樣。地方紳士們想到學校、醫院這種公共事業各處都有，算不得特色，就帶杜威先生參觀當地的清節堂和普濟堂。參觀清節堂時，紳士們向杜威先生介紹說：「這裡的婦女，進來之後，永不出去。這都是本邑幾位前輩先生的苦心孤詣，才成就了這一樁善舉。」〔註 69〕「他聽了一位先生的翻譯，很注意又很慈祥的問道：『他們既然永遠住在這裡，他們的兒女怎樣呢？』我們回答：『都帶進來住。』他益發注意，聲音更為悱惻動人，問道：『那麼他們的兒女教育怎樣呢？虧得遜老心思靈捷，回答說：『有一個為他們特設的學校。』其實只有個私塾，教學生念《學》《庸》呢……」〔註 70〕

在清代社會中，各地都設有兩種功能類似的善堂：恤嫠會和清節堂。「恤嫠就是撫恤寡婦，恤嫠會就是主要從經濟上援助貧困寡婦的團體。至於清節堂，是收養夫死而不欲再婚的婦人的設施。」〔註 71〕清節堂投入在一名婦女身上的費用較之恤嫠會而言有十幾倍、二十倍甚至更多。〔註 72〕貧寒寡婦的孩子也能在清節堂受到不錯的教育，日後的職業出路清節堂也會給予不少幫助。但進堂的婦人會從此失去自由，並需要終身守節，子女成人後她們也不能出堂團聚。有研究者就指出像清節堂這般完備而華麗的寡婦專用設施恐怕在世界範圍內都是少見的，「為彰顯『節婦』而投入異常的人力物力財力一事本身就是奇妙的，為此再投入人力物力財力資源興建設施便越發奇妙」〔註 73〕。

〔註 68〕葉紹鈞：《歡迎》，《葉聖陶集》第 1 卷，南京：江蘇教育出版社，原刊 1921 年 4 月 7～8 日《京報．青年之友》，署名葉紹鈞。1920 年 7 月 2 日，第 111 頁。

〔註 69〕葉紹鈞：《歡迎》，《葉聖陶集》第 1 卷，南京：江蘇教育出版社，原刊 1921 年 4 月 7～8 日《京報．青年之友》，署名葉紹鈞。1920 年 7 月 2 日，第 113 頁。

〔註 70〕葉紹鈞：《歡迎》，《葉聖陶集》第 1 卷，南京：江蘇教育出版社，原刊 1921 年 4 月 7～8 日《京報．青年之友》，署名葉紹鈞。1920 年 7 月 2 日，第 113 頁。

〔註 71〕夫馬進：《中國善會善堂史研究》，第 319 頁。

〔註 72〕夫馬進：《中國善會善堂史研究》，第 403 頁。

〔註 73〕【日】夫馬進：《中國善會善堂史研究》，第 403 頁。

從這個意義上看，似乎清節堂的確是值得領美國人杜威先生一看的奇觀。但作者的筆觸中，這個地方紳士推崇的清節堂卻是摧殘人性的腐朽所在。

不僅如此，地方紳士接待杜威先生的廳堂，一處是一個園裏的一個廳「像什麼地方的古物陳列所」〔註 74〕；另一個戲廳「時時聞得陳腐東西的臭氣」〔註 75〕。在戲廳中，依舊是幾個紳士陪同杜威先生和他的翻譯。一位紳士用中國話說了幾句普通的頌揚詞之後，杜威先生知道是歡迎的話就誠摯作答。最後，在趁著日光趕緊拍照中，活動草草結束了。

小說中，作為被歡迎對象的美國人杜威先生，看起來對中國的傳統文化滿懷興趣，清節堂似乎也滿足了外國人對中國文化的獵奇。地方紳士一方面也感到了新式教育這樣現代的事物更符合趨勢，私塾等舊派不宜在外國人面前提及，而骨子裏紳士們依舊對諸如清節堂這樣帶有濃厚禮教色彩的傳統慈善存更加推崇。

民國的建立既加速了紳士階層的新陳代謝，也給紳士階層提供了掌控地方的新機遇。師陀的《果園城記》中，基層社會的無賴、痞棍、地主，大部分又都是第二流紳士，魁爺以自己的身份地位將他們招攬進來。或者這些人為了自己的地位以及在可憐莊稼人面前的威嚴，也會主動投靠魁爺。魁爺把這些人安插進各種機關。「因此他也就不受任何政治變動的影響，始終維持著超然地位，一個無形的果園城主人。」〔註 76〕

紳士階層內部逐漸魚龍混雜，紳士的道德水平不斷降低。文學作品中，紳士的形象下滑到了一個歷史上前所未有的低位。一場令紳士階層顏面掃地、性命堪虞的革命風潮即將從南方席捲而來。

〔註 74〕葉紹鈞：《歡迎》，《葉聖陶集》第 1 卷，第 112 頁。
〔註 75〕葉紹鈞：《歡迎》，《葉聖陶集》第 1 卷，第 114 頁。
〔註 76〕師陀：《果園城記》，第 42 頁。

第四章　「一邑之望」到「無紳不劣」

「民國之紳士多係鑽營奔競之紳士，非是劣衿、土棍，即為敗商、村蠹。而夠紳士之資格者，各縣皆寥寥無幾，即現在之紳士，多為縣長之走狗。」〔註 1〕

——劉大鵬

紳士階層在清代曾扮演著十分重要的社會角色。「紳為一邑之望，士為四民之首。」民國初年，作為帝制時代特有的社會政治精英階層，紳士仍舊處於時代變革的風口浪尖。在國民革命這場政治權利再分配的大規模政治軍事行動中，與政治權利密切相關的紳士階層又再次被推到了歷史前臺。國民革命初期，社會上就出現了關於紳士階層的廣泛討論。在國民革命的整個過程中，紳士階層更是成了革命政府所必須面對的既有政治勢力。「在是否需要徵稅，是否需要建立政權機關等問題上，這些紳士都是活躍分子。軍閥離了他們就辦不成事。應當指出，青年學生也都出身於這個階層。其實任何想上臺執政的人必然有求於這些紳士。紳士在國民黨裏當然也占很大比例。……甚至在勞工界也有一定的影響和勢力。……在出頭露面的地方，到處都有紳士在活動……」〔註 2〕

紳士在民國時期產生的廣泛影響力與帝制時代對紳士階層的種種優待是

〔註 1〕劉大鵬遺著；喬志強標注：《退想齋日記》，太原：山西人民出版社，1990 年，第 336 頁。

〔註 2〕《華南時局》（張國燾的報告，一九二七年一月三十一日於漢口），轉引自〔蘇〕A. B.巴庫林著，鄭厚安，劉功勳，劉佐漢譯，《中國大革命武漢時期見聞錄》，北京：中國社會科學出版社，1985 年版，第 314 頁。

密不可分的。當然，我們也應該看到帝制時代在賦予紳士權利的同時，也規定了紳士的義務，並對紳士階層有更高的道德要求。不僅如此，清政府針對紳士濫用特權胡作非為專門頒布了相關法律。〔註 3〕紳士的親屬或僕從若是欺壓百姓或侮辱政府官員，就將受到比普通百姓更加嚴厲的處罰。〔註 4〕「對紳士群體，專制王朝實行的是雙管齊下的政策，順則正面鼓勵，反之予以制裁。地方官員對有功名身份的在籍紳士，負有督查之責。通過約束機制，考核、監督各級地方紳士，以保證紳士的正統性和純潔性。紳士如果違反法律或品德低下，將被褫奪斥革，受到嚴厲制裁。」〔註 5〕

一、土豪劣紳的生成

清季的戰亂及由此帶來的政府財政危機催生了大量通過捐納進入紳士階層的人，使紳士階層的素質開始參差不齊。民國以後，原本對紳士階層的制度約束不復存在。民國時期，作為帝制時代社會精英階層的紳士，在中國現代文學中的形象日漸走低。或許也正因為傳統紳士的文化意味和積極的社會意義逐漸在文學作品中消失，我們往往習慣將中國現代文學作品中的劣紳形象歸封建地主階級。這自然與紳士階層大多從事土地經營有關。

雖然我國早就存在地主這樣的稱謂和與之相關的經濟生產形式，但封建地主階級作為對經濟屬性和階級屬性的劃分，還是馬克思主義傳入中國以後才出現的。封建地主階級作為一個經濟學概念，指的是「佔有土地，自己不勞動或只有附帶勞動，而靠剝削農民為生的階級。」〔註 6〕我們對於封建地主階級的認知大多來自於建國後馬克思主義史學研究對中國社會歷史發展演變的闡釋和建構。

而劣紳的基本屬性是紳士。紳士階層往往佔有相當數量的土地，但是「紳士之所以為紳士，並不是由於其必然的佔有多少土地，而是由於其具有獨特的政治地位和社會地位」〔註 7〕。單純依靠佔有土地、剝削農民的封建地主階

〔註 3〕瞿同祖著：《清代地方政府》，范忠信，晏鋒譯，第 307 頁。

〔註 4〕瞿同祖著：《清代地方政府》，范忠信，晏鋒譯，第 286 頁。

〔註 5〕肖宗志：《清末民初的紳士「劣質化」》，《貴州師範大學學報（社會科學版）》2004 年第 6 期。

〔註 6〕金炳華主編：《馬克思主義哲學大辭典》，上海：上海辭書出版社，2003 年，第 330 頁。

〔註 7〕王先明：《近代紳士——一個封建階層的歷史命運》，天津人民出版社，1997 年版，第 18 頁。

層，無法享有紳士階層的地位和特權，不能參與地方行政，在社會實際生活和戶籍制度中，不過與庶民同列。〔註 8〕儘管清末科舉制度廢除以後，紳士失去了合法的身份來源，民國以後紳士的概念也變得十分駁雜模糊，但我們不難發現許多中國現代文學創作中，庶民地主與紳士依舊存在著明確的差異。

汪敬熙的小說《瘸子王二的驢》中提到了王莊寨上的土財主王九爺。〔註 9〕而這類土財主是與紳士地主有本質區別的一類人。馮沅君在《劫灰》中就寫到「所謂財主者，只是擁有幾千畝田而已。你想在他們家搜出來三五百塊現的，簡直是百不抽一。」〔註 10〕小說中的這些土財主家的女性都是勤儉持家之人，連首飾這樣值錢的細軟都沒有。這與我們在中國現代文學作品中看到的太太、小姐是大不相同的。黎錦明的小說《馮九爺的穀》講述的就是一個庶民地主即所謂土財主的故事。馮九先生是石潭鎮的大田主，產業已經擴充千百畝土地了。但馮九爺總是勤勞地掮著擋扒，頭戴草笠，腳踩草履，領著兒孫下地勞作。而本地的田夫中倒是多有奸詐狡猾，好偷懶的人，常在收穫稻穀的過程中偷懶，欺蔑馮九爺。而精打細算的馮九爺也總是在收穫的季節請外地的田夫勞作。馮九爺一家的生活非常節儉，能不花錢就不花錢。「柴米酒鹽他的兒侄們都可以用勞力掙來，萬不得已時推一車陳穀進城去便可換到一籮筐的貨物。」〔註 11〕就連婚喪嫁娶這樣事，馮九爺家都近乎吝嗇。兒侄娶妻只是由外鄉賢惠的村姑說好媒，一頂破竹轎抬進門，不用嫁妝，不講排場。馮九爺自己鰥居三十多年，自己打算著死後發喪請客做道場也都不必花錢辦了。馮九爺經常受到本鄉人的敲詐，交著祠堂捐、禾燈捐、學堂捐等各種雜稅，受盡了委屈。馮九爺是個懦弱的人，本地的田夫敲詐不成，還往往會吐他一臉涎沫。本鄉的土棍也多次敲詐馮九爺一家。這個所謂的財主、地主，我們絲毫看不出他有怎樣富足享受的生活，也不存在盤剝農民的行為。這與我們印象中的地主老財真是大相徑庭。

實際上，在中國的鄉土社會中，沒有獲得紳士身份的庶民地主，經濟上無法享受賦稅的減免優待，社會政治上也沒有特權和地位。許多沒有紳士地位的庶民地主財產和人身都得不到基本的保護。國民革命前期社會評論中所

〔註 8〕瞿同祖著：《清代地方政府》，范忠信，晏鋒譯，第 282～290 頁。

〔註 9〕汪敬熙：《王二瘸子的驢》，《現代評論》1925 年 1 卷 23 期。

〔註 10〕馮沅君著：《馮沅君創作譯文集》，袁世碩，嚴蓉仙編，第 61 頁。

〔註 11〕黎錦明：《馮九爺的穀》，見黎錦明：《雹》，上海光華書局，1927 年，第 180 頁。

談到的呼風喚雨的紳士與這種庶民地主並非一類人。

當然，我們或許會不免覺得這種過得如此憋屈、辛勞的地主實在與印象中屬於剝削階級的封建地主階級相去甚遠。而紳士留給我們的印象似乎又很難與經營土地，盤剝農民這樣的行為割裂開來。著名的歷史研究者章開沅先生就曾談到：「這可能與史學領域的泛政治化消極影響有關，一談到『紳』便聯想到『土豪劣紳』，使研究者望而卻步甚至是堵塞了思路」〔註 12〕不僅對於研究者，土豪劣紳也構成了大眾對於紳士或是地主的重要印象。

其實，紳士本身並不是一個帶有貶義的概念。而「土豪劣紳」這樣的概念幾乎是伴隨著國民革命的風潮，逐步產生並流行開來。「20 世紀 20 年代末，當『大革命』風潮湧起於鄉村社會之際，『打倒紳士』的政治取向已經為社會所認同」〔註 13〕。「在中國革命與改造上，不獨共產黨，即國民黨、國家主義派，也一齊標榜著實行打倒土豪劣紳了。」〔註 14〕

在國民革命退潮以後，「土豪劣紳」這樣的名稱和人物形象開始大量進入中國現代文學作品當中。出於對土豪劣紳的印象，紳士也不免被視為了封建地主階級。在《辭海》中對「土豪劣紳」一詞的解釋也是：「舊中國地主階級和封建宗法勢力的政治代表，是地主中特別兇惡者（富農中亦常有小的劣紳），反革命分子的一種。個別的雖非地主，也為地主集團所支持和支配。他們一貫勾結反動官府，憑藉權勢，欺壓勞動人民。有的還直接操縱地方政權，擁有武裝，任意對農民敲詐勒索，施行逮捕、監禁、審問、處罰。是帝國主義、地主階級和官僚資產階級統治人民的支柱。新中國成立以後，經過土地改革和鎮壓反革命的農工運動中，已被肅清。」〔註 15〕

但事實上，在國民革命時期的公開出版物中，土豪劣紳和地主是明確的兩個概念。毛澤東的在 1927 年發表的《湖南農民運動考察報告》中就稱土豪劣紳和不法地主階級是農會的主要鬥爭對象。〔註 16〕幾乎整個報告都是把土

〔註 12〕章開沅：《辛亥前後史事論叢續編》，武漢：華中師範大學出版社，1996 年，第 356～357 頁。

〔註 13〕王先明：《歷史記憶與社會重構——以清末民初「紳權」變異為中心的考察》，《歷史研究》，2010 年第 3 期。

〔註 14〕田中忠夫：《國民革命與農村問題》上卷，李育文譯，上海：商務印書館，1927 年，第 71 頁。

〔註 15〕中華書局辭海編輯所修訂：《辭海（試行本）》（第 4 分冊政治法律），中華書局辭海編輯所，1961 年，第 5 頁。

〔註 16〕毛澤東：《湖南農民運動考察報告》，哈爾濱：東北書店，1948 年，第 2 頁。

豪劣紳和不法地主作為兩個概念使用。那麼，中國現代文學作品中大量出現的「土豪劣紳」究竟指的是什麼呢？

拆分來看「土豪」和「劣紳」二詞，我國古已有之。「土豪」這一類人在中國有久遠的歷史，先秦文獻中稱為「罷民」或「罷士」，漢代稱「鄉豪」，到了魏晉南北朝時期則有了「土豪」這樣的稱謂。〔註 17〕魏晉南北朝時期的「土豪」，指的是在地方具有財力和勢力，但政治上地位卑微，為門閥士族所輕視的一類人。後世多把依仗勇武，稱霸鄉里的惡勢力稱為「土豪」。〔註 18〕孔飛力先生則指出，在清朝文件中「土豪」一般是指沒有科舉文憑卻有錢有勢的人。〔註 19〕

「劣紳」則是與「正紳」相對的概念，指紳士階層中道德品行敗壞的一類人。清代順治帝曾效法明制頒布了「臥碑禁例八條」以告誡官學生員，並立於官學明倫堂左側，以作為對生員為學、做人、處事等方面的行為準則，也是對紳士階層道德品行的基本要求。〔註 20〕與這些德行要求有悖的紳士被稱為「劣紳」。「劣紳是與正紳相對的概念，是紳士的異質，是官僚、正紳和百姓所不齒的敗類。劣紳不是晚清才有的現象，但是紳士大量地劣質化，確是晚清以後的事實。劣紳是一個寬泛和籠統的概念，形式多種多樣，其內涵在不同時期也有所區別，總體反映了社會與時代的變動。」〔註 21〕

在共產黨早期關於農村社會階級關係體系的認識中，紳士是作為一個「階級」被置於革命對象的地位。〔註 22〕瞿秋白就在中共最早的機關報《嚮導週報》上撰文指出：「鄉村之中的土豪鄉紳，實際上是鄉村裏的小政府：一省的督軍是一省的軍閥，一村的鄉紳便是一村的軍閥，這些土豪鄉紳在農村之中

〔註 17〕參見郭英德，過常寶著：《中國古代的惡霸》，北京：商務印書館國際有限公司，1995 年，第 45 至 46 頁。

〔註 18〕李巨瀾：《失範與重構——一九二七年至一九三七年蘇北地方政權秩序化研究》，中國社會科學出版社，2009 年，第 88 頁。

〔註 19〕Kuhn, Philip A: "*Local Self-Government Under the Republic*". In Frederick Wakeman Jr and Carolyn Grant, ed., Conflict and Control in Late Imperial China (Berkeley, Cal.: University of Califonia Press). pp257～298.

〔註 20〕柳詒徵：《中國文化史》（下），北京：中國和平出版社，2014 年，第 1125～1127 頁。

〔註 21〕肖宗志：《清末民初的紳士「劣質化」》，貴州師範大學學報（社會科學版），2004 年第 6 期。

〔註 22〕王先明：《歷史記憶與社會重構——以清末民初「紳權」變異為中心的考察》，《歷史研究》2010 年第 3 期。

包攬一切地方公務，霸佔祠族廟宇及所謂慈善團體公益團體的田地財產，欺壓鄉民，剝削佃農，作威作福，儼然是鄉里的小諸侯；軍閥的政權自然是經過他們而剝削農民的，他們替軍閥縣官包辦捐稅，勒索種種苛例；他們可以自己逮捕農民，私刑敲打，甚至於任意殺戮，如活埋，燒死等等慘劇，都是他們的慣技。……這些所謂土豪鄉紳是誰？就是大地主階級。帝國主義經過買辦而剝削中國。而買辦又經過中國農村中的大地主而剝削中國農民群眾。地主土豪階級的商業化，就是代替帝國主義者買辦在農民身上剝削他們的血汗；……並且壟斷原料，兼併田產。」〔註 23〕在瞿秋白的論述中，並沒有以「劣」這樣的定語對紳士階層內部做道德區分，而是將整個紳士群體歸為了革命的敵人。

國民革命期間，各地打倒土豪劣紳的民眾運動不斷。「1926 年末 1927 年初，湖南、湖北、江西等省的農民代表大會都通過了《懲辦土豪劣紳決議案》。為了統一方針政策，減少阻力，並將這一鬥爭納入法制化的軌道，湖南、湖北兩省的國民黨省黨部、省政府制定單行刑事法規。湖南省組成了謝覺哉等參加的起草委員會，制定了《湖南省懲治土豪劣紳暫行條例》，於 1927 年 1 月 28 日公布實施。湖北省在董必武領導下，組成鄧初民等參加的起草委員會，制定了《湖北省懲治土豪劣紳暫行條例》於 1927 年 3 月公布實施。」〔註 24〕條例中對土豪劣紳身份也有較為明確的認定。「憑藉政治、經濟、門閥身份以及一切封建勢力或其他特殊勢力（如憑藉團防勾結軍匪），在地方有左列行為之土豪劣紳，依本條例治之。」〔註 25〕這些行為包括：「①反抗革命或阻撓革命及作反革命宣傳者；②反抗或阻撓本黨及本黨所領導之民眾運動（如農民運動、工人運動、商民運動、青年運動、婦女運動）者；③勾結軍匪蹂躪地方黨部或黨部人員者；④與匪通謀坐地分贓者；⑤藉故壓迫平民，致人死亡者；⑥藉故壓迫平民，致人有傷害或損失者；⑦包攬鄉間政權，武斷鄉曲，劣跡昭著者；⑧欺凌孤弱，強迫婚姻，或聚徒擄掠為婚者；⑨挑撥民刑訴訟，從中包攬，圖騙圖詐者；⑩破壞或阻撓地方公益者；⑪侵蝕公款或假借名義

〔註 23〕秋白：《農民政權與土地革命》，《嚮導週報》1927 年第一百九十五期，第 2121 頁。

〔註 24〕張希坡編著：《中國近代法律　文獻與史實考》，北京：社會科學文獻出版社，2009 年，第 347、348 頁。

〔註 25〕張希坡編著：《中國近代法律　文獻與史實考》，北京：社會科學文獻出版社，2009 年，第 348 頁。

斂財肥己者。」〔註 26〕這些規定，既包含一些帝制時代對劣紳的描述，又帶有鮮明的時代特徵，例如將反對國民革命行為歸為了土豪劣紳的重要特徵。

由此可見，國民革命時期及之後出現頻率極高的「土豪劣紳」，卻並不是土豪與劣紳兩種意義的簡單疊加，而是具有了極為駁雜的政治意味。孔飛力先生發現「土豪劣紳」這樣一個在政治口號中起著強烈作用的術語，其本身的社會定義是模糊不清的。〔註 27〕而費約翰先生也指出「分清『土豪劣紳』的兩種實際所指，即要將民國政治中的語言象徵方面與社會結構方面區別開來。『土豪劣紳』可以指合法政權昭然若揭的敵人，也可以指特定歷史情境中某些社會及政治勢力。」〔註 28〕二者有共同的基礎和共性。

更加值得我們注意的是，現代作家當中，有不少人都直間或間接地參與了國民革命。伴隨國民革命轟轟烈烈的風潮，「土豪劣紳」也大量進入文學作品中。無論是國民革命退潮時期及時反映國民革命的作品，還是之後的革命文學、左翼文學、京派小說，都出現了關於「土豪劣紳」的敘述。而我們卻一直漠視或誤解這些關於「土豪劣紳」的文學想像。「土豪劣紳」在中國現代文學作品中是否是政治概念的具象化表現？歷史語境下的「土豪劣紳」又是怎樣影響了現代作家對紳士階層或是政治意味上的土豪劣紳的表現呢？

二、國民革命中的土豪劣紳與新文學中的紳士形象變遷

黎錦明的中篇小說《塵影》〔註 29〕被視為是新文學史上最早一部描寫國民革命時期農民運動的作品〔註 30〕，這也是現在能看到的關於土豪劣紳的較早的文學書寫。作者曾表示，這部小說的內容是「從廣東福建間一個小縣份中旅行時所得的一點印象。」〔註 31〕另一種對小說背景的說法是，1927 年，

〔註 26〕張希坡編著：《中國近代法律　文獻與史實考》，北京：社會科學文獻出版社，2009 年，第 349 頁。

〔註 27〕Kuhn, Philip A: “*Local Self-Government Under the Republic*”. In Frederick Wakeman Jr and Carolyn Grant, ed., Conflict and Control in Late Imperial China (Berkeley, Cal.: University of Califonia Press). pp257～298.

〔註 28〕〔澳大利亞〕費約翰（Fitzgerald John）《「土豪劣紳」與中華民國：廣東省例析》牛大勇，臧運祜主編：《中外學者縱論 20 世紀的中國新觀點與新材料》，南昌：江西人民出版社，2003 年，第 315 頁。

〔註 29〕黎錦明：《塵影》，上海：開明書店，1927 年。

〔註 30〕康詠秋：《論〈塵影〉的現實主義成就》，《湘潭大學學報》（社會科學版），1985 年第三期。

〔註 31〕黎錦明：《我不願意放棄文學》，鄭振鐸，傅東華編：《我與文學》上海：上海書店出版社，1981 年，第 75 頁。

黎錦明在澎湃同志領導的海陸豐農民運動區從事文化、宣傳、教育工作。「四・一五」廣州事變後，國民黨右派的「清黨軍」攻陷海豐，他在戰亂中化裝逃走。《塵影》書寫的就是國民革命時期海豐地區的農民運動。〔註 32〕從小說的內容來看，《塵影》確實是對國民革命時期尤其是「四・一二」前後基層社會情況的反映。

《塵影》的題材十分敏感，又寫於 1927 年這樣一個局勢緊張的時期，在發表上也頗費周折，後經魯迅先生的賞識、幫助才得已出版。魯迅先生還曾為此書作序。小說出版以後的發行情況也並不樂觀。據稱，當時住在利達里的開明書店老闆章錫琛，聽到鄰居蔣萬里說《塵影》太左了，唯恐書店受到牽連，便急急忙忙毀掉紙型，剩下的幾百冊《塵影》送往廣西、雲南、貴州等地去銷售。〔註 33〕黎錦明自己也曾談到：「寫成此書，我費去不少的精神和健康，同時也得了許多不滿意的批評。接著到鄭州我為一個友人黃君辦報，因為這書的被告發竟被監視了八天。又不得不離去筆墨生涯，從事教書了；……上海文學的黃金時代（民十七八）我離得太遠了……」〔註 34〕《塵影》可算作是最及時反映國民革的小說創作。小說對國民革命的書寫及其中透露出的政治立場也使作者受到了國民政府當局的打壓。

《塵影》之後所受到的讚譽大多是稱小說中對共產黨領導下的農民運動的表現。而實際上，在小說中，農民運動更多的只是作為一種敘事背景。黎錦明似乎更致力於呈現國民革命時期政界、軍界、民眾、土豪劣紳等各個群體之間錯綜複雜的關係，尤其對於劣紳在其中扮演的角色著墨頗多，描寫十分細緻入微。

小說一開始就為劉百歲貼上了「土豪劣紳」的標簽。根據佃戶的報告，劉家在桃符村、紅娘廟、汲井鎮、花橋四處一共二千二百畝。作者又以群眾大會上宣讀犯罪案例的形式展示了劉百歲的種種惡行，他強佔鄰居於馬氏的土地，害得於馬氏因窮困而投河身亡；佃農鄢大因旱災無法按時交租，他就找人強行宰殺了佃戶的耕牛，侵吞他的佃銀，佃戶不服上訴官府，他就賄賂縣官反將鄢大下獄；他還搶佔木商的杉木林，率地痞流氓打人……劉百歲在當地魚肉鄉里，勾結官府和地痞流氓，是當地無惡不作的土豪劣紳。而另一

〔註 32〕康詠秋：《黎錦明傳》，《新文學史料》2000 年第 2 期。
〔註 33〕闞山：《黎錦明與〈塵影〉》，《隨筆》1985 年第 2 期。
〔註 34〕黎錦明：《我不願意放棄文學》，鄭振鐸，傅東華編：《我與文學》，第 75～76 頁。

方面，作者也注意到了，劉百歲依舊具有帝制時代紳士的某些特質。劉百歲是在宗族中有領導地位的紳士，負責管理著宗族的財產並主持著喪葬、救護等基本的地方公益事業。

他的兒子劉萬發則表現出了劣紳的另一種形態。小說中，劉萬發一看就是一個「鄉紳模樣」,「茶黃的呆木的臉和身上那硬版的黑線紗衣，彷彿一尊飾作演戲用的傀儡」〔註 35〕。與父親劉百歲的兇惡不同，劉萬發狡黠多謀，以偽善的面孔更刻薄地盤剝鄉下人。「鄉下的人只以為有笑臉總是可感的，以故將他的狡黠看作一種良善。」〔註 36〕「這回鄉民發生激烈的反抗運動，首先就把他的爺弔走了，而獨繫念著他的恩典，任他自由。」〔註 37〕劉萬發較之父輩的過人之處還在於他對於民國時期社會轉型而做出的調試。劉萬發也不同於一般保守派的鄉紳。他沒有把從農人身上剝削出來的血肉藏在地窖裏，他很早就和縣城的商店、銀行有了交易，通過現代商業和資本運作積累了大量財富。不僅如此，劉百歲在政治方面的謀劃也遠在其父之上。劉萬發祈求熊履堂釋放父親的態度顯得謙卑與誠懇，十分有策略。當賄賂熊履堂的舉動遭到了嚴厲拒絕時，他能迅速地轉變策略，轉而尋找另一位紳士韓秉猷，縣黨部的溫和派委員從中斡旋。儘管，以紳士和下層傳統文人為主的溫和派委員並沒有真正解救被判為土豪劣紳的劉百歲。不過，韓秉猷這樣沉浸政壇多年的紳士還是為土豪劣紳劉萬發提出了勾結省城新軍閥的計策。韓秉猷憑著自己所掌握的傳統文化資本，撰寫文稿、出謀劃策，牽線搭橋。劉萬發則靠著自己的財力，以鉅資獻給省城的孫大和師長作為軍餉。軍方在收到資金後，師長出面聯繫了當地的革命軍，稱劉百歲是自己的至親，一方素來和善的紳士，要求縣黨部放人。在交涉不成的情況下，軍方不惜動用武力將劉百歲救出。為軍方提供大量經濟支持的劉萬發也搖身一變成為了軍方一員，返鄉報復民眾和革命者。劉家這樣有財有勢的地方紳士在國民革命之前就一直是舊軍閥的重要經濟來源。國民革命軍的軍費開支又還是免不了由這些土豪劣紳提供。無怪當時有不少人稱國民革命時期的一些軍官為新軍閥了。

我們多少都聽聞過國民革命中，軍官在前方賣命征戰，後方群眾運動以揪鬥土豪劣紳的名義打殺其父兄的例子。郭沫若的小說《騎士》中也寫到過

〔註35〕黎錦明：《塵影》，上海：開明書店，1927 年，第 2 頁。
〔註36〕黎錦明：《塵影》，上海：開明書店，1927 年，第 27 頁。
〔註37〕黎錦明：《塵影》，上海：開明書店，1927 年，第 28 頁。

1927 年的武漢三鎮開始喊出了「保護革命軍人的家屬財產」的口號。而《塵影》的故事更像是這種事例的一齣反轉劇。土豪劣紳在軍方的干涉下脫罪，還搖身一變與軍事勢力結合在一起。《塵影》中，父輩劉百歲代表著農耕文明中以官紳勾結和土地、高利貸盤剝形式存在的劣質化紳士。劉萬發則在土地盤剝的同時逐漸與現代資本和新興政治局勢力量相結合。小說中，關於劉氏父子兩代的敘述幾乎是政治上土豪劣紳的某種復現。另一方面，作者同樣注意到了當時具體歷史情境中的「劣紳」。

黎錦明本人參與國民革命的親身經歷，也使他的寫作具備不少得天獨厚的條件。更難能可貴的是，作者在展現各方勢力時試圖做到以一種不偏不倚的客觀立場，盡力書寫出不同群體的訴求或自身性格存在的合理成分。為了達到這樣的意圖，作者常常不得不打亂敘述的時間線索，伸出許多旁支來加以說明。與茅盾小說中慣於在人物出場後當即回溯身世、介紹背景的寫作手法不同，《塵影》總是在一個事件告以段落之後，再來敘述人物的出身背景，並由此顯現出人物行為態度背後某種個人思想經歷上的緣由。這種行文結構上的特點一方面使整體的敘述稍顯混亂，但其中卻也透露出作者試圖表現國民革命中各方利益糾葛，並剖析革命運動最終失敗的某種創作野心。

除了交代土豪劣紳的罪行之外，《塵影》也表現出了對革命陣營內部軍政兩界及政界派系之間矛盾的書寫興趣。明清縣的縣黨部中，主張委員統統應該是無產階級的黨員蘇名芳等人被歸為了激進派。小說並沒有對這些激進群眾運動的組織者有太多的交代。我們也不清楚這些革命者持激進態度的動機。不過對於縣城中一些混入革命陣營的投機分子組成的溫和派，作者卻是著墨頗多。

在縣黨部的十二位委員中，溫和派就佔了七人。為首的馬潤祥是縣城裏有名的才子，後來進了省城裏一處私立政法學校；三個月後，一部法學通論還不曾讀去十頁，就因打了廚工被開除。靠著與縣長的親戚關係做了縣署的財政科科長。後因與縣長的私人恩怨加入了縣黨部。隨後，馬潤祥便介紹了幾位看似符合激進派要求的具有無產階級身份的人，進入縣黨部作委員。第一個韓秉猷，被稱為是一位窮寒的宿學，曾留學日本。實際上，韓秉猷是一個吸鴉片蕩光了家產的中年紳士。第二個曾忠是一個賣字併兼帶寫公文的，家產除了一套舊文具和一些字帖外，就只剩下一個得了癆病的老婆。第三個余慶林是孔教會會長，產業只有一部《論語》。第四個是馬潤祥自己的弟弟馬安祥，縣立第一小學校的國文教員，產業只有一群調皮的小學生。韓秉猷又介紹了一個織襪廠的監工丁福生。這些人名為委員，實際上只是馬潤祥一個人的信徒。

從中我們不難發現，縣黨部的這些溫和派委員大都是本地的中下層讀書人。馬潤祥能稱為縣城裏有名的才子，可以想見其大抵是要有良好舊學根底的。而馬潤祥念的是私立法政學校也頗有意味。早在清末新式教育興起的時候，法政就是紳士和士子的首選專業。法政與傳統舊學有一定關聯，又能以此步入政壇，成了當時的「熱門專業」。而許多擇法政專業者，大多不求系統學習，而選擇了急功近利的速成和簡易教育。這種狀況一直持續民國初年也沒有得到改善。〔註 38〕雖然科舉早已廢除，時人仍舊視新式教育為進仕的舉業。以北京大學為例，學術要求最不嚴格，又是通往官場捷徑的法政專業依舊是大多數學生的選擇。馬潤祥也以速成式的法政教育進入地方政界。

溫和派委員中「戲份」頗重的韓秉猷原本也是一個耕讀人家的子弟。抱著帝制時代士子讀書即為做官的心理，科舉進仕之路中斷之後，他就覺得的書是白讀了。即便如此，韓秉猷還是懷著做聖賢與偉人的心思，妄想著「提倡禮教，以重國光」，獲得不朽的名聲。煙燈下放著一本曾文正家書和一本建國方略也正是民國初年紳士投機政治的寫照。賣字畫兼寫公文的曾忠和孔教會的余慶林也都是帶有帝制時代特徵的讀書人。但無論是舊式讀書人還是小學教員馬安祥這樣的新式知識分子都有著窘迫的經濟狀況。清季民初的社會變革使下層紳士和士子失去了社會階層晉升的途徑，也使他們失去了許多經濟來源。但這些變革卻並沒有改變下層紳士和士子乃至接受了新學教育的讀書人參與官場仕途的熱情。提升自己的經濟地位和社會地位成了這些基層社會讀書人參與國民革命的動機。他們在革命中的投機行為也就不足為奇了。

然而，國民革命中高漲的群眾運動卻並沒有給這些紳士和讀書人以預想的好處。「過了兩三個月，他（韓秉猷）不但名利毫無所得，反而與一班市井小人之流相往來，不由的地位更見低落了。」〔註 39〕清季民國的社會變革不免讓讀書人，尤其是渴望晉升的下層讀書人感到了斯文掃地。士農工商的社會格局在國民革命中愈加遭致顛覆。下層紳士等基層社會讀書人自然難以對令自身社會地位愈發走低的工農運動產生好感。面對金錢賄賂而選擇與有實

〔註 38〕賀躍夫：《晚清士紳與近代社會變遷——兼與日本士族比較》，第 95 頁。
〔註 39〕黎錦明：《塵影》，第 38、39 頁。

力的劣紳合作也實屬自然。

除了對政界內部的紳士及舊式下層文人投機革命的行為加以詳述之外，《塵影》還涉及了同類題材的文學作品中較少觸及的軍界問題。《塵影》中對軍政兩界關係的描繪，也正是當「民國成立，軍焰薰天」，「軍界一呼，政界俱倒」〔註 40〕局面的寫照。無論是紳士階層、舊式士子還是接受了新式教育的知識青年，在政界的發展都受制或仰仗於軍界勢力。

強行解救劉百歲的軍方是駐紮當地革命軍的一個團。小說中，這個團的團長蒯得霖是一位具有平民精神卻激烈反對平民革命運動的革命軍人。在他看來平民運動不過是流氓地痞在其中活動。團長蒯得霖早就因為激烈的工農運動與政界的革命者乃至革命群眾之間齟齬叢生。而作者也把蒯團長與政界、民眾的矛盾由發生到激化的過程寫得細緻生動，還頗有點合情合理的味道。解救了土豪劣紳的軍人蒯得霖不是為了助紂為孽，而是遵守上級的軍令。面對自稱沒有作惡禍害百姓的劉百歲，他既教育劉百歲要懂得博愛，也告誡他說孔夫子也說過為富不驕。博愛是先總理孫中山先生所倡導，出現在革命軍人口中也十分自然。而為富不驕則是儒家的一套傳統思想。蒯團長偶而也會詩興大發做一些舊式詩歌。革命軍中的蒯得霖混雜著革命軍人和舊式文人的雙重色彩。新教育比傳統教育昂貴，阻礙了有志有才的青年上進的機會。而1907 年各省的練兵則為家境貧寒的年輕人提供了階層晉升的新機遇。「軍隊為紳士的子弟開闢了一個就業上進的機會，可以用魯迅為例子。」〔註 41〕清季新軍初建之時，就有許多具有科舉功名的下層紳士棄文習武。〔註 42〕作為國民革命軍軍官的蒯得霖也是科舉道路中斷之後，另謀晉升途徑的讀書人。這樣的革命軍人既接受了一些革命思想，頭腦中又仍殘留著傳統文化的印記。

更別有意味的是，這個團部的參謀長何公謹。他是一位詩人，曾是某私立中學的國文教師，喜愛古典詩詞。卻因為新來的校長具有新思想，提倡白話文而將其解雇。何公瑾靠著名人介紹進入軍界，又憑藉舊式文人的筆墨工夫獲得晉升。「何參謀長雖為軍中神人，卻總忘不了『商鞅治秦之法』到了明

〔註 40〕榮孟源，章伯鋒主編：《近代稗海》第 8 輯，成都：四川人民出版社，1987 年，第 17 頁。轉引自楊小輝：《近代中國知識階層的轉型》，第 195 頁。

〔註 41〕陳志讓：《軍紳政權——近代中國的軍閥時代》，桂林：廣西師範大學出版社，2008 年，第 16 頁。

〔註 42〕陳志讓：《軍紳政權——近代中國的軍閥時代》，桂林：廣西師範大學出版社，2008 年，第 17 頁。

清縣，他便想兼理政事起來，自己可惜政權早已被委員會奪去了，而且民眾運動大起，直使他不禁發出『五胡亂華』一類的感慨了。」〔註 43〕清黨以後，這位軍界的何參謀也開始步入政界，著手組織政府了。軍界的何公謹與政界溫和派委員的紳士及下層舊式文人是同一類人。小說中這樣一類傳統紳士或是因科舉廢除喪失了晉升途徑的舊式文人，在國民革命中以投機的形式再次實現了文化資本向政治資本的轉化。

劉百歲和劉萬發這樣政治上已被定性為土豪劣紳的人物，在小說中時而被稱為土豪時而被稱作劣紳或紳士。帝制時代紳士必須的文化資本在劉氏兩代紳士身上，作者都沒有做太多交代。但從小說中關於他們在宗族和地方事務中扮演的角色來看，他們依舊帶有傳統紳士的明顯特徵。但作為劣質化紳士的代表，他們已經淪為了單純的地主和高利貸剝削者。

科舉制度的廢除，不僅改變了帝制時代紳士階層以儒家思想文化為地位和權力的合法性支撐，也斬斷了士子耕讀科考晉升為紳士階層的路徑。《塵影》中，政治上被劃為土豪劣紳的兩代劉姓紳士，地方上沒有了財產的舊式紳士和下層文人與接受了新式教育，在北京讀了大學的農家子弟熊履堂形成了一種權利身份來源的對照。科舉考試廢除以後，聚集於城市的新式學校，日漸吸引著基層社會中原本會通過科舉考試獲得紳士地位進而掌控地方的優秀人物。居鄉耕讀模式的解體，「促使有才之士從內地的村鎮流出，而且這種流動越來越變成是單程的遷徙」〔註 44〕。在社會體制的變革中，「農村精英向城市的大量流失造成了鄉村士紳質量的蛻化，豪強、惡霸、痞子一類邊緣人物開始佔據底層權利的中心。」〔註 45〕在國民革命中，原本流向城市的新式知識精英再次回到村鎮，整頓被劣質化紳士攪亂的社會秩序。而這樣的努力卻最後以失敗告終，基層社會的權利還是再次回到了劣紳手中。

與黎錦明《塵影》類似，茅盾的首部長篇小說《蝕》三部曲之一的《動搖》，是鮮有的及時反映國民革命風貌的文學創作。這部小說觸及了「他人所不敢關注的重大題材」〔註 46〕，又恰恰發表於國民革命失敗這樣敏感的時間

〔註 43〕黎錦明：《塵影》，第 131 頁。

〔註 44〕〔美〕孔飛力（Kuhn，P. A.）著；謝亮生等譯：《中華帝國晚期的叛亂及其敵人：1796～1864 年的軍事化與社會結構》，北京：中國社會科學出版社，1990 年，第 238 頁。

〔註 45〕許紀霖：《近代中國變遷中的社會群體》，《社會科學研究》1992 年第 3 期。

〔註 46〕茅盾：《英文版〈茅盾選集〉序》，丁爾綱編《茅盾序跋集》，北京：生活·讀書·新知三聯書店，1994 年，第 218 頁。

段。因此，作品問世以後，飽受左翼陣營內文藝人士的激烈批判。《動搖》也比《塵影》產生了更大的影響力。之後關於革命文學的論爭在一開始也圍繞著包括《動搖》在內的《蝕》三部曲展開。

《動搖》同樣涉及了國民革命中的重要議題——革命者、群眾與土豪劣紳的鬥爭。不過茅盾的關注點卻並不在於土豪劣紳對鄉民的盤剝和壓迫。小說開篇中，革命風潮席捲縣城以後，也是處處可見「打倒土豪劣紳」的標語口號。而政治語境下的「土豪劣紳」卻很少在小說中顯現。茅盾更關注於政治概念之外，具體的劣紳形象。小說中的反面人物代表劣紳胡國光通常被視作「集中了定向滅亡路上的封建地主階級的種種不可告人的惡德」〔註 47〕，是與革命力量相對立的封建勢力。其實這種帶有明顯階級論色彩的評價既不切合國民革命時期反對土豪劣紳的政治語境，也不符合人物所反映的民國時期的具體歷史情境。

作為一部及時反映國民革命運動的文學創作，《動搖》對工農民眾與土豪劣紳的鬥爭並沒有表現出太多的興趣。茅盾更致力於展現新舊交替之間，一些半新半舊的人物卻在政治權利再分配的亂局中通過投機鑽營，填補了基層社會政權真空的現實。《動搖》中劣紳胡光國就是這一類人物的典型代表。儘管茅盾自己否認胡國光是《動搖》的主人公，並聲稱「這篇小說裏沒有主人公」〔註 48〕。但胡國光卻被評論者認作小說中「作者最著力的人物」〔註 49〕，他的活動也佔據了大量篇幅。即便是嚴厲的批評者也承認，胡國光這一人物形象是國民革命中的典型。

小說在胡國光一出場就點明了他是本縣的一個紳士。民國時期《動搖》的相關評論中，也都未將胡國光歸入封建地主階級。即便左翼批評家也只是將胡國光定性為「豪紳階級的投機分子」〔註 50〕。

事實上，小說對胡國光的身份屬性有著明確的交待，並一直對其「家世背景」做了種種細緻微妙的暗示與描述。但可惜的是，小說對此人身份的敘述一直未能引起研究者的足夠重視。在人物出場不久，作者就談到：「這胡國

〔註 47〕劉綬松：《論茅盾的〈蝕〉和〈虹〉》（原載《文學評論》1963 年第二期），見孫中田，查國華編：《茅盾研究資料》，北京：知識產權出版社，2010 年，第 547 頁。

〔註 48〕茅盾：《從牯嶺到東京》，《小說月報》1928 年第 19 卷 10 號，第 1142 頁。

〔註 49〕錢杏邨：《〈動搖〉書評》，《太陽月刊》1928 年，停刊號。

〔註 50〕錢杏邨：《〈動搖〉書評》，《太陽月刊》1928 年，停刊號。

光，原是本縣的一個紳士。……辛亥那年……他就是本縣內首先剪去辮子的一個。那時，他只得三十四歲，正做著縣裏育嬰堂董事的父親還沒死……他仗著一塊鍍銀的什麼黨的襟章，居然在縣裏開始充當紳士。」〔註 51〕這寥寥幾筆的交待，提示了一些十分重要信息。

小說介紹胡國光身世時，其實暗示了他與傳統紳士階層的密切關聯——當他借辛亥革命之機發跡時，他的父親正做著縣裏育嬰堂的董事。育嬰堂在我們看來是個陌生的名詞，但在清代卻是地方常設的慈善機構，其主要功能是收養棄嬰。〔註 52〕清嘉道以降，中央政府財政見絀，地方紳士力量興起，育嬰堂的建設管理逐漸由地方紳士掌握。〔註 53〕育嬰堂的董事是「『孝廉方正』、『老成有德』的一人或數人……由正派士紳接辦。」董事作為育嬰堂的管理者，都是「品行端方，老成好善，家道殷實之士」，且「只盡義務，不拿薪俸」。〔註 54〕由胡國光的父親出任育嬰堂董事這一細節，我們可想見，胡國光大抵出自一方樂善好施的正派紳士之家，而非一般的地主。

在傳統社會中，無論是客觀實際還是法律規定，紳士的聲望與特權都是能與家人分享的。〔註 55〕但胡國光卻並非依靠父輩的傳統紳士地位，參與基層社會政治事務。而是通過在辛亥革命中的投機行為獲得在地方充當紳士的資格。

在辛亥革命的風暴中，大多數以諮議局為中心的各省紳士，加入革命行動。「在各州縣的獨立活動中，地方士紳們的作用更為明顯」。「在新組成的地方政府中，士紳們也佔有一定地位。因而，地方士紳階層不僅僅是革命光復的主角，也是各地光復的最大獲益者。」〔註 56〕胡國光在小縣城的發跡經歷，正是地方紳士借辛亥光復之機牟利的真實寫照。

與傳統紳士階層憑藉聲望影響地方社會的情況不同，清末新政及民國以後的紳士階層主要依靠合法設立的自治組織機構獲取權力。〔註 57〕舊制向新

〔註 51〕茅盾：《蝕》，開明書店，1941 年 5 月普及本六版版，第 4 頁。

〔註 52〕萬朝林：《清代育嬰堂的經營實態探析》，《社會科學研究》2003 年第 3 期。

〔註 53〕參見常建華：《清代的國家與社會研究》，北京：人民出版社，2006 年版，第 316～324 頁。

〔註 54〕萬朝林：《清代育嬰堂的經營實態探析》，《社會科學研究》2003 年第 3 期。

〔註 55〕瞿同祖著：《清代地方政府》，范忠信，晏鋒譯，第 301 頁。

〔註 56〕王先民：《近代士紳階層的分化與基層政權的蛻化》，《浙江社會科學》1998 年第 4 期。

〔註 57〕魏光奇：《清末民初地方自治下的「紳權」膨脹》，《河北學刊》2005 年 11 月第 25 卷第 6 期。

制的轉變使原本只在站在幕後的紳士階層在地方獲得了更為廣闊的權利空間，公開且合法地走上了政治舞臺。中華民國的建立，更是為胡國光這樣的地方紳士參與基層政治提供了法律和政治體制上的保障與便利。

出身於傳統紳士家庭，發跡於辛亥革命的胡國光，在民國初年的地方自治中確立了自身地位，完成了從舊式紳士階層到掌控地方局面的新式紳士的演變。動盪時局下，胡國光這類地方紳士擁有比政府官員更強的穩固性：「省當局是平均兩年一換，縣當局是平均年半一換，但他這紳士的地位，居然始終沒有動搖過。他是看準了的，既然還要縣官，一定還是少不來他們這夥紳士；沒有紳就不成其為官。」〔註 58〕

而《動搖》中全然沒有胡國光從事土地生產經營或與農民接觸的敘述。反倒是用了相當的篇幅敘述這隻「積年老狐狸」在國民革命動亂局勢下的政治活動。可見封建地主階級對於胡國光這類人物是極不適用的。胡國光這一人物所要展現的，是民國初年及國民革命時期，紳士階層操控地方這一突出的社會特徵。

當國民革命的風潮席捲縣城，「新縣官竟不睬他，而多年的老紳士反偷偷的走跑了幾個」〔註 59〕。他仍因張鐵嘴算卦稱他要大發，有委員之分而沾沾自喜，故不懼打倒土豪劣紳的風潮，留在本地，繼續自己的「事業」。在國民革命中，他政治活動起點是參選商民協會委員。面對縣黨部要商人參加商民協會的通知，胡國光的姨表弟、王泰記京貨店店東——王榮昌因只會做生意，最怕進會走官場而一籌莫展。可胡國光卻僅從他的三言兩語中看到機遇，而代替他以店東身份參會。待到當晚，胡國光「已經做了商民協會的會員，有選舉權和被選舉權。只要稍微運動一下，委員是拿得穩的。」〔註 60〕之後，他迅速拉攏望族子弟陸慕遊，以結交本縣有勢力的正派人士，刺探消息。僅僅經過幾天的奔走，他依靠情面和許以金錢，與自己的「抬轎人」約定好選票投向，拉到了大量選票。

雖然，胡國光終因縣黨部商民部的調查而被取消資格。但他在此過程中對政治規則的充分瞭解、嫺熟運用，已使我們真切感受到當時地方紳士操控選舉的成熟現代政治技能。以土地經營和剝削農民為生的封建地主階級與操控政治的紳士相比，顯然不可同日而語。胡國光參與政治活動的基礎——選

〔註 58〕茅盾：《蝕》，第 4 頁。
〔註 59〕茅盾：《蝕》，第 5 頁。
〔註 60〕茅盾：《蝕》，第 12 頁。

舉權、被選舉權及民主選舉制度也從來就不是封建社會的特徵，而為現代民主社會所特有。

胡國光這位飽經民國初年動盪政局鍛鍊的地方紳士，其高超的從政「綜合素質」還遠不止操縱民主選舉這樣的常規技藝。在革命者們為店員工會與店東的衝突左右為難，局勢劍拔弩張的緊要關頭，胡國光借著一番迎合過激群眾運動的革命言論迅速「躥紅」。他這段自稱為了革命利益願意犧牲一切的豪言壯語，不僅贏得青年革命者的交口稱讚，也讓他在圍觀群眾的熱烈掌聲與歡呼中成了眾人擁戴的革命家。

憑藉著一次次緊跟革命風向的政治演說，胡國光成了革命新貴。靠著這樣的名聲和口才，胡國光在縣黨部改選中被選為執行委員兼常務。他通過民主選舉這樣合乎現代政治體制的方式，進入了縣一級國民革命政府的核心組織。靠著純熟老練的政治手腕，胡國光不但擺脫了「劣紳」的罪名，還成了「激烈派要人，全縣的要人」〔註61〕。

《動搖》生動呈現了地方紳士的政治運作能力、公眾演說技巧，及其對地方民眾心理和革命運動走勢的準確把握。小說中胡國光的政治活動，正是民國初年，地方紳士對新興國家和現代政治體制具有極強適應性和控制力的生動體現。

然而，胡國光這樣出身於傳統紳士階層，並在辛亥革命中完成身份轉化的民國紳士，實際上，並非一個「新式」的人物。在個人生活上，他依舊畜養妾室，不懂得與新式女性打交道。在政治觀念上，他也並不認同民國建立後民主與憲政的意義。新的政體不過是新的鑽營遊戲規則而已：「從前行的是大人老爺，現在行委員了！」〔註62〕他的一切政治運作都旨在為自己牟利。《動搖》中塑造的這個半新半舊的地方社會實際掌控者，並不是單純的封建地主，而是民國初年典型的地方紳士。

胡國光這一紳士形象的典型意義不僅體現在他的政治能力，還在於他展示了民國初年地方紳士的突出特徵——「劣質化」。「作為社會惡勢力，土豪劣紳歷代皆有，但成為一個龐大社會群體，卻是民國時期特定歷史環境下的畸形產物。」〔註63〕民國初年，地方劣紳假公濟私、作惡多端成為了一種普

〔註61〕茅盾：《蝕》，第113頁。
〔註62〕茅盾：《蝕》，第7頁。
〔註63〕李濤：《士紳階層衰落化過程中的鄉村政治——以20世紀二三十年代的浙江省為例》，《南京師大學報》（社會科學版）2010年1月第1期。

遍現象。各地廣泛存在的劣紳是國民革命的主要對象。旨在表現國民革命現實的小說《動搖》全篇都貫穿著劣紳胡國光在革命中的投機與破壞。

傳統社會對於紳士階層的言行品德有嚴格規範。紳士階層受到自身群體思想文化取向的影響，在品行方面需要為平民階層做出正面的示範。除了道德上的約束外，紳士階層還會受到制度上的管控。「地方官員對有功名身份的在籍紳士，負有督查之責。通過約束機制，考核、監督各級地方紳士，以保證紳士的正統性和純潔性。紳士如果違反法律或品德低下，將被褫奪斥革，受到嚴厲制裁。」〔註 64〕即便胡國光本人心術不正，但在傳統紳士家庭氛圍和傳統社會地方規約之下，他也很難以大奸大惡的劣紳身份長期在地方生存發展。

然而，「民國時期，紳民之間的界限不復存在，法律和制度也不再對紳士階層的行為作特別的約束。」〔註 65〕在小說中，紳士胡國光在國民革命之前就有種種劣跡。國民革命期間，進入縣黨部的胡國光更是從南鄉共妻運動中得到啟發，策劃將城裏的多餘女子沒收充公以便自己擇肥而噬。在他的運作下，名為革命的解放婦女保管所很快在縣育嬰堂舊址成立，成了供他穢亂的淫婦保管所。他公然地在育嬰堂這個父輩傳統正派紳士從事慈善事業的地方幹起了罪惡勾當。而這一假公濟私的惡行卻是通過縣黨部召開委員會議、提出議案、投票表決這樣的現代民主政治模式來實現的。之後，他煽動民眾情緒，「想趁這機會鼓起暴動，趕走了縣長，就自己做民選縣長」〔註 66〕。「民選」二字更是刺眼而諷刺。民國劣紳作惡多端所依仗的卻是民主選舉這樣的現代政治制度。小說結尾部分，他投靠反動軍閥，攻打縣城機關的血腥暴行，又是民國初年常見的亂象——軍紳勾結。

從小說中關於胡國光的敘述來看，我們顯然無法用「地主」指稱他的身份。與《塵影》中明確提及了土豪劣紳擁有的土地總量和盤剝農民的種種具體細節不同，《動搖》中的胡國光幾乎已經脫離了土地經營。而他也不不需要借助擁有傳統文化資本的舊式紳士與文人作為周轉和中介，而能夠以自己的紳士身份和現代政治技能直接接入國民革命時期的軍政兩界。

〔註 64〕肖宗志：《清末民初的紳士「劣質化」》，《貴州師範大學學報（社會科學版）》2004 年第 6 期。

〔註 65〕肖宗志：《清末民初的紳士「劣質化」》，《貴州師範大學學報（社會科學版）》2004 年第 6 期。

〔註 66〕茅盾：《蝕》，第 129 頁。

胡國光劣紳形象的塑造完全是通過他的政治活動來完成，其中並沒有經營土地、剝削農民的任何表述。我們不能將劣質化的民國紳士階層與封建地主階級進行簡單的身份對接。《動搖》中，胡國光賴以生存的現代民主自治體制和現代政治技能都不屬於封建社會的範疇。實質上，他是民國特殊社會運行機制中，由傳統地方紳士階層演變分化出來的劣紳典型。

從劣紳這個角度來看《動搖》，我們還能挖掘出另一條極為重要的敘事線索。反面人物代表劣紳胡國光，是《動搖》中率先出場的人物。他的第一項政治運作是加入縣黨部組織成立的商民協會，並試圖通過民主選舉當上商民協會委員。而另一位主人公——革命者代表方羅蘭所任職的部門是縣黨部商民部。相比店員工會、農協、婦女部等一望而知的名稱，商民協會和商民部多少讓人有些「不知所云」。

在相關研究成果中，我們幾乎看不到關於《動搖》中商民協會和商民部的隻言片語。商民協會和商民部不僅與主要人物的政治身份密切相關，這兩個組織的活動在《動搖》中也是敘述詳盡，貫穿始終。但是，我們對這部分重要情節背後的基本史實卻至今一無所知。

不單是現代文學研究界對商民協會和商民部知之甚少。目前，史學界關於國民革命時期農民運動、工人運動的研究著作汗牛充棟，卻僅有兩部專著論及了《動搖》中商民協會和商民部的相關史實。有意思的是，這兩部史學著作——朱英先生的《商民運動研究（1924～1930）》和馮筱才先生的《北伐前後的商民運動一九二四～一九三〇》——都談到了《動搖》中描寫商民運動的具體細節，並肯定了小說對這一史實的生動反映。

所謂商民運動，簡而言之，就是「北伐前後國共兩黨，尤其是國民黨為從事國民革命而展開的一種民眾運動，可以說與當時的農民運動、工人運動、學生運動、婦女運動的性質相類似。」〔註 67〕商民運動的具體實施是「輔助革命的商人組織全國商民協會，使成為組織嚴密的輔助國民革命的，及代表大多數商民利益的大團體，以促進國民革命的成功。」〔註 68〕

《動搖》的敘事時間也正是當時商民運動最為活躍的時期。茅盾要實現通過《動搖》來實現展示國民革命風貌的創作意圖，商民運動自然是不能忽

〔註 67〕朱英：《商民運動研究（1924～1930）》，北京：北京大學出版社，2011 年，第 1 頁。

〔註 68〕中央執行委員會印行：《中國國民黨第二次全國代表大會宣言及決議案》，1926 年，第 62 頁。

略的重大事件。小說關於商民協會和商民部的內容，正是對國民革命時期商民運動的真實反映。

隨著北伐的節節取勝，作為商民運動最主要的開展形式——商民協會也像其他民眾團體一樣在黨軍所到之地建立起來。「每縣有縣商民協會，全省有全省商民協會，全國有全國商民協會。」〔註69〕至1927年初，國民政府所在的湖北省更是成為全國商民運動的中心地帶。在這一年上半年的《漢口民國日報》上，隨處可見關於湖北省商民運動的大量報導。這段時期，茅盾先是在中央軍事政治學校任職，四月以後又擔任了《漢口民國日報》的總主筆。〔註70〕他對湖北地區如雨後春筍般建立起來的商民協會必然有相當的瞭解。

《動搖》對商民運動的表現正始於縣城商民協會的組建。當時，商民協會的入會手續並不複雜。小說中，並非商人的劣紳胡國光就冒用姨表弟王榮昌的店東資格，輕鬆當上商民協會會員。加入商民協會後，會員不僅享有經濟上的優待，還能享有一定的政治權利。〔註71〕這也使得商民協會成了國民革命中投機分子的聚集之地。

商民協會採取委員制，委員由代表大會或會員大會選舉產生。〔註72〕在《動搖》所敘述的商民協會選舉中，大多數參與者都是縣城裏切實從事商業活動的中小商人。不過，對於商人來說，參與政治生活並非他們擅長的領域。這無疑給長期操縱基層政治的地方紳士提供了機遇。當地劣紳胡國光就奔走於商民協會選舉，竊取了本應屬於中小商人的權益。

湖北地區「商協職員成分相當複雜，既有黨部所派下來的職員，也有抱有投機心理的地方士紳，更有別有所圖的商界活動份子。往往愈到基層，民眾團體愈容易受到既有地方勢力之支配。」〔註73〕《動搖》對商民協會的成員身份做了詳細的交代。其中，既有縣城裏從事各種生意的商人，縣黨部指定的人員，也有劣紳胡國光和並未從事商業活動的紳士家庭弟子陸慕遊。這些內容真實呈現了在縣城這樣的基層社會，別有企圖的地方勢力混入商民協會的便當和商民協會成員身份的複雜。

〔註69〕馮筱才：《北伐前後的商民運動一九二四～一九三〇》，臺北：臺灣商務印書館，2004年，第84頁。

〔註70〕茅盾，韋韜著：《茅盾回憶錄》（上），北京：華文出版社，2013年，第279～280頁。

〔註71〕朱英：《商民運動研究（1924～1930）》，第82頁。

〔註72〕朱英：《商民運動研究（1924～1930）》，第84頁。

〔註73〕馮筱才：《北伐前後的商民運動一九二四～一九三〇》，第139頁。

從小說中詳述的商民協會委員選舉大會的場面來看，陸慕遊和胡國光各得到了二十張以上的選票，選舉現場的人數也有七十多人。對於當時的一個小縣城而言，中小商人的數量也算相當可觀。大致可想見，《動搖》中所描述的小縣城並非如既有研究所考證的那樣是鄂西地區常年軍閥混戰下，民不聊生的凋敝所在。〔註 74〕一個略有商業基礎的縣城更符合小說中關於商民運動敘述的實際，也更有利於表現湖北地區商民運動的狀況。

在縣城商民協會委員的選舉中，胡國光因被指為劣紳而被交由縣黨部核查解決，進而引出了《動搖》中的另一位重要人物——革命者方羅蘭。在國民革命時期的眾多行政機構中，作者給他設定的職位是縣黨部商民部部長。這是我們一直忽略的一個重要細節。

商民部是早在商民運動開展之前就已設立的組織中小商人革命活動的行政部門。國民革命期間，國民黨中央執行委員會設有商民部，而到省、市、縣各級黨部也分別設有商民部。商民部是國民革命時期商民運動的直接領導者，也是各級商民協會的直管部門。北伐以後，各地的國民黨黨部商民部對於基層廣泛建立起來的商民協會發揮著重要作用。在國民革命這場力圖打破既有政治格局的大規模軍事行動中，發動民眾是十分迫切的政治訴求。除了工人、農民、學生等民眾力量之外，作為社會經濟重要力量的商人同樣吸引了國共兩黨的注意。在民國時期的特殊社會背景下，真正有實力的大商人不僅為數不多，還具有帝國主義買辦等不足取信的政治屬性。因此，中小商人成為了國民政府將經濟力量轉換為政治力量的重要對象。但可惜的是，在《動搖》中，掌握地方經濟的商人卻始終不敵胡國光這樣不事實際經濟活動的劣質化紳士。

在《動搖》敘述的小縣城中，中小商人幾乎是唯一的實體經濟力量。他們既能影響民眾的日常生活，又能指使土豪地痞對抗革命政權。商民部也正因負責管理商人，而成為多方利益糾葛與矛盾衝突的匯聚點。由於一直以來，我們對於國民革命時期的商民運動一無所知，以至於我們忽視或誤解了《動搖》中茅盾精心構思的故事情節和人物設置。不僅如此，認識《動搖》關涉的重要史實——商民運動，還將徹底改變我們對小說整體格局及思想基調的既有認識。

〔註 74〕孫中田，張立軍：《〈動搖〉的歷史真實》，見《文學評論》編輯部：《現代文學專號文學評論叢刊》第 17 輯，北京市：中國社會科學出版社，1983 年。

在新民主主義革命史的敘述中，工人運動、農民運動、婦女運動這類民眾運動極易找到大量史料支持。相關研究對《動搖》的分析也基本承襲了這些史學敘述的大體格局。

由於店員運動所佔的篇幅及本身所具有的工人運動性質，歷來受到相關研究的重視。這部分敘述是旨在讚揚工農階級革命力量的發展壯大還是批判民眾運動的偏激失當也一直是相關研究爭論的焦點。然而，當我們細讀《動搖》中關於店員風潮的敘述，就會發覺現有研究的這些結論存在一些無法解釋的疑點。

那些我們所熟知的關於無產階級革命的敘述，幾乎是都圍繞著壓迫與反抗壓迫展開的。工農階層的勤勞、困苦加上有產階級的富足、殘暴，構成了這類敘述向前推進的張力。茅盾之後創作的同類題材作品也不外乎是這樣的模式。不過，與我們印象中關於工農革命運動的敘述相比，《動搖》中店員風潮部分的內容有著截然不同故事形態。而劣紳胡國光的參與，更使得店員運動不能被簡單視為工人運動。

店員風潮一出場就被定性為基層革命政權面對的一個棘手問題。茅盾對於店員運動本身一開始就顯得很不「客氣」:「因為有店員運動轟轟然每天鬧著，把一個陰曆新年很沒精彩的便混過去了。」〔註 75〕接下來對店員運動的表述，又簡化為了分條列出的三大要求:「(一) 加薪，至多百分之五十，至少百分之二十;(二) 不准辭歇店員;(三) 店東不得藉故停業。」〔註 76〕

面對這些會明顯降低店主經濟收益的要求，本地的革命者都一再氣憤地指責店員工會對店東的刁難。但縣城的中小商人卻表現出了較大的寬容:「以為第一二款尚可相當的容納」，僅認為第三條侵犯了商人的營業自由權。

相比之下，《動搖》中店員工會卻利用政治局勢，給不願滿足店員要求的店東扣上勾結土豪劣紳的罪名。為了逼迫店東就範，不僅工人糾察隊、勞動童子團這些工人組織拿著武器在商店和店東住所活動，近郊農協的兩百名農民自衛軍也來支持。在這些行動中，都能看到劣紳胡國光的運作。

誠然，這部分內容包含了對店員運動的表現。不過，我們也應該注意到《動搖》全篇絲毫沒有展現店東對店員的剝削和壓迫。就連店東勾結土豪劣紳，打擊工農運動在小說也僅僅是一種猜測和暗示，並沒有任何正面的描述。

〔註 75〕茅盾:《蝕》，第 42 頁。
〔註 76〕茅盾:《蝕》，第 42 頁。

這就不免讓人覺得小說中的店員運動似乎並不具備革命的進步意義。與其說這是展現了工農運動的發展壯大，倒更像是表現了工農武裝對中小商人的政治壓迫和暴力威懾。或者說是工農武裝在劣紳的蠱惑利用之下對商人和基層社會經濟的重大打擊。

另外，店員風潮發生、發展到解決的過程中，一直穿插著與商民部和商民協會有關的內容。小店員風潮的發生和發展與商民協會內部對店員運動的態度分歧有關。面對工農武裝的威懾，店東們也集體向主管商人的縣黨部商民部請願。店員風潮的善後問題也由商民協會負責。而劣紳在其中的破壞使本可和平解決的事態逐漸往暴力方向發展。

將這部分內容單純視為對工農階級革命活動的展示，與《動搖》實際表現的內容之間存在不小的距離。茅盾筆下的店員風潮也似乎有著更複雜的創作構想和更深層的政治寓意。

如果說《動搖》關於店員風潮的敘述並非如現有研究所言，是對國民革命時期工農無產階級革命運動的表現。那麼這部分內容反映的又是什麼呢？只要對國民革命時期商民運動的發展有所瞭解，我們就能很容易地解答這樣的疑問。

中國共產黨第三次中央擴大執行委員會議及國民黨中央執行委員會先後規定店員屬於工人後，店員工會便在黨軍所到之地建立起來，店員運動成為工人運動的重要部分，到後來實質上成為其核心。〔註 77〕店員運動的主要內容就是要求提高工資待遇，改善工作環境，限制店東辭退店員等經濟訴求。這就無可避免地與店東這些中小商人發生衝突。商民協會這樣中小商人團體的存在，使勞資衝突演變為了兩大革命民眾團體之間的博弈和矛盾。

其實，《動搖》中店員風潮部分的內容並不是現有研究所認為的對工農革命運動的表現，而是對國民革命時期工商衝突局面的真實反映。也只有基於對工商衝突歷史事實的認識，我們才能對《動搖》和茅盾的思想傾向有真正的認識。

在工商衝突的格局下，我們就不難理解屬於工人運動的店員運動為何會給商民部部長帶來困擾。小說中，商民部部長的方羅蘭，對於店員過火行為多有批評，對店東處境也表現了同情和偏向。這些態度通常被指為小資產階級革命者的懦弱或國民黨左派對高漲民眾運動的抗拒。當從商民運動的實際

〔註 77〕馮筱才：《北伐前後的商民運動一九二四～一九三〇》，第 147 頁。

來看，商民部本身就是維護商人利益的行政組織，而商民運動本身也是國民革命時期民眾運動的一種。以此指謫小說中革命者的階級缺陷或黨派弱點，顯然有違茅盾真實的創作意圖。《動搖》中基層革命政權在解決店員風潮的決策問題上，爭執不休、反覆低效，也並非對小資產階級革命者的批評。

國民革命時期，面對日益加劇的工商衝突，包括國民黨左派，中國共產黨和共產國際在內的各個政治力量也是屢次開會商議，意見不一，互相指責。身處武漢國民革命政府高層的茅盾對這些情形自然了然於心，或許還多有不滿。小說中關於店員風潮部分的內容，其實也是武漢國民政府對工商衝突舉棋不定的真實寫照。

在這部分敘述中，茅盾特意明確地點出兩位民主選舉出的商民協會委員支持店員運動的要求，也並非閒筆，而是對當時工商衝突中獨特局面的暴露。在對工商衝突的調解中，身為資方代表的商民協會非但不能維護店東利益，反而維護店員利益的情形十分普遍。〔註 78〕由中國共產黨和國民黨左派主導的武漢國民政府時期，以店員運動為代表的工人運動持續高漲。在面對工商衝突時，革命政府傾向於維護店員主張，影響了中小商人利益是當時普遍的政策。《動搖》中的縣城革命政權最終按照省工會特派員的指示，支持店員運動激進主張，減損店東利益的做法也並非個案，而具有隱射整個武漢國民政府的意味。但是，茅盾在小說中也言明了基層社會革命者對形勢清醒的認識。但政治手腕上的欠缺還是讓劣紳胡國光有機可乘。

小說中的店員風潮因為特派員的指示暫時平息，但對工商衝突的表現卻並未終止。縣城街道上糟糕的治安、一次次囤積生活用品的老媽子、倒閉或罷市的店鋪——茅盾用了許多具體的事例來說明工商衝突對縣城局面的影響。只有對商民運動發展後期的歷史有基本認識，我們才能明白茅盾為何要對這些看似旁枝的情節做這麼多細緻的刻畫。

在商民運動發展的工商衝突中，由於店員運動對店東的壓制，加之商民協會和黨部的不當作為，大量商戶經營難以為繼。一時間內，湖北地區商業一片凋敝。《動搖》中縣城的商業蕭條也正是其中的一個縮影。「『四・一二』前後，武漢政府由於內外問題的困擾，財政困難更加嚴重，政治上也陷入多重危機。這其中，工商衝突、店員問題便是重要原因之一……」〔註 79〕

〔註 78〕參見：馮筱才：《北伐前後的商民運動一九二四～一九三〇》，第 150～152 頁。
〔註 79〕參見：馮筱才：《北伐前後的商民運動一九二四～一九三〇》，第 153 頁。

茅盾自然是看到了工商衝突帶來的嚴重後果，才將此視為當時社會的突出特徵在小說中著重表現。從史學界的研究成果來看，在 1927 年 6 月以後，包括武漢國民黨中央執行委員會、中共高層和共產國際代表等多方政治力量都將解決工商衝突作為最重要的議題，甚至將工商衝突視為革命能否成功的大問題。〔註 80〕可以說，國民革命時期的工商衝突一直是武漢革命政府面對的重要社會矛盾和政治危機。

《動搖》完整展現了國民革命時期，湖北地區工商衝突從發生到惡化的具體過程。茅盾將工商衝突作為《動搖》情節發展演進的最主要線索，並在小說中不斷暗示工商衝突的解決不當是造成國民革命最後失敗的重要原因。由此看來，茅盾以文學展現整個國民革命風貌的寫作意圖，絕非工農革命運動這樣的單一的題材所能承載。學界將店員風潮孤立而簡單地視為展現了工農運動的蓬勃發展的觀點只不過是一種一廂情願的誤解。

由於缺乏對國民革命時期相關史實的瞭解，我們一直沒能讀懂《動搖》中雜糅在細膩兩性關係中的複雜革命局勢和政治觀念。通過工商衝突的表現，茅盾將革命者、店員、商人、農民、普通民眾等社會各階層裹挾進了國民革命的政治體系，建立起基層政權與武漢革命政府的勾連，逐步構築起自己剖析社會歷史的文學框架。也正是在這樣的框架中，國民革命的大歷史被縮微到了一個小縣城中生動呈現。

1955 年，時任蘇聯外交部副部長的蘇聯作家、漢學家費德林致信茅盾，談及自己打算翻譯他的作品。茅盾在回信中寫道：「如果要翻譯我的一個中篇，那麼，我建議翻譯《動搖》。這本書雖然有缺點，但或多或少反映了一九二七年中國大革命時代的一些本質上的東西。」〔註 81〕費德林與茅盾是舊相識。這封書信並非純然是兩位政府官員的交流，而多少有些故交說知心話的意味了。這封書信雖鮮有學者注意，卻透露出了一些頗有意味的信息。

眾所周知，《動搖》在《小說月報》連載時就飽受左翼陣營的攻擊。茅盾雖極力聲稱小說只是客觀反映現實，不夾雜主觀情感。但這種辯解卻並未得到接受和諒解，反而招致了更嚴厲的批判。茅盾在之後的創作中，努力以《虹》、《三人行》等作品彌補「過失」。20 世紀 40 年代中期後，茅盾一直在誠懇地檢討《蝕》三部曲在思想基調上的錯誤。建國後，包括《動搖》在內的《蝕》

〔註 80〕參見：馮筱才：《北伐前後的商民運動一九二四～一九三〇》，第 157 頁。
〔註 81〕茅盾：《茅盾全集》（第 36 卷），北京：人民文學出版社，1997 年，第 317 頁。

三部曲一直被指責在思想內容上存在重大缺陷。他本人也在有意識地迴避包括《動搖》在內的《蝕》三部曲，而致力於將《虹》、《子夜》列為自己的成功作品。

這封寫於 1955 年的書信，無疑打破了現有研究中茅盾對《蝕》三部曲評價情況的基本認識。在與費德林的通信中，茅盾對《動搖》真實反映國民革命時期社會本質的推重多少暴露了他之前對《蝕》三部曲的檢討頗有些「言不由衷」了。

茅盾十分珍視《動搖》中對日漸劣質化的紳士將社會各階層裹挾至動亂中的書寫。劣紳作惡的手段並不是我們通常認知中的地主以地租剝削農民，也不是商人以榨取剩餘價值剝削店員，而是運用紳士最擅長的政治手腕，控制地方。茅盾在《動搖》中生動描繪了一些反映當時社會本質的東西：基層社會政治失範之下，劣紳攪動社會各階層以謀私利的險惡。

《漢口民國日報》在茅盾任主筆期間就大量刊載關於商民運動的報導。茅盾對於商民運動必然有較為深入的瞭解和認識。《動搖》的主要故事情節也是以商民運動作為切入點，並在工商衝突的格局下展開。

在茅盾回憶錄對 1927 年大革命的專章詳述中，他詳細談到了在《漢口民國日報》的工作情況，也讚揚了當時工農革命運動的發展，卻惟獨對商民運動隻字未提。茅盾談及《動搖》的各類文章也從未談起其中關於商民運動的敘述。

由於茅盾的刻意迴避加之研究者對國民革命時期歷史情境的疏離，我們對《動搖》的理解和認識都存在不少誤會。究竟是什麼原因使《動搖》中關於商民運動的描寫在茅盾那裡成了不能說的秘密呢？

從商民運動本身來看，它最初是國民黨所發起民眾運動。國民革命失敗以後，工農運動受到壓制，商民運動的領導權卻仍在國民黨掌控下繼續進行。〔註 82〕由此看來，商民運動無疑是一個比較敏感的話題。

另一方面，國民革命時期，中共接受了共產國際關於中國社會政治結構的判斷，將小資產階級視為國民黨政治集團的主要成分，並將小資產階級視為可以聯合的政治勢力和社會階層。寧漢合流之後，代表小資產階級利益的國民黨左派倒戈。中共黨內將國民革命的失敗歸咎於小資產階級的動搖和懦

〔註 82〕馮筱才：《北伐前後的商民運動一九二四～一九三〇》，第 169 頁。

弱。小資產階級被認為在國民革命中懼怕無產階級革命力量的發展，並在革命的危機中向大資本家買辦投降。商民運動的對象中小商人在社會階級劃分上正是屬於小資產階級。同屬國民革命時期民眾革命運動的商民運動自然不像工人運動、農民運動那樣上得檯面了。

如果遮蔽了商民運動的相關史實，我們或許還能勉強以為《動搖》在某種程度上表現了工農革命運動。但是，結合商民運動的相關史實來看，《動搖》的問題就不僅僅是倍受指責的悲觀失望情緒，而是其中彌散著的不合時宜的政治觀念。

《動搖》中的店東們對縣城革命工作的展開給予相當的配合。大部分店東積極加入商民協會並認真地參與選舉。在茅盾筆下，中小商人與工農階層一樣都是國民革命的參與者。是激進的工農運動壓榨了原本支持革命的中小商人最基本的生存空間。領導工農運動的革命者又進一步激化了工商矛盾。而原本應該保護中小商人利益的革命民眾組織商民協會和黨部商民部最終沒能履行職責。

小說中，以中小商人為代表的小資產階級不是勾結土豪劣紳，破壞革命的反動勢力。反對激烈工農運動、主張保護中小商人利益的小資產階級革命者也並非代表了國民黨左派的軟弱、動搖，而是對當時的局勢做出了理性正確的分析。

這樣的敘事邏輯和價值判斷與黨內對國民革命失敗的政治分析大相徑庭，當然足以使人對茅盾的政治立場的產生莫大的懷疑。而遮蔽其中關於商民運動的敘述，就能在很大程度上模糊《動搖》透露出的政治思想傾向。為了規避小說中巨大的政治風險，茅盾有理由對商民運動避而不談。

身處國民革命領導核心的茅盾自然清楚商民運動存在的「政治問題」，也應該對表現工商衝突時偏向小資產階級而批判工農階級有相當的政治風險預判。既然如此，茅盾何以在國民革命落潮的特殊時期，選擇表現商民運動這樣的敏感的話題？又為何會在小說中公然對已被視為反革命的小資產階級給予理解、同情，甚至是好感呢？

以打倒軍閥為目標的國民革命，匯聚了不同黨派和不同社會階層的力量。在革命事業的發展中，不同黨派、階層之間的博弈、妥協和衝突一直伴隨始終。茅盾作為中共最早一批的黨員，早在 1924 年就加入國民黨，並在上海地區從事跨黨革命活動。〔註83〕在1925年～1926年間，茅盾不僅從事宣傳工作，而且還深入參與了許多整頓黨務的組織工作。聯合國民黨左派，並與國民黨右派鬥爭就是他在國民革命期間重要的工作內容。〔註84〕聯合不同黨派的力量，調和不同階層的利益不僅是茅盾所接觸到的大量社會科學理論、政治文件所涉及的重要議題，也是他的具體革命實踐。

商民運動雖然最初由國民黨發起，但它在全國範圍內的展開卻是在國民黨第二次全國代表大會上由國共兩黨共同決議的結果。當時的中國共產黨領袖譚平山就強調要對後起的商民運動與農工運動予以同等重視。〔註85〕商民運動既是國共兩黨建立政治互信的一種體現，又是國民革命後期，國共兩黨的權利爭奪點。商民運動也自然會被茅盾視為國民革命時期繞不過去的重大事件。

國民革命混雜了資產階級革命與無產階級革命的雙重屬性。革命進程中不同階層的矛盾衝突在所難免。這種衝突隨著北伐的節節勝利，民眾運動的蓬勃發展愈演愈烈。「四·一二」反革命政變以後，中共中央認為「封建分子與大資產階級已轉過來反對革命」，「無產階級、農民與城市小資產階級的革命的聯盟」是今後「革命勢力之社會基礎」。〔註86〕儘管中共五大上指出了此後與國民黨左派的關係更加密切，也更要加強在革命工作中對小資產階級的重視。〔註87〕但是，在處理小資產階級與工農階級在革命中的關係這個問題上，中共的重要決議文件是充滿歧義和矛盾的。中共黨內對於徹底發動工農運動還是限制工農運動以維護小資產階級利益也一直存在分歧。武漢國民革命政府時期，激烈的工農運動造成了工商業者為代表的小資產階級和工農階級之間巨大裂痕，也威脅了中共與國民黨左派的政治聯盟。

《動搖》中表現出的對小資產階級的偏向和對工農運動的批評，正是茅

〔註83〕楊揚：《臺灣所見「國民黨特種檔案」中有關茅盾的材料》，《新文學史料》，2012年03期。

〔註84〕包子衍：《清黨委員會公布的有關沈雁冰的幾則材料——為茅盾〈回憶錄〉提供片段的印證及補充》，《新文學史料》1990年01期；楊天石：《讀沈雁冰致林伯渠函手跡》，《書屋》1997年05期。

〔註85〕馮筱才：《北伐前後的商民運動一九二四～一九三〇》，第81頁。

〔註86〕中央檔案館編：《中共中央文件選集　第3冊　1927年》，北京：中共中央黨校出版社，1983年，第38頁。

〔註87〕中央檔案館編：《中共中央文件選集　第3冊　1927年》，北京：中共中央黨校出版社，1983年，第38頁，第42～44頁。

盾對國民革命時期核心政治議題的認識。事實上，早在 1927 年五月，工商衝突爆發之時，茅盾就撰文指出「不但是無產的農工群眾簡直沒有生路，即小有資產的工商業者，亦痛苦萬狀。」〔註 88〕並認為「工農運動之不免稍帶幼稚病」而破壞了對革命事業意義重大的工農階級與工商業者同盟。〔註 89〕在他看來：「工商業者和工農群眾中的革命同盟是中國國民革命的唯一出路。」〔註 90〕《動搖》中對工商衝突的表現是茅盾在國民革命期間政治觀點的一種異體同構的表達。茅盾當時的政論文不僅是對當時武漢國民政府訓令的附和，也是他自己對於時局的判斷。從《動搖》對商民運動和工商衝突的表現來看，茅盾並未如部分政治家那樣看到了工農運動的「好的很」。反倒是過激的工農運動破壞了小資產階級與工農群眾的革命同盟，而這才是國民革命失敗的原因。

《動搖》發表之時，中共中央認為「被革命嚇慌的小資產階級」〔註 91〕已經與反動勢力聯合起來反對共產黨，並將發動包括工農武裝暴動在內的群眾運動抵抗白色恐怖作為此後的革命方針。〔註 92〕《動搖》中表達的對國民革命失敗的原因分析顯然與當時中共中央的政策方針背道而馳。

對此，同樣親歷國民革命的早期中黨員鄭超麟比文藝界人士有更清晰的認識。1927 年 11 月間，鄭超麟曾去拜訪沈雁冰，他對鄭談到：「他不滿意於八七會議以後的路線，他反對各地農村進行暴動。……這是第一次，我聽到一個同志明白反對中央新路線。」〔註 93〕在鄭超麟看來，《幻滅》、《動搖》和《從牯嶺到東京》是茅盾政治意見的形象化。〔註 94〕這種政治觀念的文學

〔註 88〕茅盾：《鞏固工農群眾與工商業者的革命同盟》，原載一九二七年五月二十日《漢口民國日報》，見《茅盾全集》(第 15 卷)，第 366 頁。

〔註 89〕茅盾：《鞏固工農群眾與工商業者的革命同盟》，原載一九二七年五月二十日《漢口民國日報》，見《茅盾全集》(第 15 卷)，第 367 頁。

〔註 90〕茅盾：《鞏固工農群眾與工商業者的革命同盟》，原載一九二七年五月二十日《漢口民國日報》，見《茅盾全集》(第 15 卷)，第 370 頁。

〔註 91〕《中國共產黨中央執行委員會告全黨黨員書》見中共中央黨史徵集委員會，中央檔案館編：《八七會議》，中共黨史資料出版社，1986 年，第 5 頁。

〔註 92〕《中國共產黨中央執行委員會告全黨黨員書》見中共中央黨史徵集委員會，中央檔案館編：《八七會議》，中共黨史資料出版社，1986 年，第 6～11 頁。

〔註 93〕鄭超麟著，范用編：《鄭超麟回憶錄》(上)，北京：東方出版社，2004 年，285～286 頁。

〔註 94〕鄭超麟著，范用編：《鄭超麟回憶錄》(下)，北京：東方出版社，2004 年，124 頁。

表達給茅盾帶來了惡劣的政治影響。「李立三當權時代，黨所指導的文學刊物都攻擊他，中央而且訓令日本支部不認他做同志。」〔註 95〕瞿秋白就撰文「借用『幻滅』，『動搖』，『追求』的字眼諷刺沈雁冰」〔註 96〕。李一氓〔註 97〕發表了《出路——到東京》一文針對《蝕》三部曲，對茅盾進行了人身攻擊式的政治批判。〔註 98〕直到茅盾逝世後，中共中央決定恢復他的中國共產黨黨籍，黨齡從 1921 年算起。李一氓知道後，還向有關人員打電話，表示沈雁冰可以重新入黨，可以追認為中共黨員，但不宜恢復 20 世紀 20 年代的黨籍。〔註 99〕可以想見茅盾在《動搖》中表現出的思想立場犯下了十分嚴重的政治錯誤。

而我們一直沒有注意到，茅盾對創造社、太陽社等人的反駁頗帶有些居高臨下的意味。因為在他看來「對於湖北那時的政治情形不很熟悉的人自然是茫然不知所云的」〔註 100〕。茅盾是中國共產黨最早一批黨員。國民革命期間，他加入國民黨以跨黨身份身居要職，又與當時的國共兩黨的最高領導人有不少交往。國民革命失敗後，沈雁冰的名字在國民黨的通緝人員名單上比瞿秋白、周恩來等中共領導人都更靠前〔註 101〕。他有理由覺得批評者的閱歷不足以對時局和革命的發展走向有真正的瞭解。《動搖》中對時局的分析也與史學界近年的研究結論不謀而合，也使我們有理由理解茅盾的這種政治自信。

事實上，茅盾對自己在國民革命經歷中形成的政治觀念有過很長一段時間的堅持。茅盾在汪精衛發動「七．一五」反革命政變後，依舊與其有書信

〔註 95〕鄭超麟著，范用編：《鄭超麟回憶錄》（上），北京：東方出版社，2004 年，286 頁。

〔註 96〕鄭超麟著，范用編：《鄭超麟回憶錄》（下），北京：東方出版社，2004 年，124 頁。

〔註 97〕李一氓，又名李民治，1925 年春入黨，1925 年參加北伐，在國民革命軍總政治部任宣傳科長、秘書。1925 年參加了八一南昌起義。起義失敗後，按照黨的安排，秘密去上海，從事黨的文化工作和保衛工作。建國後，曾擔任中共中央對外聯絡部副部長等重要職務。孔德為其筆名。

〔註 98〕孔德：《出路——到東京》，《日出》，1928 年第 2 期。

〔註 99〕胡治安：《沈雁冰身後的兩樁恢復黨籍事件》，《中國新聞週刊》2013 年 1 月 7 日。

〔註 100〕茅盾：《從牯嶺到東京》，《小說月報》1928 年第 19 卷 10 號，第 1141～1142 頁。

〔註 101〕沈衛威：《新發現國民黨南京政府一九二七年通緝沈雁冰（茅盾）、郭沫若的原件抄本》，《新文學史料》，1991 年 04 期。

往來。〔註 102〕面對革命陣營的對《幻滅》、《動搖》的批判，茅盾也並沒有檢討和退縮。他在回應批判的《從牯嶺到東京》一文中抱怨「假如你為小資產階級訴苦，便幾乎罪同反革命。這是一種很不合理的事！」〔註 103〕在他看來「中國革命的前途是不能全然拋開小資產階級。」〔註 104〕茅盾在此所討論的不僅僅是我們通常所認為的小說中關於小資產階級革命者，其實也針對了商民運動和工商衝突中以店東為代表小資產階級工商業者。在茅盾回應文學問題的背後，包含著他在國民革命中形成的對小資產階級的政治認識和對革命局勢的基本看法。這些觀念直到 1929 年茅盾的《讀〈倪煥之〉》一文中都有所保留。

革命文學的提倡者們將《蝕》三部曲作為一個錯誤的文藝方向猛烈批判的同時，也總是會有意無意地涉及到小資產階級與革命前途關係的討論。其中不僅包含了文藝動向的爭論，也牽涉到國民革命失敗後複雜的政治問題。而茅盾的弟弟中共黨員沈澤民 1929 年的《關於〈幻滅〉》一文，也頗有對茅盾進行政治勸誡的意味。現今，我們已很難瞭解在此期間，茅盾承受了怎樣的政治壓力和思想鬥爭。但茅盾之後的《虹》、《三人行》、《子夜》等作品，都多少帶有彌補《蝕》的政治錯誤的成分了。

針對《蝕》三部曲思想傾向上的問題，茅盾一次次以客觀、真實為之辯護，卻總是被視為「通過強化的小說的現實主義美學追求來對抗意識形態化的理解方式，規避政治風險。」〔註 105〕但從《動搖》對商民運動和工商衝突的表現來看，茅盾所言非虛。

無論是《從牯嶺到東京》、五十年代與費德林的通信，還是 80 年代的回憶錄，茅盾內心對《動搖》如實反映現實的觀點是一以貫之的堅持，只是他不願意真正地解釋過這種客觀性的由來。

由於對國民革命相關史實的疏漏，學界對《動搖》考察大多停留在了小說的思想基調這樣的感性層面或僅注意到其中戀愛與革命的衝突，而忽略了小說在表現商民運動和工商衝突時濃厚的社會政治剖析色彩。

〔註 102〕包子衍：《清黨委員會公布的有關沈雁冰的幾則材料——為茅盾〈回憶錄〉提供片段的印證及補充》，《新文學史料》1990 年 01 期。

〔註 103〕茅盾：《從牯嶺到東京》，《小說月報》1928 年第 19 卷 10 號，第 1145 頁。

〔註 104〕茅盾：《從牯嶺到東京》，《小說月報》1928 年第 19 卷 10 號，第 1144 頁。

〔註 105〕李躍力：《革命文學的現實主義與崇高美學——由〈蝕〉三部曲引發的論戰談起》《文史哲》2013 年第 4 期。

在夏志清看來，《蝕》三部曲「是站在小說立場，說了小說家應說的話」〔註 106〕，其文學價值遠高於充滿政治意識的《子夜》。儘管，有研究者並不認同這種論調，卻還是認為《蝕》「是一種『人生經驗』的抒寫，重在傾吐大革命失敗以後的感覺與體驗，並無大規模解剖社會現象的意圖」，那麼《子夜》及其以後的創作便把用力重點放在了整體性的社會剖析上」。〔註 107〕這些觀點不僅忽略了《動搖》中對國民革命時期社會本質的分析，也誤解了茅盾當時的創作心態。

正如茅盾曾在一次訪問中所談到的那樣：「因為我沒有做成革命家，所以就做了作家。」〔註 108〕國民革命失敗後，他的文學創作生涯的展開是一種不得已而為之的選擇。茅盾並不甘心由革命者轉行當作家。由武漢國民革命政府時期打著皮綁腿、身著軍裝的革命者沈雁冰，到蜷在妻子病榻前躲避通緝、賣文為生的作家茅盾，這種身份轉型顯然難以一蹴而就。

《動搖》並不只是革命失敗後的情感宣洩，其中蘊含著濃厚的政治氣味。《動搖》的寫作是以一種深度參與國民革命的政權高層的姿態，為「動亂中國的最複雜的人生的一幕」〔註 109〕梳理一個合理的解釋並表達一種政治立場。由此，我們也或許也可從一個側面去理解：為何瞿秋白之前對《子夜》的評價最高，卻在臨刑前寫下的《多餘的話》結尾處中稱《動搖》——這部與「秋白路線」相左的小說——是值得再讀一讀的。〔註 110〕

從《動搖》對國民革命時期商民運動和工商衝突的表現來看，《動搖》是茅盾的小說創作中政治意味極強的一部。小說觸及了國民革命時期的一些根本性政治路線方針問題——如何定位小資產階級在革命中的地位及其與工農革命運動的關係。在國民革命失敗後，茅盾以文學創作表達了對當時將小資產階級及其利益代表國民黨左派定性為反革命的反對意見，並批判和檢討了激進的工農運動對小資產階級利益的傷害和由此帶來的嚴重後果。

在《動搖》中對商民運動和工商衝突的書寫中，茅盾的個人趣味和情感

〔註 106〕夏志清：《中國現代小說史》，劉紹銘等合譯，香港友聯出版有限公司，1979 年 7 月，第 124 頁。

〔註 107〕王嘉良：《回眸歷史：對茅盾創作模式的理性審視》，《學術月刊》2007 年 11 月第 39 卷。

〔註 108〕〔法〕蘇珊娜．貝爾納；丁世中，羅新璋譯：《走訪茅盾》，李岫編：《茅盾研究在國外》，長沙：湖南人民出版社，1984 年，第 571 頁。

〔註 109〕茅盾：《從牯嶺到東京》，《小說月報》1928 年第 19 卷 10 號，第 1138 頁。

〔註 110〕瞿秋白：《多餘的話》，人民文學出版社，1973 年，第 35 頁。

傾向也袒露無餘。《動搖》中「戲份」最微不足道的中小商人也是有名有姓。就連這些商人做的是什麼生意，又有怎樣的經營特點，茅盾都忍不住要交代一番。相反，《動搖》全篇幾乎沒有一個有名有姓的工農人物形象，店員始終只是一個抽象的模糊群體。儘管茅盾之前曾提倡無產階級文藝，但他對塑造工農形象一直缺乏發自內心的興趣。茅盾這種對商人與社會、政治的關係充滿探究的興趣和寫作欲望也在其之後的小說創作中一直延續。

《動搖》暴露了茅盾的審美趣味，也充分體現了親歷國民革命的茅盾對社會政治的基本看法。雖然，此後茅盾再也沒能像《動搖》一樣，自然地流露自己的審美趣味和政治見解。但蘊含在《動搖》中的個人趣味以及那些親歷國民革命而形成的社會政治理念，卻一直在他之後的創作中若隱若現，並與他刻意要表達的社會政治理念雜糅在一部作品中，互相撕扯，矛盾糾結。

三、在革命與啟蒙之間的「反紳」書寫

作為國民革命的親歷者，白薇也在國民革命時期以土豪劣紳為對象創作了戲劇《打出幽靈塔》。據白薇自己的敘述，這部戲劇原名《去，死去！》，創作於 1927 年夏天。當時，白薇正在武昌總政治部國際編撰委員會任職，受張資平先生所託，用一週的時間寫完了這部戲劇。〔註 111〕這部戲劇中土豪劣紳的形象塑造明顯受到了當時政治話語的影響，同時帶有白薇鮮明的個人色彩和女性意識。這是同類題材的文學創作中十分獨特的一部。

白薇直接在主要人物的介紹中對主角胡榮生作了明確的身份認定——土豪劣紳。他名曰土豪劣紳，他家的客廳卻是西式的。他本人是一個五十多歲的肥紳，身上穿的是麻灰的洋服。他還有巨額資產存在外國人的銀行裏。胡榮生雖然被設定為土豪劣紳，實際生活中卻十分「洋氣」。然而，西式的生活和金融上的現代化並沒有改變他以土地經營盤剝農民的經濟模式。他與鄉下的土豪劣紳並沒有太多分別。早在國民革命前，他就已經劣跡斑斑。他的家僕們閒談時，就說到胡榮生的宅子是強佔了一個寡婦的地，強暴寡婦，並把寡婦害死。「老爺也應該倒楣了，他為著自己要賣鴉片煙賺錢，又借他當了紳士的威風，強迫人家吸鴉片煙。地方上還沒有被他害夠麼？」〔註 112〕地方上

〔註 111〕白薇：《打出幽靈塔》（發表於 1928 年，寫於 1927 年夏），上海：春光書店出版，1936 年，第 145 頁。

〔註 112〕白薇：《打出幽靈塔》（發表於 1928 年，寫於 1927 年夏），上海：春光書店出版，1936 年，第 117 頁。

遭了水災兵災，民眾困苦。胡榮發為了私欲，囤積穀子不出售。有農民找他買穀子不成，反被他指使的人打傷。他私自販賣鴉片，卻想方設法逃過革命政府的懲處。他又通過金錢賄賂的方式，買通了縣黨部委員徇私枉法。這種種行為也幾乎都與國民革命時期政治語境中的土豪劣紳並無二質。

白薇在簡單表現了胡榮生作為土豪劣紳的種種公德有虧之外，花了大量筆墨書寫他在私德方面的種種敗壞。胡榮生作為土豪劣紳的社會危害不僅體現於對農民的盤剝，也表現為了對女性、對青年人愛情和自由的戕害。打倒土豪劣紳與個人的自由與解放，尤其是女性解放的主題聯繫到了一起。

胡榮生娶了七個老婆，除了鄭少梅，其餘的都被安置於鄉下。鴉片和小妾是同類題材文學作品中表現土豪劣紳腐化墮落生活的常見元素。但與許多創作將這些細節僅僅作為一點旁枝和調劑的做法不同，白薇在這部戲劇中將這個政治上被定性為土豪劣紳的胡榮生的家庭生活當作了一條主線來寫，政治生活反倒成為一種陪襯和補充。

在國民革命中覺醒並奮起反抗的，不僅僅是工農群眾，也還有胡榮生的美妾鄭少梅。鄭少梅年僅二十七歲，流麗的氣質，貴婦人般的高慢，一點都不像是做妾的人，也十分受到胡榮生的寵愛。這部戲劇中，鄭少梅本是農家女，卻上過新式學堂，有女學生的傲氣。十七歲那年，她在外採桑時，被胡榮生看中，在種種逼不得已的情況下嫁給胡榮生做妾。而在革命的風潮下，她感覺到無論精神和肉體上都不能再和他在一起。從前，鄭少梅沒有跟胡榮生離婚，是因為國民革命之前女子沒有好告狀的地方，也無處謀生。國民革命中的婦女運動讓鄭少梅看到了生活的另一種可能。她找到了婦女協會這個國民革命時期開展婦女運動的組織來幫助自己與胡榮生離婚。鄭少梅不願意再做別人的妾，她要把自己剩的身子替革命軍的紅十字會當看護婦去。面對胡榮生沒收金錢珠寶的威脅，鄭少梅也毫不退縮地與他斷絕關係。在這裡反抗土豪劣紳的鬥爭也被附上了女性自我解放的色彩。鄭少梅出身農家的身份也使階級解放和女性解放融合在了一起。

在國民革命洪流中，土豪劣紳家的少爺也加入到革命隊伍中開展農民運動。胡榮生的兒子胡巧鳴最初違抗父親的意願，追求自己的音樂理想。在胡巧鳴看來，父親胡榮生就是一個幽靈，以至於讓他這樣的年輕人身上充滿陰鬱的氣氛。胡巧鳴在參與國民革命時期反抗土豪劣紳運動的過程中，進一步激化了與父親矛盾。他也以更堅定的意志反抗父親的專制，追求自己的自由和愛情。在這裡，反抗土豪劣紳的政治運動與反抗家長專制、追求個人自由的兩條線索緊密交織在一起。革命中的階級對抗與近似於五四時期常見的父與子的衝突逐漸合流。

反抗土豪劣紳的鬥爭在胡榮生的養女蕭月林那裡變得更加撲朔迷離。多年前，胡榮生強暴了採礦技師蕭傑鵬的女兒蕭森。蕭森此後生下了女兒月林後，出國留學。月林被送到育嬰堂後，胡榮生為逃避撫養義務，將月林抱到河邊企圖將她淹死。幸而蕭森的戀人貴一及時發現，救下了月林。貴一也潛伏在胡榮生家做了管家並伺機報仇。月林被轉手賣了幾次，七年前被後來成為農協委員的凌俠的母親賣到胡家。她受到胡家太太的喜愛，被收作養女，讀書受教育。而胡榮生一直覬覦著月林，想娶她做妾。國民革命時期，她不但進了黨務學校，還是農民協會的委員。與胡巧鳴一樣，蕭月林也將家庭視為一個幽靈塔，並在革命的風潮中開始追求自己的自由，反抗父親的壓迫。在反對土豪劣紳的鬥爭中，蕭月林也陷入了戀愛的風潮。土豪劣紳的兒子胡巧鳴和農民出身的農協委員凌俠與蕭月林構成了三角戀的關係。胡榮生試圖對蕭月林施暴時，胡巧鳴奮力相救，卻被自己的父親殺死。蕭月林也遭到了胡榮生的軟禁。作為農協委員的凌俠為了救出戀人這樣的私人目的，也為了打倒土豪劣紳的政治訴求與胡榮生鬥智鬥勇。對於這個農民出身的革命者而言，打倒土豪劣紳不僅是一種剝削階級與被剝削階級的對抗，也是如英雄救美一般拯救愛人的行動。

這戲劇的結尾部分，胡榮生的各種陰謀盤算眼看就要得逞。潛伏在他家做管家的貴一揭發出他私藏的鴉片，並給其他革命者發出訊號。貴一說出自己的身份並揭露胡榮生的罪惡，卻反被胡榮生開槍殺害。貴一在與胡榮生的廝打中試圖號召僕從：「各位，打！打死這土豪劣紳！……他是吸血精，是人類的敵人！……他吃了我們的血液，吃了我們的腦漿……他是我們的敵人，打，打死他！」〔註113〕而僕從畏懼於胡榮生的威嚇不敢妄動。蕭月林在亂中取了一把手槍與胡榮生對抗。這時，鄭少梅與蕭森帶領農民革命武裝出現。蕭森與女兒蕭月林合力開槍擊斃了胡榮生。農民也搜出了鴉片向胡榮生諷笑：「你還能夠做土豪劣紳嗎？還是和你的鴉片煙一同燒好。」〔註114〕被胡榮生開槍射傷的蕭月林則瘋狂地除下自己身上的花寇、衣服和寶石箱投向胡榮生，

〔註113〕白薇：《打出幽靈塔》，第135～136頁。

〔註114〕白薇：《打出幽靈塔》，第138頁。

並邊舞邊唱出自己的悲慘身世和除掉惡魔的喜悅。最後，月林受傷死去。

在《打出幽靈塔》中，胡榮生不僅是盤剝農民的土豪劣紳，更是玩弄女性的惡魔。而女性既不是革命的浪漫點綴，也不再等著被男性革命者拯救。這部戲劇中，幫助鄭少梅離婚走出家庭的是女性革命者蕭森。一眾男性打倒土豪劣紳的努力都以失敗告終。結尾部分，女性化身俠士一般的人物，以近似於好萊塢電影般的最後一分鐘營救模式殺死了作惡多端的胡榮生。女性不僅憑藉自身力量完成了復仇，而且還帶領著革命群眾完成了打倒土豪劣紳的政治任務。

整部劇既貫穿著國民革命時期習見的打倒土豪劣紳的事例，也帶有濃厚的女性解放運動色彩。作為農協委員的革命者蕭月林在劇中表現出了歇斯底里的復仇情緒和強烈弒父的訴求。「打出幽靈塔」這個題目本身也充滿著娜拉式的走出舊家的意味。《打出幽靈塔》的故事本身既是一個帶有階級對抗色彩的打倒土豪劣紳的故事，又是一個女性在革命中互相幫助、扶持，自我解放的故事。從中我們不難發現白薇個人情感經歷的投射。

國民革命時期，在打倒土豪劣紳的熱烈風潮之外，婦女運動同樣得到了蓬勃發展。這個時期的婦女運動不再是一個孤立的存在，而與其他群眾運動結合在一起。〔註 115〕國民革命時期，婦女部、婦女協會等組織的建立和《婦女運動決議案》等綱領的發布，使婦女運動走上了制度化、組織化的軌道，也為女性婚姻自由和職業發展提供了保障。〔註 116〕白薇本人也是國民革命中婦女運動的受益者。而在反映國民革命的文學創作中，婦女運動的題材卻遠不如打倒土豪劣紳受到現代作家的關注。在《動搖》中，婦女運動是劣紳為了滿足個人慾望的產物。而在《打出幽靈塔》中，婦女運動成了打倒土豪劣紳的重要力量。白薇借著表現國民革命時期打倒土豪劣紳的風潮講述了一個「娜拉」出走的故事。這在反映國民革命的文學創作中是十分獨特的存在。

與《打出幽靈塔》類似，聶紺弩的小說《走掉》同樣也是反映打倒土豪劣紳社會風潮的一篇比較特別的作品。聶紺弩 1925 年畢業於黃埔軍官學校。他曾以黃埔二期的學員，和全體同學作為校長蔣介石的衛隊，參加第一次東征，擊潰陳炯明部。大隊在戰時結束以後離開，聶紺弩留在了海豐縣城做政

〔註 115〕青長蓉等編著：《中國婦女運動史》，成都：四川大學出版社，1989 年，第 85 頁。

〔註 116〕參見顧秀蓮主編：《20 世紀中國婦女運動史》（上卷），北京：中國婦女出版社，2008 年，第 202 至 211 頁。

治工作，後來擔任了海豐農民運動講習所的教官兼政治部科員。〔註 117〕作為國民革命的親歷者，聶紺弩也以小說的形式表達了自己對於當時打倒土豪劣紳運動的感受。《走掉》的具體時代背景是以東征結束後這一帶地區的民眾運動。從聶紺弩的個人經歷來看，這篇小說似乎頗帶有一點個人自傳的興味。

小說中，東征的大軍克復了很多地方。尚未參戰的第二期學生軍在大軍之後連日追趕。學生軍中的麥其佳不堪行軍之苦，裝病不肯走，於是被隊長送到了新成立的農民武裝隊做事。麥其佳帶著一點羞辱感離開行軍隊伍，到農民武裝隊去謀職，卻遇到了自己的老同學班卓。在麥其佳看來，班卓身強體魄，是天生的軍人胚子，就是頭腦簡單。玩不來筆桿子的班卓也十分高興麥其佳的到來。麥其佳在農民武裝隊開始了忙碌的工作：「一種新鮮的空氣圍著他，使他渾身的血液都活潑起來。他覺得很慚愧：覺得自己一向都是個怯懦的，自私的人。」〔註 118〕麥其佳開始認真的給農民上課，大量地寫文章，各個民眾團體的宣傳都歸他寫，常常一夜都不能睡覺。而他卻真心的感到了為群眾工作的快活。

在人山人海的五一節群眾大會上，麥其佳不再穿著長滿蝨子，又髒又臭的丘八衣服，而是和班卓一樣，穿上了嶄新的軍裝，皮帶、皮鞋、皮裹腿都是新的，擦得發亮。麥其佳不僅配齊了當時流行的「三皮主義」的行頭，他的工作也得到了讚揚。在群眾的大遊行中，麥其佳真心地因為自己的工作成就感到高興。

然而，遊行結束後疲憊不堪的麥其佳卻難以入眠，總是想起群眾大會上揪鬥土豪劣紳的場面。群眾大會上，當地能號召幾千、幾萬農民，最有實力的革命者海遁站在臺上演說。在麥其佳的眼中，海遁是新時代的英雄。他的風采和言談都讓不輕易向人低頭的麥其佳佩服。麥其佳也突然發現講臺上站著一個雙手反綁，背上插著白紙標，用紅字寫著土豪劣紳的老頭子。這個老頭子「鬍子尺把長，長得一副蠻和善的面孔」〔註 119〕。麥其佳想起來，這個老頭子正是一個禮拜前，麥其佳領了農民武裝的命令，帶人到鄉下抓來的。在海遁極富煽動性的演講後，他指向了田南山說：「他，田南山，是土豪劣紳，

〔註 117〕參見聶紺弩著；周健強編：《聶紺弩自敘》，北京：團結出版社，1998 年，第 179～213 頁。

〔註 118〕聶紺弩：《走掉》，見聶紺弩著：《聶紺弩全集》，第 6 卷小說劇本；《聶紺弩全集》編輯委員會編，武漢：武漢出版社，2004 年，第 24 頁。

〔註 119〕聶紺弩：《走掉》，見聶紺弩著：《聶紺弩全集》第 6 卷小說劇本，《聶紺弩全集》編輯委員會編，第 26 頁。

是大軍閥田光輝的叔子，他強佔農民的土地，他放高利貸，他當訟棍，最近他還勾結田光輝私運軍火，想消滅農民的武裝。」〔註 120〕在會場響起的發狂似的「打倒」的吼叫聲中，海遁用竹條抽打起土豪劣紳田南山。麥其佳看到了「那老頭子低著頭，咬緊牙齒，臉上掛著汗跟眼淚，打一下，他就往前竄一下，站都站不穩，別人扶住他。」〔註 121〕接著海遁要田南山喊：「我是土豪劣紳，我是反革命，我該打倒！」〔註 122〕老頭子不做聲，海遁就一次次地鞭打。最後禁不住鞭打的田南山撕破嗓子還是喊了出來。

當時的場景，滿場跑的麥其佳並沒有注意，但靜下來以後，這些場面開始攪擾著他：「聽，那老頭子的聲音，壓倒了幾萬人的聲音。那是求救的、絕望的、垂死的聲音，沒有一種聲音有這樣慘。」〔註 123〕於是，在麥其佳的心裏，海遁不再具有英雄的姿態，而是一個兇惡的，粗野的傢伙。這樣的場面也成了麥其佳揮之不去的陰影，讓他感到了海遁的竹條似乎就是抽在自己身上。「何消說，土豪劣紳該打倒，革命的障礙該剷除的。但是千千萬萬的理論，敵不住老頭子那苦痛的臉，那悲慘的聲音！他戰敗了。」〔註 124〕

第二天早晨，麥其佳給老同學班卓留了一封信，就離開了。在信中，麥其佳向班卓說道：「脆弱的心，就是看電影也要流淚的，何況身臨其境？你知道我的父親當國民黨，被人抓去殺了。我的家境日壞，母子無依。我那時雖小，但是還記得母親的眼淚！誰想起我自己還會去捉人家的父親呢？」〔註 125〕而班卓卻完全無法理解麥其佳推己及人的人道主義精神，憤怒地將信撕得粉碎。小說也至此完結。

《走掉》中對革命民眾的描寫與《塵影》和《動搖》是十分類似的，都充滿了狂熱的情緒和暴力的衝動。不同之處在於，《走掉》中的革命者全然沒

〔註 120〕聶紺弩：《走掉》，見聶紺弩著：《聶紺弩全集》第 6 卷小說劇本，《聶紺弩全集》編輯委員會編，第 26 頁。

〔註 121〕聶紺弩：《走掉》，見聶紺弩著：《聶紺弩全集》第 6 卷小說劇本，《聶紺弩全集》編輯委員會編，第 27 頁。

〔註 122〕聶紺弩：《走掉》，見聶紺弩著：《聶紺弩全集》第 6 卷小說劇本，《聶紺弩全集》編輯委員會編，第 27 頁。

〔註 123〕聶紺弩：《走掉》，見聶紺弩著：《聶紺弩全集》第 6 卷小說劇本，《聶紺弩全集》編輯委員會編，第 27 頁。

〔註 124〕聶紺弩：《走掉》，見聶紺弩著：《聶紺弩全集》第 6 卷小說劇本，《聶紺弩全集》編輯委員會編，第 28 頁。

〔註 125〕聶紺弩：《走掉》，見聶紺弩著：《聶紺弩全集》第 6 卷小說劇本，《聶紺弩全集》編輯委員會編，第 28 頁。

有《塵影》中縣黨部主席熊履堂那樣的理性縝密和對民眾激憤情緒的克制。他們是瘋狂民眾情緒的製造者和暴力的執行者。《走掉》中革命者對土豪劣紳田南山的描敘也是一種政治上對土豪劣紳界定的再現。但小說中卻沒有任何被稱為土豪劣紳的田南山作惡的細節，反倒讓他看起來只是個垂垂老矣，面相和善的老人。在面對民眾革命運動時，他全無還手之力。

《走掉》中，青年革命者麥其佳對打倒土豪劣紳的觀感也代表了國民革命時期一部分人對民眾運動的看法。毛澤東同志在《湖南農民運動考察報告》中，就談到，有人為指出農民運動中的「過火」，「造出『有土必豪無紳不劣』的話，有些地方不到五十畝田的也叫他土豪，穿長褂子的也叫他劣紳。『把你另入冊！』向土豪劣紳罰款捐款，打轎子。若是反對農會的土豪劣紳家裏，一群人滾進去，殺豬出谷。土豪劣紳的小姐少奶奶的牙床上也可以踏上去滾。動不動就捉人戴高帽遊鄉。」〔註 126〕報告中並沒有否認這種現象的存在。但認為這些事情「都是土豪劣紳、不法地主自己逼出來。」〔註 127〕同時也指出了激烈民眾運動對於完成國民革命使命的重要意義：「革命不是請客吃飯，不是做文章，不是繪畫繡花，不能那樣雅致，那樣從容不迫，文質彬彬，那樣『溫良恭儉讓』。革命是暴動，是一個階級推翻另一個階級的暴烈的行動。……必須建立農民的絕對權利，必須不准人批評農會，必須把一切紳權打倒在地，把紳士打在地下，甚至用腳踏上。所有過分的舉動在第二時期都有革命的意義。質言之，每個農村都必須造成一個短時期的恐怖現象，非如此不能鎮壓農村反革命派活動，決不能打倒紳權。」〔註 128〕

《走掉》中麥其佳從事的是國民革命中的宣傳工作，理論上，他明白打倒土豪劣紳這種民眾運動的革命意義。但是當他身臨其境時，這種民眾運動的暴力與恐怖還是使他不堪忍受。麥其佳在給老友班卓的信中談到，他至今佩服革命者海遁的精神，但是「其性格粗暴，不脫草澤臭味，未始非讀書太少之過。此間青年，均唯恐不似海遁，於是我只有孤獨，我的心早已走了。」〔註 129〕小說中的麥其佳顯然沒有感到農民運動的「好得很」，而感到了與這種革命行動的隔膜和抗拒。聶紺弩本人的父親民國以來因為革命而坐過幾次牢，

〔註 126〕毛澤東：《湖南農民運動考察報告》，第 5 頁。
〔註 127〕毛澤東：《湖南農民運動考察報告》，第 5 頁。
〔註 128〕毛澤東：《湖南農民運動考察報告》，第 6 頁。
〔註 129〕聶紺弩：《走掉》，見聶紺弩著：《聶紺弩全集》第 6 卷小說劇本，《聶紺弩全集》編輯委員會編，第 29 頁。

有一回險些喪命。〔註 130〕小說中，麥其佳對待打倒土豪劣紳事件的心境也帶有作者自己的情感經歷投射。中國現代文學中，關於打倒土豪劣紳的書寫不少，但很少有《走掉》這樣展現出這一運動中充滿人道主義精神的知識分子面對暴力革命時脆弱而善良的心。

四、劣紳與民國的基層政權

隨著國民革命的退潮和南京國民政府的建立，打倒土豪劣紳的大規模群眾運動也逐漸消退。而南昌起義後，中共武裝控制的地區，打倒土豪劣紳的運動仍在繼續。1928 年 1 月，在毛澤東同志的領導下，工農革命軍攻克江西遂川縣城。在縣工農政府公審土豪劣紳的群眾大會上，毛澤東受邀寫了對聯：「你當年剝削工農，好就好，利中生利；我今日宰殺土劣，怕不怕，刀上加刀。」〔註 131〕從這幅簡短的對聯中，我們依舊能感受到中國現代文學中常見的關於打倒土豪劣紳故事的基本情節。江西一帶的革命根據地還演出了紅軍以武力幫助農民打倒土豪劣紳的短劇。〔註 132〕

在國統區，一場以革命命名的文學運動中，關於打倒土豪劣紳的文學書寫也仍在繼續。作為政治口號的「打倒土豪劣紳」和現實中的土豪劣紳依舊存在，並持續對中國現代文學發生影響。蔣光慈曾以華希理的筆名談及革命文學的題材問題：「革命文學的範圍很廣，它的題材不僅只限於農工群眾的生活，而且什麼土豪劣紳，銀行家，工廠主，四馬路野雞，會樂里長三，軍閥走狗，貪官污吏……等等的生活，都可以做革命文學的題材。」〔註 133〕在《離開我的爸爸》一文中，青年作家顧仲起（茅盾的小說《幻滅》中強惟力的原型）以與親愛又憎恨的父親訣別的書信，控訴了剝削階級的罪惡，並表示要投入無產階級運動之中。文中，作者寫到：「我曾見過誠實，善良，同時又野蠻，兇暴的武裝農民，然而我也曾見過這班武裝農民做了土豪劣紳的傀儡……」〔註 134〕「土豪劣紳」逐漸從國民革命時期的一種政治詞彙成了現實社會中的

〔註 130〕聶紺弩著；周健強編：《聶紺弩自敘》，第 8 頁。

〔註 131〕季世昌編著：《毛澤東詩詞鑒賞大全》，南京：南京出版社，1994 年，第 642 頁。

〔註 132〕《中央蘇區戲劇》中的《打土豪》、《舊世界》等劇目，見汪木蘭，鄧家琪編：《中央蘇區戲劇》，南昌：百花洲文藝出版社，1992 年。

〔註 133〕華希理：《論新舊作家與革命文學——讀了文學週報的〈歡迎太陽以後〉》，《太陽月刊》1928 年，第 4 期，第 20 頁。

〔註 134〕顧仲起：《離開我的爸爸》（寫於 1928 年 2 月 15 日），《太陽月刊》，1928 年，第 4 期，第 8 頁。

一種社會階層。一方面，現代作家中有不少人都是國民革命的親歷者，打倒土豪劣紳的故事常常成為了這些作家在書寫國民革命時不可或缺的情節。另一方面，社會現實中，劣紳對農民的壓迫也成為了革命文學的一類重要題材。在這些文學創作中，鄉村的衰敗和農民生活的困苦都指向了土豪劣紳的壓迫和盤剝。

郭沫若也曾根據自己國民革命時期的經歷，創作了長篇小說《騎士》。小說原題為《武漢之五月》於 1930 年寫成，全稿在十萬字以上。1937 年整理後曾分期發表在東京一部分學生創辦的《質文》雜誌上。雜誌僅出兩期就被日本警察禁止。之後，《騎士》的稿件丟失。我們現在能看到的《騎士》僅是《質文》雜誌所登載的部分。〔註 135〕《騎士》中直指了革命陣營內部尤其是軍官群體存在的各種弊病。小說的主人公傑人在給佩秋的信中就談到：「天天在喊剷除貪官污吏，我們的『領袖』們哪一個不是新的貪官污吏？天天在喊剷除土豪劣紳，我們的『領袖』們哪一個沒有和土豪劣紳勾結？」〔註 136〕但由於《騎士》現存的篇幅太少，無法瞭解小說的具體內容。

中共早期黨員王任叔（巴人）也是國民革命的親歷者。當時，他受到蔣介石的親自邀請在北伐軍總司令部任職。他曾以趙冷的筆名發表了小說《唔》。小說中，國民革命的風潮剛剛興起時，住在孤鄉僻壤的王老三並沒有太多的感覺。敗亡過境的南軍北軍的勒索和掠奪也與他這樣赤條條的窮漢無關。直到一隊隊學生軍拿著標語口號零星地來到鄉間演講，這位平時只會回答「唔」的窮苦農人在一次無意中聽了演講之後，他的生活和思想開始起了變化。「你們應該知道，你們一生的勤勞，所得的還不足供一家的溫飽，這終究是什麼緣故？」〔註 137〕演講者的一番話使王老三想到了一家人辛勞而窘迫的悲慘生活。「種田的農人，平時，受田主的壓迫是多麼利害呵……事實上，還有大租，小租，……田主方面要付相當的租，掮客也似小田主？……我們勞動所得的是什麼呢……」〔註 138〕這一番演講內容又再次刺著了王老三的心。三年前的

〔註 135〕郭沫若：《〈騎士〉後記》（原文見於上海海燕書店 1947 年版《地下的笑聲》），上海圖書館文獻資料室，四川大學郭沫若研究室編：《郭沫若集外序跋集》，成都：四川人民出版社，1983 年，第 78 頁。

〔註 136〕郭沫若著；郭沫若著作編輯出版委員會編：《郭沫若全集　文學編》（第 10 卷），北京：人民文學出版社，1985 年，第 65 頁。

〔註 137〕趙冷（王任叔）《唔》，《太陽月刊》1928 年，第 4 期，第 14 頁。

〔註 138〕趙冷（王任叔）《唔》，《太陽月刊》1928 年，第 4 期，第 14 頁。

王老三租種著五先生的田，交完了大租還要給小田主斐林先生交小租。根本弄不清兩個田主之間關係的王老三一家勤勉地勞作交著大小田租。在兩個田主的盤剝下，交不起租的王老三不得不抵押了房產，過著愈發潦倒的生活。在這些革命青年的宣傳鼓動之下，王老三和其他農人一起加入了農民協會，開始爭取自己的利益。

受到革命啟蒙的農人決定再也不作當地紳士的工具，用自己的性命護衛他們的財產。農民搶來了當地民團的槍支組成了農民自衛軍。王老三因為槍法是村裏最好的，於是做了農民自衛軍的隊長。王老三一家也搬出了涼亭，住到了農民協會所在的祠堂裏。「他們，農民自衛軍的紀律都很好。每晚，他們派了人在村間的要塞的路上巡邏著。他們農民協會又貼出了種種口號：『打倒土豪劣紳……壓平米價……清算公款公產，……集合公款組織農村經濟合作社……』」〔註 139〕在農民運動中，王老三的生活和地位得到了極大的改善。

小說中，農民運動的鬥爭對象土豪劣紳斐林先生是讀過書的，舉動文雅，有學者氣度。斐林先生是帝制時代紳士的典型：因具有文化資本而獲得了掌控地方的權利。他自己有一定的土地，並以土地經營獲得收入。清季為了應對動盪的局勢，地方紳士開始自籌經費辦團練。民國以後，地方紳士開始更多地掌握武裝力量，以辦民團等方式維持地方治安。斐林先生就是掌控地方武裝的紳士，民團的槍支都存放在斐林先生家裏。斐林先生借了辦民團的名義，把宗祠，廟宗，各種公款中飽私囊。這也是清季以來，紳士斂財的常見手段。革命者進入地方以後，指導員直接把斐林先生歸入了土豪劣紳，指出了「打倒土豪劣紳，就是我們農民革命工作之一。」〔註 140〕而這個是政治上被歸為土豪劣紳的當地紳士，在小說中卻一直被稱為「斐林先生」。他也並沒有在革命中受到太大的衝擊。唯一一次與農民的衝突也僅僅是經濟上一點小小的損失。斐林先生想把自己的穀子偷運到村外以應對農民協會平定穀價的政策。這一舉動被王老三發現並制止。儘管農會按照公平的價格買了這批穀，但斐林先生還是恨極了王老三。

變動發生以後，農民自衛軍被解散。紳士斐林先生仍舊出來改組農民協會，處理一村事務。斐林先生看似以讀書人的氣度，並不為難了王老三，只是讓他全家仍舊搬到涼亭裏去住。斐林先生這個掌控地方的傳統紳士恢復了

〔註 139〕趙冷（王任叔）《唔》，《太陽月刊》1928 年，第 4 期，第 18 頁。
〔註 140〕趙冷（王任叔）《唔》，《太陽月刊》1928 年，第 4 期，第 17 頁。

原來的權利，又開始辦起民團，自己便是團總。王老三也最終被民團率領著的駁殼槍隊抓捕。他與大批革命青年一起遭到了酷刑並被槍決。

《唔》的整體基調柔和，故事波瀾不驚。小說中甚至有對鄉村恬靜景色的細膩描寫。被歸為土豪劣紳的斐林先生也沒有出現大奸大惡的行為。農民則麻木地繳納著捐稅。而小說中革命風潮開始後，也沒有轟轟烈烈的民眾運動，一切都進行得平和而有序。打倒土豪劣紳在這裡更多的以一種政治口號的形式存在。作者更致力於展現農民王老三的淳樸善良與革命青年的可敬可愛。

革命文學中的一部扛鼎之作——蔣光慈的《咆哮了的土地》也同樣是以國民革命時期反抗土豪劣紳的運動為主題。在這部小說中，土豪劣紳開始以群體的形式出現。鄉里李家樓的李大老爺是一方最有名望的紳士，鄉間的統治者。與他類似的還有周二老爺、何松齋、張舉人幾位地方紳士。同類題材的作品往往是書寫農民階層集體對付一個政治上被定為土豪劣紳的惡霸。這部小說則表現了農民與社會現實中舊式紳士群體的抗爭。

小說中，張舉人這個稱呼，直接反映了他作為紳士的文化資本是源於清代科舉考試所獲得的功名。至於其他幾位在紳士資格的獲得上，小說中並沒有做具體的交代。但小說中紳士與地主的身份界限依舊是明確的。鄉里的有錢人胡根福雖然在政治上被歸為土豪劣紳，但在實際生活中卻並沒有獲得紳士的身份和地位。當紳士李大老爺的兒子李傑回鄉辦農會發起革命運動後，當地紳士們聚到李家老樓商量對策。但是，像胡根福這樣沒有紳士地位的富人，卻沒有管理地方的資格，而只能做紳士們手下的執行者。對此，不僅是紳士階層有這樣的認識，在鄉里一般的民眾看來也是如此。農民王貴才就告訴紳士家的小姐何月素說：「張舉人有勢，胡扒皮（胡根富）有錢，平素他們是我們鄉間的霸王。」〔註 141〕在鄉土社會中，錢與勢曾長期處於一種分離的狀態。具有科舉功名的紳士，未必擁有財富，而擁有財富者在缺乏紳士身份的情況依然無法享有較高的社會地位和權力。雖然隨著科舉制度的廢除，這種「錢」與「勢」之間的界限逐漸模糊。國民革命中，土豪劣紳的身份劃分在政治層面雜糅了紳士與不具備文化政治身份的有產者之間的界限。農民運動的興起，又加速了有錢與有勢者的結合。在《咆哮了的土地》中，作者既

〔註 141〕蔣光慈：《咆哮了的土地》，《蔣光慈文集》第 2 卷，上海：上海文藝出版社，1983 年，第 325～326 頁。

表明了紳士與庶民地主之間的區分，也表現出兩類人群的融合。小說中，民眾反抗土豪劣紳的運動也體現為了對鄉土社會「錢」和「勢」兩方面的重塑。

地方上最有勢力的紳士李大老爺家的大少爺李傑以革命者的身份返鄉，帶領農民反抗自己的父親。另一位紳士何松齋的侄女，接受了新式教育的小姐何月素，把叔叔的陰謀告訴農民運動的領導者，甚至也加入到農民革命的隊伍中來。這種政治行動本身，也打破了推崇儒家倫理觀念的紳士階層固有的家庭人倫秩序。不過，農民協會建立之初，除了喊喊口號以外也未對當地紳士有實質性的打擊行動。但是，「農會的勢力漸漸地擴張起來了。地方上面的事情向來是歸紳士地保們管理的，現在這種權限卻無形中移到農會的手裏了。農人們有什麼爭論，甚至於關係很小的事件，如偷雞打狗之類，不再尋及紳士地保，而卻要求農會替他們公斷了。這末一來，農會在初期並沒有宣布廢止紳士地保主持地方事務的制度，而這制度卻自然而然地被農會廢除了。紳士地保們因此慌張了起來，企圖自衛。如果在初期他們對於農會的成立，都守著緘默不理的態度，那麼他們現在再也不能漠視農會的力量了。在他們根深蒂固地統治著的鄉間生活裏，忽然突出來了一個怪物，叫做什麼農會！這是一種什麼反常的現象啊！……」〔註 142〕

而被鄉人稱為胡扒皮的胡根富到農會鬧事不成，反被捉起來問他的兩個兒子借錢。兩個兒子雖然心疼錢，也只能把兩百塊大洋奉上。「如果在往時，那他們兩個可以求助於地方上的紳士，可以到縣裏去控告；但是現在李大老爺和張舉人等自身都保不住，……」〔註 143〕紳士階層在地方的失勢也伴隨著他們對地方政府官員影響力的削弱。從前，李敬齋遞張名片到縣裏，就可以在鄉里抓人。一群紳士在李敬齋家商量對策、討論時局時，「有的抱怨民國政體的不良，反不如前清的時代。有的說，革命軍的氣焰囂張，實非人民之福。有的說，近來有什麼土地革命，打倒土豪劣紳等等口號，這簡直是反常的現象……」〔註 144〕無論是清季的立憲還是辛亥革命時期各地的光復，再到民國初年的地方自治運動，紳士階層始終能夠保全自身在基層社會的統治地位。

〔註 142〕蔣光慈：《咆哮了的土地》，《蔣光慈文集》第 2 卷，上海：上海文藝出版社，1983 年，第 270 頁。

〔註 143〕蔣光慈：《咆哮了的土地》，《蔣光慈文集》第 2 卷，上海：上海文藝出版社，1983 年，第 283 頁。

〔註 144〕蔣光慈：《咆哮了的土地》，《蔣光慈文集》第 2 卷，上海：上海文藝出版社，1983 年，第 276 頁。

而國民革命卻改變了曾經在各種動盪變革中屹立不倒的紳士地位。

不僅如此，農會的存在悄無聲息地奪去了紳士階層在地方的司法和行政權限，還逐漸改變了鄉里的人際關係格局和農民的思想狀態。革命的風潮波及鄉下之前，農民們羨慕紳士家的財富與地位，但卻把這種貧富差距歸於天命一類的人力所不能及的因素。由此，農民把自己的辛勞貧困，紳士的安閒富足都視為理所應當。李大少爺讓農民不要再給自己家交租時，對自己的小主人十分尊敬的佃戶王榮卻不但勸他回家和李老爺和好，還說「至於說不交租的話，大少爺你能夠說，可是我們耕人家的田的絕對不敢做出這種沒有天理的事情！……」〔註 145〕帝制時代，紳士與佃戶之間也曾有過十分親厚的關係。向培良的小說《縹緲的夢》中，佃戶陳老爹就常常給田主家送自家的土產，還常給少爺講故事。蹇先艾的《到家》中，蓀少爺家的墓地都是由佃戶自覺看守維護。丁玲的《母親》中曼貞就不喜與江家一個本家的闊太太杜淑貞來往。因為這家人田地不少，一年七八千租，但是對待窮苦人刻薄殘忍。以至於江家各房都不與他們往來：「我們雖說也靠田上吃飯。可總是讀書人，百事都還講點恕道，也講點禮貌。她們那邊，真是不堪聞問。……」〔註 146〕

這種和諧的關係自然基於傳統社會，正派紳士在地方公益和地方利益維護上發揮的重要作用。雖然紳士身份可以通過捐納取得，但是讀書人依舊是紳士階層的主體，也多少會在一定程度上對儒家道德有所尊崇踐行。而清代社會中，土地並不是紳士階層最主要的經濟來源。〔註 147〕佃戶沒有受到太苛刻的盤剝也是這種關係得到良性維持的原因。在清季民初的社會變革和政局動盪中，這兩方面原因都不復存在，但是一些老輩農民的思想狀態依舊沒有改變。

農民協會的成立和農民運動的開展卻在根本上改變了農民對社會運行規律的認識。李大少爺和受到革命知識青年思想影響的礦工張進德開始向農民灌輸一種新興的社會規範。農民開始意識到紳士階層的不勞而獲和自己的勤勞貧苦正是因為前者的壓迫剝削。這種思想轉變的形成並不完全得益於經濟上的補償，而也由社會關係地位的改變所引發。代表勢力的張舉人和代表金

〔註 145〕蔣光慈：《咆哮了的土地》，《蔣光慈文集》第 2 卷，上海：上海文藝出版社，1983 年，第 225 頁。

〔註 146〕丁玲：《丁玲全集》第 1 卷，第 196 頁。

〔註 147〕張仲禮：《中國紳士的收入》，第 185 頁。

錢的胡根富被農會抓起來戴高帽遊街。張舉人是一鄉的董事，被民眾抓去遊街後不久就氣憤而死了。其餘的兩個紳士李敬齋和何松齋聞風逃到城裏去了。正是這種對地方原有的掌控者紳士階層尊嚴的打壓，讓農民的心態得到了質的轉變：「這金錢勢力並不是神聖不可侵犯的，只要鄉下人自己願意將代表勢力的張舉人和代表金錢的胡根富打倒，那便不會沒有打不倒的情事。」〔註 148〕這種變化甚至讓革命者自己都發出了驚歎。李傑就想到：「在這鄉間，土豪劣紳們失去了勢力，鄉人們開始意識到有走上新生活的道路的必要。這當然不是小事，這是自有人類歷史以來的一種非常現象啊！」〔註 149〕敘事者也在小說中感慨：如果運命這東西是有的，那現在便是土豪劣紳們的運命不佳的時代了。」〔註 150〕在這裡，我們不難發現，政治語境中的土豪劣紳與歷史語境中劣紳是分離的。革命運動的風潮把原本有錢無勢的土地主和有錢有勢的紳士階層逐漸歸為了一個與民眾敵對的政治意義上的階級。

國民革命退潮以後，文藝界發生了成仿吾稱之為「從文學革命到革命文學」的轉變。五四時期，文學作品中追求個人解放的主題逐漸被階級解放的題材所取代。而革命文學中慣用的「革命+戀愛」模式，正體現了中國現代文學這種題材轉換時期的某種過渡形態。早在白薇創作於 1927 年夏的戲劇《打出幽靈塔》中就已經在無意識層面將打倒土豪劣紳這樣的階級鬥爭題材，與女性衝出舊家，追求個人解放的題材結合起來。不過「革命+戀愛」的代表還是首推蔣光慈。《咆哮了的土地》較之他之前的作品而言，把「革命+戀愛」的模式拔到了一個新高度。

小說中的主人公之一，紳士家的大少爺李傑戀上了農家女玉姑。出於在個人婚戀問題上對自由的追求，李傑與舊式紳士家庭發生了父與子的衝突，並離家出走。這樣的橋段是五四時期婚戀小說中所慣用的。不同之處在於，李傑接受了革命思想之後，回到鄉里開展農民運動。在革命的過程中，李傑對已去世的農家女玉姑的妹妹毛姑也產生了好感。同時，加入農會的紳士家庭的小姐何月素也在革命工作中對李傑產生了愛戀。這兩位紳士家庭走出的知識青年，為了更崇高的事業都壓抑了自己個人的情感。礦工出身的革命者張進德也對何月素暗生情愫，卻心存自卑不敢表白。但這種感情並沒有發展

〔註 148〕蔣光慈：《咆哮了的土地》，《蔣光慈文集》第 2 卷，第 330 頁。
〔註 149〕蔣光慈：《咆哮了的土地》，《蔣光慈文集》第 2 卷，第 355 頁。
〔註 150〕蔣光慈：《咆哮了的土地》，《蔣光慈文集》第 2 卷，第 330 頁。

成戀愛，也全然不是茅盾小說中那種國民革命時期糾纏不清的男女關係。小說的結局中，紳士家庭出身的李傑在下山攻打民團的爭鬥時中槍身亡是一個有意為之的設計。至此，無產階級出身的工人張進德接替小資產階級出身的大少爺李傑成為了農民武裝力量的領袖。紳士家的大小姐、洋學生何月素「在張進德的懷抱裏開始了新的生活的夢……」〔註 151〕張進德帶領著農民走上了武裝反抗的道路，與各地的農民武裝聯合在了一起。

這部小說既表現了打倒土豪劣紳與個人幸福的關係，這點與白薇的《打出幽靈塔》類似，但又牢牢地把握了正確的政治導向。紳士家庭出身的革命者李傑，是被劃為小資產階級的一類人，是被打上軟弱、動搖的印記，在政治上不合格的群體。李傑的死讓無產階級張進德順理成章地成為革命事業的領導，也為紳士家庭的大小姐何月素與張進德的愛情鋪平道路。小資產階級和無產階級以愛情的方式達成了某種結合。這種結合選擇了更柔弱的女性何月素，而不是革命軍人出身的李傑，也更凸顯了無產階級的領導地位。

《咆哮了的土地》結構精巧，多條線索交織如行雲流水，雜而不亂。作者不追求對國民革命的深入理性分析，而追求以鮮活的充滿敘事性和趣味性的方式，表現鄉下的本地人士在革命風潮下的活動。小說中的「鄉」成了一個相對獨立的敘事空間。斬斷了纏繞於國民革命中錯綜糾葛的政治關係，重在展現鄉里世俗的、日常的人際關係。佃農與紳士、地主，少爺與村姑，工人與小姐，地痞無賴等各類鄉民的多條生活線索和交錯的愛恨情仇都在小說中生動呈現。蔣光慈對地方紳士的集體展現也稍微擺脫了土豪劣紳的政治觀念下這類人的刻板形象，並對紳士與庶民地主做了區分。在這裡，農民不全是在打倒土豪劣紳鬥爭中被革命者啟發的飽受壓迫的可憐人，也不再是以集體形式出現的盲動暴力的民眾。農會中每個農民的性格迥異。作者甚至不避諱農民的缺陷和壞習慣以及一些農民品性方面的瑕疵。小說既寫出了農民的質樸而善良，也寫出了地痞、流氓、無賴的逐步轉變和道德品質的提升。革命者為了革命事業對個人情愛的放棄也是同類題材作品中少見的。而貫穿於小說中的還有極富鄉土韻味的山歌。戀愛與革命被完滿、自然地融合在一起。可以說，這是一部富有情味的革命文學作品。

然而，小說看似附和「政治正確」的安排也現出了一絲弔詭的意味。礦工出身的張進德在農民當中是缺乏威信的。農民參加農會，找農會解決問題，

〔註 151〕蔣光慈：《咆哮了的土地》，《蔣光慈文集》第 2 卷，第 407 頁。

看中的是李傑李家大少爺的地位。李傑開展革命工作的政治資本來自於受過新式教育和革命洗禮。但對於基層社會的民眾而言，李傑的優勢在於他所反對的政治上被定為土豪劣紳的父親李敬齋是一方最有名望的紳士。在清代，無論是法律還是現實中，紳士的聲望和特權都能夠與家人共享。民國以後，儘管這種制度保障被取消，但民眾的心理依然保有對這種社會秩序的認同。在蔣光慈筆下，國民革命中打倒土豪劣紳的運動依靠著紳士家庭中走出的革命青年，依靠著父輩紳士的威勢來帶領民眾施行。

蔣光慈筆下的打倒土豪劣紳運動沒有以暴力方式直接殺死紳士。以科舉功名作為文化資本的張舉人卻不堪忍受遊街示眾這種「有辱斯文」的行為，義憤而死。帝制時代，舉人這樣擁有較高層次科舉功名的人屬於紳士中的上層，享有較高的社會地位和特權，法律也保衛紳士的權威地位不受平民的侵犯。國民革命中，張舉人受到的待遇在同類題材的文學創作中不算得怎樣嚴重，但卻極大地刺傷了帝制時代上層紳士的自尊心。擁有文化身份的紳士減少以後，一些在帝制時代地位不高的人群開始填補空缺。小說中的庶民地主胡根富這樣一聽名字就能感覺到文化資本匱乏的鄉村有產階層在革命風潮退去之後，更多地參與到地方政治中來。而受到農民武裝力量打擊的傳統紳士也開始重視以武裝力量的建設保衛私產。何松齋和李敬齋兩個紳士在東鄉籌辦民團，開始以武力圍剿農民自衛隊。農民武裝到了大山中保存實力，而地方卻又還是回到了紳士的掌控中。蔣光慈在有意無意中透露出了傳統紳士階層對革命運動不可或缺的積極意義，也揭示了紳士階層掌控地方這種舊有秩序的積習難改。

茅盾的《動搖》和黎錦明的《塵影》這樣及時反映國民革命的作品，帶有鮮明的社會分析色彩，並試圖找出國民革命失敗的原因。郭沫若的《騎士》僅存一小部分，但也不難看出作者分析革命陣營內部弊病的訴求。但是，在許多革命文學作品中，創作者已經對反思國民革命沒有太多的興趣了，而更致力於展現農民受到的階級壓迫並鼓動階級鬥爭。

在這些對國民革命的文學書寫中，政治語境下的土豪劣紳與社會現實中存在的劣紳有時表現出了一種黏著和交融，而有時又處於一種若即若離的狀態。這類題材的革命文學創作也逐漸顯現出兩種趨勢：一些創作者開始更多地關注現實狀態下的地方紳士，而一些創作者則試圖逐漸去除紳士本身的文化身份和社會管理功能，使之呈現為純粹的土地和高利貸剝削者。

五、反紳浪潮與新文學的革命轉向

國民革命的風潮過去以後，鄉村社會的權力再次回到長期掌控地方的紳士手中。鄉村紳士一方面繼續著帝制時代掌控宗族勢力和司法訴訟的權威。一方面又因民國初年的一系列自治運動獲得了更多的地方權力，文化身份逐漸淡漠，地方強權特徵不斷強化。〔註 152〕國民革命退潮以後，一些地方紳士甚至開始進入國民黨的基層黨組織，以政黨權威強化自己對地方的控制。除了土地經營的剝削壓迫之外，地方劣紳以捐稅的收取盤剝農民的情況也在文學中得到了更多的反映。

華漢（陽翰笙）的《深入》就寫了農會被叛軍打散後，再次秘密集合起來反抗土豪劣紳的故事。小說中，農會提出減租的政策曾讓貧苦農民看到了一線生機。政治變動對農民運動的衝擊，卻讓農民的生活繼續歸於絕望。大地主王大興依仗著自己的親家錢文泰是鄉董〔註 153〕，依靠著政府的行政力量和警察局這樣的現代國家暴力機關威逼佃戶交租。因為收成不好交不上租的老羅伯父子被王大興抓進牢房關押了幾天。佃農老羅伯對田主王大興有滿滿的仇恨，卻又無力反抗。農會的秘密組建再次為農民帶來了希望。在農會會長汪森和鎮上小學教師梁子琴的領導下，農民衝擊了當地警察，打死了警察局局長胡奎、大地主王大興、鄉董錢文泰。

小說中，國民革命期間「打倒土豪劣紳」的政治術語雖然依舊為農民運動的領導者頻繁使用。但農民在政治活動之外都將被歸土豪劣紳的一類人稱為田主，農民對紳士的身份意識變得十分淡漠。而被歸為土豪劣紳的一類人還是帶有一種紳士的自我認同。王大興和錢文濤被農民運動當作土豪劣紳的代表，而農民運動所針對的對象不僅包括這兩個人，也還指向了鎮上所有的土豪劣紳。梁子琴在農會密謀暴動的會議上報告鎮上情況時，就談到「每個土豪劣紳的家中都有防身的武器，他又說警察局的形勢如何……他把鎮上一切的武裝情形，交通情形，和一切土豪劣紳的家中情形都詳細的說

〔註 152〕王先明：《變動時代的鄉紳——鄉紳與鄉村社會結構變遷》，北京：人民出版社，2009 年，第 118～119 頁。

〔註 153〕清代，南方各省縣以下基層行政組織為鄉，鄉置「鄉董」為一鄉之長，總理全鄉事務。北洋政府時期，鄉的自治組織稱「鄉董」，其主官一人亦稱「鄉董」。掌鄉議員之選舉及議事之準備，執行鄉議事會議之決議，執行縣委辦事項。此官由本鄉議事會從本鄉選民中選任。任期二年，可連選連任。也有一些歷史研究將鄉董視為紳士。

明了。……」〔註 154〕在這裡所指的土豪劣紳似乎也包括了鎮上託付鄉董錢文泰打壓農民運動的一眾紳商。小說中，地主、田主、鄉董、紳商、土豪劣紳混雜在一起，意義模糊。土豪劣紳的罪名也簡單地集中於了對農民的經濟盤剝。

此外，《深入》中也無意中表現出了國民政府建立後在依靠紳士管理地方事務時，紳士借著新政策對普通民眾的進一步打壓。本該由富人承擔的國庫券，就由鄉董派發到了靠種田過活的人身上。國民政府成立後，農民在忍受紳士的常規威勢之外，還受到了新形式的盤剝。

清代社會中，徵收賦稅和維持治安的實際執行人是被稱為胥吏一類的賤民。這是被禁止參加科舉考試的一類人。操此業者不被視為君子，反倒大多是品行不端的小人之流。〔註 155〕這種職業本為紳士階層所不齒。清代後期，政府為了應對太平天國起義和對外戰爭賠款帶來的困難，開始加大通過捐納異途獲得科舉功名和官職的名額。在戰事中獲得保舉的而能夠進入官場的人也日益增加。〔註 156〕清季的下層紳士迫於生計或為牟利開始進入圖董、地保等雜役，取得了直接支配鄉里的權力。〔註 157〕而這批人本身並不具備較高的素質，加之在社會的動盪轉型中缺乏相關權利約束與制衡，基層社會紳士階層的急劇劣質化成了一種普遍的社會現象。進入民國以後，政府一直沒有建立起完備的基層社會管理組織。經過國民革命時期對劣紳的短暫衝擊以後，原本控制地方的紳士階層捲土重來。政府的捐稅又成了劣質化的地方紳士壓迫農人，中飽私囊的新手段。

楊邨人的小說中《籐鞭下》中，K 省東江鄉下的六爺就反映了這一類紳士的特徵。「K 省東江的地方，鄉下的祠堂最多，紳士們住的祠堂，大都就是這鄉村的法庭，或是公署。六爺住的祠堂在村裏的中央，一切民事刑事，要上縣裏的，要先經過六爺這個衙門審問一遭，看可以判決的六爺就判決下去，判決公道不公道，誰都應該服從，雙方還要送禮呢。」〔註 158〕除了傳統紳士包攬訴訟的特權外，六爺還靠著當民團團總的威勢，擔任著縣城捐稅軍餉的

〔註 154〕華漢著：《地泉》，上海湖風書局，1932 年，第 66 頁。

〔註 155〕參見瞿同祖著：《清代地方政府》，范忠信，晏鋒譯；徐茂明：《江南士紳與江南社會（1368～1911 年）》，第 150、151 頁。

〔註 156〕張仲禮：《中國紳士——關於其在十九世紀中國社會中作用的研究》，李榮昌譯，第 97 頁。

〔註 157〕徐茂明：《江南士紳與江南社會（1368～1911 年）》，第 151 頁。

〔註 158〕楊邨人：《籐鞭下》，《太陽月刊》1928 年，第 4 期，第 12 頁。

徵收之權，並以此圖謀私利。小說為了躲避當局的審查，用「X」來代替「黨」字，但明眼人很容易看出作者的具體所指。六爺是當地黨部的常委。借著收繳清黨愛國捐的機會發財。他更利用這種與政黨的關聯，以政治迫害為威脅，徵收稅款。「他對於有錢的人家，說他的一個子弟在縣裏中學讀書，已經被人發覺有反動嫌疑了，如果在這裡繳多一點的捐款，他可以用 X 部名義上縣去擔保解釋，不然的話，你家裏不繳這愛民清 X 捐，你便是反動派，子弟不但可以證實是有反動嫌疑，而且更可證實是反動派了。他對於沒錢的人家，比如農民和打漁的，那他恐嚇的方法更高明！你農民不繳捐款，你便是入了農會的人了，農會是反動派，你也是反動派了，不繳捐款，送到縣裏去。打漁的不繳捐款，你便是通了農會，你便是反動派，也送到縣裏去。」〔註 159〕小說中，老七老八是鄉下貧苦的農民，飽受苛捐雜稅的痛苦。就連紳富稅都強加到了他們頭上。繳不出錢的窮苦農民和漁民被六爺弔在石柱子上，用藤條毒打。鄉民們只能憤怒而沉默的承受地方劣紳的壓迫。

《籐鞭下》的六爺不再被冠以土豪劣紳這樣的罪名，而以紳士這樣社會現實中的稱呼出現。「土豪劣紳」這種充滿政治意味的詞彙開始逐步淡出革命文學。民國時期，大量存在的劣質化紳士開始擺脫政治術語的干擾，以更豐富、生動的形態出現在文學中。革命文學中也開始出現農民協會領導之外，農民自發反抗劣紳的行動。孟超的《鹽務局長》就講述了南部沿海地區，官員與地方紳士同流合污壓榨鄉里而遭到農民反抗的故事。

「陶莊里第一個有名望的紳士王三老爺——王樸齋」〔註 160〕，在處理地方事務上十分得力，常受到縣長的表揚。新上任的縣長委任他做鹽務局長，並盤算好了如何與他分贓。小說中，南海口一帶，在 X 縣一帶的村莊真可稱得是一個鹽窟了。因為得鹽十分便當，清朝時也不需要交鹽稅。之前來辦鹽稅的李委員，被莊裏的鹽戶打跑了。「海邊上的人，紳士們常說他們的蠻性還沒有退盡；的確，他們連王法都不知道，結果竟毆打了委員大人，而且還把他灌了一壺鹽水，然後才把他驅逐出去。」〔註 161〕有著這樣的一段歷史，縣長沒有再派政府官員，而選擇了對鄉土社會更具有控制力的地方紳士來徵收鹽稅。這也算是一個常見而精明的策略。

〔註 159〕楊邨人：《籐鞭下》，《太陽月刊》1928 年，第 4 期，第 12 頁。
〔註 160〕孟超：《鹽務局長》，《太陽月刊》1928 年第 5 期，第 1 頁。
〔註 161〕孟超：《鹽務局長》，《太陽月刊》1928 年第 5 期，第 1 頁。

小說中的王三老爺，一出場就紳士派頭十足的。他回家後便開始問聽差的「我進城之後，家裏有什麼事情？連莊會上有沒有出岔子？縣裏發下來的公債辦好了沒有？」「到底他是常辦縣裏大事的人，他一身還兼了連莊會長和鄉董的重大責任，所以一開口就從公事上問起。」聽差的王升也如實答道：「連莊會沒出什麼岔子；公債票都由蘭村李六爺替老爺派下去了，統統地都發給了各莊的佃戶了。」〔註 162〕這樣一個看起來掌握地方事務的紳士，並沒有放棄土地經營帶來的收益，反而利用自己在地方的政治影響盤剝農民。再問地方公事後，王三老爺也不忘問王升收租的情況，並讓聽差的明天拿了他的片子，把不交租的抓到縣裏。這個由問地方政務到問地租的轉折也立即暴露了王三老爺的劣紳身份。

小說中也一再用「紳士」作為對王三老爺的調侃和諷刺。「他的煙癮大約和他的紳士資格差不多。」〔註 163〕王三老爺見了自己的二姨太后，「雖然把臉上那尊嚴的威風平和一些，稍微的帶出了一點饞貓的味道來，但老爺究竟是老爺，不像小滑頭們一看見自己的女人，馬上就做出下流的樣子來。……他一面洗著臉，手不知不覺地拍到她的身上，更露出了十幾年沒有刷過的黃牙嘻嘻地笑著：『我出去了這幾天，你在家裏怎樣過來，也常到街上看看小白臉吧！』這句話雖然輕薄了些，但卻含蓄著無限紳士口吻的神韻在裏邊。」〔註 164〕後來，王三老爺聽說村民鬧了關帝廟，「老爺的確同小民百姓不同，雖然面上的氣色已經嚇黃了，但是口裏還是合烤鴨一般嘴硬氣，沒曾失掉了紳士的尊嚴，右手向外一揮，吩咐了王升再去打聽去。」〔註 165〕等到王三老爺被村民的暴動嚇得跳牆逃跑時，「平時那紳士的方步早忘記擺了」。〔註 166〕等到陸軍唐連長派去鎮壓「民變」的一排人被打得落荒而逃的時候，「王三老爺就象鼻涕一般，紳士架子早不知不覺的去掉了。」〔註 167〕王三老爺平日在鄉里是極有威勢的。莊裏的人教訓小孩子都用王三老爺出來打你屁股這樣的話。但鄉人一旦集體反抗，王三老爺便紳士派頭全無。作者有意地呈現了地方紳士的色厲內荏。

〔註 162〕孟超：《鹽務局長》，《太陽月刊》1928 年第 5 期，第 2 頁。
〔註 163〕孟超：《鹽務局長》，《太陽月刊》1928 年第 5 期，第 8 頁。
〔註 164〕孟超：《鹽務局長》，《太陽月刊》1928 年第 5 期，第 4 頁。
〔註 165〕孟超：《鹽務局長》，《太陽月刊》1928 年第 5 期，第 20 頁。
〔註 166〕孟超：《鹽務局長》，《太陽月刊》1928 年第 5 期，第 22 頁。
〔註 167〕孟超：《鹽務局長》，《太陽月刊》1928 年第 5 期，第 23 頁。

然而，鄉人自發地反抗最終還是失敗了。徐縣長的官位是花了很多大銀元買來的，自然不會放過在任上翻本的機會。「在縣長找了兩營的軍隊平息事態。陶莊為首鬧事的幾人被王三老爺送上縣城槍決了。王三老爺因此事失寵於縣長，南海口的鹽戶只能等著李六爺來魚肉了。」〔註 168〕

而洪靈菲的《大海》〔註 169〕則體現了農民由自發反抗紳士到有組織的革命行動之間的轉變。小說中，錦成叔、裕喜叔和雞卵兄是窮苦的鄉民，飽受生活的重壓。他們常在酒後詛咒生活的不公或者借著醉意做些踩踏地主家田地的惡作劇。錦成叔多次跑南洋討生活，見多識廣，為人豪氣。而「二十年前，裕喜叔是一個壯健而活潑的農夫。他耕種田地的本事比較旁的農夫還要來得高明些。他的力氣比誰都要大些，他的心眼比誰都要高傲些。」〔註 170〕但多子使得他辛勤勞作，依舊窮困。因為一年收成不好，不能按時交租，被地主清閒爺收回了租佃的田地。清閒奶是一個吃齋念佛的太太，清閒爺素來也是一位以救濟窮人自命的善士。但他們卻用唾沫回應了裕喜叔窮苦無助的懇求。裕喜叔吃驚而絕望地失去了視如血肉一般的租佃田地。接下來的日子，他只能一個接一個地賣自己的兒子。另一位雞卵兄有讀書的天分，幹農活力氣不足，也一樣飽受著多子和窮困的痛苦。

地主而兼紳士的清閒爺是鄉村中高高在上的人，受到每個人的尊敬。鄉民們不知道「官廳」是什麼，都以為清閒爺就是對有他們生殺之權的「官廳」。清閒爺的小兒子死了，他覺得是風水不好所致，便假公濟私地要每個農人出錢出力在公廳前築起一道圍牆，保護族中不損失男丁。裕喜叔想到自己賣掉的六個兒子，悲憤交加，跟清閒爺發生了言語衝突，還遭到了清閒爺的一頓打罵。酒醉後，錦成叔、裕喜叔和雞卵兄推倒了公廳的圍牆，燒了清閒爺的房舍，跑到了南洋。當他們回鄉以後，家鄉已經變成了被壓迫的人們自己建立起來的蘇維埃農村。這樣的農村沒有了清閒爺，也沒有了其他的紳士。地主的土地都分給了農民。紳士把控的祠堂也成了農民自衛隊的辦事處。

《大海》這篇小說充滿了革命烏托邦的色彩。小說中的清閒爺不是一般的庶民地主，他擁有紳士身份兼有土地。小說中並沒有具體寫到清閒爺在土地上對裕喜叔的剝削。清閒爺是在利用紳士地位對整個宗族施以控制時，最

〔註 168〕孟超：《鹽務局長》，《太陽月刊》1928 年第 5 期，第 23 頁。
〔註 169〕洪靈菲：《大海》，見《拓荒者》月刊 1930 年第一卷第二、三期。
〔註 170〕洪靈菲：《大海》，見《拓荒者》月刊 1930 年第一卷第二、三期。

終激怒了貧困潦倒的裕喜叔。不過，在面對暴力時，這個紳士又十分膽怯，不堪一擊。

革命文學中的這類農村題材小說，多少還都帶有一點浪漫色彩和豪放之氣。在一些並沒以國民革命為背景的作品中，紳士不再被冠以土豪劣紳的政治屬性，而被逐漸還原為了社會現實中的劣紳。這些劣紳不兇惡卻偽善。而一旦農民奮起反抗，這些鄉村的統治者又顯得十分孱弱。在這些小說中，紳士沒有了土豪劣紳的政治罪名，紳士本身就是一個貶義詞。

六、左翼文學中的劣紳形象

左聯成立以後，描寫農村題材的小說日益增多。這些創作中也呈現出了一些類型化的傾向。但是，從這類文學作品對鄉土社會中紳士階層的表現來看，左翼作家內部是存在明顯差異的。在三十年代的左翼文學中，以農村為題材的創作大量出現。這些作品不僅書寫著國民革命中常見的土豪劣紳壓迫農民的故事，也開始關注整個農村的破產。自然災害、社會經濟轉型和外國資本入侵帶來的農村社會問題都在文藝中有所反映。而這些文藝作品把矛頭指向了國民政府的統治。國民政府在財稅徵收上的腐敗和在自然災害救濟問題上的無力，以及清代社會建立起來的一套依靠紳士階層處理社會危機體系的崩壞，共同構成了農民苦難的來源，也為農民的暴力革命提供了合理性。

關於這一時期的這類文學創作，學界已有不少研究成果，也已經形成了一些公認的看法。許志英先生的《中國現代文學主潮》一書中，就指出「三十年代農村題材文學創作的一個特點，就是題材與主題的高度集中。大量的文學作品主要集中於描寫農民的苦難與農民的反抗兩個題材與主題領域。而作家們寫農民的苦難，又以寫天災人禍給農民帶來的物質上的苦痛為主；寫天災人禍，又以寫人禍為主，寫天災常常服務於更好地寫人禍。」〔註 171〕這基本上道出了這一時期文學創作的一個重要特徵。然而，當我們從紳士這個視角出發，就會發覺我們錯過了這些作品中一些重要的意味。

茅盾的農村三部曲《春蠶》《秋收》《殘冬》是「豐收成災」一類作品的領軍之作。小說中，老通寶一家由小康到自耕農再到破產的過程折射出了民國時期內憂外患之下的各種社會問題。而其中一個重要的細節往往被我們忽

〔註 171〕許志英，鄒恬主編：《中國現代文學主潮》（上冊），福州：福建教育出版社，2001 年，第 296 頁。

略了。當「搶米囤」的風潮波及了十多個小鄉鎮後，「那些鎮上的紳士們覺得農民太不識起倒，就把慈悲面孔撩開，打算『維持秩序』了。於是縣公署，區公所，乃至鎮商會，都發了堂皇的六言告示，曉諭四鄉：不准搶米囤，吃大戶，有話好好兒商量。同時地方上的『公正』紳士又出面請當商和米商顧念『農艱』，請他們虧些『血本』，開個方便之門，渡過眼前那恐慌。」〔註 172〕「可是紳士們和商人們還沒議定那『方便之門』應該怎麼一個開法，農民的肚子已經餓得不耐煩了。六言告示沒有用，從圖董變化來的村長的勸告也沒有用，『搶米囤』的行動繼續擴大」〔註 173〕。

帝制時代，紳士是一直在災害救濟問題上發揮著極為重要而積極的作用。但在茅盾的農村三部曲中，傳統社會的這種運行機制卻在失靈。老通寶直到窮困潦倒還想著人窮也要講志氣，要忠厚正派。但這種本分的思想已經在鄉民中被視為異類。老通寶的死也標誌著帝制時代民風的消逝。吃飽飯成了壓倒一切社會秩序的理由。

在另一部展現「豐收成災」的代表作品葉紫的《豐收》中，「六月初水就退了，壟上的饑民想聯合出門去討米，剛剛走到寧鄉就被認作了亂黨趕出境來，以後就半步大門都不許出。……。何八爺從省裏販了七十擔大豆子回壟濟急……後來，壟上的饑民都走到死亡線上了，才由何八爺代替饑民向縣太爺擔保不會變亂黨，再三地求了幾張護照，分途逃出境來。雲普叔一家被送到一個熱鬧的城裏，過了四個月的饑民生活，年底才回家來。」〔註 174〕小說中的何八爺在一定程度上發揮了紳士在災害救濟上的一點積極作用。而這點作用在他同時作為地主不勞而獲的土地剝削面前，也幾乎被抵消掉了。暴力反抗取代了帝制時代依靠正派紳士主持災害救濟和維護社會秩序的慣例。

蔣牧良的《荒》更是直接指責了政府在荒年饑民滿地時的救濟不利。饑民在飢餓的驅使下去官倉偷穀，又遭到了守兵的槍殺和當局的逮捕。他的小說《賑米》則將政府的賑災無力進一步具體化。「去年的『黃禍』光縣算遭得頂大了。不知費了多少戴慈善帽子的電報紙，省裏的賑務委員會才派了我帶五千擔米去賑災。」〔註 175〕「我」是賑務委員會的小科長，在去領賑米的路

〔註 172〕茅盾：《秋收》，見茅盾：《春蠶》，上海：開明書店，1933 年，第 67 頁。
〔註 173〕茅盾：《秋收》，見茅盾：《春蠶》，上海：開明書店，1933 年，第 68 頁。
〔註 174〕葉紫：《葉紫代表作豐收》北京：華夏出版社，2009 年，第 5 頁。
〔註 175〕蔣牧良：《錦砂》，文化生活出版社，1936 年，第 133 頁。

上遇到饑民的搶劫，搶光了行李外套。商會代表明遠藥鋪的老闆彭中甫花錢給「我」添置衣物，招待周到。之後，彭中甫以生意困窘為由，求「我」把五千擔賑米借給他作抵押品向銀行借錢。「我」下鄉勘災，看到四鄉遭災的景象比照片上的更慘淡。遭了水災的地方屍橫遍野，還有骷髏骨頭。死的人多，沒有人收屍，死屍新鮮的時候還有饑民來割人肉煮了吃。但為了彭中甫的三百塊錢賄賂，「我」還是把米借給他，並對縣長稱省裏的命令說賑米可能要移作軍用，暫緩發放。到縣政府鬧事的饑民也被暴力驅逐。在《賑米》中不再出現地方紳士的形象，取而代之的是政府賑災委員會的公職人員。政府官員的腐敗加劇了鄉村社會在災害面前的苦難。

蔣牧良的《南山村》中沒有寫天災，而寫了軍閥混戰下的人禍。兩軍過境打仗，鄉民死傷，農田被毀。鄉民想向縣裏報災，但想起那年遭水災請願的結果是賑款都揣在了當地一些紳士的腰包。鄉民們提議不去請賑，先整筒車整理好被毀壞的田地，開春了好種莊稼。但談到整筒車要大家出錢時，鄉民還是同意了仇五胖子先向縣裏請賑的主意。仇五胖子是一個「說起話來老是紳士氣：說幾句又頓那麼一大陣」〔註 176〕的團總老爺。上縣城請賑以後，免稅的要求沒有實現。團總老爺仇五胖子卻當上了境內軍隊魏師長的籌田畝捐委員。仇五胖子又在田捐上自己抽成。遭了兵燹之災的鄉民交不出錢，就有灰衣大兵來下鄉抓人。走投無路的憤怒鄉人只得對仇五胖子發起暴動。鄉里男男女女湧到仇五胖子家喊著「打，打，打惡霸；打劣紳！」「抓起來咬他的肉！」〔註 177〕鄉人自發的暴動最後被仇五胖子請來的大兵打得死傷無數。在這裡，國民革命中打倒土豪劣紳的口號不再提及，而團總仇五胖子被視為了劣紳。

這一時期，國民政府不但無法再從紳士階層那裡獲得災害救濟方面的支持。而且紳士階層自身反而成了救災工作的阻礙。在軍事的動盪中，紳士與軍方勢力結合，以武力壓榨鄉里。紳士服務桑梓的局面變成了劣紳魚肉鄉里。隨著紳士逐步轉變為國家公職人員，對劣紳的批判也是在表達對政府本身的不滿。20 世紀 30 年代以後的農村題材小說開始逐漸注意到傳統紳士階層與現代政府部門之間的整合關係：政府公職人員開始取代紳士的賑災慈善等地方管理職能；紳士階層也開始進入到國民政府的地方管理體系當中。

〔註 176〕蔣牧良：《銻砂》，第 165 頁。
〔註 177〕蔣牧良：《銻砂》，第 199 頁。

七、紳民關係的變革與左翼文學中的鄉土書寫

左翼文學中的農村題材小說出現了嚴重的同質化。這些小說大都著眼於農民在土地等經濟利益層面受到殘酷的盤剝，以至於連基本的生存都受到威脅。其中的紳士形象即便不是直接的剝削者，也大有助紂為孽之勢。不過，從當時一些以三十年鄉土社會為背景的文學作品來看，我們依然發現地主和佃戶之間沒有那麼顯著的對立關係。師陀的《果園城記》中，鄉下中等以上的地主臉上常有和善、滿足無欲無求的表情：田地有不錯的收成，佃戶老實可靠。紳士與農民之間也遠不止地租、捐稅、高利貸這樣簡單的經濟關係。而左翼文學內部也並非鐵板一塊，也有左翼作家在書寫鄉村時，注意到了經濟關係之外的因素。

洪深的戲劇《五奎橋》也講述了在旱災下，紳士與鄉民之間的衝突。但這種衝突並不是簡單的經濟利益上的壓迫和矛盾，而涉及了更深層次的帝制時代殘餘的一種穩定的社會秩序。「前清某某年間本城一家姓周的一門兩代出了一位狀元四個舉人，於是衣錦還鄉；除了重新在祖瑩樹起石人石馬又把那祖瑩前河流上原有的一頂小橋修理了改名五奎，一以記念盛事，二以保全風水，作為周家的私橋。後來周氏子孫又添買了許多田，並且在祖瑩後邊蓋造了一所祠堂，冬天下鄉來收租米；時時便也修理此橋。直到現在，這座橋還是周鄉紳家對於鄉下人的一種誇耀、迷信。愚昧，頑舊的制度，封建勢力，地主的特殊利益，鄉紳大戶欺壓平民的權威！似乎五奎橋存在一日，這些一切也是安如磐石，穩定地存在著的。」〔註 178〕

在一次旱災年份，種田的農民與「固執的不講情理的自私自利的感情用事的周鄉紳和他的雇傭僕役爪牙」發生了劇烈的爭鬥。因為五奎橋的存在，機器打水的洋龍船撐不進橋東邊的四五百畝乾旱的水田。事關鄉下人的生計和性命，鄉下人要拆橋，周鄉紳不許拆。「周鄉紳何曾不明白，拆橋不止是拆去一頂橋而已，同時關係著鄉紳們的尊嚴和權威。」〔註 179〕除了風水，周鄉紳還考慮了自己鄉紳的身份和地位。「連幾個鄉下人都鬥不過，說穿了，以後的鄉紳還好做得麼？」〔註 180〕

《五奎橋》中的周鄉紳形象是一個十分獨特的存在。早在五四時期的鄉土

〔註 178〕洪深：《五奎橋》，第 2 版，上海：現代書局，1934 年，第 38 頁。
〔註 179〕洪深：《五奎橋》，第 2 版，上海：現代書局，1934 年，第 39 頁。
〔註 180〕洪深：《五奎橋》，第 2 版，上海：現代書局，1934 年，第 88 頁。

小說中，這種傳統紳士的形象就已經有點不堪了。國民革命以後紳士幾乎盡是以一種社會敗類的形象出現。滿口黃牙、肥胖、黃臉、八字鬚、鴉片、小妾幾乎成了紳士的標準配置。紳士形象醜陋而猥瑣，全然沒有一點知識精英的氣息。

而《五奎橋》中周鄉紳則不同，「周先生頦下的長鬚，叫人看了覺得他是『年高德重』；不止是他實際所過的五十三歲了。頎長身材，瘦狹臉龐，一雙清秀中含著銳利的眼睛；而且吐屬文雅，氣度大方，不愧是一個世代仕宦，自己又是讀過書做過官辦過事，退老在家享福的鄉紳！他的手腕，他的機智，已到了『爐火純青』的程度；所以人家平常決不覺得他會有奸詐——除非——除非他是動了肝火暴躁的時候，他的面目便還免不了要露出些猙獰的真相。你看他今天穿著一件寬大的生絲長衫，戴一付金絲邊藍眼鏡，一隻手掄著一根犀牛角裝頭鑲洋金的直手杖，一隻手搖一把綠玉柄的全白羽毛扇；斯斯文文，踱上橋來，真是一團和氣。」〔註 181〕

周鄉紳不僅保持了帝制時代紳士的外在風度氣韻，也保有地方的崇高地位。「『官紳』不在當地司法管轄權之下，也不受常規司法程序的約束。」〔註 182〕「周鄉紳本人做過七任知縣，現在上了年紀在家裏享福了；可是兒子侄子在外面還都做著大官。鄉下人那一個不怕周鄉紳，敢來動他一根毫毛麼！」〔註 183〕地方法院上的老爺們差不多天天都到周家府上喝茶談天。帝制時代有著這樣家世背景的紳士足以讓地方官員敬畏。雖然早已是民國了，但這種殘留下的社會秩序卻依舊如故。

周鄉紳處理鄉民要拆橋的糾紛也不是一般同類題材中紳士或土財主那樣的簡單粗暴。周鄉紳是極有手腕的，一上橋就和幾位年老鄉民寒暄拉交情。幾位鄉人也都少不了應一聲託周先生的福。周鄉紳試圖以風水之說打消鄉下人拆橋的念頭，引得中老年的贊同。周鄉紳又讓王老爺宣讀法律，稱拆了周家私有的五奎橋是犯法的。鄉民李全生卻還是不服，周鄉紳污蔑他以拆橋威脅自己要好處，假公濟私。儘管鄉民承諾拆橋讓洋龍船進來灌溉以後，會籌錢賠周家一座更高大的五奎橋。但周鄉紳依舊反對拆橋。他所在乎的並非單純經濟利益。周家的佃戶陳金福欠的租米，他起初也並沒有催繳。只是見到佃戶陳金福替主張拆橋的李全生解釋時，周鄉紳才以查清他欠的租米作為一種懲戒。周鄉紳看重

〔註 181〕洪深：《五奎橋》，第 2 版，上海：現代書局，1934 年，第 97、98 頁。
〔註 182〕瞿同祖著：《清代地方政府》，范忠信，晏鋒譯，第 278 頁。
〔註 183〕洪深：《五奎橋》，第 2 版，第 41 頁。

的是自身的地位和紳士掌控地方的社會秩序。在周鄉紳看來，「我是本地的鄉紳！鄉紳們說的話，鄉下人素來是聽從的。」〔註 184〕面對李全生的質問和反駁，周鄉紳大怒：「混帳，鄉下人敢這樣放肆麼！鄉下人的事，鄉紳們倒不能作主，反而讓鄉下作了主去麼！天下真要反了！」〔註 185〕

然而，民國終究是民國了。司法警察一干人等對周鄉紳的惟命是從遭到了鄉民的質問：「你做的是什麼官！你還是中華民國的官呢，還是周鄉紳家的官！」〔註 186〕領頭拆橋的鄉民李全生的憤怒不僅針對周鄉紳，也針對整個鄉紳群體：「你們鄉紳們有什麼本事，一齊都使展出來好了。罵，打，坐監牢，還有什麼！我是生成賤骨頭，儘管來對付我好了。」〔註 187〕鄉民的基本生存壓倒了前朝遺留下來的對紳士的敬畏，也打破了舊有的頑固社會秩序。象徵著傳統紳士統治秩序的五奎橋最終被鄉民拆除了。

《五奎橋》不同於大量同類題材的文學作品。周鄉紳也在很大程度上擺脫了國民革命時期「土豪劣紳」的政治概念影響下對劣紳的符號化書寫，而呈現出了具體社會情境下傳統紳士的典型形態。《五奎橋》中的鄉民也並不像同類題材作品那樣充滿對以暴抑暴的推崇，反倒帶有不少先禮後兵的理性成分。戲劇中，鄉民的反叛源自農業生產的危機，卻指向的是紳士主導地方，欺壓百姓的社會秩序而並非一種單純的經濟層面的剝削制度。

八、「新鄉紳」與「海上寓公」

南京國民政府成立以後，並沒有完全終止「打倒土豪劣紳」的行動。不過，這種打擊不再採取群眾運動的方式，而是通過黨部、政府和法庭，成效和力度都有所減退。〔註 188〕另一方面，南京國民政府也積極推進縣級以下的地方基層政權建設。國民政府陸續公布了《區長訓練所條例》、《區鄉鎮現任自治人員訓練章程》、《自治訓練所章程》等法規。「正是在國民黨培養訓練各縣區長及鄉鎮長人選的過程中，新鄉紳階層開始逐漸形成」〔註 189〕。關注鄉

〔註 184〕洪深：《五奎橋》，第 2 版，第 109 頁。
〔註 185〕洪深：《五奎橋》，第 2 版，第 111 頁。
〔註 186〕洪深：《五奎橋》，第 2 版，第 126 頁。
〔註 187〕洪深：《五奎橋》，第 2 版，第 60 頁。
〔註 188〕參見李巨瀾：《失範與重構——一九二七年至一九三七年蘇北地方政權秩序化研究》，北京：中國社會科學出版社，2009 年，第 212～216 頁。
〔註 189〕李巨瀾：《失範與重構——一九二七年至一九三七年蘇北地方政權秩序化研究》，第 218 頁。

土世界的現代作家也敏銳地捕捉到了這一政策變動帶來的社會影響。

師陀的《果園城記》中，「北伐以後，代替老舊鄉紳，國民黨以勝利的氣焰君臨天下。鄉紳中人自然有不少人入黨。」〔註 190〕蹇先艾的《謎》〔註 191〕則將矛頭直指國民政府重整基層社會秩序時出現的弊端。小說中武區長只是一個不學無術之徒。在城裏讀中學的時候，他的功課有大半都沒有及格。在城裏的日子，他差不多都在煙館和妓院裏鬼混，根本就怎麼去上課。縣裏王紳士的少爺要投考區長訓練所，他就假造了文憑，送給王紳士兩百塊洋錢。靠著王紳士的一封請託信，他居然考上了。訓練班經過三個月的訓練後，挑選成績好的前三名發出去當區長。他只考了一個丙等，本來並沒有機會成為區長。而他拜了王紳士做乾爹。王紳士同縣長是至好的朋友，於是他就當上了武區長。王紳士在管控地方方面豐富的經驗，也教給了武區長不少做官的法門。武區長本是土財主的兒子，卻靠著巴結紳士，混進了國民政府的基層政權。小說中，武區長靠著職務之便盤剝鄉里，並害死了知道他做官底細的團丁。他是新鄉紳中不折不扣的劣紳。

「國民政府所著力打造的這一區長群體就構成了新鄉紳的主體，成為國民黨統治的重要組成部分。」〔註 192〕培訓區長的構想本是為了選拔接受新式教育的群體進入基層社會，鞏固政權。而從蹇先艾的小說《謎》來看，這一政策只不過是紳士階層掌控下換湯不換藥的把戲。一些道德素質低下之輩也靠著與紳士的關係進入了國民政府的基層政權中，並靠著政府賦予的權利，搜刮民脂民膏。

此外，茅盾也注意到了國民革命退潮後，南京國民政府對待基層社會的政策變化對傳統紳士階層的影響，並試圖以此展現社會經濟政治的某種整體性變化規律。在茅盾關於小說《子夜》的最初構思中，他打算把鄉村社會也融入其中。而由於種種原因，不得不作罷。最後成書的《子夜》是割捨了很多內容的結果。在這樣的權衡取捨之後，《子夜》還是用不少篇幅，敘述了雙橋鎮吳蓀甫的舅舅曾滄海和侄兒曾家駒的故事。雖然這是茅盾權衡之後決意保留的內容，但在很多研究者看來，這段只不過是把《動搖》中劣紳胡國光和兒子胡炳的故事再講了一遍，是有些多餘和偏題的情節。

〔註 190〕師陀：《果園城記》，第 217 頁。

〔註 191〕蹇先艾：《謎》，見蹇先艾《鹽的故事》，文化生活出版社，1937 年。

〔註 192〕李巨瀾：《失範與重構——一九二七年至一九三七年蘇北地方政權秩序化研究》，第 221 頁。

《子夜》中關於曾滄海父子的敘述確有讓人感到似曾相識的地方。一個「五十多歲的老鄉紳，在本地是有名的『土皇帝』」〔註 193〕——曾滄海，一個不成器的兒子，一個年輕風騷的小妾。這些人物設置似乎都與《動搖》有相通之處。但是，茅盾在大量刪去原先創作構想後，留下了這樣一個小城鎮老紳士的故事，可想見這絕非對《動搖》的簡單複製。

從清季民國紳士階層的基本情況來看，我們不難發現《子夜》中的老鄉紳曾滄海和《動搖》中的劣紳胡國光是兩種截然不同的人物類型。望族曾滄海的能力與手腕已經委實不如胡國光這樣能在現代政治體制下操控地方的民國紳士。他是《動搖》中被革命風潮嚇得躲進城市的舊派老紳士。《子夜》中關於曾滄海的敘述不是《動搖》中類似故事的重複，而是《動搖》中地方紳士故事的延續和補充。

吳蓀甫家兩代侍郎，自然也不會與門第普通的人家結親。小說中曾滄海常自詡為鼎鼎望族也並非虛言。曾滄海的資歷遠非《動搖》中胡國光這樣在辛亥革命中發跡的紳士可及。在中國傳統社會中，社會管理通過自上而下的皇權和自下而上的紳權形成一種雙規政治模式。在基層社會中，紳士階層是社會事務的實際操控者。〔註 194〕在清季民初的地方自治運動中，地方紳士獲得了更大的權利。〔註 195〕曾滄海這樣的紳士階層成了鄉土社會的「土皇帝」。這在一個側面顯示了包括吳家在內的地方紳士的某種特殊地位。而更重要的是，《子夜》中對曾滄海的敘述勾勒出了國民革命前後社會結構和經濟發展變化的一種典型風貌。

上海這樣聲光電化的大都市並沒有能吸引曾滄海這樣的老鄉紳。正如傳統社會中，在通都大邑做官的知識精英階層卸任之後要返回鄉土故地一樣。當國民革命落潮以後，他回到了老家雙橋鎮，渴望繼續做一方的「土皇帝」。

儘管，那些喊著「打倒土豪劣紳」的「嚷嚷鬧鬧的年青人逃走了，或是被捕了，雙橋鎮上依然滿眼熙和太平之盛……另一批並不吶喊著要『打倒土豪劣紳』的年青人已經成了『新貴』」。〔註 196〕曾滄海的「統治」卻從此動搖了。國民革命在一些根本性層面上改變了中國基層社會的秩序。國民革命時期的反紳

〔註 193〕茅盾：《子夜》，第 92 頁。

〔註 194〕參見費孝通：《鄉土重建》，長沙：嶽麓書社，2012 年，第 45～49 頁。

〔註 195〕魏光奇：《清末民初地方自治下的「紳權」膨脹》，《河北學刊》2005 年 11 月第 25 卷第 6 期。

〔註 196〕茅盾：《子夜》，第 92 頁。

浪潮實際上的確削減了地方紳士的力量。現代知識分子也在國民革命時期和之後的政治體制變革中，取代了傳統紳士在基層社會的管理職能。傳統紳士的政治權威一落千丈。「曾滄海的地位降落到他自己也難以相信：雙橋鎮上的『新貴』們不但和他比肩而南面共治，甚至還時時排擠他呢！」〔註 197〕

這部受到左翼文學推崇和標榜的作品，在細節上其實透露著與《蝕》類似的對革命的幻滅虛無之感。國民革命期間的激進政策只是把鄉紳們趕到了城市。而常態化的政策卻真正使把控地方的紳士失去了權力。

此外，《子夜》也透露出除暴力革命與政治體制變革之外，經濟發展更是悄無聲息地深刻改變著地方社會的格局。雙橋鎮已經有了「新發達的市面」和「種種都市化的娛樂」。雙橋鎮業已浮動著日益濃厚的商業氣息。一些在新局面下獲得較高經濟收入的人，在基層社會的地位也在上升。土販李四就「跟著雙橋鎮的日漸都市化」，「潛勢力也在一天一天膨漲」〔註 198〕。但面對著「掙錢的法門比起他做『土皇帝』的當年來真是不可同日而語」的局面，曾滄海並沒有做好經濟收入方式的轉型。傳統紳士階層政治地位的下降，導致了許多傳統經濟來源的枯竭。傳統紳士曾滄海在經濟上成了單純的高利貸者——「放印子錢」、盤剝農民的土地——靠著僅有的一點餘威壓榨鄉里。

20 世紀三十年代初，政治和經濟上的現代化進程逐漸擠壓著地方紳士的政治權利和社會地位。《子夜》中的曾滄海也正代表了鄉土社會中政治和經濟已雙重失利的紳士階層。政治經濟的雙重轉型讓紳士階層逐漸衰落，但這種變化卻並沒有深入這一階層的心理樣態。

曾滄海依舊自矜於自己的身份地位，常以鼎鼎望族自居。以至於土販李四在大街上「拉拉扯扯直呼曰『你』，簡直好像已經和曾滄海平等」時，他覺得「委實是太難堪了」〔註 199〕。在傳統四民社會中，「即使最低微的生員，也會在社會生活中擁有普通人沒有的威懾力。士紳與平民不斷在日常生活的各種細節中區分彼此，從而共同維護各自在權力關係中的身份」〔註 200〕。但政治經濟形態的變化，卻在瓦解著傳統社會中「紳」與「民」的等級差異。

也正是貪戀於過去的地位，曾滄海的內心總是湧動著捲土重來的強烈願望。

〔註 197〕茅盾：《子夜》，第 92～93 頁。
〔註 198〕茅盾：《子夜》，第 104 頁。
〔註 199〕茅盾：《子夜》，第 104 頁。
〔註 200〕李濤《士紳階層衰落化過程中的鄉村政治——以 20 世紀二三十年代的浙江省為例》，《南京師大學報》（社會科學版）2010 年 1 月第 1 期。

在得知兒子曾家駒有國民黨黨證之後，曾滄海盤算著借助當權政黨的勢力再度翻身。但他的努力卻只是將《三民主義》視為帝制時代的聖訓供奉。曾滄海的思想觀念和政治手段是舊式的。茅盾也毫不留情地用孩童的尿來澆濕這個衰落腐朽的傳統紳士的政治幻想。農民暴動更是直接徹底結束了曾滄海的生命。

隨著傳統政治體系逐漸為現代政治體系所替代，曾滄海這個老鄉紳已經不再擁有掌控地方的能力。曾滄海代表著與吳老太爺不同的另一種舊中國的腐朽，代表了一種已經落後的社會形態。這樣的人曾進入大都市，卻還是選擇返鄉，最終腐爛在了鄉土社會裏。

從劣紳的層面上來說，曾滄海連作惡的能力都是十分有限的。他在現代政治體制下已經無計可施，盤剝農民的手段也是簡單粗暴。如果說《動搖》中的劣紳胡國光，顯現出了民國劣紳的狡猾，那麼曾滄海身上無疑表現出了老派紳士在現代社會的笨拙、迂腐及僅存的一點可笑的虛榮心和妄想症。曾滄海代表了落寞而又缺乏道德操守的傳統紳士愚蠢的困獸猶鬥。

老鄉紳曾滄海政治經濟地位的變化代表了中國社會政治經濟現代化進程的階段特徵。他最終死於農民暴動也反映了當時鄉土社會的突出矛盾。茅盾要以有限的篇幅最大程度地展現鄉村社會，這樣的題材無疑是不錯的選擇。鄉鎮的這種變化構成了中國資本主義發展的重要環節，也成了吳蓀甫在家鄉打造文明鎮以及在城市發展民族工業的宏觀社會時代背景。

茅盾以沒有實地經驗為由，棄用了瞿秋白關於農民暴動和紅軍活動的寫作意見。〔註 201〕《子夜》中的農民暴動，僅是表現老鄉紳曾滄海經歷的一種陪襯。茅盾對於紳士階層內部變動分化的興趣顯然遠大於展現單純的農民運動。而在小說中，農民暴動很大程度上源自紳士階層的變動。茅盾所想要表現的是傳統紳士階層逐漸蛻化之下的鄉村，而不是階級論框架下爆發著農民運動的鄉村。

曾滄海的故事蘊含了當時社會結構變動的諸多因素。現代政治體制的建立和現代資本主義經濟的發展，從根本上改變著基層社會的權力結構。基層社會的這種變化又構成了吳蓀甫打造文明鎮理想的基礎。由此相伴而生的是對傳統紳士階層道德行為約束體制的崩盤。這也造成了基層社會原來的掌控者——地方紳士的劣質化。〔註 202〕劣質化的紳士用強弩之末的餘威和落後的

〔註 201〕茅盾：《我走過的道路》（上），第 502～503 頁。

〔註 202〕肖宗志：《清末民初的紳士「劣質化」》，《貴州師範大學學報》（社會科學版）2004 年第 6 期。

經濟方式對農民極盡盤剝。傳統社會的紳民關係不復存在。而矛盾激化產生的階級暴動，又對基層社會初步興起的現代文明構成某種打擊和反叛，也最終斷送了吳蓀甫在家鄉推進現代商業文明的構想。

不僅如此，茅盾也注意到了鄉土社會中，靠土地盤剝農民的劣紳的另一種生存方式。《子夜》中的馮雲卿也是小說不厭其煩講述的人物。老鄉紳曾滄海很快被起義的農民殺死，多少讓茅盾有點意猶未盡吧。及早進城躲避農民暴動危險的馮雲卿，代表了與曾滄海類似的老鄉紳，在當時社會結構變動中的另一種可能性。

茅盾並沒有像三十年代的許多左翼小說那樣，將這樣一個高利貸剝削者塑造為一個土財主，而是賦予了馮雲卿獨特的文化身份。馮雲卿是「前清時代半個舉人」〔註 203〕。如果缺乏對科舉制度的瞭解，我們多半會把「半個舉人」當成一種比喻。其實，半個舉人是對科考功名的一種俗稱。「鄉試中副榜，世稱半個舉人者。」〔註 204〕在清康熙以後的科舉考試制度中，各省鄉試除正榜以外，還會取副榜，又稱「副貢」。副榜接近於中（zhòng）式，但還是不能以此參加會試。〔註 205〕在前清，馮雲卿有科舉正途出身，雖功名層次卻不並高，但也給予了他紳士的特殊身份和地位。與曾滄海這樣一方的「土皇帝」相比，馮雲卿「進不了把持地方的『鄉紳』班」。馮雲卿身上正展現了茅盾對於傳統紳士階層中不同類型的興趣。馮雲卿是民國時期地方紳士階層經濟生存樣態的某種典型。

30 年代的左翼小說中不乏大量書寫農民階層飽受盤剝之苦的敘述。《子夜》中，也詳細描述了土地經營盤剝的具體細節。正如上文所述，傳統紳士在民國時期已經由於社會結構的變化，而成為單純的高利貸者。而這種高利貸者的目的卻並不在於貨幣形式的財富積累而在於土地兼併。馮雲卿「放出去的鄉債從沒收回過現錢；他也不稀罕六個月到期對本對利的現錢，他的目的是農民抵押在他那裡的田。他的本領就是在放出去的五塊十塊錢的債能夠在二年之內變成了五畝十畝的田！這種方法在內地原很普遍」。〔註 206〕馮雲卿的特殊之處還在於他在盤剝農民，兼併土地時的精明。與曾滄海簡單粗暴的收租

〔註 203〕茅盾：《子夜》，第 209 頁。

〔註 204〕劉成禺著；蔣弘點校《世載堂雜憶》，太原：山西古籍出版社，1995 年，第 9 頁。

〔註 205〕李樹：《中國科舉史話》，濟南：齊魯書社，2004 年，第 284 頁。

〔註 206〕茅盾：《子夜》，第 209 頁。

方式不同，馮雲卿是有名的「笑面虎」，他的「『高利貸網』布置得非常嚴密，恰像一隻張網捕捉飛蟲的蜘蛛，農民們若和他發生了債務關係，即使只有一塊錢，結果總被馮雲卿盤剝成傾家蕩產，做了馮宅的佃戶——實際就是奴隸，就是牛馬了！」〔註 207〕茅盾將馮雲卿定性為了一個從事土地經營的精明剝削者，「在成千上萬貧農的枯骨上，馮雲卿建築起他的飽暖荒淫的生活」〔註 208〕。

民國初年的政局動盪更是使馮雲卿獲得了掌控地方政治的機會。「齊盧戰爭時，幾個積年老『鄉紳』都躲到上海租界裏了；孫傳芳的兵隊過境，幾乎沒有『人』招待，是馮雲卿挺身而出，伺候得異常周到，於是他就擠上了家鄉的『政治舞臺』。」

傳統紳士的身份使他獲得了與軍人勢力勾結的機會。軍紳勾結則讓「他的盤剝農民的『高利貸網』於是更快地發展，更加有力；不到二年工夫，他的田產上又增加了千多畝……」〔註 209〕

由紳士變為土財主的馮雲卿及時地意識到了農民暴動和土匪的危險，由鄉村進入了上海這個現代化大都，成了「海上寓公」。小說中，馮雲卿的稱謂幾經變化，半個舉人、鄉紳、土財主地主……在這種身份轉化中，馮雲卿的生存樣態也在發生變化。

姨太太是茅盾關於劣紳敘述中幾乎不可或缺的人物形象。馮雲卿生活的都市化也借助了姨太太的形象加以完成。馮雲卿的九姨太這個原本就生活在城市女性，已經不再是鄉紳家宅內爭風吃醋的舊式小妾，而能周旋於都市生活，精通人情世故。初到上海的馮雲卿面對綁票的威脅束手無策，他的姨太太卻能靠著交際權貴的姨太太的本領解決問題。面對上海這樣的現代化都市，馮雲卿不得不感慨「自己一個鄉下土財主在安樂窩的上海時，就遠不及交遊廣闊的姨太太那麼有法力！」〔註 210〕

家中田地千畝的地主馮雲卿即便搜刮了所有的現款，其資本總量在上海這樣的城市連放高利貸的資格都不夠。在資本主義經濟形態佔據主要地位的城市中，傳統土地經營模式已經成為一種落伍的形態。為了維持開銷，馮雲卿不得不採取公債這種能夠直接以貨幣獲取貨幣的現代資本運作模式。

〔註 207〕茅盾：《子夜》，第 210 頁。
〔註 208〕茅盾：《子夜》，第 210 頁。
〔註 209〕茅盾：《子夜》，第 210 頁。
〔註 210〕茅盾：《子夜》，第 230 頁。

而精於放高利貸盤剝農民的馮雲卿卻在公債市場遭遇了重大損失。以至於他最終拋下了詩禮傳家的面子，教唆親生女兒獻身公債魔王趙伯韜企圖換取公債的內幕消息。最終卻被女兒的愚蠢害得傾家蕩產。

精於傳統土地經營模式的鄉村紳士，在進城經商的過程中水土不服而嗆水。社會結構的變動帶來了傳統紳士階層經濟來源的變化。清季民國時期，傳統紳士階層畸形的經濟模式對農民的盤剝如圈地運動一般，以土地兼併的方式將農民擠出土地，擠向城市。而因盤剝農民激起的暴力反抗也將原本穩居鄉里的紳士階層嚇到了城市。在這種社會階層的躁動中，中國資本主義發展獲得了失地農民作為勞動力，現代金融業也獲得了土地盤剝的現金收益。傳統紳士階層在這一過程進入城市定居，完成了從鄉居紳士到「海上寓公」的轉變，又在城市的現代資本生產方式中徹底失敗。

同樣面臨著這種轉型過程的紳士階層還包括了《子夜》中與趙伯韜一起做公債生意的尚仲禮。這位人稱「仲老」的長者，有著「三寸多長的絡腮鬍子」，「方面大耳細眼睛，儀表不俗」。政權的變化使他無法進而為官也無法退而為紳，「由官入商」，「弄一個信託公司的理事長混混，也算是十分的委屈了。」〔註 211〕曾經做過縣官的何慎庵也無法走上「出則為官，退則為紳」的軌跡，而成為了都市公債市場的金融投機商人。

在傳統四民社會士農工商的排序中，商人屬於最末一流，「士」方為四民之首。但隨著經濟的發展，傳統社會的知識精英不由自主地捲入了現代商業的洪流，完成了由紳到商的徹底轉變。

九、由紳士到地主的形象流變

在許多革命文學作品中，不僅紳士的文化意味被全部抹去，就連紳士在地方事務上的作用也被極大的淡化。紳士與農民的經濟關係和由此產生的社會危害成了這些文學創作中最著力表現的內容。國民革命時期出現的「土豪劣紳」這一稱謂以及對「土豪劣紳」的定性極大地影響了現代作家對紳士形象的書寫。左翼文學中，政治上所謂的「土豪劣紳」名目逐漸退出，劣紳開始以更具體、更偏向於社會現實的形態出現。而「土豪劣紳」作為國民革命時期重要的政治口號，也一直出現在以國民革命前後一段時間為背景的文學作品中。直到四十年代也是如此。

〔註 211〕茅盾：《子夜》，第 47 頁。

但另一方面，我們也看到在中央蘇區的文學創作中，地主這樣的稱呼開始更廣泛的出現，並逐漸取代了「土豪劣紳」。在具有代表性的土改文學作品中，紳士形象已經十分稀薄了。

在丁玲的《太陽照在桑乾河上》中，村裏有名的老秀才馬大先生，「這次又寫了黑頭帖子到縣上去，告村幹部是『禍國殃民，陰謀不軌』，說他們是傀儡，村上幹部把這封信從區上拿了回來，大家都看了，誰也不懂，大家都笑著問：『什麼叫傀儡？』如今在村子上沒有人理他，他兒子都不愛同他說話，從前他媳婦就是因為他，因為那個老毛驢才跑走的。那傢伙簡直不是人，如今六十多歲了，還見不得女人。全村子誰不知道他。」〔註 212〕秀才這樣帝制時代的紳士只出現在婦女的閒談中，並以一個怪人的形象一閃而過。「紳士」在小說還成了一種不太革命的氣質。「文采同志正如他的名字一樣，生得頗有風度，有某些地方很像個學者的樣子，這是說可以使人覺得出是一個有學問的人，是賦有一種近於紳士階級的風味。但文采同志似乎又在竭力擺脫這種酸臭架子，想讓這風度更接近革命化，像一個有修養的，實際是負責——拿庸俗的說法就是地位高些——的共產黨員的樣子。」〔註 213〕周立波的《暴風驟雨》中，則已完全不存在傳統意義或民國意味的紳士了。取而代之的是「封建剝削地主」這樣更切合土改政策的稱呼。

由革命文學到左翼文學再到延安文藝，鄉村社會秩序被越來越多地簡化為經濟關係上的剝削與被剝削，政治上的壓迫與被壓迫，而逐漸地脫離了具體歷史情境中鄉土社會的多樣性與繁複性。所有的議題被歸結到了生存，活下去成了壓倒一切的力量。求生存的壓力下所有的社會秩序與規則都是可以而且應該被打破。紳士則成為了這種生存鬥爭的具體對象，並逐漸被卸除了所有的文化意味和積極的社會管理意義，最終成了萬惡的封建地主階級。

隨著民國的建立，新的知識精英群體，伴隨新式學堂教育制度的確立，逐漸成長起來。他們與傳統紳士之間不可避免的千絲萬縷的聯繫，形成了矛盾與張力，反映在舊家庭題材小說中，也反映在一系列中國現代文學敘述中。觀察這一系列演進中的中國現代文學敘述，紳士形象的裂變，也表徵出知識

〔註 212〕丁玲：《太陽照在桑乾河上》，見張炯主編；蔣祖林，王中忱副主編：《丁玲全集》第 2 集，石家莊：河北人民出版社，2001 年，第 17 頁。
〔註 213〕丁玲：《太陽照在桑乾河上》，見張炯主編；蔣祖林，王中忱副主編：《丁玲全集》第 2 集，石家莊：河北人民出版社，2001 年，第 68 頁。

精英群體社會認知的變化，表徵出時代本身的變革。這樣的矛盾和張力同樣投射在知識分子自我的精神世界中。如何體認時代，如何體認自我？時代巨變之下，知識分子面臨著身份抉擇和思想轉變。

第三編　知識精英的身份抉擇與思想轉變

隨著清王朝的覆滅，傳統紳士階層以個人聲望獲得民眾支持和社會政治地位的局面也逐漸瓦解。民國初年，政局甫定，曾在清季民初的社會政治轉型中扮演重要角色的傳統紳士旋即受到革命黨人和軍界勢力排擠。除了政治地位的下降之外,傳統紳士階層以紳士地位獲得經濟收入的渠道也日漸枯竭。高門望族、簪纓世家在政治和經濟兩方面都開始陷入前所未有的窘境。而傳統紳士曾引以為傲的文化資本也在新文化運動中遭受激烈的批判，被視為腐朽落後的代名詞。傳統紳士在實際生活中沒落了，在中國現代文學中的形象也逐漸走低。民國時期，官方不再對傳統紳士階層的道德行為做任何的規範和約束。「劣紳」成了對紳士階層的整體印象。國民革命時期，紳士階層更是在政治上被歸為「土豪劣紳」，成了被打倒的對象。在鄉土文學和左翼文學作品中，我們已經難以尋覓紳士在地方事務中發揮積極作用的敘述了。在社會政治轉型與文化激變中，正派紳士如何自處，現代作家又怎樣看待這些傳統知識精英的困守與沉淪？另一方面，耕讀進仕之路中斷以後，接受了新式教育的知識階層將會展開什麼樣的職業生涯？社會、政治、經濟的現代轉型又會使他們的思想意識發生怎樣的轉變？此類文學書寫背後又反映了同樣身處於這種變革之下的現代作家怎樣的精神世界？本章將從中國現代文學相關作品中找到對這些問題的一種解答。

第一章　傳統紳士階層的堅守與沉淪

> 一個傳統的比較正直的紳士，他明白自己已成為這個時代的落伍分子，在政治上又遭受了前所未聞的壓迫，若是他真能以社區人民的利益為重，為了不願意得罪農民，或者甚於慈善的心腸，他就寧願潔身引退，不再過問地方的公務。〔註 1〕
>
> ——胡慶鈞

帝制時代，紳士階層的社會聲望並不僅僅是源自於皇權所賜予的特權或是財富。民眾對於紳士階層的敬仰和尊崇，有很大一部分源自於信守儒家道德的紳士階層對自身修養的注重，對地方公益的貢獻以及對民族國家大義的責任與擔當。在清季新式學堂的興辦中，紳士是其中最重要的力量。清末施行新政時，紳士階層依然是主角。辛亥革命爆發後，紳士階層是各地光復的主要力量。而在實際社會生活層面，正派紳士也在與官方的博弈中維護地方利益，並在主持著善會善堂、義塾義倉等公益事業，處理民間糾紛時一度起過積極作用。民國建立以後，隨著社會政治經濟體制的轉型，紳士階層的劣質化成為了一種普遍的社會公害。然而，傳統紳士階層積極正面的形象卻依然殘留在一部分現代作家的記憶中。正派傳統紳士在民國社會中的道德的堅守和生存的困境也同樣在中國現代文學作品中有所表現。

一、困頓的正派紳士與艱難的道德堅守

在茅盾的《霜葉紅似二月花》中，江南小鎮上的錢家是帝制時代遺下的

〔註 1〕費孝通，吳晗等著：《皇權與紳權》，第 114 頁。

碩果僅存的真正的望族大戶。錢家的老爺錢俊人是當地極有名望的紳縉。前清時候縣裏頗有幾位熱心人,「錢俊人便是個新派的班頭,他把家產化了太半,辦這樣,辦那樣」。〔註 2〕而錢俊人這樣一番正派紳士全然不計較自己經濟利益得失,推進地方現代化的努力沒有成功。直到去世前兩年,依舊風采不減當年的錢俊人就對與自己一起辦新派事業的紳縉朱行健感慨:「從戊戌算來,也有二十年了,我們學人家的聲光電化,多少還有點樣子,惟獨學到典章政法,卻完全不成個氣候,這是什麼緣故呢,這是什麼緣故呢?」〔註 3〕而帶著未能實現改良社會理想的錢俊人卻在壯年闔然離世。

錢俊人作為一位致力於地方利益的正派紳士,即便是去世多年以後,仍舊在鄉里擁有極高的聲譽。錢家莊的農家老漢因為與錢家同宗,小時候在錢家的家塾讀過書,穿著周正時也會受到鄉人的稱讚:「畢竟是『錢府』一脈,有骨子。」〔註 4〕更重要的是錢俊人作為正派有為的紳縉,為兒子錢良材提供了管理地方事務的某種政治資本和資格。小曹莊的村民認識錢良材,因為他是赫赫有名的錢俊人錢三老爺的公子。在錢家莊,錢良材的地位也與錢俊人的聲望密切相關。錢俊人桑梓服務的理想和言行,深深的感染和影響了自己的兒子去完成未盡的事業。錢良材已經不具備錢俊人那樣的傳統身份,卻依舊竭盡著正派紳士的職責,誠摯地關心鄉民的利益。

可歎的是,這個花了父子兩代人心血和金錢的小村莊並沒有變得更好,貧困的鄉下人也並未從那些改良運動中獲益,錢俊人父子只得到了紳縉地主們的仇視。錢家也在社會變革中家資越來越薄。在清季民國的轉型時期,單純依靠正派紳士的個人聲望和財富改善社會的道路走到了逼仄的絕境。

曾經緊跟在錢俊人身後辦新派事業的紳縉朱行健,已經是「縣城裏最閒散,同時也最不合時宜的紳縉」。他的什麼主張「平時就被人家用半個耳朵聽著」〔註 5〕。朱行健既沒有像紳縉趙守義那樣以殘酷土地剝削和高利貸收入盤剝鄉人財富,也沒有像另一位紳縉王伯申那樣開始經營現代商業。他選擇了原地困守,並沉浸在自己的愛好中。

朱行健半路出家,研究格致之學,買各種化學藥品做實驗。在民國初年,朱行健還在操著清季士人的「師夷長技」,頗有些落伍了。最可悲的是,民國

〔註 2〕茅盾:《霜葉紅似二月花》,第 39 頁。
〔註 3〕茅盾:《霜葉紅似二月花》,第 39 頁。
〔註 4〕茅盾:《霜葉紅似二月花》,第 190 頁。
〔註 5〕茅盾:《霜葉紅似二月花》,第 40 頁。

以後化學藥品的名稱變化，讓他連做化學實驗這點愛好都變得困難。小說花了不少篇幅來描寫朱行健這位老紳縉如何操持自己的愛好。他會用量筒測量當地的降雨量，做實驗分析西洋煙火九龍炮的內部化學成分，也希望買一臺顯微鏡看到微觀世界中的精彩。朱行健對於格致之學的態度並不以一般的實用或使用為目的，這與清季維新一派的基本理念是不同的。他實際上是把科學技術當成了傳統書齋之學加以玩賞。

不過，這樣一位「老頑童」仍舊讓其他紳士忌憚，原因在於他終究是正派紳士，能夠為了公益而發起「傻勁」來全然不顧及自身利益。當面對涉及地方公益的大事件時，他還一改平時閒散的作風，主張清查善堂十年的帳目，用善堂的款項疏通河道，解決輪船運營帶來的農田水患。趙守義原本滿以為早年在縣城裏「鬧維新」朱行健會支持平民習藝所這樣看著新派的地方事務。但是，當少爺班們熱心用善堂辦現代慈善事業平民習藝所時，朱行健能清醒地指出其中的癥結和風險。從一些為數不多的關於朱行健參與地方事務的細節中，我們能感受到他沉迷於科技其實是一種逃避。曾與錢俊人熱心辦新派事業的朱行健對於聲光電化的喜好，其實來自於對典章政法改革的失望情緒。在實際事務層面，他的影響力急劇下降，雖然還當著善堂的董事，但最大的決定權還是在經濟實力上更強大的紳縉趙守義一方。

民國以後，正派紳士在社會變革中逐漸迷茫消頹，沉浸在自己的世界裏。正派紳士雖然依舊關心地方公益，在隨著政權更迭及由此帶來的政治地位和經濟實力的下降，他們的影響力和控制力都在急劇地衰落。而一些注重土地經營收入或轉向現代商業的紳士在地方的影響力逐漸增大，並在唯利是圖中日漸劣質化。

在清季民初社會政治的劇烈震盪中，傳統紳士階層上層的一部分正派紳士疏遠地方政務，舊式望族也因之逐漸衰敗。《動搖》中對縣城陸氏一門的敘述正是對當時傳統正紳隱退，舊式貴族失落的真實反映。國民革命背景下的小縣城，除了革命者與劣紳的對陣之外，作者用了有別於整部小說的語言風格和敘事節奏來描述這支沒落的貴族。這些對陸氏一門精雕細琢的敘述，蘊含了許多值得玩味的細節。

陸家在小說中一出場就顯出高門大宅，名門望族的氣勢。陸府位於「縣城內唯一熱鬧的所在」〔註 6〕，坐落在以陸家姓氏命名的陸巷。陸府門前掛著

〔註 6〕茅盾：《蝕》，第 21 頁。

「翰林第」的匾額，府內則是個三進的大廈。陸氏先人在前清極為顯赫：「陸家可說是世代簪纓的舊族。陸慕遊的曾祖是翰林出身，做過藩臺，祖父也做過實缺府縣。」〔註 7〕清代，在科舉殿試中獲得一甲的狀元、榜眼、探花可直接進入翰林院。「翰林作為科舉制度所產生的金字塔形人才排列的頂類層次，備受世人的青睞與推崇，對明清兩代尤其是清代的社會生活產生不可忽視的影響。」〔註 8〕頂級科場功名和高層仕宦生涯使陸氏一門獲得了紳士階層上層的尊崇地位。

此外，有學者曾測算，19 世紀晚期，紳士加上直系親屬，約占當時全國總人口的 2%，但卻獲得了國民生產總值的 24%；紳士人均收入為普通百姓的 16 倍。〔註 9〕陸氏一門這樣世代簪纓的紳士階層上層，不但擁有極高的政治地位和社會地位，而且持有大量的社會財富。陸家就在縣城最繁華地段有顯赫府邸。小說處處在細節上凸顯陸氏高門巨族的舊式繁華。我們大可想見這曾經是一個怎樣富貴雙全的望族。

《動搖》中的陸氏一門被塑造為了充滿舊式風雅氣息的貴族之家，是過去一個時代的縮影。茅盾以典麗古樸的語言風格和舒緩綿長的敘事節奏，塑造起一個正派傳統上層紳士溫文爾雅、正直豁達的形象，建立起高門巨族詩禮美德的傳統氛圍。

陸三爹之父在任時「著實做了些興學茂才的盛世」〔註 10〕。秉持聖人之徒理念的陸三爹也一直恪守祖業，不慕榮利，怡情詩詞，有著曠達豪放的名士風流。他身為詞章學大家，多有門生是縣裏頗有勢力的正派人士。在面對諸如婚姻自由這樣的新派觀念時，他也體現出了傳統正派紳士階層的開明姿態。在對待窮苦民眾方面，陸家的大宅讓鄉下貧苦的本家住著，陸三爹也曾幫助過窮無所歸的鄉下女子。他的女兒陸慕雲孝養老父，操持家業，有著世家閨秀的溫婉與才情。面對革命亂象和自身危急處境時，這位出身於上層紳士家庭的閨秀，表現出了較之接受過新式教育的時代女性更理性沉穩的氣度和從容不迫的膽識。即便是陸家的不孝子陸慕遊與一臉姦猾的胡國光和滿身

〔註 7〕茅盾：《蝕》，第 22 頁。

〔註 8〕邸永君：《清代翰林院制度》，北京：社會科學文獻出版社，2007 年版，第 6 頁。

〔註 9〕張仲禮著：《中國紳士的收入——中國紳士續篇》，費成康，王寅通譯，第 324～326 頁。

〔註 10〕茅盾：《蝕》，第 24 頁。

俗氣的王榮昌並站一處時，「到底是溫雅韶秀得多」〔註11〕小說中還多次借他人之口，說陸慕遊的胡作非為只是受人愚弄，而他的本性還是到底不壞。足見作者對這個名門子弟的偏袒。

然而，小說在彰顯陸府簪纓之家的貴族氣質時，又不斷暗示紳士階層上層現下的落寞。小說中，陸府的一草一木、一人一事，都蘊含著值得玩味的喻指。陸府的古色古香是充滿「傷感」的。「折桂」有科舉高中之喻。而陸府「正廳前大院子裏的兩株桂樹，只剩的老幹」〔註12〕，無花堪折。陸府中的臘梅「開著寂寞的黃花，在殘冬的夕陽光下，迎風打戰」〔註13〕，顯出明日黃花一般時過境遷的悵惋。因東漢大儒鄭玄而揚名的書帶草，本為後學儒生仰慕先賢的信物。但陸府的階前書帶草「雖有活意，卻毫無姿態了。」〔註14〕陸府的景象正暗示出陸三爹這樣出身上層紳士家庭的讀書人只能苟活亂世，而無力作為。陸府的人丁單薄更顯出傳統紳士階層上層的衰退凋零。

晚清的變革與中華民國的建立，使如陸三爹一般身處時代驟變的傳統正派紳士由於種種主、客觀原因失去了掌控地方的地位和能力。「辛亥革命後，傳統紳士藉以安身立命的功名、學歷和身份等級失去了制度支持和『合法性』」。〔註15〕「民國建立，倡民權平等，紳士曾經擁有的傳統特權和利益不復存在。」〔註16〕出身翰林之家的陸慕遊，雖然幼承庭訓，卻連一篇就職講話稿也要假手於人。陸三爹本人也早已沉溺舊學，不問世事。出身於傳統紳士階層而缺乏現代教育背景的世家子弟，在民國的政治體制下，已不具備基本的政治技能。傳統紳士階層政治地位的喪失，使陸家這樣的簪纓望族也不得面臨著家計逐漸拮据的窘況。曾處於紳士階層上層的陸氏一門在新的國家政治體制下可謂富貴皆失。

在國民革命中經歷了種種反紳浪潮和政治運動的茅盾，在《動搖》中，以明顯帶有偏袒與溢美的筆調塑造了與「劣紳」相對的「正紳」形象。從中我們可一窺出身於中下層紳士家庭的茅盾，對簪纓世家的正派紳士揮之不去

〔註11〕茅盾：《蝕》，第25頁。
〔註12〕茅盾：《蝕》，第23頁。
〔註13〕茅盾：《蝕》，第23頁。
〔註14〕茅盾：《蝕》，第23頁。
〔註15〕王先明：《歷史記憶與社會重構——以清末民初「紳權」變異為中心的考察》，《歷史研究》2010年第3期。
〔註16〕肖宗志：《清末民初的紳士「劣質化」》，《貴州師範大學學報》（社會科學版）2004年第6期。

的尊崇與敬畏。

在傳統社會中，「正紳是社會秩序的維護者」，「又是百姓的楷模」，對傳統基層社會發揮著領導、教化的作用。〔註 17〕伴隨著清季民初的社會變革，陸三爹這樣的傳統正派紳士雖恪守道義品格，卻在客觀上失去了參與地方政治的條件，且在主觀上也完全隱退於故家舊宅，無心世事。這也正是當時的湖北省「士紳階級乃退於無能。公正人士，高蹈邱園」〔註 18〕歷史局面的縮影。當正紳退出了基層管理以後，一些品行低劣者開始填補這些空缺。於是，有了胡國光這樣假公濟私，鑽營奔走，危害地方的劣紳充斥於基層社會。

《動搖》中刻畫的曾煊赫一時的陸家，在新時代中雖失落蕭條，卻仍充滿舊式貴族的才情道德。但陸三爹所代表的傳統正派紳士已失落了過往的濟世精神與能力。小說對傳統紳士階層上層的細膩刻畫，隱隱透露出親歷國民革命動盪局勢的茅盾對正紳隱退的歎惋以及對正紳主事的懷想。同時，這部分敘述也避免了作為革命者的現代知識分子和作為反革命者的劣紳之間簡單的二元對立局面。陸府這一門隱退的正紳，失落的貴族，構成了《動搖》所展現的國民革命時期基層社會亂象中一道深邃幽隱的背景，賦予了整部小說歷史的縱深感。

二、紳士階層與封建勢力

國民革命退潮以後，紳士在文學中的形象每況愈下，在左翼作家筆下尤其如此。紳士階層要麼是土豪劣紳這種政治術語的文學再現，要麼是腐朽舊道德舊秩序的偽善衛道士。

《子夜》這部被視為左翼文學最大收穫的小說創作中，也出現了馮雲卿、曾滄海這樣的劣紳形象。而對於裏面一個頗為典型的人物形象吳老太爺，我們一直過於簡單地將其視為落伍封建勢力的代表。

誠然，茅盾的確有意以吳老太爺預示「五千年老僵屍的舊中國也已經在新時代的暴風雨中間很快的在那裡風化了！」〔註 19〕小說中繪聲繪色地表現

〔註 17〕肖宗志：《清末民初的紳士「劣質化」》，《貴州師範大學學報》（社會科學版）2004 年第 6 期。

〔註 18〕湖北省民政廳編：《湖北縣政概況》，第 1039 頁。轉引自——王先明：《歷史記憶與社會重構——以清末民初「紳權」變異為中心的考察》，《歷史研究》2010 年第 3 期。

〔註 19〕茅盾：《子夜》，第 28 頁。

著「老太爺在鄉下已經是『古老的僵屍』……現在既到了現代大都市的上海，自然立刻就要『風化』。」〔註20〕但另一方面，吳老太爺這樣人物形象又透露許多難以用小說秉持的社會科學理論加以理解的細節。

「祖若父兩代侍郎」，代表著吳家具有高層仕宦生涯。這樣的經歷使吳家人在雙橋鎮成為具有上層紳士地位的家族。這種特殊的家庭背景指明了吳家在傳統社會中的經濟、政治特權和文化精英的地位，也凸顯了吳老太爺在帝制時代作為紳士階層的獨特身份。更重要的是，《子夜》中還特別交代了吳老太爺的政治立場：「三十年前，吳老太爺卻還是頂括括的『維新黨』」，「滿腔子的『革命』思想。」〔註 21〕他如僵屍般的生活並非出於主觀意願，而是由於「習武騎馬跌傷了腿，又不幸漸漸成為半身不遂的毛病」〔註 22〕。這裡透露出的同情和惋惜是不言而喻的。維新運動是一場思想文化和政治體制的改革。其中包含對傳統文化和政治體制的批判。維新黨人中的很大一部分就是擁有科考功名的傳統紳士。因此，維新運動也可視作傳統知識精英試圖發展中國現代文明的一場改良自救。可見，吳老太爺也並不是清王朝政治集團中抗拒時代變革的頑固派。

《子夜》中，吳老爺視若珍寶的《太上感應篇》也總被視為表現他腐朽不堪的重要意象。那麼，這到底是一本什麼樣的書呢？《太上感應篇》全文僅一千二百多字，以太上老君的口吻，宣揚天人感應、因果報應、抑惡揚善的道理，本質上來說是一本勸人向善的書。此書在古代流傳甚廣，不僅受到知識分子的推崇，明朝的嘉靖皇帝、清朝的順治皇帝都曾為其作序，加以褒獎。這本書又有「民間道教聖典」之稱。〔註 23〕小說中，將吳老太爺對《太上感應篇》的一種虔誠的病態，表現得充滿誇張和諷刺。而吳老太爺所信奉的《太上感應篇》是道教中勸人向善的書。小說中，也強調了吳老太爺「真正虔奉太上感應篇，迥不同於上海的借善騙錢的『善棍』」。〔註 24〕他不僅自己有著真誠堅定的信仰，也努力做著勸人向善的努力：「鐫印文昌帝君《太上感應篇》十萬部，廣布善緣，又手錄全文……」〔註 25〕這種發自內心的對向

〔註20〕茅盾：《子夜》，第 28 頁。

〔註21〕茅盾：《子夜》，第 7 頁。

〔註22〕茅盾：《子夜》，第 7 頁。

〔註23〕謝謙編著：《國學基本知識現代詮釋詞典》，成都：四川人民出版社，1998 年，第 78 頁。

〔註24〕茅盾：《子夜》，第 7 頁。

〔註25〕茅盾：《子夜》，第 25 頁。

善的執念，甚至讓吳老太爺覺得鄉下的動亂不會波及他這樣一個虔心奉善之人。從民國時期傳統紳士階層的集體地劣質化傾向來看，吳老太爺也可算作獨善其身的君子了。

茅盾還忍不住去透露出吳老太爺溫情的一面。吳家一個老僕的兒子，從小聰明伶俐，「吳老太爺特囑蓀甫安插他到這戴生昌輪船局。」〔註26〕精幹的工廠管理人員屠維岳也因為父親是吳家祖輩老侍郎的門生，憑著吳老太爺的推薦信才能到吳蓀甫的工廠謀職。吳老太爺與吳蓀甫父子交惡，但吳老太爺還是為了幫助僕人、友人而有求於兒子。《子夜》中一面譏諷著吳老太爺的癡愚病態，執拗頑固，以至於與「三百萬人口的東方大都市上海」格格不入。一面透露出吳老爺向善的真誠，以及在主僕之誼、世交之情的敦厚體貼。吳老太爺身份與性格的多重性也使得茅盾所要呈現的「五千年老僵屍的舊中國」蘊含著更複雜的意味。

出於特定的政治訴求，茅盾需要在《子夜》中塑造出一個現代社會的對立面——腐朽與保守的封建勢力。這使得吳老太爺被放置於一種被嘲諷的地位，他初到上海後那帶有象徵意味的死亡也顯得十分牽強。但茅盾的內心或許並不想將其作為一個反面人物。如果茅盾需要將吳老太爺塑造為頑固封建勢力的代表，那麼大可將吳老太爺設置為一個純然的保守頑固派人物，而不應該是一個滿腦子革命思想的維新黨。他甚至不應該是一個向善敦厚的正派人士。在表達政治理念之外，茅盾在小說中試圖保有自己的一點認知與情懷。才使得吳老太爺被塑造為一個矛盾分裂的詭異形象。

事實上，茅盾沒有將吳老太爺塑造為一個依靠土地經營剝削農民的地主或是一個鄉村的高利貸盤剝者這樣在我們固有認知中或許更典型的封建勢力。而給予了吳老太爺獨特的文化意味。帝制時代紳士階層的身份也象徵著傳統社會對知識精英的道德要求。從這個意義上看，吳老太爺是民國時代固守著傳統道德的正派紳士。不僅如此，無論是吳老太爺固執、強烈而又保守的道德感，還是他在處事方面的某種體貼，都暗含著傳統社會的某種秩序，是鄉土文明的表徵。從這個意義上看，《子夜》中的現代都市文明就不是一個全然褒義的所在，而看似落後的鄉村文明也不是一個純然被否地存在。吳老太爺向善的虔誠和都市善棍的虛偽，吳老太爺的保守與都市的浮豔都顯示出新舊兩種文明的極端形態。

〔註26〕茅盾：《子夜》，第3頁。

茅盾試圖以政治理念和社會科學理論作為人物設置的某種依據。但這樣的創作方式並不能讓他感到滿足，也抑制了他自身對於中國社會的分析和認識。這種矛盾糾結在吳老太爺身上的集中體現一直沒有得到足夠的認識。

吳老太爺及背後的家族被賦予的傳統文化意味，其實預指著古老中國鄉土文明對新興現代都市文明的排斥衝突。吳老太爺受了現代社會的聲光電化刺激而身亡，象徵著傳統社會觀念和秩序在新興城市文明衝擊下的解體：內地還有無數的吳老太爺，來到上海這樣的資本主義現代社會就肯定會斷氣〔註27〕。更重要的是，曾經作為「革命者」的吳老太爺所具有的社會政治意味，暗示了現代資本主義社會的發展與傳統紳士階層的密切的關聯。作為當時中國社會縮影的吳公館客廳：有金融業的大亨，有一位工業界的巨頭，還有快要斷氣的吳老太爺。但我們卻往往忽略了吳老太爺正是工業巨頭吳蓀甫的父親。吳蓀甫是以吳家三老爺的身份出場的。小說中的大部分場合，吳蓀甫都是以「吳三爺」、「吳老三」這樣帶有家族指向的稱謂被人談及。我們一直將吳老太爺視為吳蓀甫的對立面，而忽略了二者的代際關係。吳老太爺的正派紳士身份和吳家的上層紳士背景暗示了中國現代化進程中，知識精英階層不斷的探索和努力。

誠然，《子夜》是一部是主題先行的小說。但是，茅盾除了在小說中表達特定的政治理念之外，也試圖保有自己的一點認知與情懷。茅盾出身於江南地區一個紳商家庭。在成長求學過程中，他曾受到過一些類似於吳老太爺這樣傳統知識精英的大力幫助。而茅盾的父親是前清秀才，也是一個維新黨。因此，他對傳統知識精英階層保留了很高的敬意，也對作為維新派的父輩改良社會的努力充滿認同和理解。同時，茅盾是中國共產黨的最早一批黨員。他對革命活動的實際參與讓他深切地感受到了清末民國社會政治變革的複雜性。所以，茅盾筆下的吳老太爺也是一個矛盾的人物。對於現代都市而言，吳老太爺是一個古老舊中國的僵屍，對於鄉土社會來說，他是一個溫情善良又可悲可憐的傳統知識精英。小說中，吳老太爺在進入都市後的猝死，也正是展現了民國時期，社會轉型過程中，傳統鄉土文明與現代都市文明的衝突和碰撞。而茅盾既沒有對現代都市文明純然的褒獎，也沒有對鄉土文明做全盤的否定。

從中，我們也看到了，吳老太爺這樣的正派紳士，雖然擁有良好的道德

〔註27〕茅盾：《子夜》，第26頁。

操守，但在劣紳橫行，災禍不斷的鄉村世界卻依舊面臨生存的危機。當他進入城市以後，他所看重和秉持的品格觀念，又被視為落後的代名詞。聲光電化的都市也同樣沒有吳老太爺這樣正派傳統紳士的容身之所了。

三、抗戰烽火的正派紳士

抗日戰爭時期，傳統正派紳士在民族浩劫中的遭際依舊引發著現代作家的創作興趣。帝制時代已經終結了幾十年，而傳統紳士階層依舊在鄉土社會享有一定的權威和地位。端木蕻良的中篇小說《江南風景》就寫了抗日戰爭時期，江南小鎮上紳士的故事。

小說中的伍老先生是受到村民敬重的宿儒。「這伍老先生是激世憤俗的一流，又天生成一副韜晦的性格，自從鼎革之後，也曾在北京作過兩任督學，後來覺得吳玉帥褚璞帥的，弄得他莫名其妙起來，便告了退，謡還鄉里，遁居起來。老先生家自足自給，衣食有餘，翻文弄典，也頗自得。……他原是章太炎先生的高足，又雅慕嚴幾道之為人，所在三十年之前，卻是維新黨。帶著辮子也曾學過聲光化電之學，一面致力的研究的『乙』『𡿺』『啟』『也』那樣的玩意兒，一面卻也念著什麼『奇錄特因』『湢錄奇兒』『以太』『開方』那些學問。」〔註 28〕伍老先生在辛亥鼎革以後能做京官，若非是前清官員也必須有著較高的科舉功名。而伍老先生不僅有著良好的舊學素養，也接受過格致之學的新式教育。伍老先生是養菊名家，家中藏有名貴的書畫作品，夫人也是名門之女，與家中下人的關係也十分親厚。以帝制時代的標準來看，伍老先生不失為一位獨善其身、風雅淡泊的正派紳士。

鎮上另一位名門望族家的李縉紳仍舊混跡於民國政壇，「就憑這點兒剛愎自用，李縉紳就不知建了多少奇功偉業，打倒了多少英雄好漢，而在四十一歲那年就作了本鎮的鎮長。」〔註 29〕抗戰烽火下，傳言官員的官印都是存放在李縉紳的家裏。相比之下，伍老先生本有掌控地方、參與政務的文化資本和政治資本，卻已沉浸在歸隱的狀態。當戰火即將波及小鎮，掌管地方事務的李縉紳已經不知去向，伍老先生依舊安坐家中，守著古籍平靜度日。

然而，戰爭的烽煙打破了伍老先生與世無爭的平靜生活。伍老先生老來得子，但獨子都都卻在鄉下避難時被日本軍隊的飛彈炸死。伍老先生閉門研

〔註 28〕端木蕻良：《江南風景》，南昌：江西人民出版社，1981 年，第 4 頁。

〔註 29〕端木蕻良：《江南風景》，第 3 頁。

究，把古籍上製造炮仗火藥的文獻一條一條抄下來。他奮力在古籍中尋找禦敵之術，甚至找到了黃帝蚩尤大戰時的指南車一類典籍信息加以摘錄，還想把自己的研究登在《杭州日報》上讓大家公開來研究。伍老先生還把造鞭炮的人請到家裏交流，並和家僕一起多次試驗做飛燈。伍老先生廢寢忘食想仿製炸死自己愛子的日本飛彈來殺敵報仇，自己被火燒傷，也不放棄。「伍老先生用最大的耐力與小心來對付這次試驗，彷彿全中國的命運便都與這一次實驗的成功與否有關。」〔註 30〕

但小鎮上卻因為伍老先生製作飛燈試驗，流傳起關於飛燈的各種帶有迷信色彩的流言。甚至認為放飛燈是做漢奸為日本人打信號放飛燈。當鄉民得知飛燈是伍老先生放的，伍老先生走在鎮上受到了各種指謫。他養菊花的風雅嗜好，已經被當地鄉民視為怪癖。鄉民把他當作放七星燈的老妖怪，還指他要七個童男童女的活心來祭。真正的漢奸張巡扦還以伍老先生放飛燈是漢奸來轉移大家的注意力。伍老先生不得不含恨終止自己的嘗試。

日軍入侵，當地的漢奸便衣隊打砸搶了伍老先生的家。伍老先生在與老友茂才公感慨辛亥以來種種變故，表達對國運擔憂和報國責任感時，被打砸搶的人打傷幸而得到花匠、家僕的救助才逃過一劫。劫後餘生的伍老先生只能躺在病床上癡癡地看報紙上杭州失陷的新聞。

小說中，伍老先生執著地努力嘗試以古代中國陳腐的技術抵禦外敵入侵。這種天真和堅持，頗有些堂吉訶德的意味。《江南風景》創作於抗日戰爭的背景之下，也讓人聯想到伍老先生身上的特殊的寓意。小說中的伍老先生素來是不道國家長短的。但在試驗飛燈禦敵的時候，伍老先生卻開始興致高昂地談論起國家與時局。伍夫人和家僕高升從來都是聽到街談巷議罵中國的，說中國人壞、窮、不長進。而伍老先生在研製打東洋人的武器時，兩杯酒下肚就開始大談中華文化之高，中國科學技術曾經的輝煌。伍老先生的愛國熱情也一度高昂「『皮如不存，毛將焉附？國如不存，民何以堪，國人不知自愛，所以為敵所乘。從此，我們必須提高國民自尊心，加強民族自信力，使泱泱乎華冑，重顯於天下……我是老腐敗了，不能忠公為國了，孔子曰糞土之牆，不可壞也。此之謂乎？』伍老先生的兩眼淒迷在一起了，但是心中的熱情仍然不減。」〔註 31〕伍老先生對於傳統文化有著極高的自信和熱愛，但他也並

〔註 30〕端木蕻良：《江南風景》，第 26 頁。

〔註 31〕端木蕻良：《江南風景》，第 25 頁。

不是幼稚地認為自己的研究真的能抗日。伍夫人指出伍老先生造的東西哄小孩玩可以，救國是不可能的。伍先生回答「我豈是不知時務的呢，……我知道這一生也完了，但是，我不還有一分精力嗎，我便用在世上，不能帶到墳墓去……要知道中國是全民抗戰，既然是全民，自然身為小民之一，得也包括在內……吾豈好辦哉，吾不得已也。所求乎盡心焉而已也。……我能作點子什麼，我就作去，成功失敗，在所不計也……」〔註 32〕

伍老先生這樣的正派傳統紳士，早在面對民國初年紛亂的政局時就選擇了退居田園。而侵略戰爭打破了他世外桃源般的生活。面對國仇家恨，這位飽學宿儒只能困獸猶鬥，悲哀而無效地抗爭。然而，傳統正派紳士的道德操守，憂國憂民的責任感以及對精緻典雅傳統文化的精通，卻在外來侵略和暴力面前不堪一擊。

清季民國的社會政治經濟轉型中，傳統紳士因自身特殊的地位一直在其中扮演著重要角色。然而，在社會變革的亂象中，也有一些原本致力於維新變法的傳統紳士在進入民國以後選擇了固步自封的生活。政局的動盪和地方秩序的混亂讓一些正派的傳統紳士無所適從。他們既無力改變現狀，又不肯同流合污，並對傳統文化戀戀不捨。在內憂外患之中，這些正派傳統紳士的生存空間遭到不斷擠壓，成為時代變革的化石和祭品。

〔註 32〕端木蕻良：《江南風景》，第 29 頁。

第二章　知識階層的職業轉型與精神困境

清季民初讀書人在社會學意義上從士轉化為知識分子似乎比其心態的轉變要來得徹底。士與知識分子在社會意義上已截然兩分，在思想上卻仍蟬聯而未斷。民初的知識分子雖然有意要扮演新型的社會角色，卻在無意識中傳承了士以天下為己任的精神及其對國是的當下關懷。身已新而心尚舊（有意識新而無意識仍舊），故與其所處之時代有意無意間總是保持一種若即若離的狀態。〔註 1〕

——羅志田

1905 年科舉制度的廢除，阻斷了士子的仕途經濟道路。新式學堂的出現，又為讀書人開闢了一條新的發展道路。儘管，科舉制廢除以前，新式學堂就已經存在，但直到廢科舉後，新式教育才得到了迅速的發展。民國的成立更是對新式教育產生了不小的促進作用。接受了新式教育的知識青年群體逐漸龐大起來。這些曾被冠名為「新青年」的群體不僅是新文學的重要創作者和最重要的讀者群，而且大量地出現在中國現代文學作品當中。長期以來，我們都習慣將這一類人物形象稱之為小資產階級。但對於小資產階級的內涵外延以及文學作品中這些接受了新學教育的知識分子群體在具體社會歷史情境中的身份特徵我們卻一直缺乏考察。

〔註 1〕羅志田：《權勢轉移——近代中國的思想與社會》（修訂版），北京：北京師範大學出版社，2014 年，第 122 頁。

小資產階級（petty bourgeoisie）這個在中國現代文學研究中佔有重要地位的概念，是一個經過日語、法語、俄語、英語等多種語言媒介傳入的外來詞彙，〔註 2〕其內涵經歷了由模糊、多義到概念固化的過程。在革命文學興起之時，小資產階級這一概念更多地指向對經濟地位的描述，其所指也十分寬泛。不僅作為文藝工作者的茅盾稱「幾乎全國的十分之六是屬於小資產階級」〔註 3〕，政治家毛澤東也認為：「如自耕農、手工業主，小知識階層——學生界、中小學教員、小員司、小事務員，小律師，小商人等」〔註 4〕都屬於小資產階級。建國後相關研究所使用的「小資產階級」這一概念，則更偏向於一種意識形態上的劃分。其含義與毛澤東同志四十年代發表的《在延安文藝座談會上的講話》中的觀念密切相連。即將小資產階級視為無產階級的對立面，並直接與知識分子身份相等同。「中國的小資產階級問題往往與中國知識分子混為一談，或者直接被稱為『小知識分子』。……凡是所受新式教育（不管何種形式取得）多於社會平均值的人，都有可能被視為知識分子。這種知識分子指的其實就是小資產階級。」〔註 5〕

事實上，至少在新文化運動前後，小資產階級並未作為接受了新式教育知識分子的固定代稱。相對而言，更常見的稱呼是「知識階級」或「智識階級」這樣文化意味更濃，而經濟意味單薄的名稱。儘管，中國共產黨在 20 世紀 20 年代初期，就已經開始形成對「小資產階級」的政治觀念。〔註 6〕但是，即便是在一些中共早期黨員的政論性文章中，「知識階級」、「智識階級」這一稱呼的使用都還十分常見，如李大釗的《青年與農村》（1919 年 2 月）、陳獨秀的《中國國民革命與社會各階級》（1923 年 12 月）、張國燾的《知識階級在政治上的地位及其責任》（1922 年 12 月）、瞿秋白的《政治運動與知識階級》（1923 年 1 月）等。國民革命前期，「知識階級」、「智識階級」這樣的稱呼仍然十分常見。國民革命軍中甚至還曾喊出過「打倒智識階級」的激進口號。

〔註 2〕參見〔德〕李博著；趙倩等譯：《漢語中的馬克思主義術語的起源與作用》，北京：中國社會將科學出版，2003 年版，第 350～359 頁。

〔註 3〕茅盾：《從牯嶺到東京》，《小說月報》，1928 年第 19 卷 10 號，第 1145 頁。

〔註 4〕毛澤東：《中國社會各階層的分析》，《毛澤東選集》第 1 卷，北京：人民出版社，1991 年版，第 5 頁。

〔註 5〕鄭堅：《弔詭的新人：新文學中的小資產階級形象研究》，南昌：百花洲文藝出版社，2005 年，第 2 頁。

〔註 6〕郭若平：《二十世紀二十年代中共「小資產階級」觀念的起源》，《中共黨史研究》2011 年第 4 期。

當然，「小資產階級」這樣的概念也開始被使用。張太雷的《中國革命運動和中國的學生》（1925 年 1 月）一文中既使用了「智識階級」也使用了「小資產階級」，並對兩個階級做了一定的區分。文中開篇就談到：「智識階級，因為他沒有獨立的經濟基礎，並且統治階級需要他做壓迫其他階級的工具，他很有鑽到統治階級陣營裏去的機會——所以常常是一個反革命的。……殖民地上的學生，格外地趨向於革命。因為他們是小資產階級家庭的子弟，殖民地上的小資產階級因受帝國主義的經濟侵略已漸次貧困，以致青年學生在學校裏讀書常覺得經濟的壓迫；而一方面又因為本國的經濟不發展，青年學生對於他們將來卒業後的社會地位不由得不起恐慌。」〔註 7〕文中，小資產階級被當作了對智識階級內部的經濟劃分。

而「小資產階級」這一概念真正進入文藝領域的大致時間是國民革命退潮之後，茅盾與「革命文學派」針對小資產階級問題展開了爭論。錢杏邨、傅克興等人指責茅盾書寫國民革命的小說《幻滅》、《動搖》中的小資產階級革命者存在嚴重問題且作者自身的文藝觀念也有謬誤。茅盾在回應文壇攻擊時，承認自己所描寫的對象是小資產階級，但又指出面對大革命失敗的動搖、幻滅情緒，並非小資產階級所獨有。此外，他還強調「中國革命的前途還不能全然拋開小資產階級」，並反駁了革命文學派對小資產階級文藝的否定態度，進而為文藝描寫小資產階級正名。〔註 8〕論爭使用的「小資產階級」概念明顯受到了當時政治話語的影響。此後，小資產階級一詞開始被文藝界普遍地使用。

但是，當我們落實到文學作品中具體的人物形象時，就不難發現以「小資產階級」的概念指稱接受了新式教育的知識青年，其實存在許多含糊籠統之處，也割裂了接受新式教育的知識分子與傳統士人之間某種客觀存在的聯繫。以引發了關於「小資產階級的文藝」與「革命文學」爭論的小說《動搖》為例，就能清晰地看出其中的問題。

〔註 7〕張太雷：《中國革命運動和中國的學生》（1925 年 1 月 17 日發表於《中國青年》第 62 期），中共中央書記處編：《六大以前——黨的歷史材料》，北京：人民出版社，1980 年，第 227 頁。

〔註 8〕參見錢杏邨《〈動搖〉書評》，《太陽月刊》1928 年，停刊號；《小資產階級理論的謬誤——評茅盾君底〈從牯嶺到東京〉》，《創造月刊》，1928 年 2 卷；茅盾：《從牯嶺到東京》，《小說月報》1928 年第 19 卷 10 號，茅盾：《讀〈讀倪煥之〉》，《文學週報》1929 年第 8 卷。

一、紳士階層與小資產階級的糾葛

《動搖》發表之初，就被左翼文藝陣營批為盡是落後小資產階級的種種階級侷限。茅盾當時的自我辯護及建國後對《動搖》的陳述，似乎確證了其中人物小資產階級的身份屬性。建國以後的很長一段時期，將《動搖》對革命者的敘述解讀為小資產階級由於自身弱點而面對封建勢力反撲時的動搖、懦弱幾乎成為了一種常識。小說中的主要人物方羅蘭更是歷來被指為帶有先天階級缺陷的小資產階級革命者之典型。這位就職於縣黨部的革命者還被指為國民黨左派，他在革命工作中的失誤也被歸於國民黨左派的右傾動搖。而眾所周知，國民革命時期，在國共合作的背景下，許多共產黨員也在以國民黨黨員的身份參與政治工作。民國時期，也幾乎僅有《動搖》俄文版譯者在序言中將主人公方羅蘭視作國民黨左派。〔註 9〕建國以後，將方羅蘭這樣在國民革命中懦弱、動搖的青年革命者歸入國民黨左派，不免有規避政治風險之嫌。黨派或階級的身份定性，在很大程度上掩蓋了方羅蘭這一國民革命時期青年革命者典型形象豐富的層次性，也干擾了我們對這一小說主要人物的全面解讀。

《動搖》中對方羅蘭的家世背景有明確交代。時任縣黨部商民部部長的方羅蘭是縣城本地人，出身世家。世家即「舊時泛指門第高，世代做官的人家」〔註 10〕。他的家族與縣城內簪纓望族陸家是世交，他的妻子是和他門當戶對的貴族小姐。由此可知，這位青年革命者其實也出身於傳統紳士階層。

然而，小說中一方面暗示出方羅蘭的家庭背景與屬傳統紳士階層上層的陸府相當，一方面又在書寫他與陸氏這樣沒落貴族的區別。方羅蘭出場之前，小說就借劣紳胡國光之口描述了他家的府邸。同樣是世家，他的住宅已經沒有了古色古香，家居擺設一應是新派氣象。他的妻子是新式女性，他的家庭是新式家庭，他的職位是在新式政權。在個人生活和革命工作兩條平行的敘事線索中，我們所看到的已然是一個現代知識分子。若不是作者刻意點明他的傳統紳士階層出身，我們已經很難把他與純然舊學背景的紳士聯繫在一起。這位出身於傳統紳士家庭的革命者，已然完成了由傳統向現代的轉換。而實

〔註 9〕〔前蘇聯〕鮑里斯，王希禮，戈寶權譯《俄文本〈動搖〉序》，（俄譯本《動搖》辛君譯，蘇聯國家文學出版社。1935 年序文作者王希禮俄文原名為瓦西里耶夫），見李岫編：《茅盾研究在國外》，第 228 頁。

〔註 10〕夏徵農等編：《辭海》，上海：上海辭書出版社，2009 年版，2070 頁。

現這一轉換的最重要環節就是方羅蘭所接受的現代新式教育。

在清季民初的千年未有之大變局中，接受符合時代需求的新式教育，是傳統紳士階層向現代知識分子轉變最重要和最根本的途徑。清季種種變革催生了「社會結構變動中新知識青年群體取代士紳主導話語的歷史進程」。〔註 11〕「至民國時代廢除科舉制度後，那些具有科舉功名的士大夫則很快被排擠出政府，並被新式學校出身的官吏所替代。在正式的行政權力體制中，新學人士是主體構成」。〔註 12〕對於方羅蘭這樣出身於傳統紳士階層的青年知識分子而言，接受新式教育為他們提供了參與現代國家政治的基本資格。在國民革命時期，接受了新式教育的現代知識分子更是以社會精英階層的身份成為了革命政府的中堅力量。

從小說中，我們不難發現，現代教育賦予了方羅蘭進步的政治觀念和現代政治技能。與傳統紳士階層分化出的劣紳，將政治變革視為投機營私的契機不同，方羅蘭這樣傳統紳士階層中接受了新式教育的知識分子，對於革命和現代政治理念有著較為深刻的理解與認同。方羅蘭對於自己的革命工作，真心地信仰並願意為之奮鬥。他雖然困擾於個人情感糾紛，但卻誠懇地為自己沉溺戀愛、拋荒黨國大事感到羞愧。小說雖然表現過他在革命工作中的種種失誤，但卻從沒有敘述過他在主觀上對革命事業的背棄。與純粹舊學背景的傳統紳士階層缺乏應對新興政治體制能力的情況不同，方羅蘭已經能夠在新政體下熟練地完成集會、演講等一系列現代政治的日常工作，成為縣城裏有政治實力的正派人士。

在政治活動之外，小說對人物情感生活細膩、生動的表現也歷來受到較多關注。方羅蘭的婚外情也常被視作除革命工作外，小資產階級革命者空虛、動搖的又一力證。〔註 13〕但拋開單一的階級觀念來看，這一情節本身其實體現了青年革命者方羅蘭在思想觀念上的進步意義。

在傳統社會中，若丈夫對妻子之外的女子動情，則並不須要產生方羅蘭那樣的糾結。即便是民國初年，法律也並沒有禁止納妾。然而，小說中方羅

〔註 11〕王先明：《歷史記憶與社會重構——以清末民初「紳權」變異為中心的考察》，《歷史研究》2010 年第 3 期。

〔註 12〕王先明：《鄉紳權勢消退的歷史軌跡——世紀前期的制度變遷、革命話語與鄉紳權力》，《南開學報（哲學社會科學版）》2009 年第 1 期。

〔註 13〕參見樊駿等著：《茅盾的〈蝕〉》（節選自 1955 年《文學研究集刊》，第四輯《茅盾的〈蝕〉和〈虹〉》），見孫中田，查國華編：《茅盾研究資料》，第 529 頁。

蘭卻無法坦然地直面自己對妻子之外的女人萌生愛意。相比之下，劣紳胡國光卻能自然地遊走於妻妾之間，左右逢源。這並不是一個反面人物卑劣之處的體現，而是舊有生活模式使然。方羅蘭雖出身傳統紳士家庭，卻已沒有一夫一妻多妾的意識和習慣。現代新式教育和現代社會思潮使世家出身的他，擺脫傳統舊習，接受了進步的現代婚戀觀念。

無論是從職業技能，還是思想觀念來看，方羅蘭這樣出身於傳統紳士家庭，並接受了高等教育和進步思潮洗禮的現代知識分子，都堪稱現代意義上的社會精英階層。若是拋開民國初年和國民革命時期的混亂無序局面，方羅蘭這樣的現代知識分子是能夠成為常態社會中合格的地方管理者。階級或黨派的弱點和缺陷，顯然無法解釋這類人物在國民革命中的失敗。

誠然，現代新式教育賦予了這些革命青年參與政治的「合法」身份。國民革命的深入和發展，更讓他們獲得了取代傳統紳士階層，管理地方事務的機會。但是，當革命深入至基層社會時，小說中又透露出這些革命青年所依傍的現代教育背景構成了他們在處理地方事務時的嚴重侷限。

在傳統四民社會中，「即使最低微的生員，也會在社會生活中擁有普通人沒有的威懾力。士紳與平民不斷在日常生活的各種細節中區分彼此，從而共同維護各自在權力關係中的身份」〔註 14〕。可是，民國初年，接受了新式教育的現代知識分子，卻失去了通過自身擁有的知識文化資本在基層社會中獲得政治資本的條件。「鄉間子弟得一秀才，初次到家，不特一家人歡忭異常，即一村和鄰村人皆歡迎數里外。從此每一事項，惟先生之命是從。……即先生有不法事項，亦無敢與抗者。……至一般新界人，其自命亦頗與舊功名人相抗，然其敬心終不若。蓋一般鄉民皆不知其讀書與否，故其心常不信服也。」〔註 15〕相對於傳統的科舉功名而言，新式現代教育在普通民眾中極為缺乏認可和敬畏。

《動搖》中即便是目不識丁的錢寡婦都對前朝簪纓之家的陸氏一門報有溢於言表的豔羨之情。但方羅蘭這樣的現代知識分子，在民眾中卻得不到基本的尊重和認同。他雖出身世家，但是住處已經沒有了傳統紳士家庭高門大戶的氣勢。從小說對他日常生活的敘述中，我們看不到他與平民階層的區別。

〔註 14〕李濤《士紳階層衰落化過程中的鄉村政治——以 20 世紀二三十年代的浙江省為例》，《南京師大學報》（社會科學版）2010 年 1 月第 1 期。

〔註 15〕《霸縣新志・禮俗志》，轉引自魏光奇：《官治與自治——20 世紀上半期的中國縣制》，北京：商務印書館，2004 年版，第 36 頁。

在政治工作中，他也只能依靠激進的革命言論來獲得狂熱民眾的歡呼，且時時有被民眾摒棄唾罵的危機。完成了傳統紳士階層向現代知識分子轉換的方羅蘭，儘管具備參與現代政治的能力，卻已經喪失了傳統紳士階層在民眾中的特殊地位與崇高威信。

另一方面，與傳統的經學教育不同。這類現代學科教育旨在賦予新一代知識分子適應現代化工業社會的職業技能，使他們能夠成長為新的社會體制和經濟形態下的精英階層。但這種新的教育背景卻使他們疏遠了蘊含在傳統經學教育中的世情人倫。此外，與分散於鄉鎮的傳統教育不同，新式學校大多集中於城市，特別是大都市。「集中於大城市的高等學校吸引著走向分化的一批批紳士世家的子弟，因為近代社會變遷之後，通都大邑較多地接受了西洋文化，造成了城鄉社會生活的極大差異。」〔註 16〕出身世家的方羅蘭，其生活方式和觀念已經在接受城市現代教育的過程中發生了極大的轉變。

以耕讀為標榜的傳統知識分子基本上遵循著在鄉間讀書，到城市為官，退任後還鄉這樣的人生軌跡。〔註 17〕有著這種人生軌跡的傳統紳士階層，與基層社會和普通民眾是有著緊密聯繫與接觸的，所以在管理地方事務時具有很大的天然優勢。但是新式教育下的知識分子畢業後就在城市居住工作，而大多不再回到地處基層社會的家鄉。他們在城市中大可憑藉自身的教育背景成為工業、學術、政治等領域的精英階層，但卻難以如傳統紳士階層一樣自如地管理基層社會。〔註 18〕即便是從原先基層社會的實際控制者——傳統紳士階層中分化出來的現代知識分子方羅蘭，也表現出了因長期的城市教育而脫離基層社會生活實際的特徵。在清季民初的一系列社會變動中，這些接受了新式教育的現代知識分子已經不再具有與基層社會的「血脈關係」，「失卻了傳統士紳和百姓之間不可分割的聯繫。」〔註 19〕

知識背景和生活軌跡的巨大差異，使方羅蘭這樣出身於本縣紳士家庭的革命者在基層社會中極度缺乏群眾基礎。連在地方政界經營多年的紳士胡國光也一直與他沒有交往。在縣城社會發生劇烈變動時，他仍一無所知地走在

〔註 16〕王先民：《近代士紳階層的分化與基層政權的蛻化》，《浙江社會科學》1998 年第 4 期。

〔註 17〕羅志田：《清季科舉制改革的社會影響》，《中國社會科學》，1998 年第 4 期。

〔註 18〕〔美〕孔飛力（Kuhn, P. A.）著：《中華帝國晚期的叛亂及其敵人：1796～1864 年的軍事化與社會結構》，謝亮生等譯，第 237～238 頁。

〔註 19〕王先民：《近代士紳階層的分化與基層政權的蛻化》，《浙江社會科學》1998 年第 4 期。

縣城街道上，可見其在縣城人脈關係的缺失。方羅蘭在縣城中的革命工作幾乎都是通過集會演講、開會討論、投票表決、發電請示上級這幾項程序完成。而這些程序實質上也只在革命者內部發生作用。從小說對方羅蘭在縣城革命工作的敘述中，我們幾乎看不到民眾的身影，民眾僅僅是各種革命風潮下的抽象背景。

可以說，新式現代教育與傳統社會頑固觀念之間的矛盾，是傳統紳士階層分化出的現代知識分子在基層社會開展革命工作時，手足無措的重要原因。小說中流露出了對國民革命中這些現代知識分子現實困境的真誠同情與深切理解。這種情感也使《動搖》在發表之初飽受左翼陣營的攻擊。但是，正因茅盾沒有以刻板的階級立場來規約自己的文學創作，才使得這部意在客觀呈現社會歷史的小說，展現出了社會歷史本源的真實性與複雜性。

過去秉持階級立場和黨派觀念對方羅蘭這個人物的解讀，漠視了清季民初社會驟變的特殊局面，也忽略了國民革命期間的具體社會形勢。因而不免對《動搖》中塑造的方羅蘭這一革命者形象造成誤解。事實上，《動搖》中方羅蘭這樣的青年革命者，在國民革命中所犯的錯誤並不是小資產階級這樣的階級屬性和國民黨左派這樣的政治派別所造成的。國民革命失敗後陷入悲觀、失望情緒的茅盾沒有落入之後革命現實主義的窠臼將革命者神化，而是真實描繪了他們在陌生鄙陋的基層社會展開革命工作時的無措與迷茫。同樣出身於紳士階層又接受了新式現代教育，並在國民革命中有深入實踐的茅盾，以自己切實的生命體驗與生動筆觸，塑造了方羅蘭這樣一個出身傳統紳士階層，又通過新式現代教育完成身份轉型的典型新興精英階層的形象，細緻、真切地呈現出了這一類革命者在取代傳統紳士階層治理基層社會時的困局。

《動搖》中所展現的傳統紳士階層子弟在國民革命中成為革命的中堅力量並參與到地方控制中的例子，無論是在歷史現實還是中國現代文學作品中都十分普遍。「自廣東形成一個中國民眾革命根據地以後，許多有思想的青年都跑到廣東去了，大部分進了黃埔陸軍軍官學校。……中共黨員互稱為『大學同學』，而把青年團員稱作『中學同學』。其實，整個黨都是很學生氣的，如當時的中央通告正文前的稱呼，不寫『同志們』，而寫成『各級同學們』。」〔註 20〕國民革

〔註 20〕李一氓著：《模糊的熒屏：李一氓回憶錄》，北京：人民出版社，1992 年，第 46 頁。

命時期，時人觀察到：「近一兩月來各地知識階級（包括學生）往廣東投效的踵接肩摩……據報載，自北伐軍占陽夏，由滬往粵投效者三日內達三百人，由京往粵投者六百人，類皆大學生。」〔註 21〕

另一方面，我們也應該就注意到科舉制度廢除以後，新式學堂大多建在城市。從學制來看，學堂教學都是全日制，耕讀這種邊生產邊接受教育的形式逐漸被打破。學生的路費住宿費都比科舉時代趕考的費用高出很多。新式學堂不僅不像明清兩代科舉制度那樣給官學和應考者以經濟上的補貼，反而還要收取學費，而購買新式學堂教材的費用數目也不小。從新式學堂的費用和當時的收入水平來看，普通民眾的子弟能夠完成高小教育已屬不易，基本不可能有接受高等教育的機會。時人對於教育過分向富貴家庭傾斜，農工子弟難以入學的情況都多有批判。〔註 22〕而帝制時代的紳士階層在經濟上佔有很大優勢，加之重視子女教育的觀念，這一階層的子弟相對而言更多地享有接受新式教育的機會。張國燾在討論時局的報告中指出，青年學生都出身於紳士階層。〔註 23〕

在中國現代文學中反映國民革命的創作如《幻滅》、《動搖》、《走掉》等等都出現了大學同學、中學同學一起從事革命工作的敘述。而《動搖》中的方羅蘭，郭沫若《騎士》中的佩秋，白薇的《打出幽靈塔》中的胡巧鳴、蕭月林，《咆哮了的土地》中李傑、何月素……這些國民革命時期的革命青年都是出身於紳士階層。而黎錦明的《塵影》的主人公熊履堂是鄉下早孤的農家子，中學畢業後變賣 30 畝田地的家產到北京讀大學。可是，據社會學家李景漢在 1928 年做的社會調查來看，以河北定縣為例，擁有土地在 50 畝以下的家庭的受教育者中，受教育的平均年數為 3.92 年。〔註 24〕即便拋開地域差異來看，家裏僅有 30 畝地是無力支撐熊履堂到北平上大學的。作者刻意地為熊履堂加上農家子的家世，又賦予他接受過高等教育的知識精英背景，並強調他的共產黨員身份，實質上是在有意地塑造一個完美的無產階級革命者形象，

〔註 21〕百憂：《以科學眼光解剖時局》，《晨報副刊》，1926 年 10 月 5 日轉引自楊小輝：《近代中國知識階層的轉型》，上海社會科學出版社，2011 年，第 124 頁。

〔註 22〕參見楊小輝：《近代中國知識階層的轉型》，第 66 頁～72 頁。

〔註 23〕《華南時局》（張國燾的報告，一九二七年一月三十一日於漢口），轉引自〔蘇〕A. B.巴庫林著，鄭厚安，劉功勳，劉佐漢譯，《中國大革命武漢時期見聞錄》，北京：中國社會科學出版社，1985 年版，第 314 頁。

〔註 24〕李景漢：《定縣社會概況調查》，上海：上海人民出版社，2005 年，第 245 頁。

但這並不符合實際。茅盾、王任叔、郭沫若、白薇、蔣光慈、聶紺弩、黎錦明等參與了國民革命知識青年，也都出身於紳士家庭或接受過以科舉應考為目的的傳統教育。

五四時期，紳士家庭出身的子女在接受了新式教育之後，開始尋求個人的自由並與舊式家庭抗爭，實現了紳士階層在思想文化觀念和身份上的現代轉型。國民革命及之後的這些文學書寫和作者本人的經歷，也正反映了繼針對舊家庭的文化革命之後，在針對階級的社會革命運動中，知識精英轉型的深化和流變。這種身份轉型所承載的社會歷史現實並不是小資產階級這樣的概念所能涵蓋的。

二、紳士階層的衰變與現代精英的出現

除了暴力革命這種非常態的社會發展因素之外。清季民國以後，社會經濟的現代化進程所催生的新興職業也使原本依靠科舉考試走仕途經濟道路的讀書人有了不同的職業選擇。正如上文所述，新式學堂大多建於城市。而民國時期社會經濟發展不均衡，在城市接受了新式教育的現代知識精英相對更願意也最有可能在城市找一份與所學專業相關的工作。城市的職員階層也逐漸產生，成為知識精英階層現代轉型的重要形式。

中國現代意義上的「職員（salaried employee）」階層，誕生於 19 世紀末二十世紀初。它是介於以企業經營者和地方精英為主的資產階級以及作為民眾運動承擔者的工人之間的社會科學意義上的中間階層。隨著清季民國，中國社會化大生產和現代社會組織的發展，催生了許多新興職業，也發展出了律師、公務員、工程師、行政管理人員等從事非體力勞動的職員階層。這些人在當時被稱為薪水階級、長衫階級、寫字間階級等。〔註 25〕

中國現代文學作品中大量出現的公務員、中小學教員等人物形象就正屬於民國時期的職員階層。現有的許多研究往往將職員籠統地稱為小資產階級或是與工人混為一談。其實，民國時期小資產階級的外延十分廣泛，不僅包括了小知識階層，也包括自耕農、手工業主和小商人等擁有類似經濟地位的群體。〔註 26〕另一方面，民國時期職員與工人之間也有相當的界限。民國時

〔註25〕參見江文君：《近代上海職員生活史》，上海：上海辭書出版社，2011 年 7 月第 1 版，第 2、3 頁。

〔註26〕參見毛澤東：《中國社會各階層的分析》，《毛澤東選集》第 1 卷，第 5 頁。

期公共租界工部局工業社會處的相關調查報告〔註 27〕，以及 1920～30 年代論述工人問題的著作中最早論及「職員」的《上海產業與上海職工》〔註 28〕，都明確地將職員和工人區分開來。上海職員階層與上海工人在家庭規模，日常開支，文化生活，子女教育等方方面面都有顯著差異。而職員階層的收入水平和生活條件也明顯優於工人階級。當然，進入職員階層的門檻也比工人高。從民國時期的社會統計調查數據來看，大部分職員都擁有中學以上的教育程度。〔註 29〕民國時期新式教育的學費頗高，一般家庭難以承受。紳士家庭子弟是職員階層的重要來源。〔註 30〕

在葉聖陶的小說《倪煥之》中，倪煥之的父親想著要讓兒子發達，「習商當然是不行的。這時還行著科舉，由寒素而不多時便飛黃騰達的，城裏就有好幾個。他的兒子不也可有這巴望麼？到煥之四五歲時，他就把煥之交給一個筆下很好，頗有聲望的塾師去啟蒙」〔註 31〕。當倪煥之能寫到三百字以上的策論有能力應考時，科舉卻廢止了。就在他的父親頗為失望之時，聽說新學堂與科舉殊途同歸，就送兒子去接受新式教育。而接受新式教育的倪煥之並沒有走上與科舉殊途同歸的道路步入政界官場，而做了新式學校的教員，成了現代職員階層。在新式教育興起以後，師範是法政之外與「舉業」最接近的專業，畢業後從事的職業也與傳統塾師接近。因此成為了知識精英現代轉型過程中的重要職業。

除了教師這類與科舉時代塾師類似的職業之外，三十年代民族工商業的

〔註 27〕參見《上海共租界工部局工業社會處關於華籍職員生活費的臨時指數》，上海檔案館 U1-10-58；《上海共租界工部局工業社會處關於上海市生活概況的調查報告》，上海檔案館 U1-10-129。轉引自江文君：《近代上海職員生活史》，上海：上海辭書出版社，2011 年。

〔註 28〕《上海產業與上海職工》一書，於 1939 年在香港遠東出版社出版，署名：「朱邦興、胡林閣、徐聲編」。該書是當時中國共產黨為了加強對上海地區職工運動的領導，組織人員搜集材料編寫，最後在當時中共江蘇省委領導劉長勝指導下，由顧準整理編成，編者三人屬假名。這本書實際上是中國共產黨對上海工業、經濟和工運史的一次較有系統的綜合性初步調查。——參見朱邦興等編：《上海產業與上海職工》，上海：上海人民出版社，1984 年，前言部分內容。

〔註 29〕劉德恩：《職員階層的興起——民國時期上海職員的生活與教育研究》，華東師範大學博士學位論文，2004 年，第 15 頁。

〔註 30〕江文君：《近代上海職員生活史》，第 70 頁。

〔註 31〕葉紹鈞：《倪煥之》，上海：開明書店，1949 年三月十三版，第 9 頁。

發展也為知識精英的現代轉型提供了新的出路。《子夜》中的屠維岳就是這樣的例子。吳蓀甫工廠的職員屠維岳通常被視為資本家破壞工人運動的走狗。但他在處理工潮時運籌帷幄的鎮定姿態又獲得了部分讀者的好感。從茅盾給予他的特殊身世背景來看，茅盾並非有意將其作為一個純粹的反面角色。屠維岳是得到吳老太爺賞識的人才，因吳老太爺的推薦而獲得工作機會。這種賞識和幫助源自一種世交關係——他的父親是上一代老侍郎的門生。在傳統社會的科舉考試中試者即為主考官的門生，從而形成了科考與官場一種特殊而密切的人脈關係。而茅盾也刻意用這一層關係，交代了屠維岳紳士階層的出身背景。

茅盾在小說創作中，總習慣於對人物身世進行回溯。而這種有關身世的敘述並非沒有意義的閒筆。茅盾筆下的紳士階層有著鮮明的道德區分，對於劣紳極盡嘲諷，對於正派紳士又忍不住一股敬慕之情。對於紳士階層子弟在社會現代化轉型中的苦悶更是充滿理解。茅盾給了屠維岳正派紳士家庭的出身。可見，他內心並不希望將他作為一個反面人物形象來塑造。屠維岳所表現的是傳統紳士家庭子弟在社會現代化過程中的轉型。

在傳統社會中，紳士家庭的子弟多半會沿著科考仕途的道路發展。社會體制的變化打破了讀書人的發展軌跡。屠維岳這樣的紳士階層子弟，成為了一名現代工廠職員——「二十元薪水辦雜務的小職員」〔註 32〕。

《子夜》所描寫的 20 世紀 30 年代的上海，正是中國現代職員階層獲得較大發展的時期，民族資本也成了當時容納職員的重要場所。吳蓀甫工廠裏的小職員太多，以至於精明的他也不能把職員都認清楚。不過，當時社會經濟發展水平不高，職員崗位有限。要想躋身職員階層，家庭關係背景是十分重要的砝碼。屠維岳也正是靠著家庭關係進入工廠做職員。民國時期，職員階層的來源相當複雜。小說中的職員既有屠維岳這樣的紳士階層子弟，也有莫幹丞這樣的家僕，甚至也包括了管車王金貞、稽查李麻子這樣的流氓。這些曾經從屬於不同社會階層的人，共同融入了現代職員這個新興社會階層。

《子夜》中，職員階層與工人階層的關係也得到了很大程度的表現。吳蓀甫一直依靠莫幹丞等工廠職員，管理工人，之後又啟用了小職員屠維岳，試圖瓦解工潮。在處理工潮的過程中，也主要是屠維岳召集了四五個重要職

〔註 32〕茅盾：《子夜》，第 143 頁。

員一起商議。職員成了資本家管理工人的一種中介。從時人的調查來看，民國時期「一般工人不是仇視職員，便是對職員客氣，他們所以仇視職員，是因為工廠裏的管理員與辦事員，處處幫助經理、廠長來剝削他們，欺凌他們。他們所以對職員客氣，是因為他們看到，職員在社會上比他們好似高一等的人物。」〔註 33〕資本家也會刻意地任用職員，統治工人。職員優於工人教育程度和收入，加之自身的管理地位，使兩個階層形成了某種對立。屠維岳就因為協助吳蓀甫瓦解工廠，而被女工稱為「屠夜壺」，成為女工仇視的敵人。與許多左翼小說不同，《子夜》在表現工潮時，不僅描寫了工人階級，還著重展現了職員階層在其中的作用。

20 世紀 30 年代末，國共兩黨才開始發現和重視作為社會中間階層的職員的價值，並對職員與工人做出明確的區分。儘管在之前的文學創作中，職員的形象已經大量出現，但是《子夜》對職員階層與工人之間關係的表現卻在中國現代文學作品中並不多見。可見，茅盾對於社會階層結構的變動有著先於政黨理念的某種敏感認知。

茅盾在描寫屠維岳這個小職員時，帶有鮮明的個人感情投射。傳統紳士家庭出身的屠維岳表現出了與眾不同的性格氣質。與莫幹丞等家僕出身的工廠管理人員和工會人員比，屠維岳是有些讀書人的傲氣的。這是一個眼睛裏透著「自然而機警的光輝」〔註 34〕的白淨年輕人。「他是聰明能幹，又有膽量；但他又是倔強。」〔註 35〕在他與吳蓀甫的對話中，屠維岳總是鞠躬，微笑，彬彬有禮，不卑不亢，進退有度。他在處理工廠工潮時也表現出了運籌帷幄的氣度。作為企業家的吳蓀甫感歎於莫幹丞等人只配在鄉下收租討賬，而無法勝任現代工業管理職能。而作為工廠行政管理職員的屠維岳也同樣面臨著缺乏專業管理人員配合和宗族裙帶關係干擾的職場困境。二者一體兩面，共同構成了當時民族資本發展內在缺陷的直觀反映。

茅盾塑造屠維岳這樣一個出身傳統紳士家庭的職員形象，不僅緣自對與現代資本主義發展相伴而生的新興社會階層的關注，也與個人經歷有關。茅盾出身於一個紳商家庭。北大預科畢業後，他在商務印書館的工作，就是典型的職員階層。《子夜》這部小說正密集地展示了傳統知識精英階層的現代轉

〔註 33〕朱邦興等編：《上海產業與上海職工》，第 700 頁。

〔註 34〕茅盾：《子夜》，第 136 頁。

〔註 35〕茅盾：《子夜》，第 139 頁。

型及由此帶來的整個社會階層的躁動。

當然，從經濟收入和社會地位來看，職員階層內部與紳士類似也有上下層之分。一般的小職員和中小學教師明顯屬於職員階層的下層。屠維岳一個月二十元薪水略高於工人。魯迅的《孤獨者》中所寫的山陽學校裏的人們，就是「月薪十五六元的小職員。」〔註 36〕沈從文的《嵐生同嵐生太太》中「嵐先生在財政部是一個二等書記，比他小一點的還有三等書記，大一點的則有……太多了。……他是每個月到會計處領三十四塊錢薪水的書記，就得了。」〔註 37〕《果園城記》中，從省農業學校畢業在果園城農林試驗場工作的葛天民，「每天的工作報酬僅僅夠買一家人的簡單蔬菜，到了民十五、十六、十七，連買菜的錢也沒有了」〔註 38〕。蹇先艾的小說《松喜先生》中，出身於紳士家庭的松喜先生面對時代的變化感到痛苦而迷茫。「他並沒有什麼地方不如別人：科學，白話文雖然完全不懂，舊學他卻是下過一點苦功的，長篇的策論八股從前也不知做過多少。啊！想不到如今竟會這樣的落魄，只能在人家手下抄寫幾篇公文，像雇傭似地一個月領取二十元的工資，連供養家室也不夠，一年四季都在號啼著困窮。」〔註 39〕巴金的《寒夜》中的汪文宣也屬於這種低薪的小職員。

科舉制度的廢除以後，社會階層的晉升渠道不暢，下層讀書人的收入水平較之帝制時代急劇下降。中小學教員在當時不但工資極低還時常被拖欠。民國教育偏重於高等教育，留給中小學的教育經費極少。〔註 40〕「科舉時代一個生員充當塾師，一年的收入就大約有 100 兩銀子，大約是當時一名長工收入的 10～20 倍。」〔註 41〕而到了 1933 年，全國小學教師的平均月薪比城市工人的還要低。〔註 42〕而大學教授的收入與科舉時代獲得舉人甚至進士功名的紳士充當書院山長的收入相比，毫不遜色。〔註 43〕國聯教育考察團所做的《中國教育之改進》一書中，就談到：「按歐洲小學教師與大學教授薪水之

〔註 36〕魯迅：《魯迅全集》第 2 卷，第 101 頁。
〔註 37〕沈從文：《沈從文全集》小說第 1 卷，第 272 頁。
〔註 38〕師陀：《果園城記》，第 29 頁。
〔註 39〕蹇先艾：《鹽的故事》，第 122～123 頁。
〔註 40〕楊小輝：《近代中國知識階層的轉型》，第 64 頁。
〔註 41〕楊小輝：《近代中國知識階層的轉型》，第 198 頁。
〔註 42〕劉來泉，管培俊，藍士斌，《我國教師工資待遇的歷史考察》，《教育研究》1993 年第 4 期。
〔註 43〕楊小輝：《近代中國知識階層的轉型》，第 198 頁。

差，未有超過 1：3 或 1：4 之比者，而中國較大若干倍（1：20，或者超過此數。）。此種薪水標準之差別，應設法減少」。〔註 44〕由此，我們就不難理解葉聖陶的小說創作中為何頻繁出現中小學教師被欠薪，經濟窘迫的敘述；黎錦明的小說《懦夫》中的公立小學校長章玉甫如此貧寒；師陀的《果園城記》中，小學教員賀文龍「為著一個月能拿到手二十至多二十五元薪水，他每天須在五點半以前起床，六點鐘他要到學校裏監督學生自習；八點鐘他走上講臺，然後——不管是冰雪載地的深冬或赤日當頭的盛夏，他必須像叫化子似的叫喊一天，直到他累的白沫噴出嗓子破啞。」〔註 45〕

帝制時代，下層紳士與農工之間的巨大經濟收入差距在民國逐漸消失了，處於社會中下層的知識精英經濟狀況的拮据也使得他們的社會地位較之帝制時代急劇下降。然而，這些在社會身份上已經由士人變為知識分子的一類人，卻在無意識層面保留了傳統士人的心態。這種現實處境和內在心態的矛盾成了中國現代文學中下層知識分子苦悶焦慮的重要原因。紳士身份與普通知識分子之間的聯繫越來越淡漠。對於讀書人而言，紳士的內涵外延都發生了轉變。

五四小說就已經出現了一些新舊意味混雜的「紳士」形象。俞平伯的《花匠》中，花匠熱情招呼的恁老爺是個坐在紅色轎車裏的「白鬚的紳士」，「穿著狐皮袍子，戴了頂貂帽，一望便像個達官。」〔註 46〕隨著現代社會分工和工商業的發展，城市的職員階層中出現了軍政中高級官員、大學教授、銀行經理、工程師等高收入的上層職員。沈從文的《八駿圖》、錢鍾書的《圍城》中的大學教授，《寒夜》中大川銀行的陳經理等人物形象就屬於現代職員中的上層人士。一些傳統紳士和紳士家庭子弟也開始轉向這些職業，成為一種與鄉土社會無關而充滿都市生活氣息的紳士。馮沅君《誤點》中，繼之的哥哥儼如想撮合她與杜梅塵的婚事。杜梅塵的「祖父曾在陝甘開府，他的哥哥是 XX 銀行的經理，真是個世家公子；他雖是督軍署的參謀，是個政界上人。你看他的談吐不像個名教授？他原是美國的法家博士，且喜吟詠。……是的，他真是個紳士。」〔註 47〕蹇先艾的小說《狂喜之後》中，新式學堂的女學生

〔註 44〕〔德〕C. H. Becker，〔法〕P. Langevin，〔波蘭〕M. Falski，〔英〕R. H. Tawney 著；國立編譯館譯：《中國教育之改進》（全 1 冊），1932 年第 46 頁。

〔註 45〕師陀：《果園城記》，第 87 頁。

〔註 46〕趙家璧主編：《新文學大系第四集小說二集》，上海：上海文藝出版社，1981 年，第 40 頁。

〔註 47〕馮沅君著：《馮沅君創作譯文集》，袁世碩，嚴蓉仙編，第 45 頁。

嫻的父親是前清官員，民國時期做了醫生，家境豐裕。〔註 48〕錢鍾書的《圍城》方鴻漸父親是前清舉人。在上海組織了一家小銀行，做了經理的同鄉想與舉人家結親，就把女兒許配給方鴻漸。儘管未婚妻早逝，但準岳父還是出資供方鴻漸出國留學，希望他能得個「洋進士」的名號。方鴻漸買了博士文憑回國後，最初就在準岳父的銀行做職員，之後又在內地的高校謀了教職。這些小說中的紳士既與帝制時代的官紳階層有一定的聯繫，但又已經具有更現代的氣息。財富、地位和文化共同成了民國時期紳士的某種身份特徵。

較之科舉時代的紳士階層而言，接受了新式教育的現代知識精英內部收入水平和社會地位急劇增大。而伴隨著城市富裕的知識階層的出現，「紳士」這樣的稱呼在文學領域也變得混雜起來。紳士既可以指帝制時代的獲得科舉功名的士子或是退任的官員以及指民國以後不一定具備文化身份的地方實權人物，也可以指稱城市中收入較高，生活衣著體面的知識階級。

哪怕是同一個作家，在不同的作品中使用的「紳士」這一稱謂其內涵也不盡相同。例如茅盾、白薇等。城市的紳士形象也常常以一種負面的姿態出現。黎錦明的《柿皮》中就寫到了兩個身著西服的紳士：「那瘦長臉的紳士，我認識他；即使不認識，他脅下夾著的凡亞林，看來也大概像個音樂家了；那矮小畜短髭的說出話來很堂皇有節奏，依他提著的黑提包看來，卻有一半像大學的教授了。」〔註 49〕這兩個紳士對一個可憐的小乞丐極盡揶揄玩弄，並用文雅的言辭嘲弄小乞丐的悲慘境遇。隨著城市中富裕的現代知識階層的出現，紳士也指向了某種文藝上的審美趣味，如新月派的紳士風度。但這種帶著都市有錢有閒的紳士趣味和紳士形象，常常帶有一點貶斥的意味。

社會階層上升渠道的堵塞，以紳士身份獲得收入的途徑消逝，知識精英群體內部的收入差距急劇增大，這些都在很大程度上成為了現代知識分子內部分化以及現代作家的文學、政治選擇的內在誘因。

三、紳士階層與綿延的再造文明之路

傳統紳士階層中的中下層和紳士階層的子弟通過新式教育完成了向現代知識分子的轉換。傳統紳士階層中處於上層的一部分人在清季就選擇了教育

〔註 48〕蹇先艾：《狂喜之後》，見蹇先艾：《朝霧》，上海：北新書局，1928 年，第 125 頁。

〔註 49〕黎錦明：《雹》，上海：光華書局，1927 年，第 195 頁。

文化渠道之外的轉型之路。狀元張謇就選擇了從事與國計民生密切相關的商業活動。而與一般紳商轉換不同，張謇從商的目的仍舊帶有政治上的救國意味。總體上看，清季紳士經商現象十分普遍。茅盾在《霜葉紅似二月花》中就寫到了五四前夕江南地區的紳商的生活。到了《子夜》這部作品中，茅盾則擺脫了紳商這種帶有清代到民國的過渡色彩，直接書寫民族資產階級。而我們過去一直忽略了小說中的民族資產階級並沒有脫離與傳統紳士階層的聯繫。吳蓀甫在民族資產階級之外，也同樣還具有一層知識精英的身份。吳蓀甫身上體現了知識精英現代轉型的另一種樣態。

吳蓀甫與傳統紳士階層的聯繫以及他的知識精英身份在很大程度上影響了茅盾對人物形象的塑造。這種特徵在與作為買辦的趙伯韜的對比中，我們能有更清晰的認識。「鴉片戰爭以後，外國在華洋行雇用中國人做它們的代理人，這些代理人被稱之謂『買辦』。」〔註50〕民國時期，買辦的職業化傾向已非常明顯。而買辦作為一種職業，有著具體的行業類別和分工。《子夜》中的趙伯韜雖被定性為金融買辦，但總體上看，他卻是一種抽象形態的買辦階級。趙伯韜被簡單地符號化為外國資本經濟侵略的工具。

與《子夜》中對各色人物紳士階層出身背景不厭其煩地講述相比，買辦趙伯韜是多少顯得有點「來路不明」的。在對外貿易方面，廣東有地利之便，買辦制度在廣東最早出現也最為興盛。早期的買辦幾乎為廣東人所獨佔。〔註51〕趙伯韜的籍貫也正體現出了買辦階層的地域特點。但《子夜》中除了說明買辦趙伯韜，是個廣東籍買辦之外，並沒有對他的背景有所介紹。相比之下，我們再看《子夜》中對吳蓀甫家世背景的敘述，就會發現小說中許多一直被忽視和誤解的意味。

《子夜》對於吳老太爺的敘述也是對吳蓀甫身世背景的一種交代。而這種身世背景的存在，也使我們有必要重新審視吳蓀甫這一作為民族資產階級代表的人物形象。《子夜》將吳蓀甫描述為工業界的鉅子，也談及了在他在開辦工廠之前就擁有極為雄厚的資本。小說中，吳蓀甫曾感慨：「開什麼廠！真是淘氣！當初為什麼不辦銀行？憑我這資本，這精神，辦銀行該不至於落在人家後面罷？現在聲勢浩大的上海銀行開辦的時候不過十萬塊錢……」〔註52〕

〔註50〕黃逸峰：《舊中國的買辦階級》，上海：上海人民出版社，1982年，第1頁。
〔註51〕沙為楷：《中國買辦制》，上海：商務印書館，1934年，第5頁。
〔註52〕茅盾：《子夜》，第63頁。

工廠主周仲偉和陳君宜是洋行買辦起家，之後辦了工廠。但小說中似乎並沒有交代吳蓀甫巨額資本積累的由來。

實際上，茅盾在交代吳老太爺身份背景時，就暗示了吳蓀甫擁有較大的家族財富積累。《子夜》中強調了雙橋鎮的吳家是名門望族，祖若父兩代侍郎。侍郎是「清代中央六部和理藩院的副長官。正二品。雖為副職，但與尚書同為該衙門堂官，都有權單獨向皇帝建言。」〔註 53〕中國傳統知識精英在通都大邑為官，退任後返回鄉里為一方紳士。吳家這樣祖上擁有高層仕宦經歷的簪纓之家，無疑屬於紳士階層中的上層。十九世紀晚期，紳士及其直系親屬約占全國總人口的 2%，卻獲得了國民生產總值的 24%。紳士的人均收入為普通百姓人均收入的 16 倍。〔註 54〕上層紳士的收入則更加高。19 世紀以後，在西方的衝擊下，紳士轉向商業獲取財富的情況也有所增加。〔註 55〕雙橋鎮上吳家的錢莊、當鋪也極有可能是傳統的家族產業。也正是這樣的家庭背景，使吳蓀甫獲得了發展實業的雄厚經濟資本。

在《子夜》這整部小說中，我們很難看到吳蓀甫對於金錢的計算和看重。即便寫到了他對於籌款的焦慮，但他幾乎沒有表現過對經濟利益本身的關注。當絲業遇到困難時，吳蓀甫想到的是「中國民族工業就只剩下屈指可數的幾項了！絲業關係中國民族的前途尤大！」〔註 56〕他願意為中國工業的前途繼續努力。當農匪劫了雙橋鎮，吳蓀甫所痛惜的卻並不是他的錢莊，當鋪，電力廠，米廠，油坊的損失，而是他三年來「想把家鄉造成模范鎮的心血」〔註 57〕。面對信託公司的發展草案，他憧憬的是「高大的煙囪如林，在吐著黑煙；輪船在乘風破浪，汽車在駛過原野」〔註 58〕這樣一幅工業化發展的場面。這種場景給他帶來的由衷的興奮甚至消解了雙橋鎮帶來的打擊。吳蓀甫明知朱吟秋等人沒有實力，但為了避免他們的企業判給外國人，增加外國工業在中國的實力，仍舊以中國工業的前途為計，堅持救濟他們的企業。這一點讓他的合夥人都深感敬佩。

〔註 53〕邱遠猷：《中國近代官制詞典》，北京：書目文獻出版社，1991 年，第 9 頁。

〔註 54〕張仲禮著；費成康，王寅通譯：《中國紳士的收入——中國紳士續篇》，第 325～326 頁。

〔註 55〕張仲禮著；費成康，王寅通譯：《中國紳士的收入——中國紳士續篇》，第 139 頁。

〔註 56〕茅盾：《子夜》，第 63～64 頁。

〔註 57〕茅盾：《子夜》，第 122 頁。

〔註 58〕茅盾：《子夜》，第 128 頁。

吳蓀甫的這種種重義輕利的表現，不僅與現實中重視經濟利益的商人形象相去甚遠，而且與茅盾最初的創作構想背道而馳。以至於不免讓人對小說中的無產階級工人運動產生某種反感。這樣一個心繫中國民族工業的商人與茅盾所自稱想要表達的主題之間無疑是充滿矛盾的。有不少研究都已經發現了《子夜》內部的裂隙。然而，我們卻並沒有真正瞭解吳蓀甫身上這些弔詭意味的真正由來和寓意。

儘管，民國時期的中國資本大致上被分為官僚資本、買辦資本和民族資本。但實際上三者之間並沒有明確的界限。中國現代資本主義經濟的發展很大程度上源於外國勢力的影響。最初從事現代資本主義經濟生產的商人很難與外國資本劃清關係。許多所謂民族資產階級都有過買辦洋行的經歷。不少民族資本家最初都有買辦的身份。「中國資本主義發生時期，大量存在著買辦商人的資本向民族資本的轉化……買辦與民族資本家之間沒有鴻溝，可以一身而兩任。」〔註 59〕晚清和民國時期，買辦充任政府官員的情況也都時有發生。〔註 60〕

20 世紀初，社會對於買辦的評價是複雜而矛盾的。一方面，「那是一當買辦，便可招搖擺闊，氣焰之大甚於道臺，所以買辦是有錢有勢，人人爭以作買辦為榮」〔註 61〕。另一方面，買辦又被視為「洋奴」，一些買辦自己都看不起自己的職業。

而買辦成為革命的對象則出現於國民革命時期。1924 年廣東商人曾集合起來武力對抗當局的捐稅。這次很快就被鎮壓下去的商人武裝暴動史稱「廣州商團事件」。此次武裝暴動事件由廣州商團團長陳謙伯發起。為了攻擊陳謙伯，國民黨故意將其擔任英國銀行買辦的身份與他反對廣州革命政府的行為聯繫起來。「買辦」一詞由此脫離一種職業，而被賦予了濃厚的政治意識形態意味，成為帝國主義走狗的代名詞。「打倒買辦階級」成了國民革命中「打倒帝國主義」口號的一種補充。〔註 62〕茅盾曾在《動搖》中詳盡表現的商民運

〔註 59〕潘君祥，顧柏榮：《買辦史話》，北京：社會科學文獻出版社，2011 年，第 135 頁。

〔註 60〕潘君祥，顧柏榮：《買辦史話》，北京：社會科學文獻出版社，2011 年，第 127 頁～135 頁。

〔註 61〕姚公鶴：《上海閒話》，上海：上海古籍出版社，1989 年第 47 頁，轉引自馬學強，張秀莉：《出入於中西之間——近代上海買辦生活》，上海：上海辭書出版社，2009 年，第 8 至 9 頁。

〔註 62〕參見馮筱才：《北伐前後的商民運動：1924～1930》，第 17～29 頁。

動，其重要目的之一就是改造買辦階級操辦的舊式商會。〔註63〕

對《子夜》創作影響頗大的瞿秋白，於1926年7月在《嚮導週報》上發表的《上海買辦的權威與商民》被視為一篇研究買辦的開山之作。〔註64〕文中，瞿秋白提出了「買辦階級」這樣的概念。雖然他認為買辦內部政治傾向有所不同，但還是指責了上海總商會由買辦把持，包攬賣國賣民的行為。〔註65〕

深入參與國民革命的茅盾自然瞭解買辦在政治語境下的意義。而《子夜》中的買辦形象也很大程度基於這些將作為職業的買辦意識形態化的社會政治理論。趙伯韜作為買辦的職業特點，被扭曲為純然的外國列強侵華工具。他的個人生活作風也是腐化墮落。而買辦出身的工廠主朱吟秋，不善於經營，而且欺騙工人，只顧自己享樂。

與買辦階級相對的另一個概念——民族資產階級——也是在國民革命時期建構起來的概念。為了團結更多的社會群體支持革命事業，革命政府當局對資產階級進行了內部細分。買辦資產階級因與帝國主義之間存在密切的利益關係，而被視為不可信任的反動勢力。而資產階級中的另一部分獨立於外國經濟實力的商人則被劃為了民族資產階級，並成為了革命的同盟。但實際上，所謂的民族資產階級和買辦階級之間很難劃分出明確的界限。很多所謂民族資產階級都是由買辦轉換而來。二者的區分很大程度上取決於他們對於革命的態度。對此，茅盾自己也非常清楚，因此《子夜》也有一部分工廠主原來就是買辦。

另一方面來說，傳統紳士階層由於特殊的社會地位和經濟資本，其中也有很多人成為了買辦。茅盾在其他小說中也提到了紳士階層從事買辦職業的情況。茅盾沒有讓主人公與這些行業沾上聯繫，他刻意地使吳蓀甫與買辦這樣帶有「原罪」的背景劃清了界限。即便是與吳蓀甫合作的工廠主們，也都是在為自己的經濟利益作打算。而吳蓀甫則寄望於「只要國家像個國家，政府像個政府，中國工業一定有希望的！」〔註66〕他熱心實現家鄉雙橋鎮的現

〔註63〕《中國國民黨第二次全國代表大會宣言及決議案》，中央勢行委員會，1926年，第60頁。

〔註64〕易繼蒼：《買辦與上海金融近代化》，北京：知識產權出版社，2006年，第5頁。

〔註65〕秋白：《上海買辦階級的權威與商民——談談上海的商會和上海的華人》，《嚮導週報》，1926年，第162期。

〔註66〕茅盾：《子夜》，第64頁。

代化。他籌資辦銀行也是為了拯救民族工業。就連他致力於解決工潮也構成了振興民族工業的某種努力。

在茅盾個人情感的投射之下，吳蓀甫的富國強國理想被無限的放大和強化。茅盾最初的創作構想幾乎被完全打破。《子夜》演變成了吳蓀甫與趙伯韜之間一種正與邪的較量。而工人運動也不由得帶上了罔顧大局的味道。

將吳蓀甫塑造為這樣醉心民族工業振興的企業家，顯然充滿了茅盾自己的個人想像。民國時期的民族資產階級並不具備這麼高尚的道德情操和理想。吳蓀甫這樣一種近似於一個理想主義者的政治家形象，不僅脫離了當時實業家的基本事實，也消解了小說原本構想的主題。一些學者將《子夜》中吳蓀甫剛毅強力的形象，歸結為茅盾早年因父親病弱早逝帶來的心理缺失的某種補償。而表叔盧鑒泉在茅盾成長過程中，扮演了一種強有力的支持者和保護者角色。盧鑒泉後來成為民族資本家，使茅盾在塑造吳蓀甫這一人物形象時不自覺地投入了自己對於盧鑒泉的好感。

但這其中有一個重要因素被我們忽視了，盧鑒泉的身份不單只是民族資產階級。盧鑒泉的祖父盧小菊是高中前五名內舉人，在鎮上的紳縉中有很高的名望。〔註 67〕盧鑒泉與茅盾的父親同年應考，獲得舉人的功名。盧鑒泉是紳士家庭中，考取科舉功名的優秀子弟。〔註 68〕傳統紳士盧鑒泉在民國以後完成了身份轉換。他在金融業等興業濟世方面的努力和成績獲得了茅盾的認同和尊敬。茅盾出身於下層紳士家庭，對傳統紳士階層抱有獨特的好感，也認同正派紳士在推動社會經濟發展中的積極作用。〔註 69〕

茅盾為吳蓀甫編織的紳士階層身世背景是帶有某種正統意味的。吳蓀甫遊學歐美的背景，使他具有一種知識精英的身份而與一般買辦、商人出身的工廠主區分開來。作為民族資產階級的吳蓀甫與買辦階級之間的涇渭分明，一方面出自茅盾希望傳達的政治理念的需要，一方面也源於茅盾對紳士階層推崇。

從某種意義上說主人公吳蓀甫的特質與茅盾在小說中的某種潛在設置極為吻合。除了茅盾接受瞿秋白的建議，增加的表現資本家獸性的情節外，吳

〔註 67〕茅盾：《我走過的道路》上，第 9 頁。

〔註 68〕茅盾：《我走過的道路》上，第 33 頁。

〔註 69〕參見羅維斯：《「紳」的嬗變——〈動搖〉的一種解讀》，《文學評論》2014 年第 2 期。

蓀甫基本上是不近女色的。這種傳統英雄一般的禁慾色彩與吳老太爺觀念中的「萬惡淫為首」是一種同構的存在。茅盾的父親就是個維新派紳士。茅盾對本來作為封建頑固勢力代表的吳老太爺維新黨身份的強調，也旨在肯定傳統紳士階層在推動社會進步變革上的立場。吳蓀甫不計經濟利益得失來振興中國工業的努力，其實與吳老太爺年輕時熱衷維新變法的努力異曲同工。

吳蓀甫身上體現出的強烈的非商人特質和拯救民族工業的不懈堅持，正暗含了作為傳統知識精英的紳士階層濟世救國，以天下為己任的情結。他致力於現代工業的發展，也與清季民初傳統紳士階層力圖推動中國社會現代文明的發展殊途同歸。殘廢衰竭的維新派吳老太爺和年富力強的民族資產階級階級吳蓀甫，不僅是封建社會的僵屍與新興資本主義的對照，更象徵了中國社會的精英階層綿延的再造文明的夢想和努力。吳蓀甫不僅是一位「帶有法蘭西資產階級性格」的民族資產階級，更是有著構建中國現代文明理想的傳統紳士階層中成長起來的現代社會精英。

吳蓀甫拒絕向帝國主義投降，拒絕向封建勢力妥協，更拒絕買辦化。這些都與茅盾宣稱的創作構想背道而馳。《子夜》不僅旨在表達一種政治觀念，也寄託著作為現代知識精英的茅盾的個人理想和情結。吳蓀甫的魅力來源以及《子夜》的矛盾分裂，也正是在於茅盾寄託於紳士階層的再造文明之夢與他所接受的社會政治理論之間的齟齬。

在清季民國的社會政治經濟轉型中，鄉村的紳士階層成為了從事土地經營和高利貸的剝削者。一些沒有文化資本的地方實權人物也開始進入紳士階層，加劇了紳士階層的劣質化。而進入都市的紳士家庭子弟和平民家庭出身的青年已經無法通過科舉實現社會階層上升。他們在接受新式教育後融入了社會革命和城市的現代職業，並分化為了社會地位、經濟地位差異巨大的不同群體。在知識精英的現代轉型中，傳統紳士階層逐漸瓦解消散了。

中國社會現代化進程引致各社會階層的嬗變。中國現代文學發生與發展之時，也正是中國新舊知識精英階層在社會變革浪湧中沉浮之際。這種階層變化也在很大程度上促成了現代文學的生成與轉變。帝制時代的紳士階層在民國社會中的劣質化和地方精英的結構變化促成了文學的革命轉向和現代作家內部的分化。中國現代文學如何看待和表現中國新舊知識精英階層也正勾畫出作為現代知識精英階層的中國現代作家精神圖景的鮮明底色與繁複層次。

餘　論

中國現代文學研究中為數不多的關於紳士形象的研究，大多將「紳士」這一概念作為封建地主階級的某種補充說明，並將紳士視為封建文化的代表。我們也習慣於將傳統社會稱為封建社會，把傳統文化認作是封建文化。既然紳士階層是傳統社會的特權階層，紳士階層又以儒家文化為正統。那麼，將紳士視為封建社會和封建文化的某種代表似乎就是順理成章、自然而然的事情了。而且許多歷史學、社會學研究也持這樣的觀點。

不過，筆者在對中國現代文學的發生、中國現代文學作品中的紳士形象和紳士階層文化對現代作家精神世界的影響等一系列問題進行梳理和考察之後，卻不由得對將紳士階層視為封建社會和封建文化代表的普遍觀念產生了一些疑問。

正如上文所述，新文化運動與傳統紳士階層淵源極深。新文化運動的發起者和參與者大都屬於紳士階層或來自紳士家庭。這種人生經歷使新文化的矛頭集中指向了對所謂「舊家庭」的批判，並在青年學生群體和文學創作中產生重要影響。吳虞是新文化運動中批判舊家庭的代表人物，他批判的重點是舊家庭制度中的「禮教」。所謂「禮教」即以禮為教。古代也叫做名教，即以名為教。它起了與宗教同樣的作用，而不同於宗教的形式。它主要是倫理學或道德哲學，而不同於「純」哲學。它把倫理、政治二者密切結合在一起，而不是將倫理與政治分開。〔註 1〕作為一種思想文化形態的禮教是否能歸入封建文化的範疇呢？從吳虞自己的論述來看，答案是否定的。吳虞在批判舊家

〔註 1〕蔡尚思：《中國禮教思想史》香港：中華書局（香港）有限公司，1991 年，第 1 頁。

庭制度時，以中國歷史典故為例，指出了皇權和禮教等對作為個體的人的傷害。吳虞在《家族制度為專制主義之根據論》中開篇就寫到：「商君李斯破壞封建之際、吾國本有由宗法社會轉成軍國社會之機」〔註 2〕。似乎在吳虞的觀念中，封建社會在秦朝的大一統中就已經完結，也就是說他所批評的禮教並不屬於封建文化的範疇。

新文化運動感召之下，舊家庭題材的小說所針對的舊家庭也基本上是紳士家庭。紳士家庭又是否能等同於封建家庭呢？由於五四時期小說在篇幅上的侷限，我們難以從中得到解答。不過，巴金的《家》一直被視為五四時期的某種鏡象反映。從小說文本和巴金的寫作動機來看，《家》全面書寫了五四時期新青年對舊家庭的反叛。巴金在小說中也把高家稱為一個紳士家庭。所以，我們大可從《家》及相關評論中一窺紳士家庭與封建家庭之間的聯繫。

建國後，巴金在談論《家》這部小說時，往往將高家定性為一個封建大家庭。巴金在 1957 年的《和讀者談談〈家〉》一文中，稱「直到我在一九三一年底寫完了《家》，我對不合理的封建大家庭制度的憤恨才有機會傾吐出來。」並指出他在一九三七年寫的一篇「代序」中說，「封建大家庭制度必然崩潰的這個信念鼓舞我寫這部封建大家庭的歷史，寫這一個正在崩潰中的地主階級的封建大家庭的悲歡離合的故事。」〔註 3〕1977 年的《法文譯本序》中巴金也寫到：「《家》是我在四十六年前寫的一部長篇小說，描寫五四運動以後中國青年在專制的封建家庭裏的生活、痛苦和鬥爭。」〔註 4〕1979 年《羅馬尼亞文譯本序》中巴金還稱《家》寫的是「一個封建地主家庭的悲歡離合……我自己就是在高家那樣的封建大家庭裏長大的。」〔註 5〕。我們似乎可以理所應當地將《家》中所描寫的高家視為一個封建大家庭，並進一步闡發出作品的反封建意義。由此看來，紳士家庭好像也就是封建家庭的某種代稱。

但是，我們卻發現，巴金於 1932 年發表的《〈家〉後記》中，稱高家是一個「正在崩壞的資產階級家庭」〔註 6〕。巴金於 1937 年發表的《關於〈家〉

〔註 2〕吳虞：《家族制度為專制主義之根據論》，《新青年》1919 年，第 2 卷第 6 號，第 1 頁。

〔註 3〕巴金：《和讀者談談〈家〉》，原載 1957 年 7 月 24 日《收穫》第 1 期，《巴金研究資料》上，北京：知識產權出版社，2010 年，第 335 頁。

〔註 4〕巴金：《巴金全集》第 1 卷，第 457 頁。

〔註 5〕巴金：《巴金全集》第 1 卷，第 460 頁。

〔註 6〕巴金：《〈家〉後記》，原載 1932 年 5 月 22 日上海《時報》第 1 張第 3 版。《巴金研究資料》（上）第 315 頁。

（十版改訂本代序）》一文中也稱小說寫的是「一個正在崩壞中的資產階級的大家庭的全部悲歡離合的歷史」〔註 7〕，並指出他所寫的是「一般的資產階級家庭的歷史」〔註 8〕而在《巴金全集》第一卷收錄這篇文章時，資產階級大家庭被修改為了為封建大家庭。〔註 9〕巴金在建國前，對於自己家庭的描述也並非封建地主家庭而是「一箇舊官僚家庭」〔註 10〕。從中，我們至少可以認為，建國前巴金並不認為《家》中所描寫的紳士家庭高家和自己出身的家庭是一個封建家庭。

另一方面，民國時期關於《家》的評論中，對高家性質的描述是充滿差異的。有一些文章將《家》及之後的《春》《秋》中的高家模糊地稱之為舊家庭、舊制度。並將高家這種舊家庭視為與當時的中國社會相對的「舊中國」的家庭形態。也有評論因循著巴金自己的描述，認為「這是一部描寫正在資產階級崩潰時代大家庭的故事」〔註 11〕。但也有不少評論文章將小說中的高家描述為封建家庭，並認為小說中的青年遭受了封建制度的戕害。〔註 12〕。巴金自稱「生於四川成都的一箇舊官僚家庭」〔註 13〕。與巴金有書信交流的劉玉聲也將巴金自我描述舊官僚家庭描述為一個資產階級家庭，並認為這種家庭是帶有封建色彩的。〔註 14〕

當時也已有一些評論文章在反封建的立場上，對《家》這部小說的缺點做出批評。有評論者就指出巴金「沒有暴露出封建制度的產生的社會原因，

〔註 7〕巴金：《關於〈家〉（十版改訂本代序）——給我底一個表哥》，原載 1937 年 3 月 15 日《文叢》月刊創刊號。《巴金研究資料》上，第 323 頁。

〔註 8〕巴金：《關於〈家〉（十版改訂本代序）——給我底一個表哥》，原載 1937 年 3 月 15 日《文叢》月刊創刊號。《巴金研究資料》上，第 324 頁。

〔註 9〕巴金：《巴金全集》第 1 卷，第 442 頁。

〔註 10〕巴金：《巴金自傳》，《讀書雜志》，1933 年，第 3 卷，第 1 期，第 11 頁。

〔註 11〕錫令：《讀巴金的〈家〉後》（寫於 1936 年 10 月 8 日夜），1937 年第 4／5 期，第 23 頁。

〔註 12〕參見碩石：《讀了巴金的〈家〉後》，《甬江浪花》1935 年，第 32 期，第 28 頁；許寰《巴金的「家」和「春」》，《眾生》1938 年，第 2 卷，第 3 期，第 111 頁；星星：《巴金和青年》，《聯聲》1940 年，第 3 卷第 2 期，第 34 頁；《巴金激流三部曲之一〈家〉名劇作家吳天改編中明天春可上演》，《青青電影》1940 年，第 5 卷第 39 期，第 11 頁；王易庵：《巴金的〈家·春·秋〉及其他》，《雜誌》，1942 年第 9 卷第 6 期，第 84 頁；哲人：《論巴金》，《現代週報》1945 年第 4 卷第 3 期，第 28 頁。

〔註 13〕巴金：《巴金自傳》，《讀書雜志》1933 年第 3 卷第 1 期，第 11 頁。

〔註 14〕劉玉聲：《記巴金》，《春雲》1937 年第 3 期，第 17 頁。

沒有把帝國主義維持下頑固的封建勢力的陰謀揭發，更沒有指出反帝反封建的必然的聯繫，而把封建制度單純化了」〔註 15〕。王任叔以无咎為筆名對激流三部曲的評論，則更加系統全面地從歷史唯物主義的立場出發，指出了小說中舊式大家庭崩潰的原因，並不僅僅是小說中談到的新思想對舊禮教的衝擊，而是巴金在小說中所忽視的中國封建經濟基礎的崩潰。〔註 16〕

在這些 20 世紀三十年代中後期和四十年代關於《家》的評論中，紳士與封建的關係似乎又變得撲朔迷離、含混不清了。不過，我們至少可以肯定，當時對紳士家庭這樣的所謂舊式家庭是否屬於封建集團的問題，是存在不同看法的。

與此相應的是，國民革命時期的政論文中，出現了將土豪劣紳歸為封建勢力的情況。這種政治上的表述，也在一定程度上影響了中國現代文學中關於政治上的「土豪劣紳」或具體的劣紳形象的書寫。當然，無論是中國現代文學中的鄉土小說還是左翼陣營的農村題材小說，依然有許多作家沒有將劣紳作為封建勢力或是封建社會的代表。因此，要理清紳士與封建之間的關係，我們有必要對「封建」這一概念本身有深入的瞭解。

我們總是習慣把新文化運動視為一場反帝反封建行動，並由此認為五四以來的新文藝帶有某種反封建的性質。「封建」、「反封建」可以說是中國現代文學史書寫和中國現代文學研究中的高頻詞。但若是追問起「封建」的具體含義時，我們卻又只能含糊地將封建作為對中國古代社會的一種代稱。那麼，「封建」的內涵到底是什麼呢？

2006 年，馮天瑜先生一本近四十萬的專著《「封建」考論》考證了「封建」一詞在中西文和馬恩經典著作中的具體含義，及其在民國時期名實錯位的歷程。圍繞此書，多次全國性的學術研討先後展開。許多學者對「封建」這一概念本身及其意義的變遷表達了自己的看法。借助這些成果，我們得以深入檢視「封建」這個對中國現代文學研究影響至深的概念。

「封建」一詞在漢語中古已有之，所謂「列爵曰封，分土曰建」。封建的漢語本義指的是殷周分封制度及後世各種封爵建藩的舉措。封建這種按宗法

〔註 15〕葉天杓：《「秋」（書評）（巴金作開明版）》，《學生月刊》1941 年，第 2 卷第 7～8 期，第 96 頁。

〔註 16〕无咎：《略論巴金的家三部曲》，《奔流文藝叢刊》1941 年第 2 期，第 1～20 頁。

等級原則封土建國、封爵建藩的制度完全確立於西周。〔註 17〕天子建國是封建的首位層級，天子按照宗法和等級制度封授諸侯；諸侯在其封國內有世襲統治權，但要服從天子號令，定期朝貢，提供軍賦力役。〔註 18〕封建制度的根基是井田制，此制度以勞動的自然形態剝削農奴的剩餘勞動；土地為天子冊封，不可買賣。農奴與領主之間有著緊密的人身和財產依附關係。〔註 19〕

東周以後，封建制度逐漸瓦解，戰國時期各國已開始在各自區域內實行君主集權。秦統一六國以後，實行郡縣制。雖然秦漢兩代都還存在分封的情況，但封建制度已完全退居次席，被「郡縣制度」取而代之了。郡縣制度下，地方官吏由皇帝任免，但任賢不任親。官吏既非世襲，也非終身制，升降去留全憑朝令，衣食俸祿不再依靠祿田，而仰仗於朝廷官俸。這與封建時代已經完全不同了。〔註 20〕

封建的另一重含義是對西文中“feudalisim”的譯名。1904 年，嚴復在翻譯英國學者甄克思（E. Jenks）的 A Short History of Politics（譯名《社會通詮》）這部書時，首次將“feudalisim”翻譯為「封建」。〔註 21〕不過，嚴復本人對於“feudalisim”與封建的漢語意義有著明確的區分。採取這樣的譯法只是基於中國的西周時期的「封建」與西歐中世紀的“feudalisim”相似之處。在嚴復的觀念中，中國的封建制度已廢止於週末。〔註 22〕

西方語境下的封建制度，在不同階段具有不同的特點。一般而言，西歐封建制度可概括為:「第一，土地領有是一種政治特權。經由自上而下的層層分封，建立起『封主—封臣』的支配關係，形成人身依附，封臣對封主盡忠，執行軍政勤務，封主對封臣則有保護義務；在經濟上，二者通過恩貸地制實行物權分配。第二，自然經濟占統治地位，形成自產自銷、自給自足的封閉式『莊園經濟』。第三，國家權力分散，大小諸侯在領地內世襲擁有軍事、政治、司法、財

〔註 17〕參見馮天瑜：《封建考論》，北京：中國社會科學出版社，2010 年，第 8 頁，第 19 頁。

〔註 18〕馮天瑜：《封建考論》，北京：中國社會科學出版社，2010 年，第 21～23 頁

〔註 19〕馮天瑜：《封建考論》，北京：中國社會科學出版社，2010 年，第 29 頁。

〔註 20〕馮天瑜：《封建考論》，北京：中國社會科學出版社，2010 年，第 36～43 頁。

〔註 21〕潘光哲：《「封建」與“feudalisim”的相遇：「概念變遷」和「翻譯政治」的初步》，見葉文憲，聶長順主編：《中國「封建」社會再認識》，北京：中國社會科學出版社，2009 年，第 120、121 頁。

〔註 22〕葉文憲：《序》，見葉文憲，聶長順主編：《中國「封建」社會再認識》，北京：中國社會科學出版社，2009 年，第 1 頁。

經權，國王與各級諸侯、武士形成寶塔式的等級制。第四，超經濟剝奪。封臣以領主身份將領地交由農民（農奴）耕種，領主對農民（農奴）有法定的超經濟強制。大體符合上述特性的社會，便可以稱之『封建社會』。與這些基本屬性相背反的社會，則不應納入『封建社會』，而須另設名目。」〔註23〕

中外學者對於西歐封建主義的適用性，中國是否存在封建社會以及 feudalisim 本身的概念界定問題都是存在激烈爭議的。民國時期，周谷城、呂思勉、許綽雲、胡適、瞿同祖、林同濟、費孝通、錢穆、張蔭麟等眾多大學者都認為封建時代僅指西周時期或秦以前。〔註24〕「在 feudalisim 的發源地西方，學者們對它的態度反而比較謹慎，而在不曾有過封建制（指原初意義的封建制）的中國，人們使用『封建』卻往往十分隨意，甚至任意。」〔註25〕

實際上，清季民初的學者和政界人士，對「封建」這一概念的使用在古今中西層面有明確的界定和較為清晰的認識。〔註 26〕「封建」一詞的泛化使用肇始於五四時期陳獨秀的相關論述中。陳獨秀以「封建」一詞泛指中國的種種落後屬性，並將宗法制與封建制相重合，提出了封建宗法制的說法，並對官僚階層冠以封建官僚的稱呼。〔註 27〕陳獨秀的這種觀念與其旅日期間，日本的「廢除封建」熱潮有關。〔註 28〕不過，在五四時期，陳獨秀的觀點鮮有同調。新文學時期的重要作者幾乎都沒有使用陳獨秀論述中泛化的封建概念。魯迅的小說創作中抨擊了「禮教」「吃人」，但並不指向「封建」，他的雜文、學術著作也沒有出現泛化封建的用例。新文化運動的幹將吳虞也未曾將封建列為譴責對象。〔註29〕

「真正對近代中國人的『封建觀』發生大作用的，是來自蘇俄和共產國際的理論與語彙，而其核心觀念則由弗・列寧創發，由約・斯大林定型並強化。」〔註 30〕在馬克思、恩格斯的著作中，並沒有使用封建社會這樣的概念

〔註23〕馮天瑜：《封建考論》，第 107 頁。

〔註24〕黄敏蘭：《「封建」：舊話重提，意義何在？》，見葉文憲，聶長順主編：《中國「封建」社會再認識》，北京：中國社會科學出版社，2009 年，第 68 頁。

〔註25〕黄敏蘭：《「封建」：舊話重提，意義何在？》，見葉文憲，聶長順主編：《中國「封建」社會再認識》，北京：中國社會科學出版社，2009 年，第 71 頁。

〔註26〕馮天瑜：《封建考論》，第 189 頁。

〔註27〕馮天瑜：《封建考論》，第 192～195 頁。

〔註28〕馮天瑜：《封建考論》，第 195 頁。

〔註29〕馮天瑜：《封建考論》，第 204～208 頁。

〔註30〕馮天瑜：《封建考論》，第 216 頁。

描述中國的古代社會。恩格斯在使用「半封建」一說時也只是將之作為一個與「半官僚」相對應的表述。在他看來，封建制度與君主集中的官僚制度是兩個概念。「弗・列寧將泛封建觀提升為普世性範式，用以分析亞洲（包括中國）社會，認為近代前的中國處於『封建社會』，又由於西方資本主義的侵入，近代中國淪為『半殖民地』，其社會形態則可稱之為『半封建』、『半殖民地』社會。」〔註31〕此後，共產國際文件將現實中國稱為「半封建」，這類提法也頻現於瞿秋白等中共理論家的著述和中共政治文件中，「大革命」時期「反封建」已成為左翼宣傳的一面旗幟。〔註32〕不過，國民黨方面基本沒有採用共產國際的「半封建」之說。〔註33〕

國民革命結束後，知識界展開了「中國社會性質論戰」。秉持不同政治立場或學術立場的知識分子參與其中。由朱鏡我、潘東周、王學文、李一氓等左翼理論界人士組成的「新思潮派」基本拋棄了「封建」一詞包含的古典政體意義，援引二十世紀二十年代蘇俄理論界關於中世紀社會特徵的概括，從經濟制度上另行界定「封建社會」。〔註34〕郭沫若也是「泛化封建論」的有力推動者。郭沫若遵從「五種社會形態」說（原始社會—奴隸社會—封建社會—資本主義社會—社會主義社會），完全擺脫了「封建」一詞的漢語本義和對譯西語"feudalisim"的含義，將「封建」之名冠於了秦漢至明清這段歷史上。〔註35〕二十世紀中後葉，受到「五種社會形態」單線直進說以及國內、國際因素會合等複雜情形的影響，泛化封建觀逐漸成為了主流話語。〔註36〕

在泛化封建概念的影響下，出現了一批內在含義互相牴牾的短語。例如所謂的「封建地主」，「地主」表示土地可以自由買賣，但封建義為土地由封賜所得不可自由轉讓。再如「封建官僚」，官僚已經指的是郡縣制下由朝廷任命的流官，是不可世襲的。封建則意味著權力、爵職由封賜所得，世襲罔替。〔註37〕至於「封建禮教」、「封建包辦婚姻」，封建時代禮教尚未定格、婚戀保有較多的上古遺風，男女情愛較為奔放、自由，包辦婚姻並不是當時普

〔註31〕馮天瑜：《封建考論》，第219頁。
〔註32〕馮天瑜：《封建考論》，第228頁。
〔註33〕馮天瑜：《封建考論》，第222頁。
〔註34〕馮天瑜：《封建考論》，第237頁。
〔註35〕馮天瑜：《封建考論》，第238～240頁。
〔註36〕馮天瑜：《封建考論》，第264頁。
〔註37〕馮天瑜：《封建考論》，第210頁。

遍形態。〔註 38〕這些錯位詞語組合在中國現代文學史書寫和中國現代文學研究中屢見不鮮，但其實這些概念自身都難以成立，遑論符合當時的社會歷史現實。

由是觀之，我們就不難解答最初所提的疑問了。科舉制度產生的隋唐時期，封建社會早已解體。士子以科舉考試或捐納等方式取得功名而獲得紳士身份及入朝為官的機會。通常情況下，紳士的身份是不可世襲的。紳士不僅是一個與封建無關的社會階層，而且不能將紳士與封建地主階級混為一談，封建地主這一稱呼本身就是自相矛盾的。由此，我們也不難理解五四時期的舊家庭題材小說中，為什麼沒有提及封建這樣的概念。民國時期，巴金也並未將高家這個紳士家庭視為封建家庭。因此，這部以新文化運動背景的小說，也並不具有反封建的意義。三十年代中後期及四十年代對《家》的評論中使用的封建這一概念，是當時封建概念泛化的結果。即便如此，巴金本人和許多評論者當時也沒有接受這種泛化的封建概念。現代作家在書寫鄉土世界時所注重的風土人情和紳士在社會秩序的中作用也與封建無關。即便是書寫國民革命的文學作品在大量使用土豪劣紳這樣的政治術語時，也沒有將此直接與「封建」這一概念對接。左翼作家本身會受到中共黨內政策中關於封建問題論述的影響。三十年代左翼文學中大量出現的農村題材小說，看似是最能與封建社會概念相對應的。但從具體的作品文本中，我們依然能發現封建社會這一概念與小說所反映的中國實際國情之間的距離。

通常的觀念認為，「封建社會是以地主的大土地佔有，造成大量佃農對其依附，從而取得超經濟剝削，而封建國家的皇帝就是最大的地主，他是地主階級的總代表，以維護地主階級的利益為根本。但稍稍檢視一下中國歷史的發展過程，就覺得這個理論根本不適合中國歷史的實際。」〔註 39〕實際上，中國的皇帝出於維持政權穩定的需要，不僅不支持大地主擁有大規模的土地，而且積極保護小農利益。中國古代文獻中，國家限制土地兼併的文獻不勝枚舉。〔註 40〕中國現代文學出現的因土地兼併帶來的小農經濟破產並非源自所謂的封建土地所有制，而恰恰與清王朝覆滅後，民國政權在基層社會中的控

〔註38〕馮天瑜：《封建考論》，第 211 頁。

〔註39〕高鍾：《跳出樊籠求真我，皇帝原本未穿衣——中國社會史分期的另類視角》，見葉文憲，聶長順主編：《中國「封建」社會再認識》，第 31 頁。

〔註40〕參見高鍾：《跳出樊籠求真我，皇帝原本未穿衣——中國社會史分期的另類視角》，見葉文憲，聶長順主編：《中國「封建」社會再認識》，第 31、32 頁。

制乏力有關。儘管如此，大量左翼文學作品在表現的農民生活困苦時，所指向的原因也只有一部分來自土地兼併，而更多地是抨擊國民政府在面對外國資本入侵和自然災害時的無所作為以及沉重的苛捐雜稅。這種局面的存在，也源自於傳統紳士在社會管理方面的功能退化及劣紳的惡意盤剝。從中國現代文學中的書寫來看，無論是紳士地主還是庶民地主，其實都是依靠傳統紳士階層在民國社會殘存的特權和陋習來實現土地剝削。所以，紳士一張稟帖打到官府，警察就下鄉捉農民成了小說中習見的細節。但這種剝削模式並不能視為是封建土地所有製造成。此外，我們也看到在《暴風驟雨》這樣具有代表性的土改文學中，土改工作組卻面臨著找不到大地主可鬥爭的局面。

當我們在進行中國現代文學研究時，若不加辨析地任意使用「封建」、「反封建」、「封建社會」、「封建地主」等概念，就難免會悖離中國現代文學所反映的社會現實及作家本人的思想觀念。中國漫長的帝制時代形成了獨特的社會結構。由此，中國的現代化進程也呈現出了迴異於他國的面貌。清季民國時期的社會政治轉型構成了現代作家的成長和生活經歷，大量的中國現代文學作品也正反映了那段特殊的社會歷史。當中國現代文學研究中許多慣用的概念逐漸失效時，我們有必要返回清季民國時期具體的社會歷史情境中，重新尋找更恰當的概念和視角來描述中國現代文學。

清季民國時期，正值中國歷史上一次空前的大變局。面對激變而動盪衰微的國家，知識精英們雖有過深切的迷茫與彷徨，但卻從未放棄對中國社會發展問題的艱難探尋。四十年代末，國內興起的紳士研究，其重要目的就是試圖為中國基層社會的混亂局面提供一種解決方案，期望實現一種現代國家制度下的鄉土重建。在清季民國的社會轉型中，知識精英階層日漸離鄉去土，造成了章太炎所稱的城鄉「文化之中梗」〔註 41〕。由此也帶來了民國時期的一系列社會問題。這種知識精英生存空間的轉換以及傳統紳士階層向現代知識分子的演變過程都對現代作家的精神世界產生了深刻影響。中國現代文學中的大量創作也正是為了解決紳士嬗變所帶來的實際社會問題和現代作家自身的精神困惑。中國的現代化進程至今仍在持續，民國時期的城鄉之別，精英階層與鄉村社會的疏離仍舊是當下存在的社會問題。「鄉土重建」這個話題也依然在當代文學中隱現。建國以後，紳士階層消逝於現實與文藝中，又在

〔註 41〕湯志鈞編：《章太炎年譜長編（增訂本）》（上），北京：中華書局，2013 年，第 475 頁。

新時期以後再次被書寫。在當代文學中，紳士成為了一個遠去時代的象徵。從紳士視角出發，我們將發現中國現當代文學中還有許多別有意味的話題亟待重新審視和思考。

我們也應該看到，清季民國時期，知識精英階層對中國現代化道路的艱難探索中存在著大量駁雜的社會政治理論。各種思潮的混雜也正構成了中國現代文學發生發展的文化氛圍。我們只有返回當時那種多元的文化樣態中，才能更接近中國現代文學背後具體的社會歷史情境。由此，我們或許能使中國現代文學研究呈現出一種全新的面貌。

參考文獻

（按照作品發表及圖書出版時間先後排序）

一、文集、全集及資料彙編

1. 中國國民黨第二次全國代表大會宣言及決議案〔M〕，中央勢行委員會，1926。
2. 黎錦明，雹〔M〕，上海：光華書局，1927。
3. 黎錦明，塵影〔M〕，上海：開明書店，1927。
4. 蹇先艾，朝霧〔M〕，上海：北新書局，1928。
5. 蹇先艾，一個英雄〔M〕，上海：北新書局，1930。
6. 彭家煌，慫恿〔M〕，上海：開明書店，1930。
7. 華漢，地泉〔M〕，上海：湖風書局，1932。
8. 茅盾，春蠶〔M〕，上海：開明書店，1933。
9. 洪深，五奎橋（第2版）〔M〕，上海：現代書局，1934。
10. 蔣牧良，銻砂〔M〕，上海：文化生活出版社，1936。
11. 白薇，打出幽靈塔〔M〕，上海：春光書店出版，1936。
12. 蹇先艾，鹽的故事〔M〕，上海：文化生活出版社，1937。
13. 茅盾，蝕〔M〕，上海：開明書店，1941。
14. 茅盾，子夜〔M〕，上海：開明書店，1947。
15. 蹇選艾，四川紳士和湖南女伶〔M〕，上海：博文書店，1947。
16. 茅盾，霜葉紅似二月花〔M〕，上海：華華書店，1948。
17. 師陀，果園城記〔M〕，上海：上海出版公司，1949。
18. 葉紹鈞，倪煥之〔M〕，上海：開明書店，1949年三月十三版。
19. 端木蕻良，江南風景〔M〕，南昌：江西人民出版社，1981。

20. 蔣光慈，蔣光慈文集〔M〕，上海：上海文藝出版社，1983。
21. 黎錦明著，黎錦明小說選〔M〕，北京：人民文學出版社，1983。
22. 四川大學郭沫若研究室編，郭沫若集外序跋集〔M〕，成都：四川人民出版社，1983。
23. 馮沅君著；袁世碩，嚴蓉仙編，馮沅君創作譯文集〔M〕，濟南：山東人民出版社，1983。
24. 李岫編，茅盾研究在國外〔M〕，長沙：湖南人民出版社，1984。
25. 郭沫若，郭沫若全集文學編第10卷〔M〕，北京：人民文學出版社，1985。
26. 巴金，巴金全集（第1卷）〔M〕，北京：人民文學出版社，1986。
27. 汪木蘭，鄧家琪編，中央蘇區戲劇〔M〕，南昌，百花洲文藝出版社，1992。
28. 丁爾綱編，茅盾序跋集〔M〕，北京：生活讀書新知三聯書店，1994。
29. 胡適，胡適文集〔M〕，北京：北京大學出版社，1998。
30. 章士釗著，章含之，白吉庵主編，章士釗全集〔M〕，上海：文匯出版社，2000。
31. 蔣祖林，王中忱副主編，丁玲全集〔M〕，石家莊：河北人民出版社，2001。
32. 沈從文著，沈從文全集〔M〕，太原，北嶽文藝出版社，2002。
33. 蹇先艾，蹇先艾文集3　散文、詩歌卷〔M〕，貴陽：貴州人民出版社，2004。
34. 聶紺弩著，聶紺弩全集編輯委員會編，聶紺弩全集〔M〕，武漢：武漢出版社，2004。
35. 葉聖陶，葉聖陶集〔M〕，南京：江蘇教育出版社，2004。
36. 魯迅，魯迅全集（第1卷）〔M〕，北京：人民文學出版社，2005。
37. 魯迅，魯迅全集（第2卷）〔M〕，北京：人民文學出版社，2005。
38. 劉洪濤，楊瑞仁編，沈從文研究資料〔M〕，天津：天津人民出版社，2006。
39. 葉紫，葉紫代表作：豐收〔M〕，北京，華夏出版社，2009。
40. 孫中田，查國華編，茅盾研究資料〔M〕，北京：知識產權出版社，2010。
41. 李存光編著，中國文學史資料全編　現代卷：巴金研究資料（上）〔M〕，北京：知識產權出版社，2010。
42. 李劼人，李劼人全集〔M〕，成都：四川文藝出版社，2011。

二、專著

1. 田中忠夫著，李育文譯：國民革命與農村問題（上卷）〔M〕，上海：商務印書館，1927。
2. 〔德〕C. H. Becker，〔法〕P. Langevin，〔波蘭〕M. Falski，英〕R. H. Tawney

著；國立編譯館譯：中國教育之改進〔M〕，1932。

3. 沙為楷，中國買辦制〔M〕，上海：商務印書館，1934。
4. 毛澤東，湖南農民運動考察報告〔M〕，哈爾濱：東北書店，1948。
5. 商衍鎏，清代科舉考試述錄〔M〕，北京：生活．讀書．新知三聯書店，1958。
6. Ping-Ti Ho, The Ladder of Success in Imperial China〔M〕, New York: Columbia University Press, 1964.
7. Frederick Wakeman Jr and Carolyn Grant, ed.Conflict and Control in Late Imperial China〔M〕, Berkeley, Cal.: University of Califonia Press, 1975.
8. 劉兆，清代科舉〔M〕，香港：東大圖書股份有限公司，1977。
9. 廣西師範學院歷史系編，歷代官制兵制科舉制常識〔M〕，桂林：廣西師範學院歷史系，1979。
10. 中共中央書記處編，六大以前黨的歷史材料〔M〕，北京：人民出版社，1980。
11. 舒新城編，中國近代教育史資料（上冊）〔M〕，北京：人民教育出版社，1981。
12. 鄭振鐸，傅東華編，我與文學〔M〕，上海：上海書店出版社，1981。
13. 王瑤，中國新文學史稿，〔M〕，上海：上海文藝出版社，1982。
14. 黄逸峰，舊中國的買辦階級〔M〕，上海：上海人民出版社，1982。
15. 朱邦興等編，上海產業與上海職工〔M〕，上海：上海人民出版社，1984。
16. 〔蘇〕A. B.巴庫林著，鄭厚安，劉功勳，劉佐漢譯，中國大革命武漢時期見聞錄〔M〕，北京：中國社會科學出版社，1985。
17. 胡平生，民國初期的復辟派〔M〕，臺北：臺灣學生書局，1985。
18. 余英時，士與中國文化〔M〕，上海：上海人民出版社，1987。
19. 臧雲浦等編，歷代官制、兵制、科舉制表釋〔M〕，南京：江蘇古籍出版社，1987。
20. 〔美〕吉爾伯特．羅茲曼（RozMan, G.）主編；陶驊等譯，中國的現代化〔M〕，上海：上海人民出版社，1989。
21. 青長蓉等編著，中國婦女運動史〔M〕，成都：四川大學出版社，1989。
22. 張仲禮著，李榮昌譯，中國紳士——關於其在十九世紀中國社會中作用的研究〔M〕，上海：上海社會科學院出版社，1991。
23. 蔡尚思，中國禮教思想史〔M〕，香港：中華書局（香港）有限公司，1991。
24. 邱遠猷，中國近代官制詞典〔M〕，北京：書目文獻出版社，1991。
25. 梁清誨等編著，古今公文文種匯釋〔M〕，成都：四川大學出版社，1992。

26. 賀躍夫，晚清士紳與近代社會變遷——兼與日本士族比較〔M〕，廣州：廣東人民出版社，1994。
27. 劉成禺著；蔣弘點校，世載堂雜憶〔M〕，太原：山西古籍出版社，1995。
28. 〔德〕韋伯（Weber, Max）著；洪天富譯，儒教與道教〔M〕，南京：江蘇人民出版社，1995。
29. 郭英德，過常寶著，中國古代的惡霸〔M〕，北京：商務印書館國際有限公司，1995。
30. 朱壽桐，新月派的紳士風情〔M〕，南京：江蘇文藝出版社，1995。
31. 章開沅著，辛亥前後史事論叢續編〔M〕，武漢：華中師範大學出版社，1996。
32. 王先明，近代紳士——一個封建階層的歷史命運〔M〕，天津：天津人民出版社，1997。
33. 〔美〕魏定熙著；金安平，張毅譯，北京大學與中國政治文化 1898～1920〔M〕，北京：北京大學出版社，1998。
34. 謝謙編著，國學基本知識現代詮釋詞典〔M〕，成都：四川人民出版社，1998。
35. 周榮德，中國社會的階層與流動——一個社區中士紳身份的研究〔M〕，上海：學林出版社，2000。
36. 張仲禮著；費成康，王寅通譯：中國紳士的收入〔M〕，上海：上海社會科學出版社，2001。
37. 許志英，鄒恬主編，中國現代文學主潮（上冊）〔M〕，福州：福建教育出版社，2001。
38. 趙園，解讀巴金〔M〕，瀋陽：春風文藝出版社，2002。
39. 金炳華主編，馬克思主義哲學大辭典〔M〕，上海：上海辭書出版社，2003。
40. 瞿同祖著；范忠信，晏鋒譯，清代地方政府〔M〕，北京：法律出版社，2003。
41. 〔德〕李博著；趙倩等譯，漢語中的馬克思主義術語的起源與作用〔M〕，北京：中國社會將科學出版，2003 年。
42. 牛大勇，臧運祜主編，中外學者縱論 20 世紀的中國新觀點與新材料〔M〕，南昌：江西人民出版社，2003。
43. 馮筱才，北伐前後的商民運動，1924～1930〔M〕，臺北：臺灣商務印書館股份有限公司，2004。
44. 李樹，中國科舉史話〔M〕，濟南：齊魯書社，2004。
45. 魏光奇：官治與自治——20 世紀上半期的中國縣制〔M〕，北京：商務印書館，2004 年。

46. 文安主編，晚清述聞〔M〕，北京：中國文史出版社，2004。
47. 鄭堅，弔詭的新人：新文學中的小資產階級形象研究〔M〕，南昌：百花洲文藝出版社，2005。
48. 〔日〕夫馬進，中國善會善堂史研究〔M〕，北京：商務印書館，2005。
49. 李景漢，定縣社會概況調查〔M〕，上海：上海人民出版社，2005。
50. 許紀霖編，20 世紀中國知識分子史論〔M〕，北京：新星出版社，2005。
51. 易繼蒼，買辦與上海金融近代化〔M〕，北京：知識產權出版社，2006。
52. 徐茂明，江南士紳與江南社會（1368～1911 年）〔M〕，北京：商務印書館，2006。
53. 張海鵬，李細珠，中國近代通史（第 5 卷新政、立憲與辛亥革命，1901～1912）〔M〕，南京：江蘇人民出版社，2006。
54. 常建華，清代的國家與社會研究〔M〕，北京：人民出版社，2006。
55. 成都市政協文史學習委員會編，成都文史資料選編，辛亥前後卷〔M〕，成都：四川人民出版社，2007。
56. 邸永君，清代翰林院制度〔M〕，北京：社會科學文獻出版社，2007 年版。
57. 〔法〕費爾南．布羅代爾著，劉北成，周立紅譯，論歷史〔M〕，北京市，北京大學出版社，2008。
58. 陳志讓，軍紳政治——近代中國的軍閥時期〔M〕，桂林：廣西師範大學出版社，2008。
59. 顧秀蓮主編，20 世紀中國婦女運動史（上卷）〔M〕，北京：中國婦女出版社，2008。
60. 郭劍鳴，晚清紳士與公共危機治理——以知識權力化治理機制為路徑〔M〕，北京：光明日報出版社，2008。
61. 李巨瀾，失範與重構——一九二七年至一九三七年蘇北地方政權秩序化研究〔M〕，北京：中國社會科學出版社，2009。
62. 羅志田，裂變中的傳承 20 世紀前期的中國學術與文化〔M〕，北京：中華書局，2009。
63. 馬學強，張秀莉，出入於中西之間——近代上海買辦生活〔M〕，上海：上海辭書出版社，2009。
64. 王先明，變動時代的鄉紳——鄉紳與鄉村社會結構變遷〔M〕，北京：人民出版社，2009。
65. 夏徵農等編，辭海〔M〕，上海：上海辭書出版社，2009。
66. 李怡，日本體驗與中國現代文學的發生〔M〕，北京：北京大學出版社，2009。
67. 孟慶澍，歷史．觀念．文本，現代中國文學思問錄〔M〕，開封：河南大學出版社，2010。

68. 王奇生：革命與反革命：社會文化視野下的民國政治〔M〕，北京：社會科學文獻出版社，2010。
69. 馮天瑜，封建考論〔M〕，北京：中國社會科學出版社，2010。
70. 李兵著，千年科舉〔M〕，長沙：嶽麓書社，2010。
71. 費孝通，鄉土中國　生育制度　鄉土重建〔M〕，北京：商務印書館，2011。
72. 江文君，近代上海職員生活史〔M〕，上海：上海辭書出版社，2011。
73. 潘君祥，顧柏榮，買辦史話〔M〕，北京：社會科學文獻出版社，2011。
74. 楊小輝，近代中國知識階層的轉型〔M〕，上海：上海社會科學出版社，2011。
75. 章開沅，馬敏，朱英主編，辛亥革命前後的官紳商學〔M〕，武漢：華中師範大學出版社，2011。
76. 費孝通，吳晗等著，皇權與紳權〔M〕，長沙：嶽麓書院，2012。
77. 劉希偉編，清代科舉冒籍研究〔M〕，武漢：華中師範大學出版社，2012。
78. 陳海忠，黃挺，地方紳商、國家政權與近代潮汕社會〔M〕，廣州：暨南大學出版社，2013。
79. 張朋園，立憲派與辛亥革命〔M〕，上海：上海三聯書店，2013。
80. 柳詒徵，中國文化史（下）〔M〕，北京：中國和平出版社，2014。
81. 羅志田，權勢的轉移：近代中國的思想與社會（修訂本）〔M〕，北京：北京師範大學出版社，2014。
82. 邱捷，晚清民國初年廣東的士紳與商人〔M〕，桂林：廣西師範大學出版社，2014 年。
83. 蕭公權著；張皓，張昇譯，中國鄉村：論 19 世紀的帝國控制〔M〕，臺北：聯經出版社，2014。

三、期刊論文

1. 嚴復，教育論教育與國家之關係〔J〕，東方雜誌，1906（3）。
2. 陳獨秀，新青年〔J〕，新青年，1919，2（1）。
3. 王光祈，少中國之製造〔J〕，少中國，1919，1（2）。
4. 吳虞，關於舊家庭〔J〕，新潮，1919，1（2）。
5. 吳虞，家族制度為專制制度之根源論〔J〕，新青，1919，2（6）。
6. 顧誠吾，對於舊家庭的感想〔J〕，新潮，1919，1（2）。
7. 葉紹鈞，這也是一個人〔J〕，新潮，1919，1（3）。
8. 朗損，評四五六月的創作〔J〕，小說月報，1921，12（8）。
9. 黎錦明，復辟〔J〕，京報復刊，1925-8-16。

10. 汪敬熙，王二瘸子的驢〔J〕，現代評論，1925，1（23）。
11. 秋白，上海買辦階級的權威與商民——談談上海的商會和上海的華人〔J〕，嚮導週報，1926（162）。
12. 秋白，農民政權與土地革命〔J〕，嚮導週報，1927（195）期。
13. 楊邨人，籐鞭下〔J〕，太陽月刊，1928，（4）。
14. 顧仲起，離開我的爸爸〔J〕，太陽月刊，1928（4）。
15. 華希理，論新舊作家與革命文學——讀了文學週報的《歡迎太陽以後》〔J〕，太陽月刊，1928（4）。
16. 克興，小資產階級理論之謬誤——評茅盾君底《從牯嶺到東京》〔J〕，創造月刊，1928（2）。
17. 茅盾，從牯嶺到東京〔J〕，小說月報，1928，19（10）。
18. 茅盾，讀《讀倪煥之》〔J〕，文學週報，1929（8）。
19. 孟超，鹽務局長〔J〕，太陽月刊，1928（5）。
20. 錢杏邨，《動搖》書評〔J〕，太陽月刊，1928，停刊號。
21. 趙冷（王任叔），唔〔J〕，太陽月刊，1928，（4）。
22. 洪靈菲，大海〔J〕，拓荒者月刊，1930，1（2、3）。
23. 巴金，巴金自傳〔J〕，讀書雜志，1933，3（1）。
24. 巴金，在門檻上〔J〕，大陸雜誌，1933，1（7）。
25. 頑石，讀了巴金的《家》後〔J〕，甬江浪花，1935，（32）。
26. 劉玉聲，記巴金〔J〕，春雲，1937（3）。
27. 許寰，巴金的「家」和「春」〔J〕，眾生，1938，2（3）。
28. 巴金激流三部曲之一《家》名劇作家吳天改編中明天春可上演〔J〕，青青電影，1940，5（39）。
29. 星星，巴金和青〔J〕，聯聲，1940，3（2）。
30. 无咎，略論巴金的家三部曲〔J〕，奔流文藝叢刊，1941（2）。
31. 葉天杓，「秋」（書評）（巴金作開明版）〔J〕，學生月刊，1941，2（7、8）。
32. 王易庵，巴金的《家．春．秋》及其他〔J〕，雜誌，1942，9（6）。
33. 吳組緗，李長之，《霜葉紅似二月花》〔J〕，時與潮文藝，1944，3（4）。
34. 哲人，論巴金〔J〕，現代週報，1945，4（3）。
35. 費孝通，論紳士〔J〕，觀察，1947（2）。
36. 康詠秋，論《塵影》的現實主義成就〔J〕，湘潭大學學報（社會科學版），1985（3）。
37. 關山，黎錦明與《塵影》〔J〕，隨筆，1985（2）。

38. 賀躍夫，廣東士紳在清末憲政中的政治動向〔J〕，近代史研究，1986（4）。
39. 王先明，近代中國紳士階層的分化〔J〕，社會科學戰線，1987（3）。
40. 鮮于浩，試論川路租股〔J〕，歷史研究，1982（2）。
41. 許紀霖，近代中國變遷中的社會群體〔J〕，社會科學研究，1992（3）。
42. 劉來泉，管培俊，藍士斌，我國教師工資待遇的歷史考察〔J〕，教育研究，1993（4）。
43. 羅志田，清季科舉制改革的社會影響〔J〕，中國社會科學，1998（4）。
44. 王先民，近代士紳階層的分化與基層政權的蛻化〔J〕，浙江社會科學，1998（4）。
45. 康詠秋，黎錦明傳〔J〕，新文學史料，2000（2）。
46. 陳旋波，紳士文化與林語堂的文學品格〔J〕，華僑大學學報（人文社科版），2001（1）。
47. 萬朝林，清代育嬰堂的經營實態探析〔J〕，社會科學研究，2003（3）。
48. 肖宗志，清末民初的紳士「劣質化」〔J〕，貴州師範大學學報（社會科學版），2004（6）。
49. 畢緒龍，魯迅小說中「士紳」形象的隱喻意義和結構功能〔J〕，山東理工大學學報，2004（6）。
50. 魏光奇，清末民初地方自治下的「紳權」膨脹〔J〕，河北學刊，2005，25（6）。
51. 岳凱華，五四激進文人的紳士氣質〔J〕，湖南大學學報（社會科學版），2006，20（6）。
52. 李莉，魯迅小說中的紳士形象〔J〕，理論月刊，2007（9）。
53. 王小靜，試論科舉廢除之前的學堂畢業獎勵制度〔J〕，蘭州學刊，2008（8）。
54. 李莉，中國現代小城鎮小說中的士紳形象〔J〕，湖北社會科學，2008（3）。
55. 宋方青，科舉革廢與清末法政教育〔J〕，廈門大學學報，2009（5）。
56. 王先明，鄉紳權勢消退的歷史軌跡——世紀前期的制度變遷、革命話語與鄉紳權力〔J〕，南開學報（哲學社會科學版），2009（1）。
57. 李濤，士紳階層衰落化過程中的鄉村政治——以20世紀二三十代的浙江省為例〔J〕，南京師大學報（社會科學版），2010（1）。
58. 王先明，歷史記憶與社會重構——以清末民初「紳權」變異為中心的考察〔J〕，歷史研究，2010（3）。
59. 袁紅濤，紳權與中國鄉土社會，魯迅《離婚》的一種解讀〔J〕，浙江社會科學，2011（5）。
60. 郭若平，二十世紀二十代中共「小資產階級」觀念的起源〔J〕，中共黨史研究，2011（4）。

61. 袁紅濤，士紳階層的近代蛻變——試論《吶喊》《彷徨》的一個重要主題〔J〕，寧夏大學學報（人文社會科學版），2012，34（1）。
62. 羅維斯，「紳」的嬗變——《動搖》的一種解讀〔J〕，文學評論，2014（2）。

四、學位論文

1. 劉德恩，職員階層的興起——民國時期上海職員的生活與教育研究〔D〕，華東師範大學博士學位論文，2004。
2. 魏歡，論中國現代小說中的「鄉紳」形象〔D〕，天津師範大學碩士學位論文，2012。
3. 袁少沖，抗戰時期「軍紳」社會與大後方文學〔D〕，北京師範大學博士畢業論文，2012。

致　謝

不知不覺中，我似乎已經陷入了一種一提筆就是論文腔的境地。論文未能寫得如意，卻連正常的文字都快不會寫了。在臨近畢業這樣的時刻，更覺得胸中情緒鬱結難紓。不論是關於論文的遺憾，亦或是多年求學的感慨，都覺得不知從何說起。

記得大三那一年，我和幾位同學選了一門文化原典方面的課程。傳說中，這門課的老師劉某先生期末考試打分的時候哀鴻遍野，但授課認真，治學嚴謹。劉某先生走在人群中是很不起眼的，背微駝，常穿著袖子都被磨發白的黑色外套，騎一輛老久的二十八寸黑色大自行。但是，當他站在講臺上講課的時候，整個人都會發光。一學期下來，我們都對從事學術研究心嚮往之，也被人笑稱「一見某某誤終身」。之後，大家開始了在研究生樓蹭課的日子。於是，我又遇到了一位講課時放光的老師，放出的光芒更具穿透力，四面八方，繞梁三日。每次課還都是在晚上，總能「沾床著」的我上完這位老師的課回到寢室以後都難以入眠，總忍不住去想課上談到的許多問題。我接受到的不是一些知識性的講授，而一種啟發獨立思考的思想。我覺得自己的眼前開啟了一個新的世界。我也似乎找到了自己的研究方向。後來，我就在這「誤終身」的道路上越走越遠……現在回想起來，非常感謝多年以前李老師引領我走上學術研究的道路，讓我的整個人生變得不同了。

不過，回想起最初的幾年，當我摘下最初看待學術研究的玫瑰色的眼鏡時，感到了這條道路遠比我預想的崎嶇。我曾一度迷茫、消沉、游移，覺得似乎自己只是誤打誤撞進來，其實並不適合做學術學研究。在六年的時間裏，我一直是個「問題學生」，一塊有棱有角的頑石.....我平時迷迷瞪瞪，說話做事不經大腦給老師和師母添了不少麻煩。多年來，老師和師母給予我最大的包容和忍耐。每思至此，都覺得羞愧難當.....李老師在治學和為人方面都對我傾囊相授。康老師在生活和學習方面上竭盡心力地給予我幫助。個中點滴，銘記於心！老師的多年教導，無以為報，惟有日後勤勉治學，誠懇做人。

年少輕狂時，覺得什麼光陰荏苒，逝者如斯是夫子矯情。接近而立之年才感得到其中是怎樣的歎惋。一次李老師跟同門開玩笑說，我的妹妹也跟讀過碩士，還拿出照片來顯示有圖有真相。我一看，原來是自己研一時參加一次學術會議的照片，但照片上的我已經與如今已是大不相同。算來那已經是五、六年前的事了，不禁惘然了。不久前遇到本科同學，他說起初都快認不出我了，但我開口說話時那股「山大王」的氣息還是讓他感到我一點沒變。真的沒變嗎？我想還是變了很多的吧。

在我的成長過程中，要感謝的人很多。從幼兒園、小學、初中、高中在到大學，我遇到的老師們都非常好！尤其是各位擔任班主任的中小學語文老師，沒有他們，我或許不會選擇中文系。感謝我的母校四川大學！感謝川大文學與新聞學院的所有老師！在那裡我度過了七年美好而充實的時光。感謝劉勇老師、鄒紅老師、錢振綱老師、沈慶利老師、楊聯芬老師！在師大的三年時間裏，各位老師在講座、課程、開題、答辯等學術活動上的深刻見解讓我受益匪淺！錢老師更是在茅盾研究方面給了我極大的鼓勵。師大文學院的各位老師在不同層面上給予我的真誠幫助和悉心教導我由衷感激！

感謝張中良老師在學術研究上對我的指導和幫助！記得從碩士階段開始，張老師在各種學術活動上的發言評議就讓我深受啟發。讀博期間，張老師更是在學業上給予了我很多指導、幫助和鼓勵！張老師嚴謹的治學態度，獨到的學術眼光還有溫潤謙和的風度都讓我欽佩！此外，還要感謝段從學老師和李光榮老師來對我的指導和幫助！

感謝我的父母！他們雖然不認同卻一直支持我追求自己的理想。感謝所有關心我的親朋好友！今年春節留在學校寫論文，沒能回家過年，但我非常想念你們！記得那年春節回家，爺爺給我和堂姐講了一個故事。說的是王安石進京趕考時，路上看到大戶人家懸走馬燈出上聯，徵下聯。上聯寫的是：「走馬燈，燈走馬，燈熄馬停步」。王安石當時對不出下聯，但還是覺得上聯寫得精彩，就把上聯默記心中。等他考試那天，考官出了一道很難的上聯：「飛虎旗，旗飛虎，旗捲虎藏身」，要求對出下聯。王安石便用路上背下的上聯來對，後來得以高中。幾個月後，爺爺安詳離世。而我考上了師大的博士研究生。只可惜爺爺見不到我穿博士服戴博士帽的樣子了……

感謝那位通常被我稱為「家屬」的某男！你我相識十載，磕磕絆絆走到今天，一起經歷了許多事，希望以後的日子也一直能與你並肩同行。感謝你的父母家人多年來對我的關心和幫助！感謝各位師兄、師姐、師弟、師妹這些年來對我的支持和鼓勵！特別感謝謝君蘭師姐對我學習和生活方面的各種幫助。感謝我的室友超然和她那些可愛的閨蜜們，三年來我們一起愉快地「玩耍」！感謝住在偏遠二公寓的各位女博士們！我們共同盡力了許多酸甜苦辣，衷心祝願大家的努力與付出最終能有所回報！感謝那些我一時激動，忘了提及的師長親友！

往日崎嶇還記否，路長人困蹇驢嘶。

羅維斯
2015 年 5 月 14 日於師大二公寓